KB169821

그러나 절망으로부터

그러나 절망으로부터

희망과 믿음을 잃지 않던 위안의 기록들

마이클 이그나티에프

김한영 옮김

까치

ON CONSOLATION : Finding Solace in Dark Times

by Michael Ignatieff

Copyright © 2021 by Michael Ignatieff
Korean translation rights © 2023 by Kachi Publishing Co., Ltd.
All rights reserved.
This Korean edition published by arrangement with Westwood Creative
Artists Ltd through Shinwon Agency Co., Seoul

역자 김한영(金韓榮)
서울대학교 미학과를 졸업하고 서울예술대학교에서 문예창작을 공부
했다. 그후 오랫동안 전문 번역가로 활동하며 문학과 예술의 곁자리를
지키고 있다. 옮긴 책으로 『질서 너머』, 『빈 서판』, 『지금 다시 계몽』, 『사
랑을 위한 과학』, 『본성과 양육』 등 다수가 있으며, 제45회 한국백상출
판문화상 번역 부문을 수상했다.

편집, 교정_옥신애(玉信愛)

그러나 절망으로부터
희망과 믿음을 잃지 않던 위안의 기록들

저자/마이클 이그나티에프
역자/김한영
발행처/까치글방
발행인/박후영
주소/서울시 용산구 서빙고로 67, 파크타워 103동 1003호
전화/02 · 735 · 8998, 736 · 7768
팩시밀리/02 · 723 · 4591
홈페이지/www.kachibooks.co.kr
전자우편/kachibooks@gmail.com
등록번호/1-528
등록일/1977. 8. 5
초판 1쇄 발행일/2023. 3. 22

값/뒤표지에 쓰여 있음

ISBN 978-89-7291-795-3 03840

주전너에게

차례

서문

이 책은 특이한 사건에서부터 비롯되었다. 2017년에 네덜란드의 도시 위트레흐트에서 4개의 합창단이 「시편」 150편 전체를 노래하는 합창제를 준비하면서 나를 강연자로 초빙했다. 공연과 공연 사이에 들어갈 강연에서 내가 다루어야 할 주제는 「시편」에 담긴 정의와 정치였다. 「시편」에 대해서는 다들 아는 "주는 나의 목자"와 "나 비록 음산한 죽음의 골짜기를 지날지라도" 정도를 제외하고는 거의 알지 못했지만, 그래도 공부할 시간이 있겠다 싶어서 제안을 받아들였다. 그리고 로버트 올터가 히브리어를 영어로 옮기고 해설을 붙인 『킹 제임스 성서*The King James Version*』를 여름 내내 탐독했다. 드디어 합창제가 진행되는 토요일과 일요일, 나는 아내 주전너와 함께 청중석에 앉아서 성가대의 노래를 들었다. 무대 위로는 네덜란드어와 영어로 된 「시편」 구절들이 영사되고 있었다. 음악은 아름다웠고 가사에는 울림이 있었다. 그리고 그 경험에는 카타르시스와도 같은 효과가 있었다. 그때부터 줄곧 나는 그 효과를 깊이 이해하고자 노력해왔다. 정의와 정치에 대해서 강연하기 위해서 갔던 도시에서 내가 발견한 것은 위로였다. 그 자리에는 말과 음악 그리고 청중이 보여준 인정의 눈물이 있었다.

이로부터 나의 작업이 시작되었다. 위트레흐트의 공연장에서 연주된 「시편」이 나와 청중에게 일으킨 그 효과는 무엇이었는가? 고대 종교의 언어가 우리에게, 특히 나 같은 비신자에게 어떤 마법을 부렸는가? 그리고 위안을 얻는다는 것은 정확히 무엇을 의미하는가?

이후 4년에 걸쳐 이런 질문들을 파고드는 동안 이 주제는 나의 마음을 더욱 깊이 사로잡았고, 그와 더불어 더욱 어려워졌다. 아무도 이해하지 못하는 주제를 붙잡고 있자니 물길을 거슬러 헤엄치는 느낌이었다. 친구와 동료들은 의아해하며 묻고는 했다. 왜 하필 위로야? 왜 하필 지금이지?

그러던 중에 2020년 3월 코로나 바이러스가 창궐해서 1년이 넘도록 모든 이의 삶이 거듭 봉쇄되었다. 급증하는 사망자 수를 점차 말없이 받아들이게 되는 사이에 전 세계의 일상이 된 온라인 세계에서는 우리가 느끼는 두려움, 외로움, 애통함, 길을 잃은 듯한 감정에 의미를 부여하고 다른 이들과 위안을 나누려는 시도가 말 그대로 화산처럼 분출했다. 예술가, 작가, 가수, 음악가, 사상가들은 이 순간의 증인이 되고자 했고, 주위 사람들을 위로하고자 했다. 예를 들면 로테르담 오케스트라는 한곳에 모일 수 없게 되자 각자의 집에서 이어폰을 낀 채 온라인 화상 통화 프로그램인 줌^{Zoom}으로 호흡을 맞추어가면서 베토벤의 "환희의 송가"를 공연했고, 주전녀와 나는 수천 명의 관객들과 함께 온라인으로 이 공연을 관람했다. 피아니스트 이고어 레비트는 베를린 자택에서 매일 밤 베토벤의 소나타를 연주했다. 오페라 가수 마그달레나 코제나는 브람스 가곡을 노래했고, 그 곁에는 지휘봉을 잡은 사이먼 래틀이 있었다. 시인들은 자신의 침실에서 위로가 되는 시를 낭송했다. 사람들은 카뮈의 『페스트*La Peste*』나 디포의 『전염병 연대기*A Journal of the Plague Year*』를 소리 내어 읽었으며 래퍼는 랩을, 가수는 노래를 했고, 지식인은 열변을 토했다.

그러한 위로의 분출은 위대한 인물들로부터 배움을 얻으려고 한 나의 충동이 타당했음을 확인해주었다. 그들은 이보다 훨씬 더 암담한 시기를 견디며 예술, 철학, 종교를 통해서 위안을 발견해왔다. 지금처럼 도움이 필요한 시기에 그들의 작품은 여전히 자리를 지키며 오랫동안 해온 역할을 다시 한번 수행했다.

이 책은 개인의 슬픔을 어루만지며 치료하는 책은 아니지만, 그럼에도 불구하고 대단히 개인적인 이야기에 속한다. 이 책이 취한 형식— 위안을 얻기 위해서 투쟁하는 역사적 인물들의 초상—은 특수한 동시에 보편적 의미가 있는 삶의 시련 속에서 비범한 생각과 의의가 어떻게 탄생하는지를 특별히 강조한다.

이 책에서 나는 1984년에 출간된 나의 저서 『이방인의 요구*The Needs of Strangers*』에서 수행했던 사상사가의 역할을 다시 맡았다. 이 책에 등장하는 흄, 콩도르세, 마르크스에 관한 나의 이해는 케임브리지 대학교 킹스 칼리지에 몸담았던 1978년에서 1984년 사이에 고전 정치경제학사에 관한 연구를 공동으로 이끌며 형성되었다. 당시 학장은 철학자 버나드 윌리엄스였다. 개러스 스테드먼 존스와 존 던은 연구를 이끌며 나침반 역할을 했고, 나와 공동으로 학회를 이끌었던 사람은 비교할 수 없이 빼어난 학자, 이슈트반 혼트였다. 혼트는 2013년 65세의 일기로 사망했다. 그의 죽음은 그를 알았던 모든 사람들에게 커다란 상실감을 안겨주었다.

나는 12년간 이사야 벌린과 교류하며 그의 평전을 쓰면서도 위로에 관해서는 이야기를 나눈 적이 없었는데, 벌린이 너무나 쾌활해서 위로 따위는 필요하지 않아 보였기 때문이다. 그러나 그는 1945년 레닌그라드에서 안나 아흐마토바와 만났던 일화를 전해주었고, 나는 그 이야기를 통해서 자신의 시가 스탈린의 공포 정치에 관한 불멸의 기록이 되리라는 희망으로부터 위안을 얻었던 아흐마토바를 더욱 잘 이해할 수 있었다.

이 책을 쓰는 동안 나는 무엇보다도 나의 연구를 가능하게 해준 학문 전통들에 더욱 큰 빚을 졌다. 이를테면 「욥기」, 「시편」, 바울로의 서신들, 마르쿠스 아우렐리우스의 『명상록Ta eis Heauton』, 그리고 키케로의 편지들을 오늘날 우리가 접할 수 있다는 사실 그 자체가 쥐, 화재, 역병, 인간의 무관심으로부터 그 문서들을 지켜낸 이름 없는 학자, 필경사, 필사가, 번역가들의 수 세기에 걸친 헌신을 증언한다. 이 시대를 사는 사람들은 모두 그 전통의 충실한 상속자들이다. 이 자리를 빌려 이 책이 모양을 갖출 수 있도록 도움을 준 이들에게 감사를 전하고 싶다. 위트레흐트 합창제 강연에 나를 초청해준 유리 알브레흐트, 히브리 성서를 훌륭하게 번역하고 「욥기」와 「시편」을 문학작품으로 해석한 로버트 올터, 바울로 전문가로서 바울로에 관한 나의 견해를 날카롭게 비평한 니컬러스 라이트, 보에티우스 연구자인 크리스티안 브라우어르, 몽테뉴를 다룬 자신의 글과 히브리어 지식을 전해준 아서 애플바움, 산문 "애도하는 욥"을 쓴 저자로 욥에 관한 견해를 들려준 모셰 할베르탈, 글을 쓰는 내내 편집에 관해서 예리한 제안을 해준 리온 비절티어, 40여 년 전에 엘 그레코에 관한 연구를 발표한 세라 슈로스, 콩도르세를 연구한 에마 로스차일드, 마르크스의 평전을 쓴 개러스 스테드먼 존스, 링컨에 관한 글을 쓴 애덤 고프닉, 음악학자이자 지휘자로서 말러에 관한 지식을 전해준 리온 벗스타인, 바그너와 니체에 관한 견해를 나누어준 카롤 버거, 오랜 시간 나와 함께 프로이트를 비롯한 여러 주제들에 관해서 때로는 무겁게 때로는 가볍게 생각을 교류한 리사 아피냐네시, 무신론자인 우리가 종교의 위안에 대해서 말할 권리가 있는지를 함께 고민해준 팀 크레인, 평온하게 죽음을 받아들이는 일과 위로의 관계를 숙고한 야노시 키시, 프리모 레비의 작품에 나타난 "희망"을 주제로 한 나의 글을 비평해준 마리아 크론펠트너, 프리모 레비에 관한 나의 글을 세밀하고 비판적으로 읽어준 카를로 긴츠부르그, 카뮈의 작품을 해석한 마크 릴라, 바츨라프 하벨에 관한 견해와 우정을 나누어준 미하엘 잔토프스키와 자크 루프니크, 그리고 하벨의 뛰어난 번역가이기도 한 폴 윌슨, 헝가리 시인 미클로시 러드노티에 관한 장^章을 읽고 사실관계를 바로잡아준 죄죄 페렌츠, 안나 아흐마토바에 대한 사랑을 나누어주고 셰레메티예보 궁전에 있던 그녀의 셋방에 관한 사적인 이야기들을 알려준 상트페테르부르크 소재의 안나 아흐마토바 박물관 학예사들, 시슬리 손더스에 관한 나의 시각을 더욱 풍성하게 해준 데이비드 클라크 그리고『죽은 자의 일*The Work of the Dead*』에서 탁월한 학식을 보여준 토머스 라큐어에 이르기까지, 모든 학자와 나의 친구들은 지식을 전달해주었을 뿐 내가 그 지식을 어떻게 활용했는지에 대해서는 아무런 책임도 없다.

동생 앤드루에게도 감사를 전한다. 앤드루가 우리 가문에 쏟은 애정은 이 책의 값진 자양분이었다.

중앙 유럽 대학교의 도서관장 다이앤 제라시와 직원들의 꾸준한 지원에 감사를 전한다.

성심을 다해서 원고를 살펴준 편집부―교열을 맡은 제인 핵스비, 전체 과정의 진행을 맡은 브라이언 랙스, 논지를 명확히 드러내고 반복을 줄일 수 있도록 편집에 조언을 해준 세라 버시텔과 앤 콜린스―에 감사드린다. 세라와 앤, 라비 머샨다니, 그리고 나의 대리인이자 오랜 친구인 마이클 러빈은 이 책이 어떤 모습이 될지 몰랐을 때부터 저마다 이 책에 헌신해왔다. 그 믿음직스러운 모습에 나 역시 작업에 헌신할 수 있었다.

믿음에 관해서는 주전너 조허르를 빼놓을 수 없다. 주전너는 이 모든 일이 시작된 위트레흐트에서부터 나와 함께했으며, 언제나처럼 나의 모든 말에 귀를 기울이고 그 모든 말들을 더 나은 말로 만들어주었다. 이 책을 그녀에게 바친다.

들어가며

사후 낙원

나는 지금 6개월 전에 아내와 사별한 친구를 만나는 중이다. 그는 허약해졌지만 가혹하리만치 예민하다. 그의 아내가 즐겨 앉던 의자가 그의 맞은편에 그대로 놓여 있다. 방은 그녀가 꾸민 모습 그대로이다. 나는 오는 길에 그가 아내와 연애할 때 함께 자주 갔던 카페에 들러서 케이크를 하나 샀다. 그가 케이크 한 조각을 허겁지겁 먹는다. 안부를 묻자 그는 창밖을 바라보며 조용히 말한다. "아내를 다시 만난다고 믿을 수 있다면 얼마나 좋겠나."

그에게 해줄 말이 생각나지 않는다. 우리는 말없이 앉아 있다. 위로하려고, 적어도 마음이라도 편하게 해주려고 그를 찾았지만 할 수 있는 것이 전혀 없다. 위로를 이해하려면 위로가 불가능한 순간에서부터 시작할 필요가 있다.

위로. 이 단어는 함께 위안을 찾는다는 의미의 라틴어 단어인 콘솔로르consolor에서 왔다. 위로는 우리가 함께 고통을 나눌 때 혹은 스스로 고통을 견디고자 할 때 하는 일 또는 하고자 하는 일이다. 그럴 때 우리는 고통에 머물지 않고, 삶을 지속하고, 인생은 살 만한 가치가 있다는 믿음을 되찾고자 한다.

그러나 지금 이곳, 오랜 친구와 함께 있는 이 순간에 나는 그것이 얼마나 어려운 일인지 새삼 깨닫는다. 그는 위로받을 수 없는 상태이다. 그는 아내 없이 살 수 있다고 믿기를 거부한다. 나는 그를 위로하려고 하지만, 우리 두 사람은 언어의 한계에 부딪히고 숨죽인 말들은 침묵 속으로 가라앉는다. 그의 슬픔은 타인과 나눌 수 없을 만큼 깊고 고독하다. 그 심연에 희망이 움틀 자리가 없다.

또한 이 순간은 사후 세계의 삶이 어떤 것인지를 드러내보인다. 수천 년간 사람들은 사랑하는 사람을 내세에 다시 만날 수 있다고 믿었다. 사람들은 사후 세계를 생생하게 그렸고, 위대한 예술가들은 천국─구름, 천사, 천상의 하프, 끝없는 풍요, 노동과 질병으로부터의 자유, 그리고 무엇보다도 사랑하는 사람과의 영원한 재회─을 묘사했다.

수천 년간 천국은 희망을 구체화한 형식으로 존재했지만, 죽음을 가리켜서 어떤 여행자도 돌아오지 않는 나라라고 했던 셰익스피어의 말 또한 천국의 일면을 드러낸다. 16세기에 이르자 유럽인들은 그런 나라가 애초에 존재하지 않는 것은 아닌지 의심하기 시작했다. 21세기 현재에 이러한 불신은 모두는 아닐지라도 내가 아는 많은 사람들의 마음과 생각을 지배한다. 다른 이유도 있겠지만, 이 불신의 도화선은 무엇보다도 진리라는 이상이었다. 만일 나의 친구가 아내를 다시 만날 수 있다고 믿고 싶은 그 절실함에 굴복했다면, 그는 자신에 대한 배신감에 괴로웠을 것이다.

오늘 우리가 있는 곳이 여기이다. 우리는 위로의 전통을 물려받은 동시에 그 전통에 반발한 세기의 상속자이다. 이런 시대에 우리는 어떤 위안을 여전히 믿을 수 있는가?

오늘날 언어는 한때 종교적 전통에 의지했던 의미들을 잃었다. 이 시대에 위로는 누구도 받기를 원하지 않는 상賞이 되었다. 성공을 좇는 문화는 실패나 패배 혹은 죽음에 별다른 주의를 기울이지 않는다. 위로는 패배자를 위한 것이 되었다.

한때 위로는 철학의 주제였다. 철학이 우리가 어떻게 살고 죽어야 하는지 일러주는 학문이었기 때문이다. 고대 세계의 스토아 철학에서 위안consolatio은 그 자체로 하나의 철학 분야였다. 키케로가 이 분야의 대가였다. 세네카는 그 유명한 3통의 편지를 써서 남편을 잃고 비탄에 빠진 부인들을 위로했다. 로마 황제 마르쿠스 아우렐리우스는 그 자신이 위안을 얻고자 『명상록』을 썼다. 기원후 524년에 로마 의원 보에티우스는 이민족 왕의 수중에 떨어져 사형 선고를 기다리는 동안 『철학의 위안De consolatione philosophiae』을 썼다. 학부 과정의 인문학과에서는 여전히 이런 작품들을 읽지만, 전문적인 철학 분과에서는 이제 이런 글들을 다루지 않는다.

위로는 또한 제도적 기반을 잃었다. 다 함께 슬퍼하고 애도하는 의례를 통해서 서로를 위로하던 교회, 유대교 회당, 모스크는 이제 텅 비어 있다. 불행에 빠져서 도움이 필요하면 우리는 혼자 애쓰거나, 불행에 빠진 다른 이를 찾거나, 전문 의료인의 도움을 구한다. 의사들은 우리의 고통을 회복이 필요한 질병으로 본다.

그러나 고통을 치료가 필요한 질병으로만 보면 무엇인가를 놓치게 된다. 종교적인 위로의 전통은 개인의 고통을 더 큰 틀에 놓고 볼 수 있게 해주었다. 슬퍼하는 사람에게 그의 삶이 신이나 우주의 계획과 정확히 맞아떨어진다고 설명해줄 수 있었다.

이것이 바로 위로의 위대한 언어가 희망을 건네주던 큰 틀이다. 오늘날에도 우리는 이러한 틀에 접근할 수 있다. 유대인의 신은 복종을 요구하면서도 인간을 보호하기로 약속했다. 기독교의 신은 세계를 너무 사랑한 나머지 자신의 아들을 희생시키고 영원한 삶의 희망을 제시했다. 로마의 스토아 철학은 인간적인 욕망의 허영을 억누를 수 있다면 삶이 덜 고통스러울 것이라고 약속했다. 그리고 오늘날 더욱 큰 영향력을 미치는 전통도 존재한다. 우리가 겪는 고통의 원대한 의미를 과연 이해할 수 있을지를 물은 몽테뉴와 흄의 작품에 기초한 전통이다.

이 사상가들은 종교적인 신앙이 위로의 가장 결정적인 요소를 놓쳤다고 열정적으로 비판했다. 삶의 의미는 천국의 약속을 믿거나 욕구를 통제함으로써 얻는 것이 아니라, 매일의 삶을 충실히 사는 데에서 발견할 수 있다고 말이다. 위로를 얻는다는 것은 그저 지금 이곳에서의 삶을 있는 그대로 사랑하고 이어나가는 것이라고.

고대인과 근대인 모두 비극의 의미를 알고 있었다. 삶에는 치유할 수 없는 상실이 존재한다는 것을, 어떤 경험은 그로부터 완전히 회복할 수 없다는 것을, 어떤 상처는 아문 후에도 흉터가 남는다는 것을 그들 모두 받아들였다. 그렇다면 우리 시대에 위로의 과제는 비록 비극에 아무런 의미가 없다고 해도 그 무게를 견뎌야 한다는 것, 그럼에도 불구하고 희망을 품고 계속 살아야 한다는 것이리라.

오늘날 희망을 품고 살기 위해서는 온갖 미디어에서 울려 퍼지는 종말론의 북소리를 의심해야 한다. 1783년 미국 식민지를 잃은 영국 사회는 혼란에 빠졌다. 제임스 보즈웰은 새뮤얼 존슨에게 공적 영역의 "소란"이 "조금 걱정스럽지 않느냐"고 물었다. 존슨은 당당하고 거만한 태도로 답했다. "그것은 위선적인 말입니다. 공적인 일로 걱정하는 사람은 아무도 없습니다. 나는 잠도 똑같이 잘 자고 식사도 똑같이 잘하고 있습니다."

이 일화를 예방주사로 삼는다면, 우리 의식에 들이닥치며 우리가 사는 시대를 규정하는 이야기들이 눈과 귀를 자극할 때에도 회의적인 차분함을 유지할 수 있을 것이다. 1783년 미국을 잃은 탓에 잠들지 못한다는 말이 위선적이라면, 기후 위기로 인한 종말이나 민주주의의 붕괴 혹은 새로운 전염병으로 황폐해진 미래를 예측하는 공적인 논평의 흐름에 우리가 삶의 회복 탄력성을 잃고 있다는 말도 위선적일 것이다. 그런 문제들은 분명 무시무시하지만, 유례없는 일이라고 믿으면 쉽게 극복할 수 없다. 이 책에서 우리는 전염병, 공화주의적인 자유의 붕괴, 대량 학살, 적군의 점령, 재앙에 가까운 군사적 패배를 견뎌낸 사람들을 만날 것이다. 이들의 이야기를 통해서 우리는 이 시대를 큰 맥락에 놓을 수 있고, 그들의 통찰로부터 영감을 얻을 수 있다. 역사적 맥락에서 우리 자신을 살펴보면, 선조들이 받았던 위로와 다시 연결되고 그들의 경험이 우리의 경험과 크게 다르지 않았음을 발견할 것이다.

역사적 관점에서 우리 자신을 살펴보면 깜짝 놀라게 된다. 「욥기」, 「시편」, 바울로의 서신들, 단테의 「천국」 등의 종교적 작품들은 그 원천인 신앙이 없는 사람들에게는 닫혀 있다고 여겨지기 마련이다. 그러나 종교적 작품들로부터 위로를 받기 위해서는 신앙의 시험을 통과해야만 하는가? 종교가 말하는 구원과 속죄의 약속은 우리에게 닫혀 있을지 모른다. 그러나 지금과 같은 절망의 순간에 종교적 작품들을 이해하는 데에서 오는 위안은 그렇지 않다. 「시편」은 온갖 언어로 쓰인 글들 가운데 무엇인가를 상실하고 혼자 버려졌다는 것이 어떤 느낌인지를 가장 웅변적으로 전달하는 글이다. 「시편」에는 절망에 관한 잊을 수 없는 묘사들과 희망을 밝히는 고귀한 전망이 담겨 있다. 신앙이 없어도 「시편」에 남긴 희망의 약속에 삼응할 수 있다. 우리에게 왜 희망이 필요한지 「시편」에 잘 나타나 있기 때문이다. 그렇기 때문에 지금이 순간에도 어느 도시의 호텔 방에서 기드온 성서를 꺼내 「시편」을 읽는 사람이 있고, 이 책이 시작된 위트레흐트 합창제에서 내가 깨달았듯이 음악과 언어의 결합으로 「시편」이 개인의 신앙과 무관하게 희망의 약속을 전할 수 있는 것이다.

위로는 공간 속에서 이루어지는 연대의 행위이다. 우리는 유족의 곁을 지키고, 친구 옆에서 어려운 순간을 이겨내도록 돕는다. 위로는 시간 속에서 이루어지는 연대의 행위이기도 하다. 우리는 망자의 생애를 돌이켜보고 그들이 남긴 말을 되새기면서 의미를 도출한다.

「시편」의 저자들, 욥, 사도 바울로, 보에티우스, 단테, 몽테뉴, 그리고 더욱 최근에는 카뮈 같은 인물과 친밀감을 느끼고, 말러의 음악에 우리의 감정이 표현되어 있다고 느끼는 것은 우리가 현재에 갇혀 고립되어 있지 않다고 느끼는 것과 같다. 이런 작품들은 표현할 수 없는 어떤 것, 우리를 침묵 속에 가두는 그 고독한 경험을 말로 표현할 수 있게 해준다.

지금 우리가 그러한 과거의 목소리를 들을 수 있는 것은 수천 년간 이어져온 의미의 사슬 덕분이다. 보에티우스가 수감된 자신을 찾아온 지혜로운 여인 필로소피아 부인을 상상하며 위안을 구하고 800년이 지난 이후, 고향 피렌체로부터 추방당한 단테는 보에티우스의 『철학의 위안』을 읽고는 역시 지혜로운 여인과 함께 지옥에서 연옥을 거쳐 천국에 이르는 여정을 상상해냈다. 그리고 다시 600년이 흐른 1944년 여름, 이탈리아의 젊은 화학자는 다른 수감자들과 아우슈비츠 수용소를 터덜터덜 걷다가 문득 단테가 쓴 구절을 떠올렸다.

우리는 짐승으로 태어나지 않았다. 우리는 인간이며, 지혜와 덕을 따르도록 창조되었다.

위로의 언어는 이렇게 지속된다. 보에티우스로부터 단테에게, 또 단테로부터 프리모 레비에게. 고난에 처한 인간은 1,000년을 건너뛰어 서로에게서 용기를 얻는다. 이처럼 긴 시간을 뛰어넘는 연대가 위로의 핵심이다. 이 책을 통해서 다시 한번 그런 일이 가능해지기를 바란다.

상실과 고통을 마주할 때 우리는 위로 외에도 다른 많은 언어들을 사용한다.

우리는 위로받지 않고도 편안해질 수 있고, 반대로 편안해지지 않고도 위로받을 수 있다. 편안함은 일시적이고, 위로는 지속적이다. 편안함은 물리적이고, 위로는 명제에 가깝다. 위로는 삶이 왜 이러한지, 우리가 왜 계속 살아가야 하는지를 증명하는 일종의 논증이다.

위로는 체념과 반대된다. 우리는 위로를 얻지 못하고 체념하여 죽음에 이를 수도 있고, 체념하지 않고 비극을 수용할 수도 있다. 또는 더 나아가 운명과 투쟁해서, 그리고 그 투쟁이 다른 이들에게 힘이 되는 것을 보면서 위로를 얻을 수도 있다.

체념은 삶이 달라질 수 있다는 희망을 포기하는 것이다. 반면에 삶과 화해할 때 우리는 미래에 피어날지 모르는 것들에 대한 희망을 유지하게 된다. 삶과 화해하려면 먼저 우리의 상실, 패배, 실패와 화해해야 한다. 위로받음으로써 우리는 상실을 인정할 수 있고, 상실이 준 고통을 받아들일 수 있으며, 어떤 일에도 불구하고 상실감이 미래에도 사라지지 않거나 우리에게 남아 있는 가능성을 망쳐놓을 수는 없으리라고 믿을 수 있다.

위로의 핵심 요소는 희망이다. 즉, 상실, 패배, 실망으로부터 회복할 수 있다는 믿음, 나에게 시간이 얼마 남지 않았다고 해도 다시 시작할 수 있다는 믿음, 그리고 설령 실패하더라도 베케트의 말처럼 더 잘 실패할 수 있다는 믿음 말이다. 우리가 비극에 굴하지 않을 수 있는 것은 그러한 희망 때문이다.

위로를 구할 때 우리는 단순히 기분이 나아지는 것 이상을 원한다. 크나큰 상실을 겪을 때 우리는 존재의 더 큰 그림에 의문을 품게 된다. 시간은 가차 없이 한 방향으로 흐른다는 사실, 그래서 미래에 대한 희망을 품을 수는 있어도 과거를 되돌릴 수는 없다는 사실에 대해서 말이다. 크나큰 좌절이 닥치면 우리는 정치라는 이름의 거대한 영역에서나 개인의 삶이라는 작은 세계에서나 세상은 공정하지 않으며, 잔인하게도 정의는 우리 손이 닿지 않는 먼 곳에 있다는 사실을 숙고하게 된다. 위안을 얻는다는 것은 정의에 대한 희망을 포기하지 않고 세상의 질서와 화해한다는 것을 의미한다.

마지막이 가장 어렵다. 우리는 상실과 패배를 통해서 스스로의 한계와 마주하게 된다. 위로가 가장 어려운 순간이다. 실패를 마주할 때 우리는 환상으로 도주하고 싶은 유혹에 빠진다. 그러나 환상 속에는 진정한 위로가 없다. 우리는 바츨라프 하벨의 말처럼 "진실 속에서 살고자" 노력해야 한다.

이 책은 인물들의 초상을 시대순으로 모은 선집으로, 각 장은 고난에 처한 주인공이 자신이 물려받은 전통을 따라서 어떻게 위로에 도달하는지를 묘사한다. 앞으로 살펴보겠지만 그들이 늘 성공한 것은 아니었다. 그러나 그들의 노력에는 배울 점이 있고, 그들의 사례에는 희망의 불씨가 있다. 이 책은 「욥기」로 시작해서 안나 아흐마토바, 프리모 레비, 알베르 카뮈, 바츨라프 하벨을 거쳐 시슬리 손더스로 끝을 맺는다. 나의 선택이 임의적으로 보이지 않기를 바란다. 누군가는 아시아인, 아프리카인, 무슬림이 유럽인에게 가르쳐준 위로들을 주제로 책을 쓸 수도 있을 것이다. 다만 나는 유럽에서 수천 년에 걸쳐 형성된 위로의 전통들이 어떻게 오늘날 우리에게도 힘을 줄 수 있는지를 보여주려고 한다. 오늘날과 같은 암흑의 시대에 우리는 어떤 유용한 가르침을 얻는가? 아주 간단한 가르침이다. 우리는 혼자가 아니며, 결코 혼자인 적이 없다는 것.

1

회오리바람 속의 목소리

「욥기」와「시편」

위로는 희망이 살아 있을 때에만 가능하다. 그리고 희망은 삶이 우리에게 합리적으로 이해될 때에만 가능하다. 삶은 부조리하고 무작위 사건들이 늦춤도 멈춤도 없이 잇따르다가 결국에는 죽음에 이른다고 믿는다면, 체념이나 순간의 쾌락, 도피, 자살 등 모든 것이 이해되겠지만 위안은 사라진다. 위로에 필요한 희망은 우리 존재가 의미가 있거나, 노력에 따라서 의미가 있을 수 있다는 믿음에 의존한다. 그러한 믿음 덕분에 우리는 회복하고 재기할 수 있다는 기대를 품는다. 위로는 이러한 믿음에 의존하기 때문에 어쩔 수 없이 종교적인 관념이다. 앞으로 보겠지만 우리에게 희망을 주는 의미가 비종교적이거나 더 나아가 반종교적일 수도 있다고 해도 그러하다. 고통의 의미에 대한 종교적인 탐구에서부터 출발해보자. 종교에는 여러 기능들이 있는데, 위로를 주는 것, 다시 말해서 인간이 고통을 겪고 죽음을 피할 수 없는 이유와 그럼에도 불구하고 희망을 품고 살아야 하는 이유를 설명하는 것도 그중 하나이다.

점토판에 설형문자로 적든 파피루스 껍질에 잿물로 적든 간에 인간이 처음으로 생각을 기록하기 시작했을 때부터 사상가들은 다음과 같은 근본적인 질문을 던져왔다. 고통, 상실, 죽음과 마주한 순간에 인간의 경험에 대한 믿음을 어떻게 지킬 것인가. 유대교와 기독교는 우리가 그저 고통받다가 죽기 위해서 태어날 뿐이라는 생각을 거부하면서부터 시작되었다.

그렇게 희망을 탐색하기 시작한 사람이 히브리 예언자들이었다. 따라서 그들이 위로의 서양식 개념을 창시했다고 할 수 있다. 그들은 일신교의 신, 전지전능한 존재, 신성한 입법자를 상상해냈다. 그러나 그런 신이 어째서 정직한 자들이 고통을 받고 부정한 자들이 번영을 누리게 하는지를 설명해야만 했다. 히브리 예언자들이 세계를 공명정대한 신의 창조물로 가정하면서 우리는 문제를 하나 넘겨받은 셈이며, 인간은 그후로 계속 그 문제, 즉 삶의 부당함과 가혹함 앞에서 어떻게 희망과 믿음을 지켜낼 것인지를 풀고자 노력해왔다. 이 문제에 답하지 않고서는 위로를 논할 수 없다.

히브리 성서인 『구약 성서』의 많은 글들이 그에 대한 답을 찾아 헤매는 지난하고 괴로운 과정을 담는다. 그중 하나가 「욥기」이고, 또다른 하나가 「시편」이다. 이 책들에 관해서 두 가지 질문을 던질 수 있다. 이

두 권의 책들은 그 문제에 어떻게 답했는가? 그리고 신은 정의롭고 자비롭다는 믿음이 신임을 잃어버린 현시대에 어떻게 위로의 힘을 여전히 발휘하는가?

우리는 「욥기」의 저자 혹은 저자들에 관해서 아는 바가 거의 없다. 「욥기」를 영어로 번역한 로버트 올터의 추측에 따르면, 기원전 5세기 혹은 6세기에 중동 지역에서 활동하면서 아람어 시에 능통하고 학식이 상당한 시인이었을 것이라고 한다. 어쩌면 「욥기」는 한 사람이 쓴 작품이 아니라, 훨씬 이전부터 존재해온 고대의 신화, 민담, 구전 이야기를 여러 저자들이 오랜 시간에 걸쳐서 다듬고 엮은 편집물일 수도 있다. 만일 그렇다면 「욥기」는 아람과 가나안의 원전뿐 아니라 유대인과 전쟁을 벌였으나 결국 화해하고 전통을 공유한 부족들로부터 차용한 민족 전체의 집단적 상상이라고 볼 수 있다. 그 글이 살아남아 히브리 성서에 포함되었다는 사실 자체가 아름다움은 스스로를 구한다는 것을 예증한다. 그 내용이 너무도 심금을 울리는 탓에 누구나 이 아름다운 글을 읽으면 보존해야 한다고 느꼈을 것이다.

「욥기」는 한때 부와 풍요―건강한 몸, 행복한 가족, 곡물과 가축이 가득 찬 헛간, 드넓은 경작지―를 누렸으나 신이 그의 신앙을 시험하기로 하면서 모든 것을 잃은 한 남자를 그린다. 이 신은 전능하지만 한편으로는 유혹과 간사한 말에 쉽게 흔들리는 인간적인 신이다. 올터가 "적수"라고 번역한 "사탄"이 등장하더니 신에게 이렇게 속삭인다. 욥의 신앙은 그저 부귀에 달려 있으며, 부자는 풍요가 사라지면 신을 등지기 마련이라고 말이다.

이 말에 신은 약탈자를 보내서 욥의 가축을 도살하고 가옥에 불을 지르고 아이들을 살해하며 욥의 신앙을 시험한다. 그 상황에서 살아남은 이가 욥에게 소식을 전하자―"저만 가까스로 살아남아서 이렇게 말씀드리러 왔습니다"―욥은 슬퍼하며 겉옷을 찢고 머리를 밀고 신에게 머리를 조아린다. 그러나 그의 신앙은 무너지지 않는다. 그는 분노나 슬픔에 굴복하지 않고, 『킹 제임스 성서』에 따르자면 이렇게 일렀다. "주께서 주셨던 것, 주께서 도로 가져가시니 다만 주의 이름을 찬양할지라."

이에 사탄은 "사람이란 제 목숨 하나 건지기 위해 내놓지 못할 것이 없는 법"이라면서 뼈와 육신을 공격해도 그가 신앙을 지키는지 보자고 신에게 속삭인다. 그러자 신은 목숨만은 살려두라는 주의와 함께 욥을 사탄에게 넘긴다. 사탄은 욥에게 전염병을 내리고, 욥은 고통과 빈곤 속에서 목숨만 부지한 채 재만 남은 싸늘한 화로 곁에서 종기로 뒤덮인 몸을 긁는다. 그의 아내는 욥을 비난하면서 차라리 "하느님을 욕하고 죽으시오"라고 소리친다. 그러나 암흑 같은 절망 속에서도 욥은 신을 버리지 않는다.

이때 욥을 위로하고자 3명의 친구들이 찾아온다. 세 친구들은 우선 욥의 곁에 앉아서 조용히 그의 절망을 함께 나눈다. "그를 바라다볼 뿐 입을 열 수조차 없었다. 그가 고통당하는 모습이 너무나 처참했기 때문이었다." 그러다가 차례로 한 사람씩 욥에게 운명을 받아들이라고 말한다. 그들은 그의 신앙이 시험받고 있다고, 그래도 반드시 시험을 견뎌야만 한다고 말한다. 욥은 이를 악물고 귀를 닫는다. 위로를 받을 수가 없다. 그가 믿고 사랑한 신이 아무 이유도 없이 그를 벌하고 있다. 죽기를 바라도 "죽을 수조차 없으니" 신은 왜 자신을 살려두는가? 그는 울부짖는다.

그를 위로하러 온 자들이 태도를 바꾸어서 욥을 힐난한다. 그들은 욥이 자신의 잘못을 깨달으면 절망도 사라질 것이라고 말한다. "그 누가 자기를 지으신 이 앞에서 깨끗할 수 있으랴." 욥은 불평하는 대신 오히려 이 불행에 감사해야 한다. 이 불행은 그의 잘못에 대한 벌이다.

욥은 그들의 말을 듣지 않는다. 악의에 찬 신의 기행뿐만 아니라, 우주에서 인간이 얼마나 무의미한지에 대한 새로운 깨달음 역시 그를 괴롭게 한다. "사람의 수명은 하루살이와 같은데도 괴로움으로만 가득 차 있습니다." 가장 쓸모없는 풀이나 나무도 가을에 죽었다가 봄이 오면 되살아난다. 그러나 인간은 한 번 죽으면 썩어서 무無가 된다. 욥이 말한다. 희망은 신이 보기에 인간의 삶이 의미 있다는 믿음에 달려 있다. 그런데 우리에게 아무런 의미가 없다면 어떻게 할 것인가?

위로자들은 무의미를 고백하는 욥의 말을 이용해서 그를 꺾으려고 하지만, 욥은 저항한다. 그의 절망 자체가, 이 모든 일에도 불구하고 자신이 만물의 궁극적인 계획 속에서 의미가 있는 존재라는 주장과도 같다. 욥은 절망에 빠져서 신성모독에 가까운 질문을 던진다. 내가 믿는 신은 대체 어떤 신인가? 우리는 왜 우리에게 고통을 가하는 존재를 섬겨야 하는가?

욥의 위로자들은 위로를 얻으려면 불운을 자신의 탓으로 돌려야 한다고 욥을 설득한다. 욥은 거부한다. 그는 여전히 신을 믿는다. 그는 신이 준 것과 신이 빼앗아간 것을 받아들인다. 그가 그 이상 무엇을 해야 하는가? 그는 자신의 결백을 믿는데, 죄를 자백해야 하는가? "내가 죄 없다는 주장을 굽힐 성싶은가."

욥은 반박한다. 자신을 낮추는 것은 위로의 길이 아니라 굴욕의 길이다. 그는 이 "쓸모없는 의원들"의 조언을 더는 듣지 않는다. 너희도, 신도 나의 말을 듣지 않는다고 욥이 그들에게 말한다. 누구도 그의 말을 듣지 않는다면 그를 위로하지 못한다. 그는 인간이 하는 말에 더는 신경 쓰지 않는다. 그는 신과 싸운다. "전능하신 분, 하느님께 드릴 말씀을 다 드리려네."

재산을 잃고 종기로 뒤덮인 채 버려져서 누더기를 걸치고 있는 그는 경탄할 만한 인물이다. 그는 학대당하고 또 스스로를 학대한, 리어 왕을 비롯한 모든 위대한 문화적 거인들의 조상이다. 욥은 하늘에 대고 주먹을 휘두르며 소리친다. "나 아무 두려움 없이 말할 수도 있겠는데 그러나 어떻게 이런 일이 나에게 일어나는가!"

욥은 대꾸할 권리, 답을 요구할 권리를 행사한다. 그의 행동은 대화와 논쟁을 빌린 숭배이다. 「욥기」에서 그리고 히브리 예언의 전통에서 인간의 위로 탐색은 신에게 인정받고자 하는 요구가 되고, 말 들어줄 권리를 주장하는 외침이 된다.

욥의 신은 입 다물고 있지 않는다. 그는 회오리바람 속에서 위엄에 찬 장광설을 내뱉는다. 누가 감히 자신에게 도전하는가? 욥은 그의 권능을 아는가? 신이 말한다. "내가 땅의 기초를 놓을 때 너는 어디에 있었느냐." 새벽하늘에 별을 만들고 바다를 창조하고 구름으로 대지를 휘감은 존재에게 한낱 인간이 어찌 의문을 제기하는가? 나에게 이래라 저래라 하는 너는 누구인가? 어찌 네가 감히 너의 고통을 나의 탓이라 말하는가? "너의 무죄함을 내세워 나를 죄인으로 몰 작정이냐."

신이 보기에, 괴로움을 감히 신의 탓으로 돌린 욥은 용서할 수 없이 오만하다. 욥은 자신이 이해할 수 없는 것을 받아들여야만 한다.

회오리바람 속의 목소리는 복종을 요구하는 동시에 욥을 인정한다. 목소리가 말을 멈추자, 욥은 신이 자신의 말을 들었으며 이제 그도 자신이 이해할 수 없는 신적인 힘을 받아들여야 한다는 사실을 수긍한다. 욥과 신의 화해는 욥이 무지를 인정하는 데에서 시작한다. 그러나 그가 죄를 인정한 것은 아니다. "이 머리로는 헤아릴 수 없는 신비한 일들을 영문도 모르면서 지껄였습니다." 욥은 이렇게 말했고, 그의 말은 전달되었다. 자신의 잘못을 인정한 것이 아니라 한탄을 철회한 것이므로, 그의 복종은 고결하다. "그리하여 제 말이 잘못되었음을 깨닫고 티끌과 잿더미에 앉아 뉘우칩니다."

학식이 높은 한 친구는 나에게 이때의 "뉘우칩니다"의 히브리어가 N-Kh-M을 어근으로 하는 v'nikhamti라고 말해주었다. 위로에 해당하는 단어이다. 『킹 제임스 성서』의 「이사야」에 나오는 "위로하여라, 나의 백성을 위로하여라"의 히브리어 nakhamu도 같은 어근 N–Kh–M에서 나온 것으로, 문자 그대로 옮기면 "너는 위로를 얻는다"가 된다. 히브리어에서는 위로의 개념을 비통한 마음의 변화와 연결한다. 비통할 때에는 주변을 보지 못하고 집착하는 상태에 빠지기 쉬운데, 욥의 비통함이 그렇다. 욥이 그 자신과 자신의 운명밖에 생각하지 못한다면 그는 위로를 얻을 수 없다. 신이 헤아릴 수 없는 불가해한 존재라는 점을 받아들일 때, 그래서 결백에만 매달리기를 멈추고 신의 알 수 없는 질서를 받아들일 때 이전의 삶이 회복된다. 위로받는 데에 죄의 인정은 필요 없다. 위로를 받으려면 회개와 수용이 필요하다.

신이 요구하고 욥이 받아들인 것을 그렇게 이해하면 되는가? 욥이 회개하지 않는다면 신도 위로를 주지 않는다고? 만일 그렇다면, 신의 세계에서는 슬픔에 빠진 자가 슬픔을 억누르고 흔들림 없이 신에게 복종할 때에만 위로가 가능할 것이다.

그런데 이 음울한 이야기에는 더 많은 시사점이 담겨 있다. 우리는 「욥기」에서 욥을 위로하러 방문한 세 친구들에게 신이 감사를 전하기보다는 그들을 꾸짖는다는 사실에 눈을 돌려야 한다. "너희는 내 이야기를 할 때 욥처럼 솔직하지 못하였다."

욥을 위로하러 온 자들은 욥의 고통을 설명함으로써 그의 절망을 덜고자 했다. 그들은 결백한 자에게 신이 내린 고통을 합리적 근거로 설명한다. 신이 그들을 꾸짖은 것은 그들이 주제를 모르고 설명하려고 했기 때문일 것이다. 욥의 친구들은 감히 그들이 불행을 설명하려고 했다는 바로 그 점 때문에, 욥이 그가 응당 받아야 할 벌을 받았다는 듯이 말했기 때문에 위로를 건네는 데에 실패한다.

욥의 이야기에서 위로의 조건으로서 절대적 복종을 요구하는 신은 또다른 것도 요구한다. 욥에게 그 자신의 진실에 충실하라고 말이다. 욥은 죄를 인정하려고 하지 않는다. 그는 신과 거짓 위로를 주는 이들에게 결백함을 인정해달라고 주장한다. 욥은 정의―자신의 결백함―를 주장함으로써 역설적으로 믿음을 지킨다. 정의를 요구한다는 것은 이 세계는 정의가 통하지 않을 정도로 하찮고 무의미한 곳이 아니며 신에게는 정의를 펼칠 힘이 있다고 믿는다는 고백과 같다. 만약 이 해석이 옳다면 「욥기」의 저자는 신에게 복종함으로써 위로를 얻을 수는 있지만, 반대로 무력한 체념을 통해서는 위로를 얻을 수 없다고 말하는 셈이다. 이 공식을 우리 삶에 대입해보자. 우리가 용기를 품고 자신과 타인에게 고통스러운 현실을 인정해달라고 요구할 때에만, 그리고 그 고통을 부정하거나 그것이 합당한 고통이라는 거짓 위로를 거부할 때에만, 위로는 우리를 깊은 절망으로부터 건져 올릴 수 있다. 「욥기」는 또한 비통에 빠진 우리를 그토록 자주 괴롭히는 질문, "왜 나인가?"라는 질문을 멈추라고 조언한다. 신은 욥에게, 그리고 우리에게 그것은 답이 있는 물음이 아니라고 말한다.

이 우화의 끝에서 욥은 마치 이 새로운 깨달음에 대한 보상인 듯이 부와 가족, 집과 건강을 되찾는다. 「욥기」는 욥이 결국 신과 화해하고 "수를 다 누리고 늙어서 세상을 떠났다"는 말로 끝을 맺는다.

「욥기」는 세계의 질서를 설명한다. 그 설명에 따르면, 위로가 가능한 것은 천국이 침묵하지 않기 때문이다. 인간은 이 세계의 일부이며, 세계로부터 소외되어 있지 않다. 따라서 비록 세계의 질서가 불가해할지라도 욥은 힘든 고통을 받아들일 수 있다. 신이 보기에는 그 고통이 신앙에 대한 시험으로서 무의미하지 않기 때문이다. 신의 세계에 존재하는 부당함은 견디기에 어려울 수는 있지만, 변덕스럽고 무의미한 우연이 아니라 우리의 이해를 뛰어넘는 지성의 결과물이다.

오늘날에도 욥처럼 신과 대화하는 이들은 기도가 응답을 받으리라는 희망을 품고 살면서도, 동시에 신이 그 기도에 응답하지 않을 수도 있다는 것을 안다. 기도가 주는 위로는 그 기도를 직접 말하는 것으로부터, 그리고 기도를 통해서 자신과 교감하는 것으로부터 온다. 기도하는 사람은 회오리바람 속에서 목소리가 들려오리라고 더는 기대하지 않는다. 근대 이후로 우리는 침묵 속에서 신을 기다리는 데에 익숙해졌다. 위대한 종교 사상가이자 신비주의자로 1943년 사망한 시몬 베유는 욥의 이야기를 깊이 반추했다. 그녀는 자신과 신의 관계를 숙고한 끝에 신과의 관계는 희망을 품고 인내하며 기다리는 모습이라고 결론지었다. 그녀는 위로 때문이 아니라, 그저 신이 그곳에 있음을 느끼기 위해서 기다렸다. 베케트의 『고도를 기다리며En attendant Godot』에서 인간과 신의 관계는 더 어둡고 희극적이다. 블라디미르와 에스트라공은 기다리고 대화하고 또 기다리지만, 조용한 공기 속에서 그들에게 말거는 이는 나타나지 않는다. 우리는 그런 침묵에 익숙해졌다.

그렇다면 욥의 신을 인정하지 않거나, 신이 말 걸기를 기다리지 않는 이들은 욥의 이야기에 어떻게 공감할 수 있는가? 욥과 그의 신을 어떻게 생각하든 간에 우리는 위로라는 개념의 역사를 「욥기」에서 시작할 수밖에 없다. 「욥기」가 인간이 처한 상황을 너무나 명확하게 그리기 때문이다. 욥의 이야기는 우리에게 다음과 같이 일러준다. 우리는 존재 자체가 고통인 순간, 위로가 아예 불가능한 것처럼 느껴지는 순간에도 그 의미 없어 보이는 슬픔과 고통을 피할 수 없는 운명이다. 그럼에도 불구하고 욥이 그러했듯이 우리는 고통을 견딜 줄 알아야 하고, 살아온 삶의 진실을 포기하지 말아야 하고, 우리에게 이 고통이 마땅하다고 말하는 거짓 위로를 거부해야 한다. 죄책감을 거부하고 삶의 의미를 이해하기 위해서 온 힘을 다해야 한다. 우리는 영원한 침묵을, 의미 없음을 운명으로 부여받지 않았다. 우리가 찾아야 할 답은 운명과 맞닥뜨리며 끝없이 고통받는 인간의 상황, 그 회오리바람 속에 있다. 그러나 우리에게 맞는 답을 찾기 위해서는 누더기를 걸치고 하늘을 향해서 감히 주먹을 들어 올리던 자와 같이 용기를 내야 한다.

———————

주는 나의 목자, 아쉬울 것 없어라.
푸른 풀밭에 누워 놀게 하시고 물가로 이끌어 쉬게 하시니
지쳤던 이 몸에 생기가 넘친다. 그 이름 목자이시니 인도하시는
길, 언제나 곧은 길이요.

나 비록 음산한 죽음의 골짜기를 지날지라도 내 곁에 주님 계시오
니 무서울 것 없어라. 막대기와 지팡이로 인도하시니 걱정할 것
없어라.

원수들 보라는 듯 상을 차려주시고, 기름 부어 내 머리에 발라주
시니, 내 잔이 넘치옵니다.

한평생 은총과 복에 겨워 사는 이 몸, 영원히 주님 집에 거하리
이다.

이 글은 다른 어떤 글보다도 큰 위로를 준다. 큰 슬픔에 빠진 사람에
게는 이 「시편」 23편이 그 어둠을 견디도록 도와줄 것이다. 수감자에게
교도소 목사가 이 글을 읽어줄 수도 있다. 한때는 교수대에 오른 사람
이 마지막으로 듣는 문구이기도 했다.

「욥기」에서 욥은 회오리바람 속에서 신이 나타난 것, 그리고 고통 속
에서도 지켜낸 존엄을 신이 인정한 것에서 위로를 얻는다. 그러나 우리
는 어떠한가? 욥이 가진 신앙심도 없고 신을 믿지도 않는다면 「시편」
은 어떻게 마음을 움직이는가? 위트레흐트의 공연장에서 청중의 눈이
공감의 눈물로 젖은 것은 왜인가?

「시편」이 위로를 주는 이유는 간단하다. 「시편」의 시들은 아름답고
운율적이고 마술적이다. 다만, 위로는 그것만으로는 부족하다. 「시편」
은 어떻게 희망의 메시지를 담아내는가? 우리는 왜 그것을 믿는가?

욥은 비록 완전히 이해하지는 못했더라도 결국에는 신의 우주적 질

서에 복종했기 때문에 위안을 받았다. 오늘날 우리는 신의 우주적 질서라는 개념의 아름다움에 경탄할 수도 있고 심지어 그것이 참이기를 바랄 수도 있지만, 이미 버려진 확실성을 그리워하는 구슬픈 향수는 덧없는 위로에 지나지 않는다. 위로에는 단단한 개연성이 있어야 하며, 그렇지 않다면 위로가 주는 희망은 예정된 시험을 통과하지 못한다.

독실한 신자가 아니라면, 「시편」을 신의 질서에 대한 믿음의 증언으로 읽지 못한다. 그러나 인간의 표현이 처음으로 기록된 여명기로 거슬러올라가서, 그곳에서부터 시작된 의미의 사슬에 자신을 연결함으로써 위로를 얻을 수 있을 것이다. 또한 중도에 끊어지지 않는다면 그 사슬은 미래로 이어지면서 아직 태어나지 않은 세대들을 계속 위로할 것이다.

글은 살아남았지만 저자들은 오리무중이다. 우리는 그들을 「시편」 작가라고 부르면서도 그들에 관해서는 아무것도 알지 못한다. 이교의 신봉자였을까? 아니면 초기 유대교의 랍비였을까? 그중에 여성도 있었을까? 책 자체만큼이나 작가들의 삶에 관한 정보가 넘쳐나는 현시대에 전혀 모르는 작가들이 주는 감동은 반갑고 신선하다.

「시편」은 일종의 복기지複記紙(쓰인 글자를 지우고 그 위에 다시 글을 쓴 고대의 문서/옮긴이)로 바알 신앙, 가나안의 형이상학, 훗날 유대교가 된 신흥 유일신교의 다층적 의미들이 여러 세대들을 거치며 겹겹이 쌓인 작품이다. 그 신앙들을 빌리고 훔치고 중재하는 과정에서 교리는 사라지고 두려움과 광희狂喜의 파편들이 살아남아 우리에게 전해졌다.

「시편」은 아무런 손상 없이 온전하게 보전된 작품이 아니다. 학자들은「시편」의 문장이 어디에서 갑자기 끊기는지, 필경사가 어디에서 실수를 했는지를 찾아낼 수 있다. 그러나「시편」에서 특정한 문장들이 정확히 무엇을 의미하는지, 문장이 왜 그런 식으로 이어지는지, 문장에 어떤 형이상학이 암시되어 있는지는 알아낼 수 없다. 예를 들면『킹 제임스 성서』가 영혼이라고 옮긴 히브리어 단어는 로버트 올터에 따르면 차라리 활기 혹은 생명력에 가깝다고 한다.「시편」의 내용이 확실히 합의된 것도 아니다. 기독교의「시편」해석은 유대교의 해석과 수천 년간 경쟁해왔다. 현대의 번역도 서로 크게 달라서 도대체 그 원문이 모두 같은「시편」인지 의아할 정도이다. 그러니 보존된「시편」그리고 지속된 위로는 어느 필경사 집단이 성스러운 경전을 다음 집단에게 경건하게 전달한 결과가 아니라, 치열한 논쟁의 결과에 더 가깝다.「시편」은 전승 과정에서 한 종교 집단이 다른 집단으로부터 빼돌리고, 불길에서 건져내고, 땅속에 숨기고, 안전한 곳으로 밀반출하고, 소중하게 모시고, 그와 동시에 좋은 믿음으로든 나쁜 믿음으로든 조작을 가한 결과물일 것이다.

　「시편」은 찬송과 애가哀歌, 즉 노래들로 이루어져 있다. 현재까지 전해지는「시편」에는 연주자가 사용해야 할 악기가 지시되어 있고 음악가를 위한 표식도 남아 있는데, 아마 이미 명맥이 끊긴 이교 신앙의 흔적일 것이다. 이제는 어떤 악기였는지, 소리는 어땠는지를 알 수 없다. 그러나 초기 수도원의 성가대부터 우리 시대의 작곡가에 이르기까지 모든 세대의 음악인들은 멈추지 않고 이 시에 음률을 붙여왔다. 그런 의미에서 보면 우리는 그저 과거에서 온 신비한 선물을 수동적으로 상속한 세대가 아니다. 먼 미래에도 작곡가와 예술가들은 새로운 형태의 음악을 이 시에 붙일 것이고, 우리가 죽고 오랜 시간이 흐른 후에도 사람들은 위트레흐트의 합창단이 그러했듯이 여전히 「시편」을 노래할 것이다.

「시편」을 읽는 경험은 폐허를 걷는 것, 즉 무너진 기둥을 지나 발자국이 찍힌 벽난로 자리를 넘어서 지하실로 들어가면 축축한 돌 냄새가 훅 끼쳐오고, 손으로 모르타르(시멘트, 모래, 물을 섞은 건축 재료/옮긴이)를 쓸어보거나 석공의 문장을 만지는 순간 뛰어난 기술을 가진 이름 없는 장인을 만나는 것과도 같다. 그 순간 우리는 석공과 「시편」 작가들을 통해서 오랫동안 아름다움을 간직해온 의미의 사슬에 우리가 속해 있음을 깨닫게 된다.

이 사슬을 시작한 유대인 장로들은 당시 유통되던 다양한 판본들의 「시편」 150편을 모은 후에 서로 대조하고 순서대로 취합해서 히브리 성서에 포함시켰다. 그리스의 필경사들이 그것을 그리스어로 옮겨 적고, 초기 기독교인들과 중세의 필사가들이 그리스어판을 라틴어로 번역하고, 다시 초기의 식자공들이 유럽의 일상어로 옮기고, 그후 영국의 성직자 위원회가 "무시무시한 통치자"의 권위 아래에서 이 모든 과정을 되밟으면서 그리스어, 히브리어, 라틴어 문장들을 차례로 검토한 끝에 1611년에 장엄한 영어 운율을 갖춘 『킹 제임스 성서』를 내놓았다.

「시편」은 우리 존재를 심원한 시간 속에 놓을 뿐만 아니라, 고통당하는 이들에게 그들의 경험이 시대를 뛰어넘은 보편적인 것임을 이해하게 한다. 「시편」 137편, "바빌론 기슭, 거기에 앉아 시온을 생각하며 눈물 흘렸다"는 현대 유대인에게 그들이 바빌론의 포로였던 선조들과 같은 민족임을 상기시킨다. 그러나 이 부분은 동시에 아메리카 대륙의 식민지와 카리브 해 연안의 농장으로 팔려가 고통받은 아프리카인들에게도 말을 건넨다. 「시편」은 한때 노예였고 훗날에는 자유인이 된 이 사람들이 노래한 영가靈歌의 원천이 되었고, 이들은 결국 미국흑인교회라는 강력한 복음 전통을 창시했다. 「시편」 137편에 나오는 유대인들을 향한 경고, "예루살렘아, 내가 너를 잊는다면, 내 오른손이 말라버릴 것이다. 내 혀가 입천장에 붙을 것이다"는 망명의 쓸쓸함을 맛본 사람이라면 누구나 가슴에 사무치는 말이다. 또한 「시편」은 고향에서 쫓겨난 자들의 오랜 분노를 이해한다. 「시편」의 내용은 한탄으로 시작해 바빌론의 폭군을 향한 분노로 끝난다. "네가 우리에게 입힌 해악을 그대로 갚아주는 사람에게 행운이 있을지라." 작가는 이렇게 말하고는 끔찍한 저주를 퍼붓는다. "네 어린것들을 잡아다가 바위에 메어치는 사람에게 행운이 있을지라." 비통함과 상실뿐 아니라 무시무시한 분노까지 표현하는 능력이 「시편」에 권위를 부여한다.

「시편」은 이 전통의 창시자들이 우리와 똑같은 사람이라고 일러준다. 그들은 추방과 상실의 고통이 어떤 것인지, 죽고 죽어가는 것이 얼마나 두려운 일인지 알고 있었다. 그들도 익히 알고 있었듯이, 가장 큰 절망은 자신이 혼자라고 느낄 때 찾아온다. 그래서 그들이 건네는, 다른 이들도 우리와 똑같이 느낀다는 확신, 분노하고 절망하며 더 나은 미래를 갈망할 때 우리가 혼자가 아니라는 확신이 위로가 된다.

위로는 인정에 기반을 둔다. 누군가를 위로한다는 것은 나도 안다고 되풀이해서 말해주는 것이다. 우리가 겪은 고통을 공유하면, 다른 이들은 자신이 혼자가 아님을 알게 된다. 이 공유와 깨달음은 우리에게 주어진 가장 기본적이면서 가장 어려운 연대 행위이다. 또한 오래되었지만 충분히 알아볼 수 있는 이미지를 통해서 「시편」이 우리에게 짊어지라고 충고하는 의무이다. 「시편」은 이를 위해서는 진실해야 한다고 말한다. 진실하지 못하면 위로는 불가능하다. 「시편」은 특히 우리를 망연하게 하는 공포가 어떤 느낌인지 인정하라고 충고한다.

물이 잦아들듯 맥이 빠지고 뼈 마디마디 어그러지고

「시편」 작가들은 절망을 알았다.

내 마음은 풀처럼 시들고, 식욕조차 잃었사옵니다.

그리고 우리의 고독을 이해했다.

지붕 위의 외로운 새와도 같이 잠 못 이루옵니다.

또한 「시편」 작가들은 헛되이 위로를 기다리는 견디기 힘든 경험을 잘 알고 있었다. 그들은 누구의 귀에도 닿지 않는 울음, 응답받지 못한 절망의 고통에 주의를 기울인다.

주여! 언제까지 나를 잊으시렵니까. 영영 잊으시렵니까. 언제까지 나를 외면하시렵니까.

「시편」 작가들은 신의 존재를 의심하지는 않지만―바로 이 점이 그들의 분노와 우리의 분노를 구분한다―신의 은총과 자비의 징표를 바라면서도 의심이 가득한 그들의 기다림에는 위로가 존재한다. 그들의 의심 덕분에 우리는 영적인 향수, 우리가 결코 회복할 수 없는 확실함의 세계가 있다는 느낌으로부터 벗어날 수 있다. 「시편」의 도움으로 우리는 신에 대한 믿음이 철석같은 시대, 즉 신의 불가사의함을 의심하거나 그에 괴로워하지 않은 시대는 인류 역사에 존재하지 않음을 깨닫게 된다.

「시편」 작가들은 의심이야말로 믿음의 고유한 속성이라고 거듭 강조한다. 믿으면 확실해진다는 생각은 환상이다. 어느 현명한 친구가 나에게 말했듯이, 의심과 확신은 그늘과 빛과도 같다. 「시편」에 따르면, 의심은 믿음을 시험하고 또한 그 깊이를 더해준다. 신념을 지키는 삶은 마치 인간의 내구성을 시험하는 삶처럼 느껴지는데, 「시편」은 내면에서 믿음이 말라간다고 느껴지더라도 절망을 두려워하지 말라고 말한다. 「시편」은 절망을 알아야 희망의 진정한 모습을 알 수 있으며, 우리가 희망을 품기 위해서 그토록 간절하게 싸울 수 있는 것은 절망의 기억 때문이라고 가르친다. 「시편」 작가들은 우리의 흐느낌이 밤새 계속되겠지만 "아침이면 기쁘리라"라고 말한다.

희망과 절망의 이 이원성은 「시편」의 구조에 내재된 특징이다. 한탄 뒤에 긍정이 따르는 양식이 되풀이되고, 그에 따라서 모든 위로—신의 권능과 자비를 믿는 데에서 오는 위로—는 우리가 과연 무엇 때문에 위로를 찾는지에 완전히 집중함으로써 얻어진다. 「시편」은 절망에 가까운 상태로 시작해서("나의 운명은 석양의 그림자"), 신의 질서와 인간의 연속성에 대한 긍정으로 끝을 맺는다("하느님은 언제나 같으신 분, 해가 바뀌고 또 바뀌어도 영원히 계시옵니다").

욥이 그러했듯이 「시편」 작가들도 현실의 세계와 그들이 소망하는 세계의 간극을 설명해달라고 요구하면서 신과의 대화를 이어간다. 「시편」 작가들은 그저 정의를 기다리는 것에 그치지 않는다. 그들은 왜 정의가 영원히 도래하지 않을 것처럼 보이는지 묻는다. "언제까지 너희는 불공평한 재판을 하려는가, 언제까지 악인에게 편들려는가." 더 나아가 「시편」 작가들은 신이 따라야 할 정의의 이상理想을 감히 기준으로 제시한다. "약한 자와 고아를 보살펴주고 없는 이와 구차한 이들에게 권리 찾아주며." 욥처럼 「시편」 작가들도 인간은 정의가 무엇인지 알고 있다고 주장한다. 그런데 왜 신은 이해하지 못하는 것처럼 보이는가? 「시편」은 우리의 역설적인 상황을 인상적으로 표현한다. 죄악과 실패에도 불구하고 우리는 정의로운 세상이 어떤 모습인지 여전히 완벽하리만큼 선명하게 상상할 수 있다. 그러나 누구보다도 신이 가장 잘 아는 이유로, 전능한 신은 그 완벽한 세계를 우리에게 허락하지 않는다. 「시편」 작가들이 제시하는 위로는 언젠가 메시아가 이 땅에 나타나서 우리를 그 완벽한 세계로 인도하리라는 전망에 있다. 그때까지 우리는 이 땅에 정의가 오기를 갈망하면서 기다리고 희망하고 기도해야 한다. 기원전 5세기에야 그리스의 도시국가들에서 사람들은 이와는 다른 새로운 행동을 상상하기 시작했다. 이 새로운 행동을 정치라고 부른다. 정의의 실현을 신들에게 맡겨놓을 수만은 없다는 것이다. 그것은 인간의 일이어야 한다.

이로써 마침내 위트레흐트 공연장에서 보았던 공감의 눈물을 이해할 수 있었다. 또한 이 불신의 시대에 「욥기」, 「시편」과 같은 고대의 글이 어떻게 여전히 위로의 힘을 발휘하는지도 이해할 수 있었다. 우리의 의심, 세계의 불가해함과 정의의 부재와 잔혹한 운명 탓에 미칠 것만 같은 느낌, 인간 경험의 정당성과 의미에 대한 갈망을 언어로 표현하는 놀라운 능력이 「시편」에 있기 때문이다. 인간이 「시편」을 암송하고 필사하고 불 속에서 건져내면서 수천 년간 보존해왔다는 사실은 이 세계와 우리 자신의 존재에 의미를 부여하고자 하는 사람이 우리 혼자가 아님을 확증해준다. 이를 믿기 위해서 신을 믿을 필요는 없다. 인간을 믿는 것, 우리에게 주어진 의미의 사슬을 믿는 것이면 충분하다.

2

메시아를 기다리며

바울로의 서신들

이제 유대교 예언의 전통에 뿌리를 두고서 기독교적인 위로의 새로운 언어를 창조한 사람을 만나보자. 그는 사회적으로나 지리적으로나 로마 제국의 변방이라고 할 수 있는 지방 도시 출신이었다. 그 자신이 말한 바대로 젊은 유대인 광신자였던 그는 오늘날의 튀르키예 남동부에 해당하는 로마 시칠리아 지역의 행정 수도이자 그리스어를 사용하는 항구 도시 타르수스에서 돛대와 천막을 만드는 집안의 아들로 태어났다. 그는 자부심을 담아 광신자라는 단어를 사용하면서 자신을 「이사야」와 「예레미야」, 「시편」이 예언한 메시아의 도래를 믿는 사람이라고 표현했다. 그는 이교도로 가득하던 그 무역 도시에서 유대 율법을 엄격히 따르는 바리새파의 일원이었다. 피 끓는 20대 시절, 유혹은 늘 그의 곁에 있었다. 신과 토라(『구약 성서』의 첫 다섯 편, 곧 「창세기」, 「출애

굽기」, 「레위기」, 「민수기」, 「신명기」를 일컫는다/옮긴이)를 향한 믿음은 굳건했으나, 인근의 매음굴과 술집, 타르수스 시장과 골목에서 정치와 종교에 관한 논쟁을 벌이는 상인과 장인들 사이에서 그는 시험에 들고는 했다.

본명이 사울인 그는 성미가 불같고 입이 거친 비사회적 인물이었다. 그는 또다른 광신자인 목수 아들이 이스라엘 예언자들이 약속한 메시아임을 자처하며 유대의 언덕들에서 설교를 시작한 바로 그 순간에 성년이 되었다.

과거에도 소란을 일으키는 자들이야 많았으니 예루살렘의 유대인 지도자들은 빈자를 돕거나 메시아를 참칭하는 나사렛 예수를 그저 무시할 수도 있었다. 그러나 예수가 그들의 권좌인 성전에 성큼성큼 들어와 환전상의 탁자를 뒤엎고 성스러운 곳을 도둑 소굴로 만들었다며 종교 지도자들을 비난하자, 그들도 가만히 있을 수가 없었다. 분개한 예루살렘의 유대인 지도자들은 그를 로마 식민지 당국에 넘겼다. 로마 총독 입장에서는 그런 신동가쯤이야 무시해버릴 수도 있었다. 유대인들의 싸움을 진정시키는 것이 로마 제국의 일이겠는가? 그런데 이 사람은 자신이 모든 지상의 권위를 전복하고 신의 왕국을 세우기 위해서 예루살렘에 왔다고 주장하고 있었다. 이것은 반란이자 반정부 선동이었고, 그런 이유로 목수의 아들은 십자가형에 처해졌다.

보통 이렇게 잔혹한 형벌을 내리면 지역민들은 이내 정신을 차리고 잠잠해졌다. 그런데 이번의 이단은 좀처럼 수그러들지 않았다. 뿔뿔이

흩어졌던 예수의 제자들은 어느새 다시 모여, 십자가에 매달렸던 지도자가 부활했으며 이것이야말로 그가 말했듯이 예수가 메시아이고 예수를 믿는 사람은 그의 재림을 기다리면서 희망 속에서 살 수 있다는 증거라고 주장했다. 초기 기독교 공동체는 재산을 공동으로 소유하고 자선을 베풀고 최후의 만찬과 제자들의 모임을 본떠서 빵과 포도주로 의식을 행하며 유대인 세계 안에서 형태를 갖추기 시작했다. 그들은 모든 순간 자신들이 「사무엘」과 「다니엘」, 「이사야」와 「신명기」가 예언한 세상의 종말을 준비하고 있다고 믿었다.

예수가 십자가형을 당하고 2년이 지난 기원후 33년경 예루살렘에서, 그리스어를 사용하는 유대교 회당의 신도들이 스데파노라는 신도를 산헤드린 법정에 세웠다. 예수의 제자들이 유대교 회당을 파괴하고 모세(이스라엘 민족을 노예 상태에서 해방시킨 지도자/옮긴이)가 전한 율법을 뒤엎을 것이라고 설교했다는 것이 그의 죄였다. 사울은 재판에 참석해서 스데파노의 변론을 들었다.

스데파노는 모세를 모독한 것은 자신이 아니라, 자신을 기소한 이들이라고 주장했다. 그들은 모세가 약속의 땅에 들어오지 못하도록 이스라엘 사람들이 막았던 일을 기억하지 못하는가? 그들은 그들보다 더욱 충실하게 신의 명령을 따르는 이들을 박해하면서 그때와 정확히 똑같은 일을 하고 있지 않은가? 신이 선지자를 보내리라고 예언한 사람이 바로 모세라는 사실을 그들은 잊었는가? 그들은 신이 보낸 선지자가 예수라는 것을 깨닫지 못하고 그를 넘겨 십자가형을 받게 했다. 스데파노는 외쳤다. 당신들은 당신들의 아버지들과 똑같다! 그 아버지들이 박해하지 않은 예언자가 한 사람이라도 있었는가?

스데파노의 연설로 법정은 뒤집어졌다. 사람들은 신성모독을 듣지 않으려고 귀를 막았다. 또다른 이들은 그를 법정에서 성문 밖으로 끌어냈다. 그리고 그곳에서 스데파노의 손을 뒤로 묶고, 그를 둥글게 둘러싼 채 돌로 내리찍기 시작했다. 성문 밖으로 몰려가 사람들이 그를 돌로 내려찍는 모습을 지켜보던 구경꾼들 중에는 사울도 있었다.

그것은 절대로 잊을 수 없는 광경이었다. 스데파노가 먼지구름과 증오의 외침 속에서 피투성이가 된 채 비틀대며 무력하게 사람들의 구타를 막아보려다가 결국 무릎을 꿇고 정신을 잃은 채 초주검이 되는 모습. 사울은 그 광경을 두 눈으로 보았고, 피에 목마른 군중의 외침과 조롱을 두 귀로 들었다. 그 자리에 있던 스데파노의 친구들도 차마 나서지 못하고 무력하게 스데파노의 외침을 기록하기만 했다. "주 예수님, 제 영혼을 받아주십시오." 어떤 친구는 그가 쓰러지기 전에 마지막으로 뱉은 말이 "주님, 이 죄를 저 사람들에게 지우지 말아주십시오"였다고 주장했다.

충격적인 경험에 대한 사울의 첫 반응은 철저한 부정이었다. 사울은 바리새 민병대에 들어가서 폭도의 말을 따르는 신도들을 탄압했다. 그리고 관습에 따라서 유대교 율법을 위반한 이들을 39대씩 채찍질했다. 그러던 중에 사울은 율법을 위반한 교파를 격멸하기 위해서 다마스쿠스로 향했다. 말을 타고 예루살렘에서 다마스쿠스로 가는데, 문득 스데파노의 죽음이 떠오르고 자신에게 채찍을 맞던 자들의 눈에 서려 있던 두려움과 증오가 되살아나 그의 영혼을 짓누르기 시작했다. 그러더니 욥을 찾아온 회오리바람 속의 목소리처럼 하늘에서 눈부신 빛이 내려오고 목소리가 들려왔다.

"사울아, 사울아, 네가 왜 나를 박해하느냐?"

말에서 떨어진 사울은 정신을 잃고 땅에 쓰러졌다. 예수의 목소리가 그에게 다마스쿠스에 있는 기독교인의 집으로 가서 다음 지시를 기다리라고 말했다.

사울이 다마스쿠스로 가는 길에서 쓰러진 것은 정신적인 고통이 심해져서 몸이 쇠약해졌기 때문이었다. 눈이 멀고 기력이 쇠한 사울은 동료들의 부축을 받으면서 다마스쿠스에 당도했고 어둠 속에서 쉴 곳을 찾았다. 이제 그는 자신과 홀로 대면해야만 했다. 만약 지금껏 믿어온 모든 것들이 잘못된 것이라면? 자신이 박해했던 이들이 오히려 옳았다면? 이스라엘의 신이 보낸 메시아를 반갑게 맞이하고 그의 가르침을 따르는 대신, 진실을 깨우친 자들을 박해하고 있었다면? 다마스쿠스에 있는 신도의 집에 여장을 풀고 암흑 속에서 보낸 그 며칠 사이에 사울의 정신세계는 완전히 무너지고 말았다.

그러나 시력과 정신을 되찾은 후로 그는 빠르게 회복하고 완전히 개심했다. 예전의 신앙을 버리고 새로운 신앙을 받아들이는 일이 물 흐르듯이 이루어질 것만 같았다. 이전의 신앙처럼 새로운 신앙에도 이스라엘의 신만이 존재했다. 이전의 삶처럼 새로운 삶에서도 유대교 율법을 지킬 수 있었고, 바리새인은 물론이고 그리스 로마의 신을 숭배하는 자들, 스토아 철학과 에피쿠로스 철학의 추종자들 사이에서도 신도를 모을 수 있었다. 이제 그는 예수가 선택받은 자라고 믿고, 또한 유대의 예언자들이 예수의 왕림을 미리 예언했다는 것도 확실히 알게 되었다. 그리고 결정적으로, 메시아가 자신을 믿는 이들에게 영원한 삶을 약속했다는 점을 새롭게 깨달았다. 다마스쿠스에서 기력을 되찾은 사울은 자기 자신을 정화하기 위해서 사막으로 들어갔다. 그리고 예루살렘으로 돌아왔을 때에는 새로운 사람이 되어 있었다. 그는 이제 사울이 아니라 바울로였다.

바울로는 자신이 개심한 경험을 통해서, 만일 신이 그렇게 명령한다면 누구나 말 그대로 하룻밤 사이에 새로운 사람이 될 수 있다고 확신했다. "내가 이제 심오한 진리 하나를 말씀 드리겠습니다. 마지막 나팔 소리가 울릴 때에 순식간에 눈 깜빡할 사이도 없이 죽은 이들은 불멸의 몸으로 살아나고 우리는 모두 변화할 것입니다." 인간은 습관, 충동, 중독, 욕구에 영원히 매인 존재가 아니었다. 사람은 다시 새롭게 태어나고 구원받고 더 나은 삶을 살 수 있었다. 고대의 스토아 철학과 에피쿠로스 철학에는 그런 희망이 없었다. 본성을 길들이고 충동을 조절할 수는 있어도 새로운 사람이 될 수는 없었다. 바울로는 만나는 사람마다 신이 인생을 지금 이곳에서 바꿀 수 있다고 설득하고, 사람들이 불멸의 세계에 들어가도록 준비시키는 일에 평생을 바쳤다.

기원후 34년이나 35년인 이 시기에 성서는 아직 존재하지 않았다. 마태오, 마르코, 루가, 요한의 증언은 전파되지 않았고, 「사도행전」도 없었다. 사제나 주교, 종교 단체도 없었으며, 존재하는 것은 오직 예수를 따르던 소수의 제자들과 유대인 어부, 세리, 대체로 아람어를 사용하는 시골 사람들의 구전뿐이었다. 그들에 비하면 바울로는 도시적인 사람이었다. 그는 지중해 항구 도시 출신으로 그리스어에 능통했고, 제국을 하나로 연결하는 육지 교역로와 해상 교역로를 잘 아는 유일한 사람이었다. 베드로가 이끄는 최초의 사도들은 처음에는 그를 미심쩍게 여겼다. 그러나 바울로는 예루살렘의 유대교 회당에 뛰어들어가서 자신이 개심한 이야기야말로 신의 권능을 입증한다고 설교하기 시작했다. 스스로 인정했듯이 바울로는 연설을 잘하지 못했고, 카리스마가 넘치는 인물도 아니었다. 그러나 그에게는 사람을 끄는 매력과 유약함이 있었다. 고린토(코린토스)의 기독교 공동체 앞에서 그가 말했다. "나는 사도들 중에서 가장 보잘것없는 사람이요, 하느님의 교회까지 박해한 사람이니 실상 사도라고 불릴 자격도 없습니다." 그러나 나는 오늘의 나이며 어느 사도보다도 더 열심히 일했다고 바울로는 말했다.

바울로가 다른 제자들보다 더 열심히 일했는지는 몰라도 초기 사도들은 여전히 의심을 버리지 않았다. 그들은 예수와 아는 사이였고, 그는 아니었다. 그들은 겟세마네 동산에서 예수와 함께 기도했지만, 그는 아니었다. 그러나 바울로는 그들에게 불가결한 존재가 되어 의심을 극복했다.

그는 구전으로 가르침을 전하는 교파는 오래 생존할 수 없다는 것을 알고 있었다. 구전에는 안정적이고 중심적인 권위가 부족하다. 그러한 권위가 없다면, 그들 집단은 여러 종파들로 분열되어 반목을 거듭하다가 결국 유대인과 로마 당국의 적개심 사이에서 분쇄될 것이 분명했다. 신앙이 살아남으려면 신자를 가르칠 문자화된 교리가 필요했다.

바울로는 방문한 공동체들에 편지를 보냈는데, 바로 이 서신들이 그런 길잡이가 되었다. 바울로의 서신들은 신도를 고무하며 질책하고, 배교자를 설득하고, 윤리적이고 신학적인 논쟁을 명확히 하는 실용적인 문서였다. 가끔 그는 파벌 싸움을 잠재우거나 자신의 권위에 저항하는 이들을 진압할 목적으로도 서신을 이용했다. 그러나 그 목적이 전부였다면 그의 서신은 자취를 남기지 못했을 것이다. 돛 제작자의 아들 바울로는 자신의 서신들을 오늘날까지 살아남은 정교의 초석으로 만들었다.

바울로는 유대교의 한 분파였던 기독교를 모든 이들에게 열려 있는 보편 신앙으로 탈바꿈시켰다. 다른 사도들, 특히 베드로는 유대인이 아닌 사람들을 경계했다. 바울로는 생각이 달랐다. 그가 나고 자란 항구 도시에서는 유대인과 비유대인, 이교도, 에피쿠로스 철학, 스토아 철학이 이웃의 헌신과 교섭을 두고 시장에서 자유롭게 경쟁했다. 바울로는 메시아가 모든 인간을 구원하러 왔다고 믿었다. 「갈라디아인들에게 보낸 편지」에서 바울로는 대단히 혁명적인 메시지를 전했다.

유대인이나 그리스인이나 종이나 자유인이나 남자나 여자나 아무

런 차별이 없습니다. 그리스도 예수 안에서 여러분은 모두 한 몸
을 이루었기 때문입니다.

『구약 성서』에 적힌 위로—「욥기」와 「시편」의 위로—는 선택된 자들
이 선택된 자들을 위해서 정리한 것이었다. 뒤에서 살펴볼 스토아 철
학과 에피쿠로스 철학의 위로—키케로와 세네카, 에피쿠로스와 에픽
테토스의 위로—역시 그리스와 로마의 지배층을 위한 것이었다. 반면
에 바울로는 임박한 메시아의 재림으로 모든 사람이 구원을 얻을 것이
라고 믿었다. 바울로는 인간의 평등을 말하는 언어, 인간이 만든 가장
강력한 위로의 언어를 최초로 창조했다. 거의 인정받지는 못했지만,
그의 언어는 이후에 평등을 외치며 등장한 세속적, 혁명적, 사회주의
적, 인본주의적, 자유주의적 언어의 기초가 되었다.

종말의 시대에 하느님의 왕국이 지상에 도래하면 모든 인간이 평등
해지겠지만, 지금 이곳의 신자들은 현실에 적응해야 한다는 것을 바울
로는 알고 있었다. 그의 교리는 노예와 자유인의 평등을 선언했지만,
노예가 주인에게 반란을 일으켜서는 안 된다고 가르쳤다. 또한 그리스
도 안에서 여자와 남자는 평등하지만, 여자는 남편에게 복종해야 한
다고 선언했다. 권력에 관해서라면, 바울로는 로마의 권위에 저항하지
않았다. 오히려 자신에게는 로마 시민권이 있다고 주장하기도 했다.
카이사르의 것은 카이사르에게. 그의 주인 예수는 그렇게 설교했고,
그는 이 명령을 충실히 따랐다.

메시아가 완전히 평등한 세상을 이룩할 때까지 신자들은 참고 인내할 줄 알아야 한다고 바울로는 가르쳤다. 이 가르침은 그에게도 해당되었다. 로마의 신도들에게 바울로는 고통이 우리에게 불굴의 의지를 가르쳐준다고 말했다. "인내는 시련을 이겨내는 끈기를 낳고 그러한 끈기는 희망을 낳는다는 것을 우리는 알고 있습니다." 사람은 크나큰 고난을 받아들임으로써 스스로 위로하는 법을 알게 된다고 바울로는 말하고 있었다. 그는 결혼도 마다한 채 30년이 넘도록 로마 제국의 동부를 홀로 종단하며 사람들을 전도했다. 그러면서 메시아의 재림을 믿고 싶지만 당장의 가혹한 삶에도 위로가 필요한 소박한 사람들을 위해서 현실의 슬픔과 불안에 맞추어 자신의 복음을 각색했다.

로마 세계의 에피쿠로스적 규범에서는 합리적 삶의 유일한 방식이 쾌락을 좇고 고통을 피하는 것이라고 가르쳤다. 반면, 이 새로운 종교는 고통을 인간 경험의 핵심에 놓았고 고통의 가장 끔찍한 이미지—십자가형—를 불변의 상징으로 삼았다.

예수가 걸었던 고난의 길을 사도의 모범으로 삼아야 한다는 것은 바울로의 생각이었다. 고통은 믿음을 시험하는 동시에 믿음의 회복력을 증명했다. 과거에 유대교 배교자들에게 직접 채찍을 휘둘렀던 바울로는 이제 자신이 두들겨 맞았음을 강조했다.

유대인들에게 사십에서 하나를 감한 매를 다섯 번이나 맞았고,

몽둥이로 맞은 것이 세 번, 돌에 맞아 죽을 뻔한 것이 한 번, 파선

을 당한 것이 세 번이고 밤낮 하루를 꼬박 바다에서 표류한 일도 있습니다. 자주 여행을 하면서 강물의 위험, 강도의 위험, 동족의 위험, 이방인의 위험, 도시의 위험, 광야의 위험, 바다의 위험, 가짜 교우의 위험 등 온갖 위험을 다 겪었습니다.……이런 일들을 제쳐놓고라도 나는 매일같이 여러 교회들에 대한 걱정에 짓눌려서 고통을 당하고 있습니다.

바울로는 자신의 굴욕을 말하면서 신자들이 고통 자체를 고귀하게 여기도록 했다. 그는 예수가 부활하기 전에 십자가 위에서 고통받았듯이 신자들도 구원을 기다리며 고통받아야 한다는 것을 이해시켰다.

영감과 권위를 얻기 위해서 바울로는 히브리 성서를 활용했다. 그는 아브라함이 아들 이삭을 제물로 바치면서까지 신에게 순종하려고 했던 사례를 들면서, 고통을 선택하는 것이 믿음을 증명하는 궁극의 행위라는 교리에 권위를 부여했다. 아브라함은 이삭이 살아난 후에 신의 궁극적인 축복으로 보상을 얻었다.

나는 너에게 더욱 복을 주어 네 자손이 하늘의 별과 바닷가의 모래같이 불어나게 하리라. 네 후손은 원수의 성문을 부수고 그 성을 점령할 것이다. 네가 이렇게 내 말을 들었기 때문에 세상 만민이 네 후손의 덕을 입을 것이다.

"세상 만민." 이 말은 메시아의 재림을 모든 민족에게 알리는 데에 필요한 설득력 있는 근거였다.

예수가 십자가에 매달리고 10여 년이 지났을 때 바울로는 데살로니카에 정착했다. 그곳은 동방으로 가는 로마 제국의 도로인 에그나티아 가도에 위치한, 그리스 로마 시대의 주요 도시였다. 또한 로마의 관리와 종복, 이교도로 가득한 곳이었다. 그는 이곳에서 2년간 돛 제작자로 일하면서 한 기독교인의 집에서 집회를 열고 신도를 모았다. 그는 신도들에게 예수의 재림, 임박한 종말을 약속했다.

2년 후 바울로가 아테네로 떠날 즈음에는 몇몇 신도들이 이미 세상을 떠났는데, 남은 이들은 먼저 세상을 떠난 친구들이 구원을 받았는지, 그리고 얼마나 더 기다려야 구원을 받을 수 있는지 궁금해했다. 바울로는 데살로니카의 신도들이 믿음을 저버리고 있다는 소식을 듣고, 충실한 동역자 디모테오에게 서신을 들려 보내서 그들이 다시 바른길로 돌아오기를 바란다고 전했다. 바울로는 이렇게 설명했다. 예수의 임박한 재림은 여자가 출산을 하듯이 갑작스러운 충격 속에서 그늘을 엄습할 것이다. 고통이 찾아올 때 그들은 종말과 천국의 여명을 맞을 준비가 되어 있어야 한다.

명령이 떨어지고 대천사의 부르는 소리가 들리고 하느님의 나팔 소리가 울리면, 주님께서 친히 하늘로부터 내려오실 것입니다. 그러면 그리스도를 믿다가 죽은 사람들이 먼저 살아날 것이고, 다음으로는 그때에 살아남아 있는 우리가 그들과 함께 구름을 타고 공중으로 들리어 올라가서 주님을 만나게 될 것입니다. 이렇게 해서 우리는 항상 주님과 함께 있게 될 것입니다.

바울로는 데살로니카 사람들에게 "여러분은 이런 말로 위로하십시오"라고 말했다. 이보다 더 강력한 위로는 아직 발명되지 않았다. 시간이 멈추는 결정적 순간이 오면 신자들은 노화와 부패, 공포와 상실이 사라진 영원한 현재 속에서 살 수 있었다. 이 갈망을 만들어낸 것은 『구약 성서』의 예언자들이었지만, 예수가 탄생하고 한 세기 동안 그 갈망을 신자들의 일상적인 열망으로 바꾼 사람은 바울로였다. 그의 가르침은 지중해 동부 해안을 따라서 처음에는 수백 명, 다음에는 수천 명, 그다음에는 수백만 명에게 희망을 불어넣었다.

바울로는 살아 있는 동안 메시아를 보게 되리라고 믿어 의심하지 않았고, 신도들에게도 축복받은 메시아의 재림이 임박했다고 설교했다. 그러나 수십 년간 고된 선교를 계속해도 메시아는 재림하지 않았다. 사랑하는 이를 잃고 구원의 약속이 아직도 진실한지를 알고자 하는 이들과 이미 오랜 시간을 기다린 이들을 위로하고자, 바울로는 자신의 열광적인 메시지를 수정하기 시작했다. 지중해를 중심으로 그의 가르침을 의심하는 사람들을 모아서 신앙 공동체들을 꾸려가는 현실적인 정치 지도자로서, 바울로는 신자들을 위로하고 영원히 오지 않을 것 같은 구원을 옹호하는 희망의 수사修辭를 만들어야겠다고 느꼈다.

바울로 역시 역설을 이해하고 있었다. 희망을 품은 자가 의심과 절망을 잠재우는 일이 얼마나 어려운지를 깨달을 때, 희망은 비로소 단단해진다는 것을 말이다. 바울로의 서신들은 많은 곳에서 「욥기」와 「시편」을 인용하는데, 마치 믿고자 하는 이들이 그의 서신을 거울삼아 자신의 의심을 되비추어볼 때에만 그의 글이 위로가 될 수 있다는 사실을 깨달은 듯했다.

바울로의 말에 설득력이 있는 것은 그 자신이 복음을 믿기까지 치른 대가를 숨기지 않고 드러냈기 때문이다. 소아시아(아나톨리아)를 돌며 선교하는 과정에서 수감되었다가 겨우 죽음을 면한 바울로는 고린토의 기독교 공동체 앞에서 자신이 "약하였고 두려워서 몹시 떨었다"고 말했다. 쇠약해진 그는 고린토 사람들에게 위로받고자 했고, 그렇게 해서 다른 사람을 위로해줄 수 있었다. 바울로는 낙담과 비통함을 고백함으로써 동료 신자들의 믿음을 단단히 붙잡아둘 수 있었다. 사람들은 바울로의 나약함에서 자신의 모습을 목격했다.

개심을 통해서 처음으로 열광적인 에너지를 분출한 이래로, 그리고 일찍이 데살로니카에서 모임의 조직자, 신학자, 영적 지도자로서의 재능을 발견한 이래로, 바울로의 신앙의 길은 해를 거듭할수록 더 거칠고 힘들어졌다. 유대교 회당은 그를 거리로 내동댕이쳤고, 유대인 군중은 그를 도시 밖으로 내쫓았다. 총독은 그를 감옥에 가두었다. 신에게 확고하게 헌신한다고 믿었던 기독교 공동체는 믿음을 잃거나 경쟁 관계에 있는 목회자의 설득에 넘어갔다. 그는 에페소와 필립보의 감옥에 수감되었고, 암담하게도 옥중서신에서 자신을 "쇠사슬에 매인 사신"이라고 불렀다. 예수가 십자가형을 당하고 20여 년이 지난 기원후 55년경에 그는 에페소를 떠나면서 신도들에게 그가 스데파노처럼 산헤드린 법정에 끌려갈까 봐 두렵고 그들을 다시 볼 수 있을지 모르겠지만―이 대목에서 신도들은 눈물을 흘렸다―그럼에도 불구하고 예루살렘으로 돌아가겠다는 뜻을 밝혔다. 그는 에페소인들에게 "사나운 이리 떼가 여러분 가운데 들어와 양 떼를 마구 헤칠" 수 있다고 경고했다. 믿음을 굳게 지키는 것은 이제 그들의 몫이었다. 그는 더 이상 그들을 도울 수 없었다.

바울로는 예루살렘에서 다시 한번 스데파노의 순교를 목격한 일과 기독교 신자를 박해하던 일, 그리고 다마스쿠스 도상에서 구원받은 일을 이야기했다. 예루살렘의 유대인들은 바울로를 죽이라고 요구하며 소요를 일으켰고, 결국 그를 산헤드린 법정으로 끌고 갔다. 법정에서 어느 광신자가 바울로의 얼굴을 가격하자 바울로는 분노를 터뜨렸다. 그는 재판관들을 향해 소리쳤다. "당신은 율법대로 나를 재판하려고 거기 앉아 있으면서 도리어 율법을 어기고 나를 때리라고 하다니 될 말이오?" 바울로의 말은 기이한 메아리가 되어 같은 법정에서 울려 퍼졌던 스데파노의 말을 되살렸다. 산헤드린 법정은 그에게 채찍형을 선고하고 그를 로마인들에게 넘겼지만, 군인들은 맨몸으로 묶여 쓰러진 그가 자신은 로마의 시민이라고 소리치자 주저하며 그를 가이사리아로 보냈다. 그곳에서 바울로는 2년간 수감되었다. 그가 끊임없이 카이사르에게 재판을 받게 해달라고 요구하자, 로마인들도 이를 받아들여 어느 동정심 많은 백부장을 호송자로 지명하고 그를 배에 태워 로마로 보냈다. 로마에 도착한 바울로는 여전히 몸에 사슬이 감긴 채로 유대인 공동체의 지도자들 앞에 나타나서 자신은 자기 민족에게 해가 되는 일은 전혀 하지 않았다고 주장했다. 그리고 로마의 유대인들에게 이렇게 말했다. "여러분이 잠에서 깨어나야 할 때가 왔습니다. 지금은 우리가 처음 믿던 때보다 우리의 구원이 더 가까이 다가왔습니다."

이에 대해서 「사도행전」은 "믿는 사람들도 있었지만 끝내 믿으려 하지 않는 사람들도 있었다"라고 간결하게 기록한다. 바울로가 회의적인 유대인들을 상대로 설교하며 재판을 기다리는 장면에서 역사적인 기록은 끝을 맺는다. 이때 그는 60대 초반으로, 당시 기준으로는 노인이었다. 역사가 타키투스는 62년 로마가 불탔을 때 폭군 네로가 방화의 책임을 기독교인들에게 돌리는 바람에 수천 명의 유대인들이 끌려 나와 살해되었다고 전한다. 바울로도 그중 한 사람이었을 것으로 보이지만, 정확히는 알 수 없다.

생의 마지막 순간에 바울로의 가장 큰 괴로움이 무엇이었는지, 그가 그렇게 위로를 갈구한 것이 무엇 때문이었는지를 우리는 분명히 알고 있다. 그것은 그 자신을 향한 동족의 끝없는 적의였다. 그는 로마인에게 쓴 편지에서 충격적인 고백을 한다.

　　　나는 그리스도의 사람으로서 진실을 말하고 거짓을 말하지 않습니다. 성령으로 움직이는 내 양심도 그것이 사실이라고 말해줍니다. 나에게는 큰 슬픔이 있습니다. 그리고 마음으로 끊임없이 번민하고 있습니다. 나는 혈육을 같이하는 내 동족을 위해서라면 나 자신이 저주를 받아 그리스도에게서 떨어져나갈지라도 조금도 한이 없겠습니다. 나의 동족은 이스라엘 사람들입니다. 그들에게는 하느님의 자녀가 되는 특권이 있고 하느님을 모시는 영광이 있고 하느님과 맺은 계약이 있습니다. 그리고 그들에게는 율법이 있고 참된 예배가 있고 하느님의 약속이 있습니다. 그들은 저 훌륭한 선조들의 후손들이며 그리스도도 인성으로 말하면 그들에게서 나셨습니다. 만물을 다스리시는 하느님을 영원토록 찬양합시다.

바울로는 사도로서 비유대인에게 기독교를 전파하는 일을 평생의 업으로 삼았다. 그러나 그가 가장 깊이 낙담한 것은 "나는 내 동족 유대인들에게 시기심을 불러일으켜 그들 가운데 일부나마 구하는" 데에 실패한 일이었다. "**그들 가운데 일부나마**……"라는 구절은 그가 얼마나 진심으로 낙담했는지를 시사한다.

바울로는 「창세기」와 「시편」의 약속들이 모든 인간들을 위한 것이라고 보았고, 두 책은 유대인의 경전이므로 유대인도 보편 신앙을 보급하는 일에 협조할 것이라고 생각했다. 그러나 유대인의 신앙은 자신들이 선민選民이라는 믿음, 그리고 신이 아브라함과 맺은 계약은 유대인을 위한 것이며 더 나아가 오직 유대인을 위한 것이라는 믿음 위에 놓어 있었다. 독실하다는 것은 유대인의 율법을 잘 지킨다는 뜻이었다. 그러나 바울로는 그런 율법이나 유대인의 고대 경전을 몰라도 독실한 삶을 사는 비유대인들을 목격했다. 바울로는 그들을 통해서 "사람은 율법을 지키는 것과는 관계없이 믿음을 통해서 하느님과 올바른 관계를 맺는다"는 것을 배웠다.

그는 새로운 신앙을 창조했다. 그의 신앙에서 인간은 한 일이나 참여한 종교의식에 따라서 구원받는 것이 아니라, 모든 것을 용서하는 신의 은총에 따라서 구원받는다. 다마스쿠스로 가는 길 위에서 은총을 받은 그 순간부터 바울로는 누구든지 은총의 축복을 받았다면 그것으로 필요한 모든 기준이 충족되었다고 믿었다.

우리는 바울로가 어떻게 동족의 극심한 적의를 버렸는지, 동족으로부터 소외당한 일을 어떻게 견뎠는지를 물어야 한다. 애처로운 깨달음 속에서 바울로는 절망에 빠진 예언자 이사야의 말을 자주 인용했다. "나는 헛수고만 하였다. 공연히 힘만 뺐다."

바울로는 새로운 믿음의 요구와 자신이 버린 믿음의 깊은 영향력 사이에서 항상 고뇌했다고 고백한 솔직한 사람이었다. 바로 그 솔직함이 여러 세대에 걸쳐서 그의 신념이 지속되는 매혹의 힘을 부여했다. 로마의 기독교인들에게 보낸 편지에서 그는 이렇게 외친다.

나는 내가 하는 일을 도무지 알 수가 없습니다. 내가 해야겠다고 생각하는 일은 하지 않고 도리어 해서는 안 되겠다고 생각하는 일을 하고 있으니 말입니다.……나는 과연 비참한 인간입니다. 누가 이 죽음의 육체에서 나를 구해줄 것입니까?

바울로는 그런 사람이었다. 번민에 찬 그의 말은 시간을 뛰어넘어 믿는 자에게나 믿지 않는 자에게나 똑같이 가닿는다. 바울로는 역경에도 불구하고 믿음을 지킨 것이 아니라, 역경을 통해서 믿음을 지켰다.

바울로는 메시아가 재림하리라는 희망에 굳게 매달렸지만, 시간이 흐르자 일상적인 선교, 그가 맺은 우정, 그에게 신앙을 가져다준 기억, 에페소를 떠날 때 사람들이 흘린 눈물, 두고 온 사람들의 슬픔 등 점차 눈앞의 것들에서 위로를 찾기 시작했다. 그들을 향한 바울로의 사랑은 결코 추상적이지 않았다. 그는 그에게 안식처를 제공하고, 그와 같은 직업에 종사하고, 그와 같은 길을 여행하고, 함께 옥고를 견딘 한 사람 한 사람의 특징을 기억했다. 이 현실 속 신자들의 이름—페베와 브리스킬라, 안드로니고와 우르바노, 디도, 바르나바, 디모테오—은 남자와 여자, 부자와 빈자를 가리지 않고 각자의 개성을 품은 채로 그의 서신들에 거듭 등장한다. 바울로는 그들 한 사람 한 사람을 애정을 담아 언급했고, 그들의 동료애와 위로에 감사를 표했다. 바울로가 그 모든 사람들과 맺은 유대는 머나먼 거리와 박해, 날선 논쟁과 다툼에도 결코 깨지지 않았다. 다마스쿠스에서부터 시작된 길고 고된 여정에서 바울로는 고대 경전에는 적히지 않은 무엇인가를 배웠다. 신앙 하나로는 사실상 위로를 얻기에 부족하다는 교훈이었다. 위로를 받으려면, 그에게 희망을 주는 살아 있는 사람들과 그들의 사랑이 필요했다.

산을 옮길 만한 완전한 믿음을 가졌다 하더라도 사랑이 없으면 나는 아무것도 아닙니다. 내가 비록 모든 재산을 남에게 나누어 준다 하더라도 또 내가 남을 위하여 불 속에 뛰어든다 하더라도 사랑이 없으면 모두 아무 소용이 없습니다. 사랑은 오래 참습니다. 사랑은 친절합니다. 사랑은 시기하지 않습니다. 사랑은 자랑하지 않습니다. 사랑은 교만하지 않습니다. 사랑은 무례하지 않습니다. 사랑은 사욕을 품지 않습니다. 사랑은 성을 내지 않습니다. 사랑은 앙심을 품지 않습니다. 사랑은 불의를 보고 기뻐하지 아니하고 진리를 보고 기뻐합니다. 사랑은 모든 것을 덮어주고 모든 것을 믿고 모든 것을 바라고 모든 것을 견디어냅니다.

그의 적나라한 솔직함을 생각하면 이 구절을 일종의 은폐된 고백으로 읽을 수 있다. 그는 산을 옮길 만한 신앙을 가지고 있었지만, 신앙만으로는 충분하지 않았다. 그가 이제 깨달았듯이, 수십 년간 쉬지 않고 사역하는 동안 그를 살게 한 빛은 동반자이자 친구가 된 이방인들이 보여주었고 아마도 그가 보답하지 못했을 사랑이었다.

사랑은 가실 줄을 모릅니다. 말씀을 받아 전하는 특권도 사라지고 이상한 언어를 말하는 능력도 끊어지고 지식도 사라질 것입니다.

신의 명령에 따르며 평생을 보냈다는 확신에도 불구하고 그는 고대의 이사야, 다니엘, 아브라함의 예언으로도 위로받지 못했다.

우리가 아는 것도 불완전하고 말씀을 받아 전하는 것도 불완전하지만 완전한 것이 오면 불완전한 것은 사라집니다.……우리가 지금은 거울에 비추어보듯이 희미하게 보지만 그때에 가서는 얼굴을 맞대고 볼 것입니다. 지금은 내가 불완전하게 알 뿐이지만 그때에 가서는 하느님께서 나를 아시듯이 나도 완전하게 알게 될 것입니다.

노인이 되어 긴 여정의 종착지에 도달할 즈음에 바울로는 메시아가 그의 생전에 도래하지 않을 수도 있다는 것을 알고 있었다. 바울로는 자신이 온 힘을 다해서 신을 섬겼다는 것을 알고 있었다. 그리고 그가 곧 남겨두고 떠날 이들의 사랑이 자신이 거둔 성취의 증거임을 알고 있었다. 그들의 사랑, 실재하고 강렬하고 오래 지속될 그 사랑이야말로 신의 사랑이 어떠한지를 인간이 가늠할 수 있는 유일한 증거였다.

그러므로 믿음과 희망과 사랑, 이 세 가지는 언제까지나 남아 있을 것입니다. 이 중에서 가장 위대한 것은 사랑입니다.

3

키케로의 눈물

딸을 보내고 쓴 편지

지중해 세계에서 초기 기독교 공동체는 이교도 지배 계층에 둘러싸여 있었다. 당시 이교도는 낙담과 불운에 맞서 희망을 지켜내는 문제에 관해서 에피쿠로스 철학과 스토아 철학의 가르침을 따랐다. 바울로의 기독교와는 달리 스토아 철학이나 에피쿠로스 철학은 보편성을 주장하지 않았다. 두 철학은 로마 지배층의 남성이 로마 지배층의 남성을 위해서 정리한 것이었다. 새로운 신앙과는 달리 로마 철학은 고통을 신의 은총에 대한 증거로 보지 않았고 자기 수양을 통해서 극복해야 할 불운으로 보았다. 스토아 철학은 현명한 사람이라면 고통을 견딜 줄 알아야 한다고 가르쳤고, 에피쿠로스 철학은 인간이라면 최선을 다해서 고통을 피하고 쾌락을 좇아야 한다고 믿었다. 에피쿠로스 철학에서 삶의 목적은 잘 사는 것이었다. 위로는 구원이 아니라 사회적 인정에서 오는 것이었다. 기독교와 달리 이교도 철학자들은 세계가 의미로 충만하며 시간에는 목적이나 방향성이 있다는 전망을 통해서는 인간이 구원받을 수 없다고 생각했다. 특히 루크레티우스를 위시한 일부 에피쿠로스 철학자들은 이 세계에는 완전한 우연밖에 없으며 다른 질서는 존재하지 않는다고 확신했다. 로마 철학자들은 비극적인 상실과 죽음의 가능성 앞에서 자기통제라는 남성적인 규범에 따를 것을 조언했다. 만일 상실을 겪었을 때 반응을 통제할 수 있다면, 다른 남성 동료들의 존경과 찬탄을 받음으로써 위로를 얻으리라는 것이었다.

바울로가 설교를 시작하던 시기에 로마의 중상류층 사이에는 이러한 생각이 통념으로 굳어져 있었다. 기원전 106년부터 기원전 43년까지 생존했으며 로마 공화정 후기의 대표적인 정치인이었던 마르쿠스 툴리우스 키케로는 이 스토아적 규범을 체화한 것에 자부심을 느꼈고 그 자신을 위로의 철학자라고 생각했다. 그의 저서 『위안 Consolatio』은 소실되었지만, 스토아 철학의 신조를 멋진 대화로 풀어낸 『투스쿨룸 대화 Tusculanae Disputationes』는 살아남았다.

기원전 45년, 키케로는 사랑하는 딸이 아무런 예고 없이 사망하자 스토아 철학에 기대서 자신의 삶에 난 깊은 상처를 봉합하고자 했다. 이 책에서 처음으로 하는 이야기는 아니지만, 언어가 삶의 고통이라는 난적難敵을 만난 셈인데, 이번에도 고통에 관한 철학적 저술은 결국 저자에게조차 위로를 주지 못했다.

고대 세계의 여성이 대부분 그렇듯이 키케로의 딸에 관해서도 우리는 남성―이 경우에는 아버지―의 말을 통해서만 정보를 얻을 수 있다. 편지에서 키케로는 큰 사랑을 담아 딸을 작은 툴리아라고 불렀다. 어떤 점이 닮았는지 짐작할 수는 없지만, 키케로는 딸이 자신과 꼭 닮았다고―그는 긴 코에 매정해 보이는 눈, 둥근 머리, 아래로 내려간 입꼬리, 웅변과 못된 농담에 최적화된 날카로운 목소리의 소유자였다―말했다. 키케로는 딸의 여성적인 겸손을 상찬했지만, 개인의 특징 이상을 기록해서 남기려는 생각은 하지 않았다. 작가로서 다른 동료나 철학자들의 발언을 한 글자도 틀리지 않고 암기할 수 있었던 그가 딸이 남긴 말에 대해서는 단 한 번을 제외하고 아무 기록도 남기지 않은 것이다. 키케로는 툴리아가 어린 시절 자신에게, 그의 친구 아티쿠스가 다음번에 방문할 때는 선물을 가져오게 이야기해달라고 부탁했고 아티쿠스가 이 약속을 꼭 지키게 하겠다는 맹세를 그에게서 받아냈다고 기록했다. 키케로는 자신과 마찬가지로 어린 딸의 아버지였던 아티쿠스와 편지를 주고받으면서, 딸의 명령에 꼼짝 못 하는 자신들의 희극적인 모습을 우스갯거리로 삼았다.

키케로는 딸을 사랑했다. 그것은 의심의 여지가 없었다. 그러나 딸은 아버지의 재산이기도 했다. 그는 딸을 전도유망한 남성들과 3번 혼인시켰다. 툴리아는 첫 번째 남편과 사별했고 두 번째 남편과는 이혼했다. 세 번째 남편인 돌라벨라는 방탕한 남자였다. 툴리아는 32세의 나이에 처음으로 임신했고, 그 무렵 결혼 생활은 파국으로 치닫는 중이었다. 키케로는 그 결혼이 아내의 생각이었다고, 자신이 동부의 어느 지역을 통치하러 떠난 사이에 아내가 억지로 혼인을 밀어붙였다고 주장했다. 이제 딸은 이혼을 앞두고 있었다. 돌라벨라에게 받아야 할 남은 지참금도 떼이고 거기에 더해 세간의 수군거림까지 들을 판이었다. 게다가 입 밖에 내기 어려운 민감한 문제도 있었다. 그는 지조 없는 사위가 거리낌 없이 장인을 배신하고 카이사르에게 붙지는 않을지를 우려했다. 떠오르는 권력자였던 독재자 카이사르는 키케로가 평생 수호해온 공화정을 파괴하고 있었다.

툴리아는 키케로가 쌓아온 빛나는 경력 가운데 최악의 순간과 최고의 순간을 모두 목격했다. 키케로는 기원전 58년 원로원이 자신을 추방하자 툴리아가 불안과 두려움에 정신을 잃고 쓰러졌던 것을 기억했다. 원로원이 이듬해 투표를 통해서 그의 복귀를 결정했을 때, 아테네에서 배를 타고 돌아오는 그를 환영하기 위해서 로마에서 브룬디시움 부두까지 남쪽으로 먼 길을 달려온 것도 아내가 아니라 툴리아였다. 키케로가 환호하는 인파를 뚫고 마을들을 지나 로마로 개선 행진을 할 때 그와 함께 가마에 탄 사람도 툴리아였다.

키케로가 통렬한 웅변술과 냉소적인 조롱 그리고 슬쩍슬쩍 그리스어를 섞은 장려한 라틴어 실력을 뽐낸 곳은 로마의 법정과 원로원이었지만, 개인적인 어리석음을 털어놓은 상대는 딸 툴리아였다. 결혼하고 30년도 더 지난 60세에 키케로는 성정이 드센 테렌티아와 이혼하고, 그의 피후견인인 18세의 푸블릴리아와 결혼했다. 무엇이 그를 사로잡았는가? 탐욕? 푸블릴리아의 유산? 누가 알겠는가? 훗날 키케로는 그 결정을 후회하고 툴리아에게 용서와 관용을 구했다. 그가 공직을 맡는 동안 짬이 날 때마다 사적인 시간을 함께 보낸 상대는 푸블릴리아가 아닌 툴리아였다. 기원전 45년 1월과 2월, 툴리아는 키케로와 함께 출산을 기다리고 있었다. 이번에는 툴리아가 돌라벨라의 배신과 파경에 이른 결혼에 관해서 듣기에도 괴로운 고백을 털어놓았다. 이렇게 아버지와 딸은 혼란 속에 무너져가는 개인적인 삶을 공유하며 더욱 가까워졌다.

그러다가 키케로의 개인적인 근심에 공적인 근심이 더해졌다. 키케로는 기원전 48년 내전에서 폼페이우스 편에 섰고, 파르살루스 전투로 종결된 이 짧은 싸움에서 자신이 패자의 편에 섰음을 깨달았다. 그는 승자로 부상한 율리우스 카이사르와 화해했지만, 카이사르가 독재 권력을 차지하며 원로원을 배제하고 키케로의 평생 업적을 위험에 빠뜨리는 일을 막지는 못했다.

키케로에게 공화정은 40세에 재무관과 조영관을 거쳐 집정관에 오른 그의 명예로운 관직 경력보다 더욱 큰 의미가 있었다. 그에게 공화정은 웅변술로 명성을 얻은 법정보다 더 중요했고, 기원전 62년에 특유의 연설로 카틸리나의 음모 가담자들에게 유죄 판결을 내렸던 원로원—이 판결 덕분에 로마를 구했다고 널리 인정을 받았다—도 그에 미치지 못했다. 공화정은 키케로의 삶에 의미를 가져다준 뼈대였다. 공화주의자가 된다는 것은 곧 로마 시민의 미덕을 실천한다는 것, 즉 공적인 정신을 갖추고 필요하다면 공화정을 지키기 위해서 개인의 삶을 희생하며 스토아 철학에 따라 고통을 견딘다는 것을 의미했다. 공화주의는 남성적인 규범이었고 규범의 준수만큼이나 위반을 통해서도 명예를 얻을 수 있었지만, 그 중심에는 여성적인 나약함과 눈물에 대한 경멸이 자리하고 있었다. 여성은 자신의 옷을 찢고 베일로 얼굴을 가린 채 슬퍼할 수 있었지만, 남성은 운명이 공격하고 죽음이 다가오더라도 철학적인 차분함과 자기통제로 상황을 받아들여야 했다. 로마 시민은 공화정 수호의 영광과 부담을 어깨에 짊어진 자로서, 공적인 삶과 사적인 삶의 고통을 스토아 철학의 자제심으로 이겨내야 했다.

키케로는 모든 편지들에서 이와 같은 방식의 위안을 추구했다. 수신자는 모두 남성이었다. 편지들은 주로, 정계에서 늘상 벌어졌고 내전이 발발하자 더욱 만연해진 운명의 역전, 즉 추방, 사유지 박탈, 보복살인, 앙갚음 등에 대하여 그리고 치명적이지는 않지만 그럼에도 불구하고 상처를 남기는 비방이나 험담 같은 불운에 대하여 위로를 전했다. 위안은 로마 정계에서 흔히 겪는 경험 때문에 탄생했지만, 동시에 부모, 지녀, 아내, 정든 노예나 하인의 죽음 같은 개인적인 슬픔을 위한 것이기도 했다.

키케로는 이런 남성적이고 도덕적인 설교의 대가가 되었다. 기원전 46년, 불운을 겪던 남성 친구에게 쓴 편지가 이를 잘 보여준다.

장담하건대 지극히 쉽게 얻을 수 있는 위로의 형식이 있네. 우리는 이것들을 입술에, 가슴속에 늘 간직하고 있어야 하네. 우리는 인간이며, 우리가 살아가는 법칙 안에서 삶은 운명이라는 화살과 돌팔매의 과녁에 지나지 않는다는 것을 기억해야 하네. 그와 같은 조건 속에 살기를 거부하는 것은 우리의 일이 아니고, 어떤 예언으로도 피할 수 없는 불운에 참을성 없이 분개하는 것도 가당찮은 일이네. 다만 우리는 다른 이에게 닥친 불행을 떠올림으로써, 우리에게 일어나는 일 또한 전혀 새로울 것이 없음을 반추해볼 수 있다네.

키케로가 건네는 위안은 세속적이었고, 여기에서 신은 겨우 흔적만 남을 정도의 역할을 수행했다. 남자는 신들에게 제물을 바치는 것이 관례였고, 지위가 높은 여자는 순결한 처녀의 신전을 지키는 사람으로 선발되었다. 남녀 모두의 운명은 신의 손에 달려 있지만, 신은 높은 곳에서 냉담하고 무심하게 인간의 비극을 지켜볼 뿐이라고 여겨졌다. 그런데 공화주의적인 세계관 속에서 이러한 관념이 출현하고 유지되려면, 공화정이 남성의 삶에 의미의 틀을 계속해서 제공해야만 했다. 「시편」이나 「욥기」에서 인간이 엄청난 공포에 사로잡혀 신은 왜 인간에게 이런 참상을 내리는가 하고 물었다면, 로마 제국에 대한 신념과 나날이 확장하는 영토 앞에서 그러한 공포는 위력을 발휘하지 못했다. 공화정이 존속하고 로마가 모든 국가들을 지배하는 한 남성의 삶에는 의미가 있었다. 그러나 기원전 45년 카이사르가 지배권을 완전히 장악하고 원로원의 권위가 추락하자, 키케로는 그의 공화정이 죽음의 문턱에 다다랐다고 믿었다.

이러한 큰 맥락에서 당대에 가장 유명했던 로마인 키케로는 갑자기 들이닥친 재앙을 견뎌야 했다. 그해 2월, 툴리아가 아들 렌툴루스를 출산하다가 최고의 산파와 의사들의 온갖 노력에도 불구하고 사망한 것이다.

그 타격은 파국적이었다. 실의에 빠진 그는 어떤 편지에서도 딸의 장례식이나 화장에 관해서 일절 언급하지 않았다. 키케로는 딸의 시신과 손자를 돌라벨라의 가사노예들에게 맡기고, 로마의 남쪽 안티움 만*에 있는 아스투라 사유지로 도피했다. 그리고 그곳에서 아무도 만나지 않고 두문불출하면서 불면으로 밤을 지새우고 낮에는 흐트러진 모습으로 흐느끼며 사유지의 숲속을 홀로 방황했다. 그렇게 2월부터 3월 초까지 6주일이 지났다. 그의 오랜 친구인 아티쿠스가 안부를 묻자 키케로는 여성적인 눈물이 그의 적이었다고 털어놓았다. "나는 온 힘을 다해 눈물과 싸웠네. 그러나 아직 그 싸움에서 이기지 못했다네."

그가 비탄에 잠겼다는 사실이 알려지면서 로마의 민심은 양극으로 나뉘기 시작했다. 그가 보인 유약함에 어떤 이들은 키케로처럼 언변이 뛰어나고 냉엄한 인물이 그렇게 추락할 수 있다는 사실에 놀라며 연민을 보였다. 반대로, 그의 쇠약함을 본 적들은 키케로가 제 입으로 설교하던 철학적 자기통제를 하지 못하고 나약한 위선자의 모습을 드러냈다며 낙인찍을 기회를 잡았다.

키케로는 난관에 빠졌다. 그는 위안에 숙달한 사람이었으나 이제는 위안을 얻을 수 없는 사람이었다. 언어는 무용했다. 그는 자신이 얼마나 딸을 사랑했는지 너무나 늦게 깨달았다. 역시 너무나 늦게, 그는 아내와의 이혼이 미친 짓이었음을 깨달았다. 그는 친구에게 아내를 생각하는 일이 "깊은 신음을 뱉지 않고서는 만질 수 없는 상처"와 같다고 고백했다. 그의 삶에 의미를 주던 틀이 무너져버린 것이다.

기원전 45년 3월, 과거에 키케로와 함께 웅변술을 공부했던 오랜 친구이자 당시 아테네의 총독이었던 세르비우스 술피키우스가 조의가 담긴 편지를 보냈다. 그는 비단 키케로의 개인적인 슬픔 때문만이 아니라 독재자 율리우스 카이사르가 장악한 공화정의 절망적인 상황 때문에라도 키케로에게 위로가 필요했을 것이라며, 자신이 그의 곁에 있었다면 좋았으리라는 말로 편지를 시작했다. 그가 보기에 그들이 슬퍼해야 하는 것은 딸의 죽음이 아니라 공화정의 위태로운 상황이었다. 그는 오랜 친구에게 감히 물었다. 자네는 무엇 때문에 울고 있는가?

왜 그런 개인적인 슬픔 때문에 괴로워하는가? 지금까지 운명이 우리를 어떻게 다루었는지를 생각해보게. 인간에게 자식만큼 소중한 국가, 명예, 지위 같은 온갖 정치적 영예를 우리가 빼앗겼다는 사실을 떠올려보게. 하필 지금 그 상실이 자네의 감정을 특별히 더 상하게 할 이유가 어디 있는가? 지금까지도 자네 마음이 모든 지각을 잃고, 다른 모든 것을 대수롭지 않은 것으로 여겨서야 되겠는가? 자네의 슬픔이 정녕 딸 때문인가?

왜 툴리아 때문에 눈물을 흘리는가? 친구가 물었다. 죽지 않았다고
해도 툴리아가 어떤 삶을 살았겠는가? 남편들은 죽거나 그녀를 배신
했다. 아들이 자라서 권력을 얻고 높은 자리에 오르는 모습을 본다는
희망도 이루어지지 못했을 것이다. 술피키우스는 그녀에게 허락된 기
회들이 "이행되기 전에 철회되었다"라고 표현했다. 그래도 툴리아는
아버지의 빛나는 경력에 올라타서 함께 기쁨을 누리며 살았다. 그녀로
서는 그것으로 충분하지 않은가?

술피키우스는 최근 코린토스와 메가라를 지나간 적이 있다면서, 두
도시가 한때 번성했으나 이제는 "파괴되고 쇠락한 모습을 적나라하게
드러내는" 쓸쓸한 폐허가 되어 있었다고 썼다. 그는 계속 말했다. 인간
이 쌓아올린 그 모든 성취의 운명이 이 두 도시와 같다면, 사람은 누구
나 자신의 유한성에 주의를 기울여야 할 것이다. 술피키우스는 다시
물었다. 왜 키케로는 "나약한 한 여자"의 죽음에 그리도 슬퍼하는가?

술피키우스는 키케로에게 적들이 그가 딸을 잃은 슬픔 때문에 무너
졌다고 믿게 하지 말라고 경고했다. 그의 슬픔은 공화정 때문이리고
믿게 해야 한다. 술피키우스는 자신을 치료하지 못하는 의사를 본받
지 말라고 말한 후에, 그의 슬픔이 그를 나약하게 만들고 있음을 기억
하라는 불길한 경고로 글을 맺는다. 미래에 정계로 돌아가기를 원한다
면, 여성적인 슬픔을 멀리하라면서 말이다.

행운이 따를 때 자네가 고결한 존엄을 잃지 않는 모습을 우리는

여러 차례 보았다네. 그런 모습이 자네의 명성을 크게 드높였지. 이제 자네가 불운도 똑같이 잘 감내할 수 있다는 것을 우리에게 확인시켜줄 차례일세.

키케로는 답장으로 친구가 "나의 영혼의 고통을 함께해준 것"에 위로를 받았다면서 "내가 이 불행을 자네가 마땅하다고 여기는 방식으로 감내하지 못한다면, 불명예가 될 것"이라고 인정한다. 그러나 그는 아직 친구의 기대에 부응할 수 없었다. 그는 "부서진 것 같으며, 나의 슬픔과 싸울 힘이 없다"라고 말했다. 그리고 예전에 공화정에서는 공직의 "높은 지위가 개인적인 슬픔을 완화해주었다"라고 썼다. 그런데 이제 공화정은 빈껍데기가 되었고, 그의 공적인 삶도 의미를 잃었다.

법정에서 하는 일은 무엇 하나 기쁨을 주지 못하네. 원로원 건물로 말하자면, 보는 것조차 견딜 수가 없네.

그는 계속해서 과거에는 공적인 삶에 불운을 겪더라도 견딜 수 있었다고 썼다.

나에게는 늘 도망칠 안식처, 피난처가 있었네. 다정한 대화로 나의 온갖 불안과 슬픔의 짐을 내려놓을 수 있도록 도와주는 사람이 있었네.

그러나 이제는 달라졌다고 키케로는 낙담했다.

집에도, 법정에도 내가 있을 곳은 없네. 더 이상 국가로 인한 슬픔을 가정생활을 통해서 위로할 수 없고, 가정에서 생긴 슬픔을 국가를 통해서 위로할 수도 없네.

위로는 공화정의 공적인 삶이 그에게 존재의 의미를 줄 때에만 가능했다. 그는 답신을 이렇게 끝맺었다. "단 한 사람의 뜻에 모두가 전적으로 맞추어야 하는 시기"에는 아무런 위로도 얻을 수 없다.

키케로가 여전히 슬픔에 빠져 있다는 말이 로마에 퍼지자, 친구들은 인내심을 잃었다. 그 행동은 단지 나약함을 드러내는 것이 아니었다. 규범 그 자체를 약화시킬 위험이 있었다. 브루투스는 키케로가 카토의 준엄한 자기통제를 보여주는 데에 실패했다고 비난했다. 과거에 키케로는 부끄러움을 무릅쓰고 어느 역사가에게 자신의 최근 작품을 칭찬해달라고 간청한 적이 있었는데, 이제 그 역사가가 키케로에게 정신 치리라면서 한편으로는 익살맞고 한편으로는 도발적인 편지를 보냈다.

정신 차리게! 자네 혼자 명명백백한 것을 보지 못하는 유일한 사람이 될 것인가? 가장 깊은 비밀도 꿰뚫어 보는 영민함을 갖추었으면서도? 자네 혼자 매일 한탄한들 좋을 것이 없다는 사실을 모르는 유일한 사람이 될 것인가?

키케로의 가장 오랜 친구인 아티쿠스는 슬픔을 뒤로 물리고 다시 직무를 수행하라고 점잖게 촉구했다. 키케로는 그럴 생각이 없었다. "모든 위로는 고통에 패배했네." 그는 이렇게 말한 후에 마치 방금 어떤 희망의 불꽃이 타오른 듯이 이렇게 덧붙였다.

> 그러나 나는 다른 누구도 아직 해본 적 없는 일을 했네. 글쓰기를 통해서 스스로 위안을 얻은 것이네. 서기들이 옮겨 쓰는 일을 마치면 책을 보내겠네. 장담하건대 이런 위안은 어디에도 없네.

갑자기 활기를 되찾은 키케로는 책장을 샅샅이 뒤져가며 새로운 영감을 찾았고, 해방노예이자 서기인 티로에게 고대 그리스 문헌들을 찾게 했다. 그런 후에 키케로는 책 한 권을 통째로 써내려가기 시작했다. 그는 자신의 감정을 제목으로 채택했다. 『위안』이었다.

이 책은 일부만 전해진다. 보존된 내용을 보면, 키케로는 영혼의 속성이 "물인지, 공기인지, 불인지", 어떻게 영혼이 "기억이나 의식 또는 사고"에 깊이 얽혀 있을 수밖에 없는지, 그리고 어떻게 이 능력이 신이 만들어낸 것일 수밖에 없는지 등 영혼의 본성에 관해서 열정적으로 사색한다. "생각하고 알고 살고 성장하는 존재라면—그의 딸 툴리아 역시—그것이 무엇이든 모두 천상에 속하고 신성하며 따라서 영원하다." 그는 딸을 위한 사당을 지을 수 있도록 땅을 사달라며 아티쿠스를 난처하게 만들기 시작했다. 비록 성과는 없었지만, 우리는 적어도 그가 극도로 진지했으며 이를 통해서 딸이 얼마나 절실한 존재였는지 깨닫지 못했던 것을 만회하려고 했음을 알 수 있다.

아티쿠스는 사당에 집착하는 그를 꾸짖으며 로마에서 말이 나오기 시작했으니 평정심을 보여달라고 읍소했다. 그는 쓸쓸하게 답했다.

자네는 사람들이 내가 이 깊은 슬픔을 숨기기를 바란다고 나를 다그치는군. 내가 하루하루 글을 쓰는 것보다 더 나은 일을 할 수 있을 것 같은가? 내가 글을 쓰는 것은 감정을 숨기기 위해서가 아니라, 감정을 누그러뜨리고 치유하기 위해서라네. 나도 분명 감정을 숨기려고 하고 있네. 잘 되지는 않지만 말일세.

얼마 전에 딸을 잃은 아버지라면 갓 태어난 손자 곁에서 위로를 찾을 수도 있었다. 그러나 키케로는 아티쿠스에게 그 작은 아이가 부족함 없이 보살핌을 받을 수 있게 해달라고 당부한 것 외에는 손자를 보러 로마에 가지도 않았다. 수개월 후에 아이는 사망했다.

마치 그가 지키며 살아온 규범들―남성적인 자제, 평정, 국정에 대한 헌신―이 치유에 이르는 길들 중에 단 하나를 제외하고 모두 막아버린 듯했다. 그 단 한 가지 방법은 공화정의 현자라는 대중의 평판을 되찾는 것이었다. 그러나 그 길마저 카이사르의 폭정에 위태로워지고 있었다. 키케로가 아티쿠스에게 고백했듯이, 처음에는 그 길도 막혀 있는 것처럼 보였다.

내가 예전의 삶으로 돌아가야 한다고 말하는군. 글쎄, 나는 오랫동안 공화정을 잃은 것을 슬퍼했네. 그것이 내가 하던 일이었네. 그다지 열심히는 아니었지만 말일세. 나에게는 피난할 다른 항구가 있었지. 분명 이제는 삶에서나 일에서나 예전으로 돌아갈 수 없을 걸세. 그리고 다른 이들이 어떻게 생각하는지에 신경 써야 한다고 생각하지 않네…….

그러나 키케로는 자신에게 남은 역할이 그것 하나라는 사실을 알고 있었다. 결국 그는 다시 한번 독재자를 비판하고 공화주의적 가치를 옹호하는 일이 일시적인 위로와 대비되는 진정한 위로에 이르는 길임을 받아들였다. 키케로는 아무도 없는 사유지에서 천천히, 끈질기게 글을 쓰면서 잃어버린 정체성을 되찾아갔다. 아스투라에서 이성을 잃고 자기 학대와 고독에 빠져 3개월을 보내고 마침내 5월 무렵, 키케로는 아티쿠스에게 이렇게 말할 수 있을 정도로 강인해졌다.

나의 정신이 부서지고 깨졌다고 생각하는 사람들이 내가 쓰고 있는 문학 작품의 성격과 분량을 안다면, 그리고 그들이 인간이라면, 결국 내가 떳떳하다는 것을 알아주리라고 생각하네. 내가 어려운 집필 작업에 자유롭게 몰두할 만큼 회복되었다면 그들이 나를 비난할 이유는 없을 것이네. 오히려 내가 슬픔을 떨쳐내기 위해서 할 수 있는 모든 일을 하고 있으니……칭찬받을 일이네.

7월에 그는 슬픔이 그 모든 위로를 거부할지라도, 결국에는 시간에 굴복한다는 것을 깨달았다.

> 위안에 이르는 길은 많지만, 가장 곧은 길은 이것이다. 이성으로 시간의 힘을 믿고 그 결과를 따르는 것.

그해 늦여름, 마음의 준비가 된 키케로는 가족과 함께 살았던 기억, 툴리아와 테렌티아에 대한 기억이 어른거리는 투스쿨룸의 사유지로 돌아갔다. 그는 아테네의 그리스 학당을 본떠서 회랑을 짓고 손님들이 기대앉아 철학적 대화를 나눌 수 있도록 긴 의자들을 놓았다. 그리고 『투스쿨룸 대화』를 쓰기 시작했다. 자신이 모든 역할을 맡아 죽음과 비통함과 고통의 본성을 반추하며 진행하는 대화록이었다. 그리스인에게 배운 바에 따르면, 철학은 사람들에게 죽음을 두려워하지 말라고 가르치기 위해서 존재했다. 죽음의 격통을 충분히 느꼈기 때문에 그는 이제 직접 위안의 철학을 쓸 준비가 되어 있었다.

키케로는 『투스쿨룸 대화』를 쓰기 위해서 수많은 책을 탐욕스럽게 읽었다. 그는 에우리피데스, 아이스킬로스, 소포클레스 등 고대 비극 작가들이 쓴, 인간의 돌이킬 수 없는 어리석음과 망상을 다룬 위대한 작품들을 주로 읽었다. 스파르타인을 향한 존경심도 깊어졌다. 스파르타인은 고통을 경멸하는 것을 미덕으로 삼았고, 그들에게는 도시를 지키기 위해서 죽음을 불사하는 의지가 있었다. 깊은 슬픔에서 헤어나오지 못했던 수개월 전만 하더라도 규범이 너무 많은 것을 요구하는 듯 보였으나, 그는 규범이 가리키는 엄중한 진리로 조금씩 돌아갔다. 키케로는 스스로에게 되새기듯이 『투스쿨룸 대화』에 이렇게 썼다.

미덕virtue이라는 말은 남자를 뜻하는 단어 비르vir에서 왔고, 용기는 남자의 고유한 특징이다. 이 미덕에는 두 가지 중요한 의무가 따른다. 죽음과 고통을 멸시하는 것이다. 그러므로 덕망 있는 남자, 아니 그저 남자가 되고자 한다면, 우리는 이 의무를 실천해야 한다.

키케로는 다음과 같이 믿었다. 영혼의 부드러운 부분은 "한탄과 여성적인 눈물"을 만들어내므로, 남성의 영혼은 그 부드러운 부분을 "우리의 종복처럼, 안전하게 구속하고 사슬로 단단히 감아서" 철저히 유폐해야 한다.

기원전 45년 늦여름에 키케로는 "슬픔에 관하여"라는 산문을 썼다. 여기에서 그는 광증에 걸린 듯했던 2월과 3월의 고통스러운 슬픔을 돌아보았다. 그는 딸 때문에 슬퍼한 것이 아니라―딸은 더 이상 고통받지 않으므로―자기 자신 때문에 슬퍼한 것이었다. 그가 겪은 광증은 자신의 죽음을 대면하고 겁을 집어먹은 것과 다르지 않았다. 논리적이기는 하지만 한편으로는 침울함이 서려 있는 일련의 정교한 논법을 통해서 그는 세상에, 그리고 무엇보다 자기 자신에게 이렇게 선언했다.

지혜로운 사람은 절대로 슬픔의 영향을 받지 않는다. 왜냐하면 지혜로운 사람은 모두 용감하기 때문이다. 그러므로 지혜로운 사람은 절대로 슬픔의 지배를 받지 않는다.

키케로는 다시금 스토아 철학을 받아들였다. 불과 수개월 전만 해도 거들떠보지 않았던 규범이었다. 그는 예전의 키케로로서 삶에 복귀하려면, 이제 지혜와 용기를 일치시켜야 한다고 생각했다.

로마의 공적 영역에 복귀하려면, 계속 믿음직한 모습을 보이면서 스토아 철학의 영웅주의를 실천해야 했다. 키케로는 아티쿠스에게 이렇게 약속했다.

내가 로마에 도착하면, 사람들은 나의 외양이나 언변에서 아무런 결함도 찾을 수 없을 걸세. 나는 시대의 슬픔을 누그러뜨리던 생기를 이제 영영 잃어버렸네. 그러나 나의 태도와 말에 용기와 단호함이 부족하지는 않을 걸세.

한때 정치적 기회주의자로 비난을 받았던 키케로는 이제 딸의 죽음을 극복하기 위해서 한 가지 길을 정해 그 길을 고수해야 한다는 생각에 이르렀다. 주변에서 벌어진 정치적 재앙은 그 길을 더욱 쉽게 만들어주었다. 카이사르의 독재로 그에게 남은 선택지는 한 가지뿐이었다. 필요하다면 목숨까지 걸고서 독재에 저항하는 것이었다.

기원전 44년에 절친한 친구에게 썼듯이 그는 이제 전제적인 통치 아래에 사느니 고귀한 대의—공화정 수호—를 위해서 죽음도 불사할 생각이었다.

그간 그 문제의 불확실성 때문에 약해졌던 나의 용기는 이제 모든 희망을 잃은 덕분에 놀라우리만치 단단해졌다네.

그해 키케로는 로마로 돌아와서 카이사르에 반대하는 투쟁에 뛰어들었다. 브루투스와 카시우스가 만류한 탓에 카이사르 암살 계획에는 합류하지 못했지만, 그는 3월 15일 공모자들의 칼이 독재자를 쓰러뜨렸을 때 피로 물든 원로원 회의장에 함께 있었다. 그후 마르쿠스 안토니우스가 원로원을 향해서 칼끝을 겨누고 카이사르의 자리를 차지하려고 할 때에는 그를 향해서 맹렬한 수사학적 공격을 퍼부었다. 키케로는 마케도니아 왕국의 독재자인 필리포스 2세를 규탄했던 데모스테네스의 연설을 따라서 이 연설을 자신의 "필리피카이^{Philippicae}", 즉 필리포스 연설이라고 불렀다. 친구들은 좀더 신중하게 행동하라고 충고했지만, 오히려 더 무모해진 키케로는 과거에 공화정의 위대한 수호자라는 명성을 안겨주었던 역할을 다시 한번 떠안았다. 그동안 계산적인 삶을 살아왔지만, 딸을 잃은 데에다가 죽음의 공포까지 직접 대면한 후에는 그런 충고도 흘려들을 배짱이 생긴 것 같았다.

키케로는 잠시 승자의 편에 있는 것처럼 보였다. 그러나 기원전 43

년 말에 안토니우스가 카이사르의 상속자인 옥타비아누스와 연합해서 레피두스의 군대와 힘을 합치자 키케로는 모든 것이 끝났음을 깨달았다. 승자들은 그를 살생부에 올렸다. 누구든지 그를 추격해서 살해하면, 포상금을 내리겠다는 뜻이었다. 남부의 사유지로 도망친 그는 바다를 건너 그리스로 도피할지 고민했지만, 이내 더 나은 계획을 떠올렸다. 더 이상 도피하지 않는 것이었다. 이제는 죽음과 마주할 시간이었다. 그리스의 철학자 플루타르코스가 전하는 내용에 따르면, 키케로는 암살자들이 다가오는 것을 알아차리고는 하인들에게 자신이 탄 가마를 내려놓으라고 한 후에 조용히 그들의 도착을 기다렸다. 심지어 암살자들 가운데 한 사람은 아는 사람이었다. 과거에 법정에서 그 암살자를 변호한 적이 있었다. 그러나 이제 와서 자비를 구걸하기에는 너무 늦었고, 공격을 모면하려고 유명한 웅변술을 활용하는 것도 비참한 일이었다. 플루타르코스는 더러워지고 헝클어진 "그의 얼굴이 불안으로 초췌해졌다"라고 썼지만, 키케로는 여전히 결연한 눈빛으로 암살사의 칼 앞에 서리낌 없이 목을 내밀었다. 암살사들은 ⊐의 목과 두 손을 잘라 로마로 보냈고, 그의 머리는 공화정의 마지막 수호자이자 독재 세력이 가장 두려워했던 상대가 더는 존재하지 않는다는 증거로 효시되었다. 전해지는 내용에 따르면, 안토니우스의 아내는 말로 남편을 공격했던 키케로에게 분개한 나머지 키케로의 머리에서 혀를 잘라내서 바늘을 찔러넣었다고 한다.

플루타르코스를 비롯한 역사가들의 전설 덕분에 그후로 1,000년간 키케로의 죽음은 스토아 철학의 자기통제, 공화주의자의 미덕과 연결되었다. 한 세기가 지난 기원후 65년에는 세네카가 네로의 명에 따라서 스스로 정맥을 끊고 느리고 고통스러운 죽음을 맞았다. 그는 어린 네로를 가르쳤고, 통치자 네로에게 조언했으며, 폭군 네로를 경멸했다. 세네카의 이 죽음은 소크라테스가 시작하고 키케로가 아름답게 장식한 흐름이 공고해지는 계기가 되었다. 즉, 폭군에게 저항하고 죽음 앞에 평정을 유지함으로써 불후의 명성을 보장받는 경향이 자리 잡은 것이다.

키케로와 비교적 가까운 시대를 살았던 사람들, 그가 지킨 규범을 물려받았다고 자처한 이들은 키케로의 유산에 차가운 반응을 보였다. 로마의 가장 위대한 역사가이자 키케로가 사망할 때 젊은 청년이었던 리비우스는 키케로가 생전에 네 가지의 커다란 고난과 마주했다고 단언했다. 추방, 살생부 등재, 딸의 죽음, 그리고 자신의 죽음인데, 리비우스는 키케로가 그중에 자신의 죽음만을 "남자로서" 마주했다고 평가했다. 이 남성적인 규범은 용서를 몰랐고, 특히 심정 표현에 많은 공을 들인 이들을 낮게 평가했다. 실제로 딸을 먼저 보낸 아버지 키케로가 위안의 역사에 남긴 유산들 가운데 생명력이 가장 강한 것은 남성이 감정을 억누르는 방법에 관한 것이었다. 그후 미국 독립 혁명의 아버지들에 이르기까지 수많은 남성들이 공적인 삶에서 공화주의적 미덕을 체현하려면 사적인 감정을 절제해야 한다고 교육받았다. 키케로와 로마의 스토아 철학을 통해서 1,000년이 넘는 세월 동안 남성은 눈물의 위안을 거부해야 하며 마른 눈과 평정심으로 온갖 고난들을 통과할 때에만 다른 남성들이 보내는 인정 속에서 위안을 얻을 자격이 생긴다고 배웠다. 그러나 그 위안을 얻기 위해서는 값비싼 대가를 치러야 했다. 위안의 창시자도 예외는 아니었다.

4

이민족에 맞서

마르쿠스 아우렐리우스의 『명상록』

마르쿠스 아우렐리우스는 재위 후기인 기원후 165년부터 180년까지 막사에서 생활하면서 이민족과 전쟁을 치렀다. 그때부터 그는 밤마다 자신을 위해서 글을 쓰기 시작했다. 중세에 이 기록은 『명상록』으로 알려지기 시작했지만, 원고에 붙은 원래 제목은 그리스어로 "혼잣말[ta eis heauton]"이었다. 키케로가 그를 지켜보는 관객들을 상정하고 스토아 철학의 규범을 실천하는 데에서 위안을 구한 반면, 마르쿠스 아우렐리우스는 칠흑 같은 고독 속에서 두려움과 외로움을 물리쳐가며 고백의 형식으로 위안을 발견했다.

———

강가에 주둔한 군 야영지에 밤이 내리고 나서야 그는 비로소 혼자 글을 쓸 시간을 가질 수 있었다. 이 늙어가는 황제―퉁명스럽고 과묵하고 늘 쌀쌀맞은 노인―는 온종일 시찰을 하고, 조공을 바치러 온 이민족 수장과 협상을 하고, 군단 배치에 관해서 휘하의 장군들과 회의를 한 후에야 혼자 남을 수 있었다.

아우렐리우스는 속마음을 털어놓고 싶었다. 그러나 자신의 감정을 누구에게 고백할 수 있다는 말인가? 아내는 이미 세상을 떠났다. 여하간에 함께했던 삶의 기억이 좋지도 않았다. 아내가 그를 배신했다는 소문이 로마에서 이곳까지 들려왔다. 그는 그런 소문을 믿지 않기로 했지만, 결국 아내가 로마의 뛰어난 장군과 내통했고 자신이 파르티아 제국과의 전쟁에서 승리한 후에 실제로 그 장군이 그를 권좌에서 몰아낼 음모를 꾸미기도 했음을 알게 되었다. 장군은 동방에서 포로로 붙잡혔고, 얼마 후 상자 속에서 부패하고 있는 그의 머리가 황제 앞에 도착했다. 그 장군처럼 뛰어난 사람조차 믿을 수 없다면, 누구를 믿을 수 있겠는가? 노예 출신의 후궁? 글쎄, 그 누구도 후궁에게 비밀을 털어놓지는 않을 것이다. 그의 스승들? 젊은 시절에는 간혹 스승들, 특히 코르넬리우스 프론토에게 재기 넘치는 편지로 고민을 털어놓았지만, 이제는 저세상 사람들이었다. 어쨌든 프론토도 믿을 수 없었다. 그의 과장된 아첨에 진절머리가 났다. 지금 있는 곳은 영원의 도시 로마에서부터 23일간의 고된 여정 끝에 도착한 곳, 흉포한 갈색 강이 흐르는 다뉴브 전선의 임시 요새였다. 맞은편 어둠 속에서 이민족이 기다리고 있었고, 그가 억지로 만들어놓은 평화는 언제라도 깨질 수 있었다. 일

촉즉발의 순간들이 이어졌다. 이민족 진지에서 횃불이 흔들렸다.

그의 아들 콤모두스는 전선에서 최대한 멀리 떨어진 곳을 찾아 로마에 머무르고 있었다. 아들에게 마음을 털어놓기도 불가능했다. 로마에 있는 아들은 아버지가 불면증에 시달리고 음식도 제대로 먹지 못한 채 확실히 쇠약해지고 있다는 소문을 들었고, 그때부터 즉위의 가능성을 계산하고 있었다. 아버지에 이은 자신의 시대가 눈앞에 있었다. 늙은 황제도 아들의 조급함을 비난할 수만은 없었다. 그 역시 자신을 후계자로 지명한 양부 안토니누스 피우스를 보필하며 20세에서 40세까지의 시간을 묵묵히 기다렸다. 양부의 비위를 맞추고 지시를 따르다가도 때때로는 조바심에 이를 갈았다. 머지않아 고마울 것 없는 황제의 짐은 전부 아들에게 넘어갈 터였다. 한때는 아들을 맹목적으로 사랑했지만, 지금은 추잡한 소문이 들려오고 있었다. 방탕함에 관한 소문은 넘길 수 있었다. 그러나 난폭하고 가학적인 기질은 용서하기 힘들었다. 자신이 죽고 나면 무슨 일이 벌어질지 눈에 선했지만, 그래도 그는 확실하게 후계자를 지명했다. 그의 역할은 끝났다.

그가 다스리는 제국의 광장들에는 그의 흉상—수염이 난 긴 얼굴, 곱슬머리, 두 눈에 어린 내성적이고 무심한 성격—이 전시되어 있었다. 그는 숭배를 받았지만, 사랑을 받는 사람은 아니라는 사실을 알고 있었다. 휘하의 장군과 가신들이 그의 고지식함과 상대의 말을 교정하는 버릇에 빗대, 등 뒤에서 그를 "선생님"이라고 부르며 조롱한다는 것도 알고 있었다. 그는 임종을 앞두고 그들이 "이제야 편히 숨 좀 쉬겠

군"이라며 수군대는 모습을 상상했다.

신하 입장에서도 황제라고 한들 자신과 취향이 전혀 다른 사람을 어떻게 좋아하겠는가? 광장의 군중이 그에게 환호한 것은 그럴 수밖에 없었기 때문이었다. 그는 죽고 죽이는 싸움이 끊임없이 반복되는 피비린내 나는 오락—동물 살육이나 검투사 간의 피 튀기는 결투—에 지쳐 있었다. 사람들의 관심을 돌리기 위해서 시합을 열기는 했지만, 할 수만 있다면 그런 자리에 참석하지 않는 편을 선호했다. 일찍이 자연스럽게 시작된 그의 금욕주의는 주변 사람들에게는 끝없는 비난거리가 되었다. 그는 취하면 절제를 할 수 없다는 이유로 술을 마시지 않았다—이제는 마실 수도 없었다. 여자는 아주 오래된 이야기였다. 그러나 진작부터 육체적 사랑을 경멸하는 그의 태도에 사람들도 그를 꺼렸다. 그는 성교란 정액의 분출에 이은 짧은 경련에 지나지 않는다고 논평한 적도 있었다. 주변에 있던 사람들은 그 말을 믿을 수 없다는 듯이 서로를 쳐다보았다. 물질에 대한 혐오와 탈세속적인 태도로는 사람들의 환심을 얻을 수 없었다. 그는 부富에도 무관심했다. 마치 달리 소중한 것이 전혀 없기 때문에 부에 관심을 기울이게 된다는 태도였다. 그러니 신하들이 어떻게 그를 사랑할 수 있었겠는가? 20세에 차기 황제로 지명되고 40세에 권좌에 올라 15년간 절대 권력을 누렸고, 지금까지 그 누구도 대적할 수 없는 절대 권력자의 입장을 누가 상상이나 하겠는가?

아우렐리우스는 절대 권력에도 불구하고 자신의 운명은 전혀 통제할 수 없다는 것에 아이러니를 느꼈다. 운명이 그에게 무슨 짓을 한 것인가? 황제로 즉위하고 겨우 5년이 지난 기원후 160년, 제국의 번영이 절정에 이른 순간에 역병이 나라를 덮쳤다. 동방에서 파르티아와의 전쟁을 치르고 돌아온 병사들이 전염병을 퍼뜨렸고, 그 결과 제국의 사람들 3분의 1이 목숨을 잃었다. 또한 이민족이 이탈리아 반도 최북단을 뚫고 도시를 약탈하는, 상상도 못한 일도 벌어졌다. 갑자기 로마로 통하는 길이 활짝 열린 것이다. 투구를 쓰거나 방패를 들거나 각반을 차본 일이 전혀 없었던 아우렐리우스는 황제로서 갑옷을 두르고 전쟁에 나서야 했다. 처음에 로마 사람들은 그를 가리켜 허약한 건강염려증자라고 비웃었지만, 그는 곧 자신이 전투의 대가임을 증명했다. 그후로 줄곧 그는 이민족을 더 멀리 쫓아내기 위해서 전쟁을 치렀고, 다뉴브 강 전선에 걸쳐 있는 숲과 늪지대에 10년이 넘게 묶여 있었다. 바다가 보이는 대저택에서 학문과 논쟁을 갈고닦으며 세련된 대화법을 교육받으면서 자란 그가 마르코만니족, 콰디족을 상대로 14년째 잔혹하고 폭력적인 작전을 벌이면서 두 부족의 여자와 아이들을 살해하고 진지를 불태운 끝에 결국 그들을 다뉴브 강 너머로 몰아낸 것이다.

　다뉴브 원정군이 주둔한 시르미움, 아퀸쿰, 빈도보나, 카르눈툼에서 그의 일과는 늘 똑같았다. 긴 겨울에 전쟁 준비를 하고, 여름이 되면 전투를 벌였다. 전투가 끝나면 전사자 수를 세었고 충원된 병사들이 도착했고 군대가 열을 맞추어 행진했다. 무자비한 진압 작전이 끝없이 계속되었다. 그는 이민족을 거듭 격퇴했고 그들을 쫓아 보낸 후에 휴전 협정을 맺기도 했지만, 그들은 전혀 예상하지 못한 곳에서 강을 건너와 로마 영토를 습격하고 사람들을 살육하고 납치했다. 오랜 세월 이런 일이 반복되자 그는 어떤 대가를 치르더라도, 설사 그들의 땅을 황무지로 바꾸어서라도 이 침략을 끝내고 평화를 얻으리라고 결심했다. 그는 몇 번이고 로마에서 군대를 이끌고 올라와 그들의 땅을 불태우고 파괴했다. 이민족은 전의를 잃고 결국 다뉴브 강 너머로 후퇴했다. 로마에서는 개선 행진이 열렸다. 그의 동상이 세워지고, 그의 말 옆에 이민족이 무릎을 꿇은 채 자비를 구하는 부조가 대리석에 새겨졌다. 그는 다시 전선으로 돌아갔다. 정복 지역을 아예 로마의 속주로 편입시킬 심산이었다.

원정에서 목격한 광경이 그의 마음을 폐허로 만들었다. 밤이면 그는 책상에 홀로 앉아 참상을 보며 느낀 공포를 토로했다.

잘린 손이나 발 또는 머리가 몸뚱이와 떨어져 널브러진 모습을 보면, 사람이 진정 무엇으로 이루어져 있는지를 알게 된다.

공포 외에도 피로와 혐오가 있었다. 주둔지의 목욕탕에서 몸을 씻을 때면 그가 들어오기 전에 모든 병사가 목욕탕을 비웠다. 그럼에도 불구하고 그는 "기름, 땀, 흙, 번들거리는 물 같은 온갖 역겨운 것들" 때문에 다른 사람들과 몸을 부대끼는 것과 다름없이 기분이 나빠졌다. 말에 올라 불에 타고 있는 마을을 지나다 보면, 시신과 절단된 신체들에서 지독한 악취가 흘러나와 튜닉 주름에 잔뜩 배어들었다. 사열^{査閱}을 하며 병사들 곁을 가까이 지날 때에는 그들의 몸에서 풍기는 지독한 냄새를 꼼짝없이 맡아야 했다. 사람들 앞에서는 활기차고 단호한 모습을 보여야 했다. 그를 향한 그 모든 시선을 느끼면서 연기를 하다 보면 솔직한 심정을 털어놓고 싶은 마음이 치밀었다. 그러나 황제가 누구에게 비밀을 털어놓을 수 있겠는가?

단 한 사람, 그 자신이었다. 언제부터인가 그는 잠이 오지 않는 밤이면 무질서하게 떠오르는 생각을 글로 적기 시작했다. 파피루스 두루마리를 펼치고 기름에 목탄을 개어 만든 잉크를 펜에 적셔서 라틴어가 아닌 그리스어로 글을 썼다. 생각이 멈추면 로마에 지시해서 전해 받은 책을 읽으면서 생각을 되살렸다. 당연히 에픽테토스와 키케로의 책이 있었고, 세네카와 루크레티우스의 책이 있었다. 철학 작품을 쓰겠노라고 생각한 적도 있지만, 그것은 오래 전의 일이었다. 지금 쓰는 글은 전문적인 논설도, 죽은 자와의 영민한 논쟁도 아니었다. 늙고 지친 그에게 필요한 것은 결국 스스로와 대화할 시간이었다.

이제 막 종료된 정벌을 기록하는 일은 연대기 작가나 역사가에게 맡기기로 했다. 낮에 종일 로마에 보낼 소식을 구술해야 했으니, 밤에 지루한 이야기를 되풀이할 마음은 전혀 없었다. 로마의 정치에 관한 이야기를 하면 호시탐탐 그를 주시하는 사람들이 그의 정제되지 않은 생각을 받아서 로마로 보낼 것이 틀림없었고, 그러면 왜곡된 그의 견해가 역병처럼 퍼질 것이 분명했다.

아니, 이 글은 오직 그만 볼 수 있어야 했다. 잠이 오지 않을 때 글을 쓰고, 쓴 글은 자물쇠를 걸어 숨겨둘 생각이었다. 그는 이 글을 자신을 속속들이 이해하고 남들이 권위를 깎아내리거나 자신에게 불리하게 이용할 수도 있는 은밀한 이야기들을 쏟아내는 일종의 고해실로 활용했다. 이 글쓰기는 그에게 위로가 될 터였다. 그가 할 수 있는 일은 이것—자신을 되돌아보고 고백함으로써 위안을 얻는 일—뿐이었다. 글쓰기는 외로움을 누그러뜨리고, 공포의 칼날을 멀리하고, 희망은 아니더라도 계속 살아갈 의지를 되찾게 해줄 것이다.

처음에는 평범하게, 양부나 스승, 교사 등 지금의 그를 만든 모든 이들을 회상하는 것으로 시작했다. 거대한 강이 흐르는 외로운 군영에서 과거의 그림자를 회상하는 일에는 분명 마음을 치유하는 효과가 있었을 것이다. 양부인 안토니누스 피우스 황제를 묘사하는 초상에서 그는 이상적인 자아상을 그렸다.

내가 존경한 이버지의 특징들은 온유함, 신중하게 내린 판단을 흔들림 없이 지켜내는 단호함, 저속한 명예를 철저히 무시하는 고결함, 근면함, 인내심, 공공선에 합당한 제안을 경청하려는 의지, 반드시 공과에 따라서 보상을 결정하는 엄격함, 고삐를 당길 때와 늦출 때를 아는 전문가적인 감각, 남색의 욕구를 억누르고자 하는 노력이다.

그렇다. 남색이 있었다. 마르쿠스 아우렐리우스는 양부와 마찬가지로 보수적이고 금욕적이었으며 육신을 혐오했다. 그도 한때 테오도토스라는 소년에게 가벼운 호감을 느낀다고 인정했지만, 로마의 귀족 청년들이 보편적으로 즐기는 쾌락은 피했고 그런 자신을 자찬했다.

그는 자신을 하나의 건축물로 생각했다. 그는 양부 안토니누스 피우스가 페르소나를 조립한 후에 그를 따라다니는 신하, 노예, 식객들 그리고 무시무시한 로마 군중의 무자비한 눈초리 앞에서 그것을 어떻게 유지하는지를 곁에서 오랫동안 지켜보며 아우렐리우스라는 건축물을 신중하게 쌓아올렸다. 그는 가면이 곧 얼굴인 양 자연스럽게 연기하는 안토니누스의 모습에 감탄했다. 그러나 애정을 담아 안토니누스의 연기를 회상한 직후에 아우렐리우스는 "자연스러운 삶", 즉 "진정한 본성"에 따르는 삶이 자신을 빗겨갔다고 고백했다. 어찌 그러지 않을 수 있겠는가? 그의 삶 전체가 황제 역할을 위한 연극이었다.

그 연극은 날이 밝는 동시에 시작되었다. 그가 눈을 뜨는 순간 하인이나 보초가 나타나 명령을 기다렸다. 그는 앞으로 이어질 하루를 위해서 마음을 다잡았다.

하루를 시작하기 전에 자신에게 말하라. 오늘 나는 간섭과 배은 망덕, 오만과 불충, 악의와 이기심을 만나게 되리라.

하루를 무사히 보내려면 오만하고 신뢰하기 어려운 가신들을 마치

피를 나눈 형제처럼, 그리고 이성과 "약간의 신성"을 부여받은 인간처럼 대하며 행동해야 했다. 말은 쉬웠다. 그러나 그는 성미가 급했고, 간혹 화를 표출한 모습이 가신들이 보기에도, 그가 보기에도 흉하다는 것을 알고 있었다. 스토아 철학을 실천하려는 욕망과 주변인들에 대한 멈출 수 없는 짜증 사이에서 그는 마치 처음인 듯이 스스로에게 질문을 던졌다. 도대체 나는 누구인가?

약간의 육신, 약간의 호흡, 그리고 모든 것을 관할하는 이성―그것들이 나 자신이다.

그런데 이 이성이란 무엇인가? 55세에 만성적인 복통으로 고생하던 그는 어떤 과장도 없이 자신이 "죽음의 문턱"에 다다랐음을 느낄 수 있었다. 이성이 그에게 무슨 도움이 되는가? 이성은 "사리사욕에 매달려서 꼭두각시처럼 움직이는" "노예"라는 것을 그는 너무나 잘 알고 있었다. 그렇디면 그는 어떻게 다시 그 지신의 주인이 될 수 있는가? 어떻게 연기를 계속해나갈 수 있는가?

이성과 마찬가지로 세네카, 키케로, 에픽테토스의 지혜도 그에게 도움이 되지 않았다. 키케로는 스토아 철학의 미덕을 실천해서 남들로부터 존경받는 것으로 위로를 얻었다. 그러나 존재 자체가 연기인 황제에게 그것이 무슨 위로가 될 수 있는가? 이제는 철학보다 더 큰 틀에서 자신을 이해하고, 운명의 시선 아래로 자신을 바라보고, "그대의 시간은 유한하다"라는 것을 이해하고, 너무 늦기 전에 그 남은 시간을 "깨달음을 위해서" 쓸 때였다. 무슨 행동을 하든 그는 "이것이 마지막인 것처럼"이라고 되뇌었다.

이제는 궁정, 추종자, 이민족 수장이 지켜보는 공식 석상에서 얼마나 훌륭하게 처신했는지로 삶을 평가하지 말아야 했다. 역할을 연기하는 삶에는 결국 그것이 누구를 위한 연극인지를 잊게 된다는 함정이 숨어 있었다.

그의 사고는 반복해서 죽음으로 돌아갔다. "모든 것이 빠르게 소멸한다. 공간의 세계에서는 그 물질이, 시간의 세계에서는 그에 대한 기억이." 기념비를 세우고 속주를 건설하고 이민족을 굴복시키고 제국의 영토를 확장하고 흉상과 대리석 부조를 만들어서 자신의 위대함을 기리는 일이 사명인 사람에게, 이를 비웃는 만물의 유한성만큼 끔찍한 것은 없었다. 인간의 삶에 대해서 그는 이렇게 썼다.

> 그의 시간은 찰나에 지나지 않고, 그의 존재는 멈추지 않는 물길이며, 그의 감각은 어두운 불빛이고, 그의 육신은 벌레의 먹잇감이며, 그의 영혼은 동요하는 소용돌이이고, 그의 운명은 어둡고, 그의 명성은 의심스럽다.

그에게는 깊은 밤 야영지 앞을 흐르는 강물이 시간의 은유처럼 보였다. "육신에 속한 모든 것이 흐르는 강물과 같고, 영혼에 속한 모든 것이 꿈이자 연무煙霧와 같다." 이곳 이민족의 땅에서 벌이는 정벌 작전은 그에게 삶이란 그 자체로 "전쟁"이며, 그가 지상에서 보내는 시간은 "낯선 땅에서의 짧은 체류"임을 가르쳐주었다. 그는 누구보다도 영원히 기억될 것이라고 충분히 믿을 만했지만, 후대에 기억될 것이라는 생각에서는 아무런 위로를 얻지 못했다. 대체 누가 그를 기억하겠는가? "명성에 이어 망각이 온다."

시간이 다해간다는 느낌에 더해서 그는 자신의 힘―영민함, 결단력, 통찰력―이 사위어간다고 느꼈다. "서둘러 나아가야 한다. 시시각각 죽음에 가까워질 뿐만 아니라, 그 순간이 오기 훨씬 전부터 지각하고 이해하는 능력이 감퇴하기 때문이다." 그런 후에는 마치 침대 옆의 탁자 위에 놓인 빵을 보고 예상하지 못한 생각을 떠올린 듯이 빵 덩어리의 균열이 "빵을 굽는 과정에서 의도한 것은 아니지만, 그 자체로 정당성을 가지고 입맛을 돋워준다"라고 썼다. 또 노예들이 책상 위에 간식으로 놓고 간 올리브에 시선을 멈추고 생각을 이어갔다. 그는 올리브의 터진 자리가 올리브의 숙성도를 보여준다는 사실을 깨닫고 "부패의 임박함이 그 과일에 기묘한 아름다움을 더해준다"라고 썼다. 가혹하고 까다로운 완벽주의자가 쇠락을 받아들이면서 새롭게 얻은 감각이었다.

노쇠와 갑작스러운 깨달음 앞에서 그는 그 모든 탁월함과 명성에도 불구하고 자신이 머지않아 잊히리라는 사실을 받아들였다.

이 필멸의 삶은 지상의 작은 땅 조각에서 일어난 하찮은 일이며, 훗날의 명성이 아무리 길다고 해도 그 역시 하찮은 것이다. 그 명성은 빠르게 소멸하는 하찮은 인간들의 연속에 달려 있기 때문이다. 제 자신조차 제대로 알지 못하는 그들이 오래 전에 죽어 흔적도 없이 사라진 사람을 알 리는 더욱 만무하다.

인간이 품는 희망들 중에 가장 헛되지만 동시에 많은 사람들에게 위로를 준 것이 그리스인이 말한 클레오스kleos, 즉 영광과 명성이었다. 안토니누스는 여전히 기억되고 있었다. 제국 전역에 그의 흉상이 주춧돌 위에 놓여 있었다. 지금도 아이들은 키케로와 세네카의 글을 배우고 있었다. 가장 뛰어난 황제인 그가 명성에서 위로를 찾지 말아야 할 이유가 무엇이라는 말인가? 그러나 그는 근엄하게, 그런 희망을 버려야 한다고 자신을 향해 말했다.

사후 명성을 바라며 전율하는 자는 그를 기억하는 모든 사람들이 머지않아 차례로 죽고, 시간이 흐르면 그다음 세대도 죽으며, 기억의 불꽃이 타오르고 잠잠해지기를 반복하다가 종국에는 남은 불꽃마저 꺼진다는 것을 생각하지 못한다.

그가 물었다. 베스파시아누스 황제의 시대로부터 100년이 지난 지금 무엇이 남았는가? "그저 분주하게 혼인하고 자녀를 키우고 병들고 죽고 싸우고 먹고 장사하고 농사짓고 아첨하고 잘난 체하고 음모를 꾸미고 저주하고 운명을 불평하고 사랑하고 재물을 모으고 왕위와 관직을 탐했던" 그 수많은 삶들이 흔적도 없이 사라졌음을 떠올려보라. 소름 끼치지 않는가?

후세에 기억되리라는 희망으로 살 수 없다면, 할 수 있는 일은 현재에 덕을 실천하는 것뿐이었다. 인간이 추구해야 할 영감의 원천은 "올바른 사고, 이타적인 행동, 거짓을 말하지 않는 혀"였다.

그러나 스스로 결정한 일과를 따르는 일도 쉽지만은 않았다. 간혹 그는 아침이면 그날의 일정이 너무 버거워 침대에서 일어나고 싶지 않았다. 글을 쓰면서 얻고자 했던 마음의 평화도 쉽게 찾아오지 않았다.

오, 피곤하고 끈질긴 모든 생각들을 떨쳐내어 망각 속에 묻을 수 있다면 그 순간이라도 위안을 얻고 완전히 평화로워질 것을!

초지녁이먼 습관처럼 불안이 깊어졌다. 혼자기 되면 자신이 다른 사람들과 하등 다르지 않다는 느낌에 순간적으로 소름이 끼쳤다. 그러한 자각은 위로에 거의 도움이 되지 않았다. 오히려 자신이 황제이기도 하다는 사실을 떠올리는 편이 나았다. 대중 앞에서 연설을 하고 청중이 그의 모든 말을 귀담아들을 것이라고 평생 예상해온 그는 저도 모르게 명령 위에 명령을 쌓고, 기억에 남아 인용될 만한 구절을 쓰기 시작했다. "운명은 바로 곁에 있다." 그는 이렇게 내뱉은 후에 문득 정신을 차리고 지금 무엇을 위해서 이 글을 쓰고 있는지를 기억해냈다.

더는 다른 길로 새지 말라. 이 공책을 다시 펼쳐서 읽지 말고, 로마인과 그리스인의 지나간 연대기도 읽지 말고, 나이가 들어 읽겠다고 쌓아둔 책들도 읽지 말라. 계속 써라, 끝이 보일 때까지. 헛된 희망은 던져버려라.

비록 그 자신은 확실하게 인지하지 못했지만, 자신만을 위하고자 했던 그의 내밀한 글쓰기는 조금씩 다른 이들에게 울림과 교훈을 주는 작은 연설로 바뀌어갔고, 그가 줄곧 부인했음에도 불구하고 후세가 주목할 만한 기록으로 발전해갔다. 그가 밤마다 두루마리를 펼친 것은 그 자신을 위로하기 위해서였다. 그런데 어느덧 대중에게 보이기 위한―간결하고 실속 없는―아포리즘을 늘어놓고 있었다.

야심가는 타인을 부리는 데에서 그의 장점을 찾고, 도락가는 감각에서 그의 장점을 찾지만, 지혜로운 사람은 행동에서 그의 장점을 찾는다.

이런 맥락의 글이 이어진다. 처음에는 자신을 옥죄는 황제 역할로부터 탈출하기 위해서, 오직 자신만을 위해서 글을 쓰기 시작했지만, 그의 펜은 가차 없이 황제의 역할로 되돌아와서는 자신을 위로하는 듯하지만 실은 타인에게 도덕적 교훈이 되는 문장들을 적고 있었다. 역설적이었다. 사람들이 마르쿠스 아우렐리우스의 지혜로 기억하는 글이 전체 내용 가운데 가장 정직하지 못하고 진실하지 못한 구절들이었으니 말이다. 실제로 그의 책에서 가장 인상적이고 가장 위로가 되는 대목은 그가 홀로 벼랑 끝에서 황제의 초상을 그려낸 구절들이다.

결국 그는 황제로서 삶 그 자체와 진저리 나는 인간들이 얼마나 경멸스러운지를 고백하는 것을 통해서만 피곤한 삶을 이겨낼 수 있었다. 그는 씁쓸한 어조로 존재를 묘사했다.

텅 빈 야외극과 무대 연기. 양 떼와 소 떼, 창 쓰는 사람들의 결투, 개들에게 던져준 뼈다귀, 물고기 떼에 던져준 빵 조각, 짐을 나르며 힘들게 일하는 개미들, 겁을 먹고 우왕좌왕하는 쥐, 줄에 매달려 춤을 추는 꼭두각시. 그것이 인생이다.

경멸은 아첨꾼으로부터 도망칠 수 있는 피난처였고, 황제 역할은 그에게 안심을 주었다. "나는 지도자로 태어났다." 그는 스스로에게 상기시켰다. "숫양이 무리를 이끌고 황소가 소 떼를 이끌 듯이." 경멸과 우월감에 사로잡힌 그는 하등한 인간들이 속세에서 벌이는 "광대극, 다툼, 비겁함, 나태함, 비굴함"을 높은 산 정상에서 굽어본다고 느꼈다.

그러나 자신의 역할로 돌아가서 얻은 안도감이 더 어두운 생각들을 막아주기에는 역부족이었다. 그의 그리스어 두루마리는 냉정한 확신과 고통스러운 의심이 불안정하게 교직되어 있었다. 그는 전장에서 본 절단된 몸들을 머릿속에서 떨쳐낼 수 없었다. 그것은 내면의 분열, 진정한 자신으로부터 잘려나간 감각을 은유하는 것처럼 보였다. 그는 얼마간 절박하게, "그러나 여기에 아름다운 생각이 있다"라고 말했다.

너 자신을 재결합하는 힘이 네 안에 있다. 다른 어떤 피조물도 찢어지고 분열된 후에 다시 합쳐질 수 있을 만큼 신의 호의를 누리지 못한다.

인간이라면 잘린 부분들을 다시 붙여 진실한 원래 모습으로 돌아갈 수 있다. 그 방법을 알기만 한다면 말이다.

오, 나의 영혼이여.……언제쯤 현재 상태에 만족하고, 모든 면에 기뻐할 것인가? 만물이 네 것이고, 모두 신으로부터 왔으며, 지금이나 앞으로나 모든 일이 네게 순탄하리라는 것을 언제쯤 받아들일 것인가?

그의 글에는 역설이 존재한다. 그가 발견할 수 있는 위로, 그에게 찾아올 수 있는 위로는 고백이나 혼자 있는 시간으로부터 나오는 것이 아니라, 그가 짊어진 역할, 의무, 책임으로부터 나온다는 역설이다. 이 자기 탐구—고대 세계에 유일하거나 적어도 우리에게 유일하게 전해지는 자기 탐구―의 기록은 쓸쓸하게 마무리된다. 그는 자신이 맡은 역할을 완전히 내면화한 배우라고 상상한다. 무대 위의 배우는 이제 시간이 다 되었다는 무심한 말을 전해듣는다. "그러나 나는 5막 가운데 3막밖에 공연하지 않았소." 그는 자신이 간청하는 소리를 듣는다. "거기까지일세." 목소리가 말한다. "자네 삶은 3막이 끝이라네."

그는 59세에 전염병에 걸려 사망했다고 전해진다. 시르미움―베오그라드에서 40킬로미터가량 떨어진 곳―에 위치한 스파르타 군영에 서였다. 후대에 아무런 흔적도 남기지 말아야 한다고 강박적으로 다짐했던 사람들은 실은 정반대의 경우를 갈망했을 가능성이 다분하다. 그는 당시 사람들이 쉽게 기억하는 기념비나 동상, 다리나 도로, 법령이나 정복 전쟁 덕분이 아니라, 아무도 알지 못했던 은밀한 활동―"혼잣말"―덕분에 불멸성을 얻었다. 죽기 전에 그는 12권의 두루마리를 단단히 묶어서 가장 신임하는 부관에게 건넨 후에 자신이 죽으면 시신과 함께 로마로 가져가라고 지시했을 것이다. 그의 이 글은 수 세기 동안 잊혔다가 폐허가 된 제국의 어느 수도원에서 필사되었고, 그 과정을 통해서 그가 살아서는 보지 못했던 새로운 목적을 부여받았다. 황제조차 지배할 수 없는 혼란과 번민에 빠진 삶을 위로하는 것이었다.

오늘날 아우렐리우스의 『명상록』은 스토아 철학의 위대한 모범으로 인정받는다. 그러나 바울로의 서신들이나 키케로의 『투스쿨룸 대화』가 그렇듯이, 그런 작품이 오래 살아남는 것은 그곳에 담긴 가르침 덕분이 아니라 그런 가르침으로도 잠재울 수 없는 삶의 불확실성 때문이다. 그런 작품들이 후대에도 위로를 전할 수 있는 까닭은 애초에 그런 위로를 찾게 만든 외로움과 좌절감, 공포와 상실을 저자가 비할 데 없이 솔직하게 묘사했기 때문이다. 황제조차 생각에 사로잡혀 홀로 밤을 뒤척였다는 사실을 생각하면, 그것만으로도 **위로가 된다**. 그런 점에서는 그도 우리와 다르지 않았다.

5

철학의 위안
보에티우스와 단테

5세기, 좀처럼 상상하기 힘든 제국의 붕괴가 단계적으로 펼쳐지고 있었다. 411년의 로마 약탈과 같은 재난이 몇 차례 벌어진 이후로 수십 년에 걸쳐서 쇠락이 이어졌다. 제국의 행정 범위가 축소되었고, 이민족에게 영토를 빼앗겼고, 건물이 무너졌고, 보수하지 못한 수도교에서 공급수가 새어나갔고, 로마의 풍족함으로 배를 채우던 사람들이 굶주림 속에 방치되었다. 로마 세계가 몰락하는 과정을 로마인들이 어떻게 이해했는지는 오늘날까지 궁금증을 불러일으킨다. 서서히 진행되는 동안에는 쇠락을 체감할 수 없었을 것이다. 변화가 들이닥쳐서 순식간에 삶을 집어삼켰을 때에는 세상의 종말이 왔다고 느꼈을 것이다. 어느 경우이든, 특히 역사가 불가사의하게 느껴질 때 사람들은 연속성의 환상, 그중에서도 통치자가 만들어낸 환상에 매달린다. 기원전 43년 키케로가 세상을 떠나고 로마 공화정이 죽음을 맞았을 때, 집정관 자리에 새로 오른 아우구스투스는 원로원 등의 오래된 공화정 기관들을 없애지 않고 남겨둔 채 로마는 자유롭다고 입에 발린 소리를 했다. 물론 현실에서 공화정의 기관들은 껍데기만 남은 유명무실한 상태였다. 붕괴 중인 공화정의 파사드 뒤에서 수 세기 동안 로마를 통치한 것은 폭력적이고 변덕스러운 황제들이었다. 기원후 500년에 남은 것은 오직 자유의 모조품이었다.

이 오랜 쇠퇴기에 사람들은 그래도 최악은 면했다는 믿음을 이어갈 수 있었다. 기원후 180년 시르미움에서 죽어가던 마르쿠스 아우렐리우스 황제는 전선에서 수년간 전쟁을 치른 것이 제국의 안전을 보장했다는 믿음 속에 눈을 감았다. 그러나 그가 치른 전투는 헛수고였음이 머지않아 분명해졌다. 이민족은 끊임없이 진군했고, 계속된 침략에 로마 제국은 느리지만 확실하게 후퇴를 거듭했다. 기원후 378년에는 로마 황제가 아드리아노폴리스에서 비참한 패배를 당해서 사망했고, 그로부터 한 세기 후에는 마르쿠스 아우렐리우스가 굴복시켰다고 믿었던 이민족의 우두머리가 제국의 통치자가 되었다.

기원후 500년, 그 용맹한 지도자들의 후손인 동고트족의 수장 테오도리크가 라벤나에서 서로마 제국의 주권자 자리에 올랐다. 테오도리크는 이탈리아, 갈리아, 스페인의 지배자가 되었고, 그와 동등한 권력을 가진 사람은 콘스탄티노폴리스의 동로마 황제뿐이었다. 테오도리크는 한 연회 자리에서 동고트족 경쟁자를 칼로 살해하고 권력을 쥐었지만, 영리하게도 폭력만으로는 권력을 유지할 수 없음을 알았다. 자신의 통치를 왕권의 표상과 제도적 형식, 라틴어 문서 등으로 포장하는 것이 중요했다. 그는 황제를 상징하는 보라색으로 자신의 옷을 염색하게 하고, 주화에 자신의 얼굴을 다른 황제들과 비슷하게 새겨넣었다. 또한 목욕탕을 재건축하는 등 로마 전체를 손보았고, 사람들이 그의 공로를 알 수 있도록 건물 초석에 동판을 끼우고 자신의 이름을 새겼다. 그는 포룸에서 키르쿠스 경기 등을 다시 열었고, 한때 위대했으나 이제는 그림자에 불과한 키케로의 원로원에도 경의를 표했다. 또한 아리우스주의이기는 했지만 기독교 신앙을 새롭게 받아들였다.

테오도리크가 통치하는 이탈리아 지역은 여전히 로마의 지주 귀족들이 지배하고 있었다. 귀족들은 광대한 사유지로부터 식량과 세금을 얻고 거대한 저택, 책으로 가득한 도서관, 수많은 노예들을 거느렸다. 이제 지위 자체는 권력이 되지 못했지만, 그럼에도 불구하고 귀족들은 키케로 시대의 명예로운 관직을 좇았다. 로마인들은 비록 이민족에게 권력을 넘겨주기는 했지만, 법과 전통, 존경과 혈통에서부터 나오는 진정한 권위는 자신들에게 있다고 생각했다. 테오도리크 역시 일부 로마 지배층들이 자신을 강탈자이자 이단자로 보고 있으며, 그외의 지배층들도 단지 잃어버린 선조의 영광을 되찾기 위해서 자신에게 복종할 뿐이라는 사실을 모르지 않았다. 그러나 라틴어도, 그리스어도 쓸 수 없었던 그에게는 그들의 경험과 행정 능력이 필요했다. 그는 공식 문서에 서명하는 대신, "읽음"이라는 뜻의 라틴어 단어 "레기[legi]"를 새긴 금속 형판을 사용했다. 로마인들은 새로운 통치자가 "문자 교육도 받지 못했고 이해력이 떨어진다"며 수군댔다.

이민족 왕에게 복무하는 로마 귀족들 가운데 아니키우스 만리우스 세베리누스 보에티우스만큼 위대한 인물은 없었다. 보에티우스는 지난 수백 년간 다수의 집정관들과 2명의 황제 그리고 1명의 교황을 배출한 아니키아 가문의 사람이었다. 그는 집정관이었던 친부가 사망하자 집정관이자 장관 겸 원로원 의장인 퀸투스 아우렐리우스 멤미우스 심마쿠스의 양자가 되었다. 어린 보에티우스는 최상의 고전 교육을 받았고, 그리스어와 라틴어를 뗀 후에는 천문학, 수학, 음악에 통달해서 일찍이 신동 소리를 들었다.

성년 초에 이르자 보에티우스는 라벤나의 이민족 왕에게 복무하는 로마 귀족 핵심층에 속하게 되었다. 그의 친척이자 왕의 수석 필경사였던 카시오도루스, 왕의 주교였던 엔노디우스 등이 그 무리에 속해 있었다. 보에티우스는 곧 이 3인의 로마인들 가운데 1인자가 되었다. 테오도리크가 부르군트 왕국의 국왕에게 선물한 물시계와 해시계를 설계한 것도 그였고, 이 이민족 왕의 요청에 뛰어난 음악적 재능을 발휘해서 리라와 리라 연주자를 선발하여 프랑크 왕국의 국왕 클로도베쿠스 1세에게 보낼 수 있게 한 것도 그였다. 또한 그는 왕의 명령에 따라 왕국의 화폐 제도를 조사해서 보고했으며, 그 보상으로 30세 나이에 아버지와 똑같이 영광스러운 집정관 자리에 올랐다.

그러나 그가 정말 하고 싶어했던 것은 연구였다. 보에티우스는 틈만

나면 로마에 있는 서재로 가서 키케로와 세네카를 본으로 삼은 귀족 학자의 삶에 몰두했다. 그는 아리스토텔레스와 플라톤의 모든 저작들을 라틴어로 번역하는 일에 착수했고, 이를 통해서 철학의 가르침이 미래에도 이어질 수 있게 했다. 그러나 왕의 부름에 끊임없이 부응해야 했기 때문에 그 작업을 마칠 수가 없었다.

그는 철학자가 통치자를 인도해야 한다는 플라톤의 이상을 실천하는 과정으로서 자신의 공직 생활을 상상했을 것이다. 어쩌면 자신이 철인왕이 되는 꿈을 꾸었을지도 모른다. 동기가 무엇이었든 간에 그는 분명 성공하는 법을 알고 있었다. 522년, 보에티우스는 왕실을 총괄하는 민정대신이 되었다. 민정대신은 총리에 해당하는 자리로, 사실상 행정 업무의 수반이었다.

그다음에 일어난 일을 이해하려면 로마 귀족의 정신세계로 들어가야 한다. 그들의 자부심, 귀족적 우월성, 그리고 이민족 왕에게 복종한다는 수치심을 기억해야 한다. 이민족은 로마의 귀족을 자신들의 변덕스러운 기분에 모든 것을 맞추어야 하는 시종으로 여겼다. 이민족은 보에티우스의 영민함을 조롱하면서 별 볼 일 없는 일을 맡겼다. 보에티우스는 그들이 이탈리아를 약탈해서 부를 쌓고, 로마의 곡물에 의존하는 속주의 주민들을 굶게 내버려두고, 그리고 무엇보다도 원로원과 그 전통을 경멸하듯이 대하는 모습을 무기력하게 지켜보아야 했다.

이 이민족은 또한 이단이었다. 동고트족은 아리우스주의라는 이단을 받아들였다. 보에티우스는 이 교파를 낱낱이 분석해서 가까운 친구에게 편지를 보냈다. 그가 모시는 왕의 신앙에 철학의 칼을 들이대는 것은 위험한 일이었지만, 그는 그 위험을 무릅썼다. 아리우스주의가 진실이라면, 기독교가 말하는 구원의 약속도 무효가 되었기 때문이다. 아리우스주의는 성부, 성자, 성령이 하나의 신이라는 삼위일체 교리를 부정했다. 아리우스파에게 예수는 지상의 임무를 수행하도록 신이 창조한 피조물이었다. 다만 그들은 예수가 다른 이들처럼 고통, 굶주림, 성적 욕망에 굴복하는 자는 아니었다고 주장했다. 보에티우스가 친구인 부제副祭 요한에게 쓴 바에 따르면, 이 교리의 차이가 중요한 이유는 다음과 같았다.

> [만약 예수가 우리와 같은 인간이 아니라면,] 인류는 구원받을 수 없고, 그리스도의 탄생은 우리에게 구원을 가져다주지 못하며, 예언자들의 글은 그 글을 믿는 사람들을 현혹할 뿐이고, 그리스도의 탄생을 통해서 세계가 구원받으리라고 약속한 『구약 성서』의 권위에는 경멸이 쏟아질 것이네.

테오도리크는 보에티우스를 비롯한 로마의 기독교인들이 아리우스 신학을 위협으로 받아들인다는 것을 알고 있었고, 당시 이미 가톨릭이라 불리던 신앙에 아리우스파와 동등한 관용을 베풀면서 신중한 입장을 취했다. 그러나 그는 가톨릭교인들이 정치에 신앙을 끌어들이는 것까지는 허용하지 않았다. 가톨릭교인들이 동로마 황제와 공모해서, 둘로 나뉜 제국을 콘스탄티노폴리스의 권위 아래에 통일하려고 할 것을 두려워했기 때문이었다. 테오도리크는 일부 로마 귀족들이 그런 야심을 품고 있다는 것을 너무나 잘 알고 있었다. 로마와 원로원에 대한 그의 계산된 존중은 그가 로마인에 대한 자신의 취약한 지배력을 잘 알고 있었음을 보여준다. 그는 수십 년간 그들의 원한을 능숙하게 관리했다. 그러나 권력을 잡고 30년이 지나자 그의 지배력은 느슨해지기 시작했다. 518년, 그가 지명한 후계자가 사망했고 다른 이민족 왕들과의 동맹도 무너지기 시작했다. 그는 동로마 황제가 로마의 원로원과 힘을 합쳐서 자신을 몰락시키지는 않을지 두려워했다. 그는 로마인들을 통제하기 위해서 특단의 조치를 감행했다. 검의 패용을 금지하고 자신의 교파를 장려하고 가톨릭 예배당을 허물고 로마 원로원이 콘스탄티노폴리스와 비밀 협상을 벌이지 못하도록 철저히 감시한 것이다.

523년, 테오도리크의 가신들이 한 뭉치의 편지를 보고했다. 콘스탄티노폴리스의 황제를 초청하여 테오도리크를 폐위하려는 로마 원로들의 음모가 담긴, 그러나 위조 가능성이 농후한 편지들이었다. 의회 회의실에서 한 가신이 어느 원로에게 그 죄를 묻자, 보에티우스가 뛰쳐나와 그 원로를 옹호했다. 보에티우스는 왕의 면전에서 "원로들에게 죄가 있다면, 나에게도 죄가 있습니다"라고 외쳤다. 그런 후에, 우리는 당연히 원로원의 특권과 로마의 자유를 수호할 것이라고 덧붙였다. "그밖에 무엇을 기대하십니까? 우리는 로마인입니다. 그러나 폐하를 위협하는 음모는 꾸미고 있지 않습니다"라고 말이다.

보에티우스의 돌발 행동은 갑작스럽기는 했어도 지난 몇 년간 억눌러온 충동이 표출된 것이었다. 그러나 다른 로마인들이 그를 지지할 것이라고 생각했다면, 그것은 착각이었다. 그가 말을 뱉자 차가운 침묵이 이어졌다. 친척인 카시오도루스는 아예 고개를 돌렸다. 테오도리크는 경비병에게 보에티우스를 체포해서 파비아의 수도원에 감금하라고 명령했다. 그후 보에티우스를 도시에서 멀리 떨어진 곳에 유폐하고, 삼엄한 경비 속에서 다가올 운명을 맞게 했다. 테오도리크는 겁에 질린 로마 원로원에게, 대역죄를 저지른 보에티우스를 사형에 처하라고 명령했다. 실제로 음모가 있었더라도 테오도리크의 분노에 부딪혀 물거품이 되었을 것이다.

보에티우스가 어떤 환경에 구금되어 있었는지, 예를 들면 부인 루스티키아나 혹은 두 아들의 방문이 허용되었는지 등에 대해서 우리는 거의 알지 못한다. 누구보다 독서를 좋아했기 때문에 당연히 책을 원했겠지만, 책의 반입이 허용되었다는 증거는 없다. 그러니 정치적 패배를 겪고 사형을 앞둔 채 산산이 부서져버린 그가 자신을 다독이기 위해서는 심란하고 절망에 빠진 마음의 그늘에서 말을 직접 건져올리는 수밖에 없었다.

사형 선고와 수감은 그에게 치명적인 타격을 입혔다. 어떤 육체적 고초를 겪든 간에 정말 괴로운 것은 되찾을 수 없는 삶에 대한 갈망이었다. 그가 토로했다. "모든 불운 가운데 가장 괴로운 불운은 한때 행복했다는 것이다."

그는 정신적 고통과 빈곤한 식사로 야위어갔고, 머리도 하얗게 세었다. 한때 건강하고 기운이 넘쳤던 이 40대 남자는 이제 몸을 내려다보면서 수치심을 느꼈다. 그리고 자신이 "살점이 붙어 있는 닳아버린 뼈주머니"에 지나지 않는다고 토로했다.

그는 형 집행을 기다리며 곤경을 받아들이기 위해서 지식으로 가득한 기억의 궁전을 더듬었다. 그는 키케로로 거슬러올라가는 로마의 위로 철학뿐만 아니라 모든 그리스 철학을 계승한 자였다. 또한 바울로의 서신들과 「시편」을 잘 아는 기독교인이기도 했다. 한 사람 안에서 고전 철학과 기독교 전통의 풍부한 물줄기들이 조화롭게 흐르고 있었다. 고난의 처한 그는 어떤 전통에 손을 뻗었을까?

그는 기독교 순교자의 운명을 택할 수도 있었다. 스데파노 이후로 신앙을 지키기 위해서 죽는 것과 다른 이들에게 순교를 고취하는 것은 영광스러운 일로 여겨졌다. 지중해 세계 전역에 기독교 성인을 모신 성지들이 있었고, 소박한 사람들은 그곳에 초를 켜고 음식을 올리고 공물을 바쳤다. 보에티우스가 자신을 기독교인이라고 생각한 것은 틀림없지만, 교파는 또다른 문제였다. 아리우스파와의 갈등이 이 위험한 상황을 만들었다. 그는 어쩌면 왕의 분노를 잠재우고 사면을 구할 수 있다는 희망을 품었을지도 모른다. 그렇다면 자신이 아리우스파가 아니라는 말을 너무 크게 떠벌리는 것은 현명하지 못한 일일 것이다. 이유가 무엇이었든 간에 그는 갇혀 있는 동안 쓴 글에서 자신이 어떤 교파인지에 관해서는 일언반구도 흘리지 않았다.

이 침묵에는 적어도 한 가지 설득력 있는 설명이 존재한다. 그가 보기에 자신이 수감된 것은 테오도리크의 신앙을 비판해서가 아니라 왕의 정치적 권위에 도전했기 때문이었다. 보에티우스는 자신이 우리가 흔히 말하는 정치범이라고 굳게 믿었다. 그의 정치적 반항은 누가 보아도 명백하다.

> ……사실 나는 원로원의 안전을 바랐으며, 앞으로도 그럴 것이다.
> ……내가 로마의 자유를 바랐다는 증거로 인용된 그 날조된 편지들로 말할 것 같으면……이젠 어떤 자유도 꿈꿀 수 없게 되었다.
> 꿈이라도 꿀 수 있다면 좋을 텐데 말이다!

정치적 순교자의 역할을 받아들이고서 테오도리크를 말년의 옥타비아누스나 네로 같은 인물로 묘사하는 일은 어렵지 않았을 것이다. 그러나 그는 이 길도 마다했다. 이에 대해서 키케로와 세네카는 단지 남자답게, 로마인답게 운명을 맞으라고 말할 뿐이었다. 보에티우스는 그들이 말하는 위로를 잘 알고 있었다. 명성, 운, 부를 잃었다고 한탄하지 말라. 모두 일시적이고 부질없는 것들이니. 감옥에 있는 동안 그는 스토아 철학의 이 미문美文을 통해서 삶의 짐을 벗어던졌다. 다만 스토아 철학의 글들은 정의롭고 자애로운 신이 왜 그의 운명에 지독한 불의를 내려보냈는지를 설명하지 못했다. 욥이 그러했듯이 그는 신과 다투었다. 그의 항변을 들으면, 감옥의 벽에 대고 소리치는 모습이 그려질 정도이다. "범죄자가 무고한 자를 상대로 목적을 이루는 동안 신은 그 모습을 그저 지켜보고 있었으니, 참으로 끔찍한 일이다."

결국 보에티우스는 스토아 철학이나 기독교에 의지하는 대신 그리스 철학, 특히 플라톤, 그중에서도 『티마이오스*Timaios*』와 『파이드로스*Phaidros*』에 손을 내밀었다. 두 책 모두 그가 번역을 하고, 외우다시피 한 책이었다. 또한 두 책 모두 그의 상황을 설명해주는 언어가 담겨 있었다. 그리스인들의 가르침에 따르자면 그는 "쉴 새 없이 돌아가는 운명의 수레바퀴"에 매인, 무자비한 운명의 희생자였다.

보에티우스가 이해하기에 그리스 철학은 인간을 아난케*Ananke*, 즉 운명과 조화시키는 역할을 했다. 보에티우스는 그리스 철학의 길을 선택했고, 플라톤의 대화편을 본보기로 삼아서 라틴어로 『철학의 위안*De Consolatione Philosophiae*』을 쓰기 시작했다. 그는 대화 형식을 통해서 의식 속에서 펼쳐지는 변증법적인 과정을 포착했다. 주장과 반박, 질문과 대답이 밀물과 썰물처럼 이어지고, 그렇게 상대와 이야기하면서 진실에 천천히 접근하는 방법이었다.

사실, 대화가 통하는 영혼의 상대가 있어야 미로 같은 우울로부터 빠져나올 수 있다고 가르쳐준 사람도 플라톤이었다. 그러나 그런 상대가 어디 있다는 말인가? 그는 아주 오래된 문학적 관념에서 영감을 얻었다. 그리스어로 지혜를 뜻하면서 동시에 여성의 이름이기도 한 소피아*Sophia*였다. 창조적인 영감의 활동을 통해서 "필로소피아*Philosophia*"라는 영혼의 상대를 창조해내자, 말이 흐르기 시작했다. 그는 자신을 둘로 나누었다. 의심하고 두려워하고 외로워하며 죽음을 기다리는 "뼈 주머니"와 자신의 이성이 예리하게 구현된 필로소피아 부인이었다. 그의 상상 속에서 필로소피아 부인은 그와 나이가 같고, "먼지를 뒤집어 쓴 동상처럼" 썩지 않는 소재의 옷을 입은 신랄한 여성이었다. 그녀의 망토는 지혜를 상징하는 세타 기호로 장식되어 있었지만, 거친 논객들이 그녀를 이기기 위해서 헛되이 공격하는 통에 옷자락은 찢겨 있었다. 그녀는 오른손에 철학책들을 들고 다녔고, 왼손에는 지식을 상징하는 홀^笏을 쥐고 있었다. 필로소피아 부인은 놀라울 정도로 사실적인 발명품—혹자는 보에티우스가 부인 루스티키아나의 몇몇 특징들을 차용했다고 추측한다—이었다. 그녀는 보에티우스가 되지도 않는 시를 끄적이며 뮤즈와 빈둥대자 "저 히스테리컬한 창녀들"이라며 뮤즈를 단호하게 내쫓았다. 그런 후에 멸시하는 어조로 시는 "마음을 치유하기는 커녕 병들게 한다"라고 말했다. 치료제를 가진 사람은 그녀였다. 그녀는 그의 침대맡에 앉아서 그의 눈물을 닦아주었다. 그녀는 진정한 문제가 무엇인지 알고 있다고 말했다. 절망이 그의 이성의 끈을 잘라버렸다는 것이다. 그녀라면 공감 어린 대화를 통해서 이성을 되살려줄 수 있었다. 그러나 보에티우스가 이 대화에 형식을 부여하면서, 위로를 얻기 위한 분투는 공포와 이성 사이에 어느 한쪽도 승리를 장담할 수 없는 내면의 변증법적인 투쟁으로 바뀌었다.

욥을 위로하던 친구들처럼 필로소피아 부인은 스토아적인 무관심을 통해서 고난과 운명을 받아들여야 한다면서 그에게 끊임없이 냉정한 이성을 투약한다. 반면에 이 수감자는 운명의 부당함과 신의 무관심에 몇 번이고 신경질을 내며 괴로워한다. 「욥기」와 「시편」과 마찬가지로 보에티우스의 『철학의 위안』도, 머릿속에서 신에 대한 관념을 몰아내고 우연이 지배하는 세계를 받아들이면 오히려 운명을 더욱 쉽게 받아들일 수 있을지를 적극적으로 고민하는 인간의 괴로움, 즉 신념의 근본적인 위기를 냉혹하게 묘사한다.

내가 진실로 경악하는 것은……죄에 대한 처벌은 선인을 압박하고, 덕에 따른 보상은 악인이 빼앗아간다는 점이다. 그리고 사실 내가 세상은 우연으로 가득해서 혼란스럽고 모든 일이 제멋대로 일어난다고 믿었다면, 이렇게까지 놀라지는 않았을 것이다. 그러나 결국 열쇠를 쥔 신이 나의 몰이해를 이렇게 키우고 말았다.

『철학의 위안』은 내면의 갈등을 그리는 희곡의 법칙에 충실한 동시에 음산한 희비극을 표현한다. 보에티우스는 적들의 사악한 성정이 그들 자신도 어쩔 수 없는 병이라며 그들을 용서하지만, 그렇게 선언하기가 무섭게 다시 한번 그들이 자신에게 저지른 불의에 분개한다. 필로소피아 부인은 그가 자신을 거듭 극적인 인물로 만드는 모습에 인내심을 잃는다. 기운을 내라고, 한탄을 멈추라고 그녀는 단호하게 말한다. 수감자는 수감자대로 그녀의 끊임없는 독려에 이골이 난다. 그는 토로한다. "그대의 말이 귀에서 멀어지는 순간, 마음은 다시 뿌리 깊은 우울감에 짓눌립니다." 그런 철학 대신에 약간의 시나 음악을 듣고 싶을 뿐이다.

저자 사후에 『철학의 위안』은 단테, 엘리자베스 1세, 토머스 모어 같은 독자들에게 읽히면서 오래도록 생명력을 유지했다. 근본적인 위기를 겪는 일, 자신의 몸을 응시하고 두려움에 이가 떨리는 일, 괴로움과 두려움으로 가득 찬 내면의 혼란을 잠재우기 위해서 싸우는 일을 저자가 탁월한 문학으로 구현한 덕이었다.

그러나 다른 사람들이 『철학의 위안』을 통해서 위안을 분명히 얻은데에 반해, 정작 저자가 위안을 얻었는지는 알 수 없다. 증거가 모호하다. 어떤 이는 보에티우스가 책을 마치기도 전에 끌려가느라 작품이 미완성으로 남았다고 말했다. 마지막 문단은 숭고한 확신이 아니라 정직, 미덕, 기도에 힘쓰라는 명령으로 마무리된다.

> 희망은 신에게 헛되이 있는 것이 아니며, 기도는 헛되이 끝나지 않는다. 기도가 올바른 것이라면 효과가 없을 수가 없기 때문이다. 그러니 악덕을 멀리하고 미덕을 함양하라. 올바른 희망을 향해서 정신을 고양하고, 높은 곳을 향해 겸허히 기도를 올려라. 스스로에게 정직하다면, 위대한 필연성, 선하게 행동해야 한다는 필연성이 우리에게 주어졌음을 알게 될 것이다. 우리는 모든 것을 보는 심판자의 눈 아래에 살기 때문이다.

이러한 순종적인 구절들에 힘입어 기독교는 부활의 약속을 전혀 언급하지 않는 이 작품을 적절히 이용할 수 있었다. 동로마 황제 유스티니아누스가 동고트 왕국을 정복하고 라벤나에 자리를 잡은 536년에 가톨릭 교회는 보에티우스를 순교 성인으로 추대하기 시작했다. 그 과정에서 교회는 테오도리크의 악명 높은 범죄를 뒤집기 위한 사상운동을 이끌던 유스티니아누스의 지원을 받았다. 일부 학자들은 라벤나에 있는 산 비탈레 성당의 천장에 주목한다. 새로운 군주를 묘사한 모자이크화에서 황제의 어깨 뒤에 서 있는 인물이 보에티우스처럼 보이기 때문이다. 또한 새로운 정권은 테오도리크가 보에티우스의 사형을 후회하는 마음으로 괴로워하다 죽었다는, 진위가 의심되는 이야기를 퍼뜨렸다. 어느 날 식탁에 커다란 생선이 올라왔는데 그 흐릿한 시선에 담긴 무엇인가가 그가 사형시켰던 남자를 떠올리게 했고, 테오도리크가 공포에 질려 움찔했다는 이야기였다.

그러나 보에티우스가 사후에 교회의 품에 안겨 복권된 일은 상당한 아이러니이다. 신앙심이 깊은 자들이 몇몇 구절들을 모른 척하지 않았다면, 교회에서 그 책을 활용하기는 불가능했을 것이다. 보에티우스는 기도가 도대체 무슨 소용이 있는가 하고 의문을 품었다. 우리가 운명의 수레바퀴에 꽁꽁 묶여 있다면, 무엇을 위해서 기도해야 하는가?

그러므로 무엇인가를 소망하거나 어떤 일을 피하고자 기도하는 것은 부질없는 일이다. 인간이 바라는 것은 모두 끊을 수 없는 끈으로 묶여 있는데, 인간이 무엇을 희망할 수 있으며 무엇을 피하고자 기도할 수 있겠는가?

의심을 담은 고집스러운 탄원은 『철학의 위안』 전체에 주문呪文처럼 흐르고 있고, 바로 이 의심이 글에 극적인 힘을 부여한다. 책에서 반복적으로 등장하는 운명의 수레바퀴 이미지는 인간이 벌이는 공허한 투쟁에 대한 좌절감을 표현한 것이었다. 르네상스 초기에 마키아벨리 같은 인물은 인간의 이성을 통해서 운명의 여신이 인간의 의지를 따르도록 만들 수 있다고 주장했지만, 위로가 되는 이런 관념은 보에티우스에게 낯선 것이었다.

운명의 수레바퀴를 멈추려고 하다니, 네가 모든 사람들 중에 가장 우둔한 자로구나.

만약 신이 지켜보고 있다면, 그의 주의를 끌기 위해서 인간이 할 수 있는 일은 아무것도 없었다.

신은 섭리라는 이름의 저 높은 망대에서 내려다보므로, 각 사람에게 무엇이 가장 적합한지를 알고 그에게 적합한 것을 적용한다. 이는 운명의 질서를 관통하는 놀라운 경이이다. 신은 알고 행하며, 무지한 인간은 그의 행함을 놀란 눈으로 바라볼 따름이다.

그의 기록들은 위로를 주는 생각은 아니었지만, 그렇다고 체념에 빠진 생각도 아니었다. 그러나 보에티우스가 기독교적인 구원으로부터 희망을 찾았는지, 아니면 플라톤적인 논쟁으로부터 희망을 찾았는지를 묻는 것은 요점을 벗어난 질문일 것이다. 마르쿠스 아우렐리우스와 마찬가지로, 그에게 위로를 준 것은 글을 쓰는 행위 그 자체였다. 글쓰기는 이따금 감옥 위로 솟아오르는 느낌을 주는 강력한 내적 교감이라고 보에티우스는 썼다. "인간의 영혼은 필연적으로 신의 마음을 묵상할 때 더 자유롭고, 물질의 세계로 내려갈 때에는 덜 자유로우며, 지상의 육신에 갇힐 때에는 더욱 자유롭지 못하다."

그는 이미 죽음을 받아들인 자신을 상상하고자 했다. "대체로 피조물에게 죽음을 피할 수 없는 이유가 있을 때 본성은 두려워하며 그 상황을 피하려고 하지만, 의지는 죽음을 받아들인다." 그러나 몸은 여전히 머뭇거린다며 솔직하게 덧붙였다. 그는 뒤를 돌아보지 않고 지하세계를 떠나야 하는 오르페우스와 같은 상황에 있지만, 이제 곧 떠나야 하는 세계를 돌아보지 않을 수가 없다고 애처롭게 고백했다. 죽음을 평화롭게 받아들이는 사람의 생각은 분명 아니었다.

역사학자 에드워드 기번은 1760년대에 라벤나에 머물면서『로마 제국 쇠망사*Decline and Fall*』을 마무리하는 동안, 보에티우스가 과연 글에서 위안을 얻었는지를 물었다. 그리고『철학의 위안』은 저자가 위안을 얻었다고 하기에는 너무나 모호하고 난해하다고 결론지었다. 보에티우스가 느끼는 불운이 "생각의 노동으로 인해서 옅어졌을" 수는 있겠지만, 그가 글을 씀으로써 철학적인 평정의 상태에 이른 것은 아니었다. 오히려 "그는 자신이 찾고자 한 대담한 평정심을 이미 가지고 있었을 것이다." 결국 그의 번민은 그의 목숨을 빼앗은 "죽음의 대리인"에 의해서만 끝날 수 있었다. 위안은 하나의 행위였으며, 그 행위가 후대의 존경을 얻어내는 데에는 성공했어도 저자에게 평안을 주지는 못했을 것이라고 기번은 결론지었다.

글쓰기가 보에티우스를 위로했다면, 그 위로는 고통에 찬 구절 위에 또다른 구절을 쌓아 자신의 투쟁을 기록하면서 구축한 것이었다. 그 과정에서 그는 내면세계를 얼마간 지배하게 되었고, 자신을 가둔 감옥과 화해하는 능력을 얻었다. 보에티우스가 그 무시무시한 순간을 미리 그려보는 대목을 살펴보자. 그는 숙고한다. 어떤 사람은 "고통을 과도하게 두려워하지만" 곧 우려와 달리 그것이 견딜 만한 고통임을 발견한다. 또한 어떤 사람은 "자신이 견딜 수 없는" 고통을 폄하하고 멸시한다. 그는 자신이 후자에 속한다는 것을 깨달았다. 그리고 운명은 사람을 "고난을 통한 자기 발견"에 이르게 한다고 생각했다. 그렇다면 이 암담한 인내의 조언 이외에 그가 기대한 것은 무엇이었는가? 그는 후세에 사람들이 자신을 기억해주기를 바랐다. 누구인지는 정확히 알려지지 않았지만, 간수, 하인, 부인과 아들, 혹은 그를 외면했던 친척 카시오도루스 중에 누군가가 의롭게 행동한 덕분에 보에티우스의 원고는 동고트족의 눈에 띄지 않고 숨겨졌다가 콘스탄티노폴리스와 로마의 필경사와 사서들에게, 그리고 다시 우리에게 전해질 수 있었다.

보에티우스가 최후의 시련을 맞기까지 얼마나 오래 기다렸는지 우리는 모른다. 그가 책을 끝마쳤는지조차 알 수가 없다. 그러나 그가 어떻게 죽음을 맞았는지는 알 수 있는데, 누군가가 그의 죽음에 관한 이야기를 전했거나, 혹은 매장을 위해서 시신이 반출되었을 때 그로부터 끔찍한 진실을 짜맞출 수 있었기 때문이다. 기번이 "죽음의 대리인"이라고 부른 이들은 제시간에 도착해서 아무런 의식이나 재판도 없이 보에티우스를 묶고는 안와에서 눈알이 튀어나오도록 목을 졸랐고 죽을 때까지 몽둥이로 내리쳤다.

보에티우스의 『철학의 위안』에서는 불의와 불운을 겪는 이들에게 위로를 전하는 네 가지의 위대한 서양 전통이 죽음을 기다리는 인간의 탁월한 상상으로 꿰어져서 하나로 결합되어 있다. 그리스의 플라톤과 아리스토텔레스, 로마의 키케로와 세네카, 「시편」과 「욥기」의 유대인 예언자들, 그리고 기독교 사제인 바울로와 아우구스티누스가 그것이다. 『철학의 위안』은 한 인간의 영웅적인 기억에 바쳐진 기념비인 동시에, 철학적 추론을 통해서 고통과 불의와 죽음을 견디는 힘을 얻을 수 있다는 신념에 바쳐진 기념비이다. 다만 그가 고귀한 신념을 유지하는 데에 이성의 치유력이 작용했는지는 오늘날까지도 확신할 수 없다.

보에티우스의 위대한 계승자는 그로부터 800년 후에 등장한 시인 단테였다. 단테 역시 고향 피렌체에서 추방되어 삶의 마지막 5년을 라벤나에서 망명자로 보냈기 때문에 보에티우스에게 동질감을 느낄 수 있었다. 보에티우스의 세계가 남긴 유산들—갈라 플라키디아(로마 황제 테오도시우스 1세의 딸/옮긴이)의 영묘靈廟와 모자이크로 가득한 둥근 천장이 있는 5세기의 작은 벽돌 교회당, 높이 솟은 산 비탈레 성당, 산 아폴리나레 누오보 성당— 사이에서, 단테는 『신곡La Divina Commedia』의 제3부인 「천국」을 썼다. 경외심을 불러일으키는 이 건축물들은 단테가 창작의 정점에 이르러 집필한 천국의 황홀한 모습에 영감을 불어넣어주었다. 그의 시선이 닿는 곳, 모든 성소마다 금색, 녹색, 파란색 모자이크가 벽면을 빛으로 물들이며 박해가 존재하지 않는 기독교, 고통도 절망이 사라지고 천국의 약속과 성인의 고요한 기도만이 남은 기독교를 찬양하고 있었다.

단테가 1304년부터 1307년 사이에 쓴 철학 소논문 『향연Convivio』을 보면, 정치적인 이유로 망명 생활을 한 그가 보에디우스에게 강한 동질감을 느꼈음을 알 수 있다. 그는 보에티우스의 작품들, 그중에서도 특히 『철학의 위안』을 면밀히 연구했다. 어린 시절부터 베아트리체에게 사로잡혀 있던 단테는 보에티우스가 창조한 필로소피아 부인에게서 단서를 얻어, 지혜로운 여인의 안내를 받아 지옥에서 연옥을 거쳐 천국에 이르며 깨달음을 추구하는 형식의 작품을 어떻게 써야 하는지를 이해하기 시작했다. 7세기가 지난 후에 보에티우스의 필로소피아 부인이 천국의 황홀한 땅으로 단테를 인도하는 베아트리체로 환생한 것이다.

베아트리체와 함께 신의 땅으로 들어가는 여행을 묘사하는 동안, 단테는 말문이 막힌다고 계속해서 강조한다. 언어는 그가 천상에서 어렴풋이 목격한 것들을 제대로 전달하지 못한다. 단테는 우리에게 언어의 한계 그리고 언어를 넘어서는 신앙의 필요성을 이해시키고자 한다. 단테가 쓴 "한계를 넘어^{trapassar del segno}"라는 구절 역시, 보에티우스가 죽음을 앞두고 결국 위안을 찾지 못한 일을 자신의 방식으로 반영한 표현일 것이다. 단테는 신앙만이 언어와 이성을 넘어 진정으로 인간에게 위로를 줄 수 있다는 것을 이해시키고자 한다.

이성은 불완전하며 인간이 가장 두려워하는 것에 대해서 인간을 위로할 수 없을지도 모르지만, 단테는 보에티우스의 순전한 대담성, 이성을 향한 야망에 존경심을 품는다. 오디세우스를 새롭게 해석하여 "한계를 넘어서기"라는 잊을 수 없는 이미지를 창조한 사람도 단테였다. 단테의 작품 속의 오디세우스는 선원들을 이끌고 새로운 땅을 찾아 헤라클레스의 기둥(지브롤터 해협) 너머 칠흑 같은 대양으로 나아가지만, 결국 배에 탄 모든 사람들은 죽는 운명을 맞이한다(호메로스의 작품 속의 오디세우스는 지브롤터 해협에 이르기 전에 뱃머리를 돌려 집으로 향했지만, 단테의 오디세우스는 이 해협을 주저 없이 통과해버린다[『신곡』의 「지옥」 제26곡]/옮긴이). 오디세우스는 오만함의 대가를 치르지만, 시인의 찬탄은 가려지지 않는다. 어쩌면 이 오디세우스 이야기는 단테가 오만한 시적 야심에 대한 자신의 죄책감에 맞서는 방식이었는지도 모른다. 오디세우스와 마찬가지로, 단테 역시 감히 천국을 상상하며 인간의 이성과 언어에 정해진 한계를 넘어섰다.

베아트리체와 함께 천국에 도착한 단테는 보에티우스가 토마스 아퀴나스, 이스팔레우시스 이시도루스, 알베르투스 마그누스, 페트루스 롬바르두스, 시제루스 등 기독교 전통의 지혜로운 사상가들과 함께 있는 모습을 본다. 단테는 천국에 모인 학자들 사이에 보에티우스를 위치시키면서 철학을 기독교 신앙의 품으로 되돌려놓고, 사실상 철학이 신앙에 봉사할 때에만 위로가 가능하다고 주장한다. 그럼에도 불구하고 단테가 보에티우스를 언급할 때에는 다정함이 느껴진다. 단테는 보에티우스가 실제로 매장된 장소를 직접 찾아가기도 했다. 7세기에 파비아라는 이탈리아 북부의 마을의 조용한 광장에 벽돌로 지은 소박한 교회였다. 오늘날까지 남아 있는 이 건물에는 황금하늘 성 베드로 성당이라는 아름다운 이름이 붙어 있다. 비록 천장을 장식했던 황금은 오래 선에 떨어서 나갔고, 성당이 텅 빈 재로 닫혀 있을 때가 많지만 말이다. 보에티우스의 묘는 성당의 높은 제단 아래에 위치한 지하 납골당에 있는데, 공교롭게도 그 제단에는 성 아우구스티누스의 유해가 장엄한 대리석 관대棺臺에 전시되어 있다. 단테가 걸었을 경로에 맞추어 아우구스티누스의 관대를 지나 지하로 내려가면, 어스름한 빛 속에서 성 보에티우스의 관이 보이고, 그의 유일한 유해로 짐작되는 하얗게 표백된 뼛조각 몇 개가 안에 놓여 있다.

132

『천국』에서 단테는 잠시 멈추어 보에티우스를 회상한다. 그리고 수감자였던 보에티우스가 한 번도 느껴보지 못했을 평화와 위안을 주려는 듯이 이렇게 노래한다.

그가 쫓겨난 빈 몸뚱이는
이곳 황금하늘 아래에 누워 있네
그의 망명과 죽임은 평안으로 끝이 났도다.

6

시간의 회화

엘 그레코의 "오르가스 백작의 매장"

중세에 지어진 산토 토메 교회는 스페인 톨레도의 어느 좁은 골목에 있다. 건물 안으로 들어서면, 입구 옆의 예배당 벽감 전체를 "오르가스 백작의 매장"이라는 그림이 차지하고 있다. 교회 앞에는 이 그림을 보기 위해 전 세계에서 모여든 사람들이 입장료를 내고 하루 종일 줄을 선다.

오르가스 백작은 중세 스페인에 살았던 독실한 귀족으로, 1323년에 오늘날 그림이 있는 자리 바로 아래에 매장되었다. 그로부터 260여 년이 지난 1580년대에 산토 토메의 교구사제는 "그리스인El Greco"이라고 불리던 지역 화가에게 백작의 매장 장면과 그날의 전설을 그림으로 그려달라고 의뢰했다. 전설에 따르면, 사람들이 오르가스 백작의 관을 무덤 아래로 내릴 때 성 아우구스티누스와 스데파노가 천상에서 내려오더니, 백작이 생전에 톨레도의 아우구스티누스파 수사들과 교회에 자선을 베푼 것에 신의 감사를 전하듯이 참석자들을 도와 백작을 매장했다고 한다. 두 성인들의 등장—그리고 이를 기념한 그림—은 도시의 신자들에게 백작처럼 살고 행하라는 명령이 되었다.

그림 전경에는 화려한 황금색 예복을 입고 주교관을 쓴 스데파노와 성 아우구스티누스가 조심스레 몸을 굽혀서 백작의 시신을 무덤으로 내리고 있다. 죽은 백작의 얼굴은 표정 없이 창백하고, 그의 철갑옷은 촛불을 되비추며 은은하게 빛난다. 그림을 의뢰한 교구사제도 이 장면을 지켜보고 있다. 두 성인의 뒤로는 10여 명의 톨레도 신사들이 하얀 레이스 깃이 달린 검은 옷을 입고 서 있다. 이들은 변호사, 궁정 가신, 학자 등 1580년대의 유력 인사들이다. 군중의 두 어깨 사이에는 화가 자신도 서 있다. 비쩍 마른 40대 남자인데, 턱 주변의 갈색 수염이 날렵하게 다듬어져 있고, 날카로운 검은 눈으로 우리를 응시하고 있다.

톨레도의 신사들 위로 천사들이 날갯짓하며 지상에 내려와 백작의 영혼을 천국으로 인도한다. 천사는 소용돌이치는 연기로 표현된 백작의 영혼을 위쪽에 있는 청회색 구름 쪽으로 올려보낸다. 우리는 그 구름 사이로 다른 영혼들이 승천하는 모습을 볼 수 있다. 천상에서 성모 마리아와 성 요한, 『구약 성서』의 예언자들, 예수와 사도들, 그리고 당시 세계를 호령한 스페인의 국왕 펠리페 2세가 오르가스 백작의 영혼을 맞으려고 기다린다. 지옥이나 저주는 찾아볼 수 없는 이 그림의 메시지는 명쾌하다. 백작은 천국으로 직행하고 있다는 것이다. 단테의

「천국」처럼 엘 그레코의 이 그림에도 신자들에게 줄 수 있는 기쁨 가득한 구원의 확실성과 크나큰 위로가 충분히 표현되어 있다.

당시 톨레도는 스페인에서 가톨릭 반종교개혁을 주도했는데, 이 크고 웅장한 그림은 도시의 명사들과 사제들이 공유하던 열광적인 기독교 신앙의 시간관념을 잘 묘사하고 있다. 과거와 현재와 미래가 뒤범벅되어 얼핏 혼란스럽게 보이지만, 실은 시간 그 자체를 체계적으로 시각화해서 마치 과거와 현재와 미래가 동시에 진행되고 있는 것처럼 표현한 것이다. 오르가스 백작은 그가 살던 중세의 갑옷이 아니라 16세기의 빛나는 철갑옷을 입고 있다. 로마 제국 말기에 사망한 성 아우구스티누스와 기원후 34년에 돌에 맞아 사망한 스데파노도 16세기 당시의 가톨릭 주교 복장을 하고 있다. 백작의 실제 매장은 그로부터 200여 년 전의 일이었지만, 장례에 모인 톨레도 군중은 작품이 그려진 시대의 사람으로 묘사되어 있다. 이런 묘사는 시간을 혼동했기 때문이 아니다. 로마 제국 시대부터 당대에 이르는 시간의 여러 층위들이 영원히 계속되는 현재 속에 공존하고 있다. 마치 신앙심이 충분히 깊은 사람은 과거와 현재와 미래가 동시적으로 경험되는 순간에 존재할 수 있다고 말하는 듯하다. 이 그림은 톨레도의 신사들이 아우구스티누스와 스데파노의 기적을 아주 당연하다는 듯이 지켜보는 장면을 통해서 그 점을 강조한다. 신사들은 그저 일요일 아침 미사에 참석하고 있다는 듯이, 그리고 시간의 붕괴가 세상에서 가장 자연스러운 일이라는 듯이 서 있다. 그림은 초자연적인 현상과 성인들의 중보中保(신과 인간의 관계를 회복시키고 화평을 가져오게 하는 일/옮긴이) 그리고 천국에 대한 전망을 받아들임으로써 신앙이 공동체를 하나로 묶는 방식을 보여준다. 로마 제국 초기의 순교자인 스데파노, 카르타고 출신의 로마 제국 후기 철학자인 아우구스티누스, 중세 톨레도의 백작, 그리고 당대 톨레도의 상류층 모두가 천국을 약속하며 그들에게 손짓하는 천상계 아래에서 동일한 현재를 공유하고 있다.

이 작품은 톨레도 사람들이 무엇을 믿었는지 혹은 무엇을 믿어야 한다고 생각했는지를 묘사한다. 즉, 그들이 현재 신앙을 지키기 위해서 기독교인 형제들과 하나가 되었다는 믿음, 살아 있는 자들에게 자선을 베풀면 천국에 갈 수 있다는 믿음, 성인들이 그들을 위해서 탄원하고 천사가 그들의 영혼을 천국으로 인도한다는 믿음, 산 자와 죽은 자 그리고 앞으로 태어날 자가 신의 보살핌 아래에 하나로 연결되어 있다는 믿음이다.

그러나 톨레도 사람들의 신앙은 팽팽한 긴장 속에 있었다. 이와 같은 믿음을 가장 깊이 믿은, 혹은 가장 깊이 믿는 것처럼 보여야만 하는 이들은 콘베르소들이었다. 콘베르소는 카스티야 왕국의 여왕 이사벨 1세와 아라곤 왕국의 국왕 페란도 2세가 1492년에 두 왕국을 하나로 통합하여 스페인 왕조를 세우고 나서 유대인을 박해하기 시작하자 하는 수 없이 종교를 버렸던 유대인들의 후손이었다. 사람들은 콘베르소를 끝없이 의심했다. 콘베르소는 "순수한 혈통"을 증명하고 교리에 철저히 따르는 모습을 보여야만 했다. 작품에도 톨레도 신사들 사이에 콘베르소들이 있고, 그림값을 보탠 이들 중에도 콘베르소들이 있었다. 이 그림이 완성되던 당시의 톨레도에는 어떤 사람이 보이는 것만큼 실제로도 신앙심이 깊은지를 의심하는 분위기가 있었고, 개종자들 사이에서는 자신이 겉보기와는 달리 가톨릭에 진심으로 순종한다는 것을 증명하려는 열망이 들끓었다. 그리고 지역 종교재판소가 이 모든 일을 감시했다. 게다가 그로부터 20년 전에는 가톨릭 왕이 수도를 톨레도에서 마드리드로 옮겼고, 그에 따라서 한때 제국의 수도이자 신앙의 중심지였던 톨레도의 주민들은 도시의 쇠락이 불가피하다는 사실을 받아들이기 시작했다.

1586년에 그림이 공개되고 불과 2년 후에 커다란 재앙이 스페인 세계를 덮쳤다. 스페인 무적함대가 잉글랜드 연안에서 영국에 패퇴한 것이다. 1588년은 스페인 제국에 앞으로 닥칠 완만한 쇠락이 시작한 해였다. 그러나 톨레도의 신사들은 아직 그 사실을 알지 못했다. 그들은 무지 속에서 안전했고, 성 아우구스티누스와 스데파노가 자신들 중의 한 사람을 중보하면서 그의 시신을 조심스럽게 땅으로 내리는 황홀한 순간에 도취되어 있었다.

―――――――

그러니 말하자면, 캔버스 가장자리에는 막 두려움이 번지고 있었다. 이 작품은 무엇보다도 집단의 안정을 도모하기 위한 것이었다. 이 작품은 신앙의 선언, 즉 톨레도 사람들이 공유하고 있는 것에 대한 표명이다. 가톨릭 신앙 덕분에 우리는 과거로부터 온 그 무엇도 사라지지 않고, 현재는 과거에 뿌리내린 채 연결되어 있으며, 미래는 천국의 부름과 함께 우리에게 손짓한다고 믿는다는 것이다.

당연히 이 작품은 당대에도 큰 인기를 얻었다. 오늘날 이 그림을 보기 위해서 전 세계에서 모여드는 관람객 행렬의 원조는 톨레도 사람들이었다. 사람들은 그림 속에서 친구와 이웃을 알아보았고, 거리에서 행진하던 검은 옷차림의 훌륭한 신사들이 다 같이 경건하게 둘러서 있는 장면을 손가락으로 가리켰다. 그리고 영혼들이 하늘로 승천하는 놀라운 이미지―천국이 이런 모습인가?―를 보았다. 역사와 『성서』에 등장하는 인물들―저기에 라자로가 있군, 스페인의 국왕 폐하는 저기에 계시네, 폐하는 궁정을 멀리 에스코리알로 옮겼지만 옛 수도의 사람들을 잊지는 않을 거야―도 알아보았다.

"오르가스 백작의 매장"은 수많은 상실을 겪은 공동체를 위로하고 전능한 존재의 자비를 확신시켰을 뿐만 아니라, 앞에서 살펴보았듯이 마울로에게시 보에티우스에게로 그리고 다시 단테에게로 이어져온 기독교적 위로의 언어를 단 하나의 이미지를 통해서 온전히 되살려냈다. 하나 다른 점은 천국이 지척에, 바로 톨레도 신사들의 머리 위에 존재하며 성인들이 바로 이곳 군중 속에 있다는 점이었다. 또한 라벤나의 갈라 플라키디아 영묘와 산 비탈레 성당, 산 아폴리나레 누오보 성당처럼, 여기에는 어둡고 위협적인 메시지가 완전히 제거되어 있다. 박해의 흔적도 없고, 지옥이 죄인들을 기다리고 있음을 나타내는 단서도 찾아볼 수 없다. 스페인의 다른 반종교개혁 성화에는 그런 어두운 현실이 풍부하게 묘사되어 있다. 그러나 이 그림은 아니다. 이 그림에서는 확신에 찬 희망이 뿜어져나오고, 산 자와 죽은 자와 앞으로 태어날 자가 모두 상실의 고통과 시간의 폭정으로부터 구원받은 모습이 표현되어 있다.

한편으로 이 그림은 위로의 반복적인 주제가 시간 그 자체임을 이해하게 해준다. 다시 말해서, 시간은 한 방향으로만 흐르고 멈추거나 늦추거나 되돌릴 수 없다는 것, 우리의 상실은 좋은 일이 될 수 없다는 것, 미래는 알 수 없고 과거는 되돌릴 수 없으며 우리의 시간은 죽음으로 끝나지만 우리가 더는 존재하지 않는 순간에도 다른 이들을 위한 시간은 흐른다는 것을 깨닫게 한다. 화가에게는 더 깊은 의도가 있었다. 그는 아래로 흘러내리는 시간의 좁은 통로에서 함께 벗어나는 꿈이 위안이 될 수 있음을 묘사했다. 이 그림이 불러일으키는 황홀감은 절망의 정반대 감정으로, 시간으로부터 벗어나는 것은 삶에서 경험할 수 없으며 오직 예술을 통해서만 상상할 수 있다는 인식에 기초한다.

이 그림은 한때 기독교 교리가 뒷받침한 갈망, 그리고 그 교리가 힘을 잃었다고 해도 쉽게 사라지지 않는 갈망을 이야기한다. 이 그림을 보려고 전 세계에서 찾아와 길게 줄지어 선 군중이 그 증거이다. 우리는 시간이 그저 돌이킬 수 없이 망각 속으로 빨려 들어가지 않기를, 현재가 그저 덧없이 흘러가지 않기를, 미래가 완전히 가려져서 미지의 상태로 남지 않기를 갈망한다. 우리가 위로를 찾는 것도 그와 같은 갈망 때문이다. 우리는 기원후 1586년에 천국의 숨 막히는 광경을 머리 위에 두고는 그 광경에 묘사된 정지된 시간을 대수롭지 않고 아주 편하게 받아들이던 신사들처럼 되고 싶어한다. 우리 역시 우리가 어떤 어려움에 처해 있는지를 모르고 싶어한다.

화가는 어떤 사람이었을까? 이 작품은 교구사제가 의뢰한 일이었으며, 작업 내용이 명시된 계약서와 트렌토 공의회에서 제정한 규칙에 따라서 완성되었다. 화가에게는 자신의 신앙을 표현할 좋은 기회였다. 그는 최근에 그리스에서 이주한 자였고, 라벤나에 있는 여러 성당들의 모자이크를 연구하면서 1,000년 전에 완성된 평면적이고 성스럽고 무표정한 비잔틴 양식을 깊이 이해한 성상화가였다. 그는 고향인 크레타 섬을 떠난 후에 베네치아에서 틴토레토와 함께 공부했고 다시 로마로 가서 시스티나 성당과 그곳에 그려진 천국의 모습을 보았지만, 그다지 인상적이지 않다고 말해서 많은 적들을 만들었다. 그후에 가족을 이루고 톨레도에 자리를 잡은 상태였다. 화가는 교회의 통상적인 의뢰를 개인적인 고백의 기회로 삼아서 자신의 신앙을 표현했고, 동시에 그림 속에 아들을 그려넣으며 미래에 대한 희망을 표현했다.

소년은 분명 날마다 화실에 가서 자신을 닮은 그림이 형태를 갖추어 가는 과정을 지켜보았을 것이고, 아버지가 영속성과 영속성의 위안에 대한 갈망을 어떻게 표현하는지를 말없이 목격했을 것이다. 소년은 성 아우구스티누스와 스데파노 옆에서 횃불을 들고 있다. 8세쯤 된 소년은 레이스 목깃이 달린 옷과 짧은 바지 차림으로 그림 앞에 선 화가를 똑바로 응시하고 있다. 화가는 소년에게 이렇게 말하고 싶은 듯하다. 나의 아들, 호르헤 마누엘, 나의 미래, 너는 나의 신앙을 그린 이 그림을 상속받아 오래도록 간직하게 될 것이며, 크레타 섬에서 이주한 성상화가이자 이 도시에서 그리스인으로 불리는 나, 도미니코스 테오토코풀로스가 믿은 것을 믿게 될 것이다. 나는 이곳 톨레도에 1577년에 정착했으며 1614년에는 이 도시의 가장 위대한 화가로서 눈을 감을 것이다.

시간이 흐르면서 엘 그레코는 수백 년간 잊힐 것이다. 그러다가 새로운 세대들이 출현해서 그림 속에 표현된 길쭉하고 갈망에 찬 인물들이 이상하거나 서투르게 그려진 것이 아니라, 지상을 벗어나 천상으로 향하여 영원한 시간의 축복을 누리고자 하는 인간의 갈망을 가장 진실하게 묘사된 것이라고 생각할 것이다. 그리고 그는 결국 영원히 기억될 것이다.

7

신체의 지혜

미셸 드 몽테뉴의 마지막 글

엘 그레코가 톨레도에서 "오르가스 백작의 매장"을 그리던 시기에 미셸 드 몽테뉴는 은퇴 후에 보르도 인근의 성에서 거주하며 『수상록Les Essais』제3권을 쓰고 있었다. 엘 그레코의 손에서 위로는 고결한 백작을 중보하고 그의 영혼을 천상으로 이끄는 성인들의 환희에 찬 모습으로 탄생했다. 그러나 그로부터 750킬로미터 떨어진 몽테뉴의 고독한 탑에서 위로는 완전히 다른 형태를 취했다. 몽테뉴는 자신에게 위로를 준 것들을 되짚어보는 동안 성인이나 구원, 천국에 관해서는 거의 아무런 언급도 하지 않았다. 그는 자신의 나이, 시대, 삶의 여정과 즐겁게 혹은 고통스럽게 내적으로 화해하는 과정에서 위로를 찾았다. 그의 글에서 위로는 신앙의 영역을 완전히 벗어나서, 한때 키케로, 세네카, 베르길리우스, 플라톤이 활용하던 토대로 돌아갔다. 그러나 그곳에 마냥 머무른 것은 아니었다. 몽테뉴는 철학의 위안을 폐기하고 신체 그 자체의 쾌락, 리듬, 활력에서 위안을 발견했다. 그 과정에서 그가 위안을 찾은 곳은 이성의 영역이 아니라 매 순간 느끼는 감정의 영역이었다. 단지 혈관을 따라 흐르는 삶의 박동을 느끼는 것만으로도 살 가치가 있기 때문이었다.

몽테뉴가 이렇게 삶 자체와 삶의 육체적인 쾌락을 열정적으로 옹호하기 시작한 것은 죽음의 징후와 노쇠 그리고 고령자가 겪는 씁쓸한 소극笑劇과 대면한 직후부터였다. 그는 56세에 여전히 활기가 넘쳤고 말 등에 올라 시골 지역을 달릴 때 가장 큰 행복을 느꼈다. 그러나 동시에 신장 결석과 싸우고 있었고, 결석이 이동할 때에는 통증이 너무 심해 차라리 죽는 것이 낫다고 생각했다.

몽테뉴는 자신과 같은 사회적 지위를 가진 이에게 주어지는 다양한 위로의 방법들을 검토하고 폐기했다. 늙어가는 상류층 인사들은 일반적으로 이를테면 사유지와 정원, 포도밭, 저택에서 여가를 보냈다. 몽테뉴의 부친 역시 그런 유형의 신사였지만, 아들은 그런 기쁨이 자신과 어울리지 않는다고 애처롭게 결론지었다. 가정이 가져다주는 매력에 무관심해서가 아니었다. 그가 사는 성은 그가 태어난 곳이었고, 성에는 안락한 기억이 스며 있었다. 그러나 베르길리우스의 시대부터 신사들에게 권유되던 시골의 소박한 예술은 그에게 별다른 감흥을 주지 못했다. 몽테뉴는 이웃들과는 달리 사유지를 관리하는 일이 불편했다. 그는 하인들이 자신의 재산을 조금씩 훔친다고 의심했지만, 그렇다고 무슨 수를 낼 수 있는 것도 아니었다. 포도밭이나 작물에 관해서도 잘 알지 못했고, 부친과 달리 현실적인 능력이 부족하기도 했다. 낡은 벽을 수리한 후에도 그는 그 일이 자신보다는 고인이 된 부친을 기쁘게 하기 위한 일이었다고 쓸쓸하게 덧붙였다.

몽테뉴는 가스코뉴 토박이로, 그곳의 방언과 특유의 직설적인 어법 그리고 독특한 관습에 강한 애착을 느꼈다. 그러나 특정한 장소와 연결되어 있다는 소속감은 그에게 기쁨을 주지 못했다. 조상 대대로 살아온 집이었지만, 그가 보기에 뿌리는 그다지 중요해 보이지 않았다. 하인과 가족들이 있는 자택에서 죽음을 맞으리라는 생각이 위로를 주지는 못했고, 오히려 길에서 혼자 죽는 편이 낫지 않은가 하고 자문했다. 설사 어두운 시골 여관이더라도, 돈을 주고 발 마사지를 시킬 사람은 언제든 찾을 수 있을 것이라고 그는 생각했다.

노년이 되면 많은 이들이 결혼 생활과 가족이 위로의 원천이라고 생각한다. 몽테뉴는 프랑수아즈 드 라 샤세뉴와 25년째 결혼 생활을 하고 있었지만, 한 지붕 아래 살면서 침실을 따로 쓰는 그녀에 대해서는 한마디도 남기지 않았다. 결혼 자체에 대해서는 이렇게 언급했다. "결혼의 결과로, 새장에서 목격할 수 있는 일이 생긴다. 바깥에 있는 새들은 들어가지 못해 절망하고, 안에 있는 새들은 기를 쓰고 나오려고 한다." 몽테뉴는 딸인 엘레오노르에게도 눈에 띄게 냉담해서 하루빨리 남편감이 나타나 딸을 데리고 가주기를 고대했다. 노년기에 손주가 위로가 될 수 있다는 생각도 경멸했다. "아이들이 없는 것이 삶을 덜 완전하고 덜 만족스럽게 만드는 어떤 결함이라고 생각해본 적 없다."

당시 기준으로 노년에 해당하는 50대 남자라면 과거에 맡았던 공직이나 도시와 지역을 위해서 일했던 기억을 떠올리며 흡족해할 법도 하다. 몽테뉴는 보르도 시장을 두 차례 역임했다. 못된 사람들은 그가 이룬 것이 거의 없다고 수군댔고 몽테뉴는 그 말이 옳을지도 모른다고 인정했지만, 별다른 흔적을 남기지 않았다는 것은 그래도 피해를 끼치지는 않았다는 뜻이기도 했다.

몽테뉴는 지방법원에서 변호사로도 일했으나, 법이 한없이 바보 같고 잔인해질 수 있다는 생각만 남았다. 그는 프랑스의 가톨릭 국왕을 위한 고문 자리에 올라서 사절단의 일원으로 개신교 세력인 나바르 왕국의 국왕 앙리 4세를 방문하기도 했다. 외교 사절로서 충분히 노력했음에도 불구하고 30세가 될 무렵 종교전쟁이 발발했고, 전쟁은 그가 죽은 후에도 계속될 것처럼 보였다. 로마의 고전을 읽고 아버지의 충고를 들으며 자란 몽테뉴는 늘 공적인 삶이 신사의 진정한 소명이라고 믿었다. 그러나 자신의 공적인 삶에 도대체 무슨 가치가 있었는지 그로서는 의심스럽기만 했다.

이 모든 이유로 몽테뉴는 우울에 빠져 있었다. 그는 침실과 서재를 갖춘 탑에서 대부분의 시간을 보냈다. 그 원형 서재가 그의 왕실이었다. 그가 앉은 자리에서는 기둥에 새긴 라틴어 경구("인간에 대한 일은 그 어떤 일도 남의 일로 보지 않는다"—테렌티우스)와 매력적인 비너스의 초상화가 보였고, 창밖으로는 말을 키우는 축사와 정원 그리고 그

너머로 들판이 시원스레 펼쳐졌다. 친숙한 풍경이었지만 그렇다고 위로가 되지는 않았다.

몽테뉴가 느끼기에 철의 시대에 산다는 것은 비정한 운명이었다. 내전의 한복판에서 30년을 살면서도 그의 신앙은 흔들리지 않았다. 그러나 종교전쟁을 보면서 그는 한낱 사상과 교리 때문에 사람을 죽이고 약탈해도 된다고 확신하는 광신도들을 혐오하게 되었다. 책장에 꽂힌 책들을 보물처럼 여기는 사람에게 전쟁은 학자의 삶에 근간이 되는, 사상 그 자체에 대한 믿음을 뒤흔들었다. 인근 마을이 파괴되고, 그가 한때는 친구라고 부르던 자들이 편협한 증오에 사로잡히는 모습에 그의 의심은 커져만 갔다. 국가를 파괴하고 살육이 자행되는 갈등 속에 형제자매를 밀어넣는다면, 사람들이 책에서 수확한 사상, 일반개념, 추상개념이 대체 무슨 소용이라는 말인가?

다양한 신앙을 가진 가족들이 공존할 수 있게 했던 끈끈한 사회성이 종교적 광신에 무참히 파괴되고 있었다. 몽테뉴는 가톨릭 가문이었는데, 그의 성은 개신교 지역의 한가운데에 있었다. 주변의 귀족들과 좋은 관계를 유지하는 일이 그 어느 때보다도 위험해졌다. 최근에 그의 이웃 한 사람이 무장한 사람들과 함께 그의 안뜰을 침범했을 때 그는 온갖 꾀를 내고 인정에 호소해서 그들을 겨우 조용히 내보낼 수 있었다. 한번은 말을 타고 나갔다가 복면강도들의 습격을 받고 몇 시간 동안이나 숲속에 붙잡힌 채 안장 가방과 돈 상자를 털리는 일도 있었다. 몽테뉴는 그 지역의 개신교 군벌과 간신히 유지하고 있던 우호적인 관계를 내세워서 겨우 목숨을 부지했다.

몽테뉴는 20년 가까이 계속 무법 상태에서 살았다. 길에는 강도가 있었고, 근처에서 살육이 벌어졌으며, 군대가 인근 마을을 약탈하고 부녀자를 강간했다. 그의 집이 무사한 것은 순전히 운이 좋은 덕분이었다. 보르도는 이쪽 편의 수중에 들어갔다가도 금세 저쪽 편의 지배를 받았다. 바로 눈앞에서 끔찍한 광경이 펼쳐졌다. 전투가 끝나고 버려진 시체를 돼지가 파먹는 모습, 믿을 수 없이 잔혹한 장면들, 순전히 쾌락을 위해서 타인의 고통을 지켜보는 사람들.

몽테뉴는 극장에 앉아 나라의 비극을 관람하는 관객으로서 시대의 환란을 지켜볼 줄 알았지만, 그렇다고 진정한 공포를 모르는 것은 아니었다. "그날 밤 당장 누군가가 나를 배신하고 살해할지 모른다는 생각에 집인데도 잠자리에서 1,000번은 일어났다."

1586년 몽테뉴는 흑사병을 피해 집을 떠나서 가솔과 함께 6개월을 떠돌았다. 그와 가족들은 친구와 이웃들의 변덕스러운 친절에 기대 살아야 했고, 그가 쓸쓸하게 기록했듯이 식구 한 사람이 "손가락 끝에 통증을 느끼는 순간" 일행은 공포의 대상이 되어 길거리로 쫓겨나서 "거처를 옮겨야만" 했다. "모든 병을 흑사병으로 오해했기" 때문이었다.

몽테뉴는 평범한 사람들이 흑사병에 걸려 죽음에 대비하는 모습을 보면서 죽음에 관한 교훈을 얻었다. 어떤 사람들은 농장을 떠나 돌보아주는 이 없이 홀로 들판에서 죽음을 맞았고, 어떤 사람들은 스스로 무덤을 판 후에 그 안에 누워서 죽음을 기다리기도 했다. 그는 그 모습들을 보고 겁에 질리는 대신, 오히려 그들의 결기, 즉 "모두가 하나같이 목숨 부지하기를 포기하는" 모습에서 위로를 발견했다.

몽테뉴는 농부들이 이처럼 평화롭게 죽음을 맞는 모습을 보면서, "어떤 불운에도 초심자가 되지 않도록……망명, 고문, 전쟁, 질병에 관해서 깊이 숙고해야" 한다고 말한 세네카가 틀렸다고 생각했다. 불운에 관해서라면 우리는 모두 초심자라고 몽테뉴는 생각했다. 키케로가 "철학자의 삶 전체가 죽음에 관한 명상"이라고 말한 것도 틀린 생각이었다. 죽음은 삶의 종말이지, 목표가 아니었다. 평범한 사람들은 이것을 철학자들보다 더욱 잘 이해하고 있었다. 몽테뉴는 지혜를 담은 차분한 문장으로 이렇게 논평했다. "삶은 그 자체로 과녁이자 목적이 되어야 한다. 삶 그 자체를 조절하고 관리하고 견디는 것이 삶에 대한 정당한 탐구이다."

낙담할 수밖에 없는 이러한 고난 속에서 몽테뉴는 중요한 사실을 깨달았다. 그가 찾아야 할 위로는 다른 데에서 오는 것이 아니라 살고 창조하는 데에서 오고, 삶의 의미를 직접 만들고 이해하고자 하는 데에서 온다는 것, 그리고 그가 그토록 비싼 대가로 얻은 가르침을 통해서 미래의 누군가는 위로를 발견하리라고 기대하는 데에서 온다는 것이었다. 그는 이미 두 권의 『수상록』을 발간했지만, 1585년부터 1588년까지 세 번째 책을 쓸 때야 비로소 자신의 시도가 완전히 새로운 일임을 깨닫고 기쁨을 느꼈다. 바로 자기 자신을 책의 주제로 삼는 것, 자신의 기분, 상상의 비약, 기억, 그 기억을 되짚어갈 때 발견한 가르침을 쓰는 것이었다. 그 산문들은 순수한 기쁨을 위한, 자신의 깊은 내면에 대한 탐험이었으며, 이제 막 깨닫기 시작했듯이 자신의 마음을 탐구함으로써 보편적인 인간 영혼을 드러낼 수 있기도 했다. 그는 "사람은 누구나 온전한 형태의 인간 조건을 가지고 있다"라고 썼다. 오직 자신에 대해서만 쓰더라도, 어쩌면 보편적인 인간 조건의 진실을 한두 가지는 포착할 수 있을지 모른다고 그는 생각했다.

그러나 몽테뉴는 자신의 착각과도 맞서 싸워야 한다는 것을 이해하기에는 너무나 정직한 사람이었다. 그가 스스로에게 하는 말에는 허세도 있고, 약간의 자기기만도 섞여 있었다. "내가 다시 살게 된다면, 지금까지 살아온 것과 똑같이 살 것이다. 나는 과거를 떠올리면서 눈물을 흘리지도 않고 미래를 두려워하지도 않는다." 사실 그는 과거를 생각하면서 많은 눈물을 흘렸고, 자신의 쓸모없는 잡문에 종종 혐오에 가까운 감정을 느꼈다. 그가 생각하기에 이는 노화로 인한 통제할 수 없는 증상이었다. "지금 상태의 쓸쓸함은 나의 나이의 쓸쓸함과 일치한다." 사람들은 기껏해야 광신적인 견해를 퍼뜨리거나 자신이 선량한 방관자라고 믿기 위해서만 종이에 코를 박고 열심히 글을 쓴다. 그는 다시 기운을 차리려고 갖은 애를 써보았지만, "절망에 나를 맡긴 채 벼랑 끝으로 미끄러지고, 흔히 말하듯이 도끼가 망가지면 도낏자루까지 버리는" 날들이 있었다.

그는 자신의 위태로운 초연함이 사소한 것들에 흔들린다는 것을 깨달았다.

멀리서 바라볼 때 나의 영혼은 쉽게 초연함에 도달하지만……말 고삐를 잘못 묶거나 등자의 가죽끈이 나의 다리를 때리면 온종일 기분이 언짢다.

유쾌한 기분은 암울한 생각을 차단할 줄 아는 마음의 기술에서 오며 그래서 위안은 진실에서 벗어난 곳에 있을지도 모른다는 것을 몽테뉴는 통렬하게 인식했다. 이 문제에 한 치의 거짓도 남기지 않은 상태에서 그는 단지 자신의 모순을 드러내는 것에 그치지 않았다. 그는 그의 글을 읽는 모든 사람들이 그후로 위안에 대해서 생각하는 방식 자체를 변화시켰다.

몽테뉴는 『수상록』 제3권의 "기분 전환에 관하여"라는 글에서, 누군가를 위로한다는 것이 그저 그 사람의 주의를 돌리는 데에 불과한 것은 아닌지 물었다. 그는 아주 깊은 상실감에 빠진 어느 귀족 여성을 위로하려고 했던 일을 떠올렸다. 그 여성은 그가 신랄하게 표현한 "가장되고 피상적인 애도"에 그치는 뭇 여성들과는 달랐다. 남을 위로하려는 노력은 근본적으로 "지금 이 문제를 덮고" 현혹하려는 시도인데, 몽테뉴는 이 깊은 통찰을 이제야 이해하게 되었노라고 말했다. 비록 그는 당대에 학식이 굉장히 높은 사람이었고 위로를 다룬 고전 문헌들이 그의 서재를 가득 채우고 있었지만, 귀족 여성의 깊은 슬픔을 마주하자 현실의 고난이 닥친 순간에는 철학의 위안을 통째로 포기하는 편이 낫다고 결론지었다. 그 순간에는 다른 어떤 것, 더 친밀하고 더 실질적인 것, 말로는 그치지 않는 무엇인가가 필요했다. 몽테뉴는 비탄에 빠진 여인과 대화하면서, 그녀가 슬픔의 길을 우회해서 더욱 사소한 주제를 생각하도록 유도했고 은연중에 고통스러운 생각을 하지 못하게 만들며 그녀의 기분을 풀어주었다. 그는 그것이 위로라고 생각하면서도, 한편으로는 위로가 기만과 크게 다르지 않다고 생각했다. 그 시도는 또한 무익했다고 그는 고백했다. 그가 떠나고 다른 사람이 그의 자리를 대신하자 그녀는 다시 깊은 슬픔에 빠졌다. 그가 시인했듯이, "내가 도끼로 그 뿌리까지 찍어내지 못했기" 때문이었다.

숙고를 이어간 끝에 그는 이렇게 결론지었다. "우리는 웬만해서는 영혼을 문제와 직접 대면시키지 않는다." 소크라테스처럼 죽음을 앞두고도 "죽음 이외의 다른 것으로부터 위로를 구하지 않은" 채 초연함을 유지할 수 있는 사람은 많지 않다. 몽테뉴는 대부분의 사람들에게 현실을 직시하는 능력이 부족하다고 생각했다. 대개는 미래의 영광에 대한 허황한 희망이나, 좀더 나은 경우에는 적에 대한 복수심을 통해서 현재로부터 노피한다.

더 나은 삶에 대한 희망이 우리를 유지시키고 지탱해준다. 혹은 자식들의 가치에 대한 희망이나 우리 이름이 얻게 될 미래의 영광, 혹은 이 삶의 고통에서 잠시 도망치는 일이나 우리를 죽이려는 자들에게 칼끝을 겨누는 복수가 그렇게 한다.

이제 몽테뉴는 위로를 받는다는 것은 기분 전환과 다르지 않으며, 궁극적으로는 잊는 것이라고 생각했다. 그는 시간이야말로 "울화를 치료하는 최고의 의사"라고 썼다. 귀족이자 시인이며 정치적 논객이었던, 그리고 몽테뉴가 사랑했던 친구 에티엔 드 라 보에티는 25년 전에 열흘 내내 고통에 몸부림치다가 사망했고, 몽테뉴는 그의 곁에서 동요하고 겁에 질린 채 그 모습을 지켜보았다. 탑 안에 놓인 책상에 앉아 과거를 떠올려보니 에티엔은 여전히 기억에 남아 있었지만 청년 시절에 그를 보며 느끼던 사랑과 기쁨은 사라지고 있었다. 죽음과 시간 앞에서는 사랑조차 무력하다고 그는 생각했다.

그는 철학으로 죽음에 대한 공포를 물리칠 수 있다고 생각했다. 그러나 육신이 실제로 죽음의 손아귀에 들어왔다고 느낄 때에는 고상한 사색으로 위로를 얻을 수 없다는 것을 너무나 잘 알고 있었다. 몽테뉴는 신장 결석이라는 죽음의 손길이 너무나 고통스러운 나머지 차라리 죽기를 바랐다. "죽음을 보편적으로 보면서 삶의 끝이라고 생각했을 때에는 죽음이 대수롭지 않게 느껴졌다. 큰 덩어리로 대할 때에는 내가 죽음을 제압한다. 그러나 세세하게는 죽음이 나를 괴롭힌다." 하인들이 눈물을 흘리고 마지막 손길이 몸을 스치고 사람들이 그의 낡은 옷들을 나누는 등 실제의 죽음에 관해서 구체적으로 상상하지 않는 한, 추상적인 수준에 머무는 죽음과는 충돌하지 않을 수 있었다. 그가 "자기 자신에 대한 절망과 안타까움"을 느끼는 것은 죽음 그 자체 때문이 아니라 그처럼 세세하게 예상되는 장면들 때문이었다.

몽테뉴가 말했다. 만약에 거짓 위안이 있다면, 그것은 우리가 죽은 후에 사람들이 우리를 떠올리면서 즐거운 이야기를 할 것이라는 상상이다.

혹자는 나에게 어떤 자격이 있어서가 아니라 그저 내가 죽을 것이기 때문에 나를 위해서 호의적인 말을 해주고 싶을지 모르나, 나는 그런 증언을 거부하련다.

죽음은 혼자만의 것이었다. 그 누구도 죽음을 우리와 함께 진정으로 나눌 수 없다는 것을 이해해야 했다. 인간의 공감에는 엄연히 한계가 존재했다.

아무리 대단한 지혜가 있다고 한들 혼자만의 판단으로는 타인이 그렇게 사무치게 슬퍼하는 이유를 결코 이해할 수 없다.

공감에 한계가 있다면 인간의 연대에도 한계가 있었다. 임종을 앞둔 에티엔 드 라 보에티는 동요한 아내와 친구들을 위로하느라 마지막 남은 시간을 허비했다. 몽테뉴는 그때를 회고했다. "다른 사람은 두고 나 자신을 위로하는 것만 해도 빠듯하다." 그의 생각에 죽어간다는 것은 "사회가 책임질 역할이 아니다. 그것은 단일한 인격체가 책임져야 할 행위이다."

젊은 시절에 몽테뉴는 자신의 주인이 자신의 영혼—그리고 영혼이 철학으로부터 도출한 지침—이라고 믿었다. 나이가 들고 신장 결석이 생기고 피로가 쌓이자 "몸이 정신을 주도하면서 교정하는 단계"에 들어섰다고 생각했다. 그는 탑 위에서 책을 읽더라도 한 시간 이상 집중할 수 없게 된 지 20년이 넘었다고 고백했다. 이제는 "개암나무 근처에서 놀거나" 팽이치기를 하는 것이 더 좋을 것만 같았다. 성적인 몽상도 되돌아왔고—서재의 벽은 사람에 따라서 깜짝 놀랄 만한 그림들로 장식되어 있었다—이제 와 생각해보니 지금까지 읽은 그 무엇보다도 육신의 쾌락이 더 큰 기쁨을 주고, 죽음의 공포로부터 벗어나 기분을 전환할 수 있게 해주었다.

탑에 머무르는 동안 몽테뉴는 혈기왕성했던 시절의 기억을 더듬거나 일전에 파리를 방문할 때 친구가 된 20대의 귀족 여성 마리 드 구르네를 회상하는 데에 거의 모든 시간을 썼다. 구르네는 『수상록』의 출간과 그의 명성에 자신을 바치겠노라고 약속했다. 이후 몽테뉴는 그녀를 만나지 못했지만, 그녀는 그가 사망한 이후인 1595년에 『수상록』을 발간하여 약속을 지켰다.

나이가 들고 성적 갈망이 커지면서 몽테뉴는 몸과 영혼이 하나로 묶여 있다고 느끼기 시작했다. 철학의 오류는 "산 사람을 쪼개려고" 하고 심지어는 이성이 지독한 고통에 빠진 사람을 위로하거나 육신의 맹렬한 쾌락을 물리칠 수 있다고 주장하는 데에 있었다. 몽테뉴는 마리 드 구르네가 파리에서 했던 말, 즉 그를 또다른 아버지로 여긴다는 말이 떠올라 괴로워했다. 그는 자신의 갈급함을 잘 알았고, 자신을 비롯한 노인들을 두고 "우리는 적은 것을 가지고 있으면서 많은 것을 원한다" 라고 언급했다. 그러나 이제는 한발 비켜서서 젊고 원기 왕성한 이들에게 자리를 내어주어야 한다는 것을 알고 있었다. 많은 나이에도 그는 사랑을 원했다. 그러나 젊은 여인이 자신을 동정할지 모른다는 생각에 머뭇거렸다. 그로서는 "자선에 기대어 사느니 죽는 편이 나았다."

마지막 글 "경험에 관하여"에서 몽테뉴는 책들을 치워두고서 삶이 자신에게 가르쳐준 것들을 상기했다. 책에서 얻은 지식과 철학에 대해서 점점 강해지는 불신, 그 어느 때보다 솔직해진 자연과 몸에 대한 애정, 인간의 무지, 특히 자신의 무지에 대한 따뜻한 자각 등 그의 다양한 사유들이 모두 정리되었다. 이제 그는 삶에 자신만의 리듬, 반복되는 일과와 일상이 있다는 것이 얼마나 위로가 되는지를 예리하게 느끼면서, 습관과 개성 그리고 저마다의 고유한 방식을 찬양했다. 그것들은 삶의 믿음직한 항상성恒常性이었다.

애쓰지 않고서는 낮잠을 잘 수 없고, 식간에 음식을 먹거나 아침을 먹기도 힘들고, 저녁 식사 후에 족히 3시간이 지나지 않으면 잠자리에 들 수 없고, 자기 전이 아니면 아이를 만들 수 없고 선 자세로 할 수도 없고, 땀을 흘리면 참을 수가 없고, 맹물이나 물 타지 않은 포도주로 갈증을 푸는 것도, 모자를 쓰지 않고 오래 있는 것도, 저녁 식사 후에 머리를 자르는 것도 할 수가 없다. 장갑을 끼지 않으면 셔츠를 입지 않은 것처럼 불편하다. 식사를 마쳤거나 아침에 일어났을 때 씻지 않은 것처럼, 침대에 덮개나 커튼을 치지 않은 것처럼, 그러니까 나에게 반드시 있어야 하는 것들이 없는 것처럼 괜스레 불편하다.

이것은 일상적인 것들, 즉 육체적인 존재의 반복되는 기대와 즐거움에 바치는 찬가였다. 서재에 꽂힌 책들에는 이런 것들이 모두 일시적이고 덧없는 위로에 불과하다고 쓰여 있었지만, 이제 그는 고전적인 뮤즈의 말에 더는 귀를 기울이지 않았다.

마지막 글에서 몽테뉴는 좋아하는 음식과 잠자리 준비법을 세세하게 늘어놓았다. "나는 왕족의 방식처럼 이불을 잘 덮고, 여자 없이 혼자 푹 자는 것이 좋다." 그는 가려운 곳을 긁는 데에서 즐거움을 찾았다. 또한 변 보는 일을 즐겼고, 배변 중에 방해받는 것을 좋아하지 않았다. 그는 높으신 분들에게 삐딱한 경의를 보냈다. "왕도, 철학자도 배변 활동을 한다. 숙녀들도 마찬가지이다." 그는 이 비천한 기능들에 관해서 생각하다가, 오직 그만이 이해할 수 있는 어떤 논리에 따라서 에티엔 드 라 보에티가 치병적인 병에 걸렸을 때 외친 말을 떠올렸다.

"살아 있다는 것이 그렇게 대단한가?"

이제 몽테뉴가 답했다. 살아 있다는 것은 정말 대단한 일이다. 다만, 삶을 있는 그대로 받아들일 때, 비천한 육신의 쾌락, 고통, 배변 활동, 불운과 기쁨을 받아들일 때만 그렇다.

몽테뉴는 이제, 우리는 피할 수 없는 것을 인내할 줄 알아야 한다고 믿었다. 말년의 저주와도 같은 신장 결석조차도 몸이 결국 겪어야 하는 자연스러운 부산물로 느껴졌다. 결석이 배출될 때면 그는 땀을 흘리고 몸부림을 치고 검은 소변을 보고 기묘한 경련을 견뎌야 했다. 그러나 친구들이 그의 스토아 철학적인 자제력을 경하할 때면 기쁨을 느꼈다. 게다가 병은 삶을 어떻게든 유지하려는 광적인 욕망도 치유했다. 그는 이렇게 썼다. "사람은 병이 들었기 때문에 죽는 것이 아니다. 살아 있기 때문에 죽는 것이다." 그리고 질병은 몸이 아프지 않을 때 삶을 더욱더 사랑하도록 가르쳐준다고 그는 결론을 내렸다.

내전의 양쪽 광신자들이 욕망과 육체적인 유혹을 적으로 삼아서 전쟁을 치르던 시대에 몽테뉴는 "쾌락의 추구"를 옹호하는 편에 섰다. 세상은 정반대로 가면서 "고통스럽지 않은 것은 이롭지 않다고 생각한다"고 그는 빈정댔다. 그는 이 마지막 부분에서 독자들에게 전했다. 만일 우리가 삶과 화해하고자 한다면, 즐거움을 추구하고 편안함을 추구해야 한다. 그는 당대의 광신자들과 싸우고 있었지만, 그와 동시에 자기 내부에 존재하는 죄책감과 자기부정과도 전투를 벌이고 있었다.

우리는 엄청난 바보이다. 하는 일 없이 평생을 보냈다고 우리는 말한다. 오늘 아무것도 하지 않았다고. 아니, 살지도 않았다는 말인가? 살아 있는 것은 우리의 가장 근본적이고 가장 뛰어난 업무이다.

몽테뉴는 "우리의 가장 야만적인 악습은 우리의 존재를 멸시하는 것"이라고 단정하고, 우리는 재미없는 설교와 자기중심적인 거만함으로 삶을 망치고 있다고 지적했다.

철학이 간혹 뒷다리를 짚고 일어나서 우리에게……감각적인 쾌락은 미개하니 현명한 사람이 즐기기에는 적합하지 않으며, 젊고 아름다운 부인의 기쁨으로부터 얻는 유일한 쾌락은 자신이 올바른 일을 하고 있다는 의식에서 오는 기쁨이라고 설교할 때면 아주 유치하다.

몽테뉴는 이렇게 말했다. 우리가 부여할 수 있는 어떤 이유가 삶에 있을 것이라고 생각하지 말자. 삶의 이유는 감각, 감정, 욕구, 쾌락, 고통이 매 순간 쏟아지면서 우리에게 살아 있다는 온전한 의식을 던져주는 신체에 있다. 이 느낌을 잃지 않는다면, 위로는 전혀 필요 없을 것이다. 죽마를 타고 똑바로 서려고 애쓰며 살지 말라고 그는 말했다. 그의 마지막 말이 그 모든 것을 말해준다.

가장 아름다운 삶은 인간의 평범한 양식에 순응하고 순리에 따르는 삶, 그러나 기적이나 기상천외함이 없는 삶이다. 이제는 노년을 좀더 부드럽게 대해야 한다. 건강과 지혜의 수호자인 신께 노년을 맡기되, 유쾌하고 사교적인 지혜를 갖추어야 한다.

마지막 글을 마감하는 이 말에서 나온 유쾌하고 사교적인 지혜는 위로를 근대적으로 이해하는 길을 제시했다. 이제 사람들은 신의 방식을 이해하려고 하기보다는, 일상적인 삶 그리고 주변 사람들에게 필요한 것들에 주의를 기울이기 시작했다. 말년에 몽테뉴는 가톨릭과 개신교 양측의 광신자들이 자행하는 폭력과 잔혹함에 넌더리를 내며 신앙 너머로 나아갔다. 그는 신의 구원이나 심지어 자비에 의지하기보다는 우리의 가장 깊은 애착, 즉 삶 자체에 대한 사랑에 의지했고, 그와 같은 답을 찾는 모든 이에게 소중한 교훈을 가르쳐주었다.

8

보내지 않은 편지

데이비드 흄의 "나의 생애"

1734년, 스코틀랜드에서 온 23세의 신사가 절망에 빠져 혼자 브리스틀로 향하고 있었다. 도중에 그는 잠시 런던에 들러서 한 신경질환 전문의에게 진료를 예약하는 내용의 편지를 썼다. 그는 자신이 19세부터 우울증에 시달려왔고, 여전히 증세가 심각하여 법학 공부를 그만두고 사랑하는 철학 공부마저 포기했으며, 아버지가 돌아가신 후에는 어머니와 함께 살던 스코틀랜드 교외 지역을 떠나 어느 상인 밑에서 일하기 위해 브리스틀로 가는 중이라고 썼다. 편지에서 그는 애처로운 허세를 가미하여 "이 병이 떨어질 때까지 북극에서 남극까지 전 세계를 떠돌아다니고" 싶다고 말했다.

청년은 18세가 된 해에 갑자기 머릿속에 "새로운 사상"의 단초들이 흘러들기 시작했다고 고백했다. 그는 "젊은이 특유의 열정"으로 그 물줄기를 받아들였다. 그는 고대의 권위자들—키케로, 세네카, 플루타르코스—이 진정한 인간 본성을 포착하지 못했다는 직관에 크게 흥분했다. 지금 필요한 것은 자연과학에서 아이작 뉴턴이 이룬 성취를 모형으로 삼아 인간에 관한 새로운 과학을 구축하는 것이었다. 그는 이 도전에 뛰어들고자 했지만, 자신을 휩쓴 지적 흥분이 사라지고 갑자기 "한순간 열정이 전부 사라진 듯했으며, 의식의 속도가 얼마 전에 격렬한 즐거움을 불러일으켰던 수준으로 다시 올라오지 않았다."

의심은 낙담으로, 낙담은 우울로 이어졌다. 그는 자신을 무기력하게 만드는 고통과 온 힘을 다해서 싸우고 있다고 의사에게 썼다. 격렬한 운동으로 우울증이 가라앉기를 바라면서 나인웰스에 위치한 가족의 사유지 주변을 매일 혼자 말을 타고 달렸다. 그는 여전히 성실한 아들이자 형제였지만, 철학 공부를 다시 시작할 수가 없었다. 혹시라도 책을 읽으면 병세가 악화되었다. "죽음과 빈곤, 수치와 고통을 비롯한 삶의 모든 시련"에 관한 생각이 머리를 가득 메웠다. 목표물을 놓치고 헛손질하는 주먹처럼 정신이 세차게 흔들렸다. 이제는 신에게 비림받는 것을 주제로 글을 쓰는 종교적 신비주의자들을 이해할 수 있었다. 만일 "사업과 기분 전환"의 길을 택하지 않고 그대로 철학 공부에 몰두한다면 미치광이가 될 것이 분명했기 때문에, 노예와 설탕 무역을 하는 회사에 사환으로 취직해서 브리스틀행 마차를 탔노라며 그는 편지를 끝맺었다.

서명도, 날짜도 없는 편지만 남았을 뿐, 그가 이 편지를 부쳤다는 증거는 없다. 데이비드 흄이 이 부치지 않은 편지를 다른 문서들 틈에 넣고 평생 간직했다는 사실만이 알려져 있을 뿐이다.

흄은 브리스틀에 겨우 수개월을 머물렀다. 고용주가 쓴 사업상 서신의 용어를 수정했다는 이유로 해고된 듯하다. 그는 불행하고 언짢은 상태로 그곳을 떠났지만, 이번에야말로 철학이 자신의 운명이라고 확신했다. 가족이 보내준 약간의 생활비를 들고 프랑스로 향한 그는 한때 데카르트가 다닌 예수회 학교와 그다지 멀지 않은 루아르 계곡의 라 플레슈에서 소박한 은둔 생활을 하기 시작했다. 그리고 산책할 만한 강이 주변에 흐르고 정원이 내다보이는 조용한 방에 앉아 1734년부터 1738년까지 4년 동안 『인간 본성에 관한 논고*A Treatise of Human Nature*』를 집필했다. 심신이 괴로울 때에는 절대로 쓰지 못하리라고 생각했던 책이었다. 책을 완성했을 때 흄은 겨우 26세였다. 남아 있는 용기를 마지막 한 방울까지 짜낸 책이었다.

낡은 믿음에 대한 흄의 급진적인 회의는 숨이 멎을 만큼 거셌다. 그는 인과관계 그 자체의 본질에 의문을 제기하면서, 인과관계는 사물 간의 실제 관계가 아니라 원인과 결과의 일정한 결합을 관찰하여 유도된 관습적인 믿음에 불과하다고 주장했다. 이렇게 인과관계를 재고한 후에는 인간에게 영혼이 있다는 관념을 도끼로 내리쳤다. 모두가 육신의 죽음과 함께 끝을 맞이한다고 주장한 것이다. 그러고는 개인의 정체성을 겨냥했다. 흄은 "자아"가 무엇인지, 그리고 "개인적 정체성"이 무엇으로 구성되어 있는지를 자문하면서, 그에 관한 분명한 개념을 확정하는 일이 완전히 불가능하다는 결론에 이르렀다. 내가 잠들면 나의 "자아"는 사라지고, 내가 죽으면 나는 아무것도 아닌, "완전한 비-실체"가 된다. 흄은 서양의 이성을 떠받치던 3개의 기둥—인과관계, 정체성, 영혼—이 그저 허구일 뿐이라고 결론지었다.

흄의 사유는 합리적 회의주의의 근엄한 전개가 아니라 자기 자신을 발견해나가는 괴로운 과정이었다. 이 숙고의 과정은 거친 날씨에 물이 새는 배를 타고 세계 일주를 하는 것과도 같았다. 그는 끊임없이 능력의 한계에 부딪히며 절망에 빠졌고, 힘든 상황에서 오직 혼자서 분투했다. 그의 표현을 빌리자면, "기이하고 낯선 괴물"이 뇌 안에 사는 것 같았고, 다시는 인류와 하나가 될 수 없을 듯했다.

흄은 사람들이 자신의 견해를 어떻게 받아들일지 두려워했고, "모든 형이상학자, 논리학자, 수학자, 심지어 신학자"의 증오심을 불러일으킬까 봐 근심했다. 애지중지하는 교리에 도전한 자신을 그들이 증오하지는 않을까? 더 걱정스러운 것은 그 자신이 "정초된 모든 의견들을 멀리한 채 진실을 향해 가고 있다"고 확신할 수 있을지였다.

그가 보기에 이성은 스토아 철학자들이 믿은 것처럼 격정의 주인이 아니라 그것의 노예였다. 그러나 이 말이 옳다면, 인간 본성을 탐구하는 실험 과학에 자신의 사고를 기초로 삼으려는 그의 야심이 흔들릴 수밖에 없었다. 철저히 들여다보면 우리의 사고가 결국 소망과 이상과 환상과 상상이 일으킨 혼란에 불과하다고 할 때, 대체 사고실험에 근거한 추론 과정에 어떤 확신을 가질 수 있다는 말인가?

흄은 자신의 이성 자체에 내기를 걸었고, 자신을 한계까지 밀어붙였다. 그는 어떤 답도 내릴 수 없는 질문이 있다는 것을 발견했다. "나는 어디에 있는가? 나의 존재는 어떤 원인으로부터 유래하는가? 나는 어떤 조건으로 돌아갈 것인가?" 형이상학의 이 일반적인 난제들이 답변이 불가능하다는 바로 그 이유가 그를 괴롭혔다. 이에 답하려고 할 때마다 그는 "상상할 수 있는 가장 비통한 상태, 가장 깊은 어둠에 포위된 상태"에 빠졌다. 철학의 길로는 이 미로를 빠져나갈 수가 없었다. 이성은 이 구름을 물리칠 수 없었고, "철학적 우울과 섬망"을 치료할 수도 없었다.

미셸 드 몽테뉴의 글 "기분 전환에 관하여"를 연상시키는 글—흄은 몽테뉴의 글들을 읽었다고 알려져 있다—에서 이 청년은 몽테뉴와 유사한 결론에 도달했다. 철학은 위로를 주지 못하지만, 곁에 있는 사람은 위로를 줄 수 있다.

> 나는 친구들과 함께 밥을 먹고, 백개먼^{backgammon} 놀이를 하고, 대화를 하고, 즐거운 시간을 보낸다. 서너 시간 놀다가 다시 사색을 시작하면, 이 일은 차갑고 경직되고 우스꽝스럽게 느껴져서 그 속으로 더욱 깊이 들어갈 마음이 들지 않는다.

기분 전환을 위해 다른 이들과 어울리면서, 흄은 미로 같은 자신의 의식으로부터 탈출하는 데에 타인이 얼마나 절실히 필요한지, 또 어떤 종류의 위로든 간에 그에 대한 이성의 기여가 얼마나 미미한지 깨닫게 되었다. 스스로에게서 벗어나고, 타인이 보는 것처럼 자신을 바라보고, 이해하는 내용을 남들과 비교해보고, 공통된 느낌의 세계를 공유하기 위해서는 인간 사회가 필요하다. 결국 위로를 주는 것은 놀이, 의식, 명예, 보상 같은 사회적 세계라고 흄은 결론지었다. 5년간의 투병과 4년간의 고독 끝에 흄은 타인과의 교류 없이는 삶을 이해하거나 견딜 수 없다는 것을 깨달았다. 몽테뉴와 마찬가지로 그 역시 키케로나 마르쿠스 아우렐리우스 같은 고전 철학자들이 "인간적 소망이 헛되다"며 멸시하고 동료 인간에게서 얻는 일상적인 위로나 기분 전환에 무심하라고 조언한 것이 오만한 오류였다는 결론에 도달했다. 다른 모든 생물들처럼 서로 어깨를 부비며 함께 사는 것이 삶을 견디는 유일한 방법이었다.

> 따라서 나는 일상적인 삶 속에서 타인과 똑같이 살고, 이야기하고, 행동하기로 절대적으로 그리고 필연적으로 결심했다.

그후에 흄은 질문했다. 그렇다면 철학은 왜 필요한가? 때로는 책과 문서들을 모조리 불 속에 던져버리고 싶을 때가 있었다. 그럴 때마다 흄은 강변을 산책했고, 그러다 보면 이름 모를 의사에게 쓴 편지에서 말했던 떨쳐낼 수 없는 야심, 즉 "인류의 지침이 되고, 발명과 발견을 통해서 명성을 얻으려는" 야심이 자연스럽게 조금씩 돌아왔다. 브리스틀로 향할 때에는 그런 야심을 잊고자 했지만, 결국에는 자신이 "쾌락의 측면에서는 패배자"임을 깨달았다. 그리고 바로 그 점, 철학을 하는 순수한 즐거움과 철학 연구를 통해서 인정받고 싶다는 열망이 "나의 철학의 발원"이라고 결론지었다.

흄은 이렇게 사유했다. 철학은 사회적 삶의 의례들과 평화를 이루어야 하고, 그 의례들이 주는 위로를 이해해야 한다. 철학은 공적 담론이자 혼란에 빠진 이들을 위한 세속적 지침이 되어야 하며, 또한 위험한 것이 아니었다. 흄의 냉소적인 표현대로, "종교의 오류는 위험하지만, 철학의 오류는 우스울 뿐"이기 때문이다. 철학이 주장에 대해서 겸손하고 회의적인 태도를 유지할 수 있다면, 오류를 피하는 유용한 지침이자 맹신의 적이 될 수 있다고 그는 생각했다. 철학은 "그것은 명백하다, 그것은 확실하다, 그것은 부정할 수 없다"와 같은 표현을 피해야 했다. 그는 『인간 본성에 관한 논고』를 끝맺으며 자신 또한 그런 표현들을 남용해왔다고 인정했다. 그러나 이제는 자신이 답이 없는 질문에 답하려고 억지를 쓰느라 어떤 대가를 지불했는지를 깨달았고, 앞으로는 철학을 통해서 사회적 삶의 소박한 위로를 찬양하리라는 것도 알고 있었다.

후기 작품에 이르자 위로를 바라보는 이 관점은 기존 견해에 대한 깊은 회의로 발전했다. 당시에 영국의 모든 설교단에서는 교회가 가난하고 배제된 자들에게 운명에 순응하라고 설교해야만 사회 질서가 유지될 수 있다는 견해를 퍼뜨리고 있었다. 이에 대하여 흄의 『에세이

Essays』, 애덤 스미스의 『도덕감정론*Theory of Moral Sentiments*』, 애덤 퍼거슨의 『시민사회의 역사에 관한 산문*An Essay on the History of Civil Society*』을 통해서 형성된 새로운 인간 과학은 내세의 위로에 의지해서 질서를 유지한다는 관념에 반기를 들었다. 이들은 신의 징벌에 대한 공통된 두려움이나 신이 내리는 영원한 보상에 대한 희망에 기대지 않고, 사회적 협력과 사회 질서 등의 현상을 완전히 설명했다.

고전 경제학 이론의 토대가 된 이 문헌들의 저자들은 욕구를 충족하려는 개인들의 노력과 분업에서 이루어지는 타인과의 협력을 통해서 사회 질서가 유지된다고 주장했다. 흄, 스미스, 퍼거슨 등 18세기 스코틀랜드의 사회철학자들이 "정치경제학"이라는 새로운 분과를 개척한 결과, 역사상 처음으로 시장사회의 작동에 관한 정교한 설명이 등장한 것이다. 그들은 시장사회가 공통의 신앙이 아니라 사회적 협력과 경제적 교환이라는 보이지 않는 손에 의해서 작동하는 세속적인 무엇인가라고 이해했다.

흄은 종교적인 믿음이나 물질에 대한 스토아적 무관심으로부터 자유로워지기 위해서 자신이 어떤 대가를 치렀는지를 잊지 않았다. 그는 가난하고 혼자 남는다는 것이 어떤 상태인지 잊지 않았다. 정신질환의 비참함 속에서는 삶과 화해할 생각을 하는 것도 불가능했다. 그는 위로와 기분 전환을 위해서는 인간에게 무엇이 필요한지를 고독을 통해서 깨달았다. "인간 본성의 과학"을 추구하면서 얻은 자신감이 커질수록 종교를 향한 적개심이 더욱 강해졌다. 스미스를 비롯한 친구들 역시 그 못지않게 회의적이었지만, 그들은 비판에 신중했다. 그러나 흄은 세심하게 구축한 페르소나를 통해서 무심하고 초연한 태도를 유지하면서도, 거짓된 위로자 역할을 하는 종교에 격분하면서 신앙과 관련된 주제를 맹렬히 공격했다.

1757년에 출간된 『종교의 자연사 *The Natural History of Religion*』에서 흄은 이렇게 주장했다. 삶의 목적에 관해서 기도와 신앙이 철학보다 더 많은 답을 줄 수 있다고 생각하는 것은 거짓 위로이다. 마침내 철학은 형이상학과 신정론神正論, 즉 이 세계는 신이 만든 질서에 따라서 움직이며 그렇지 않더라도 최소한 어떤 질서가 존재한다고 이해하는 모든 원대한 시도를 단념했는데, 흄이야말로 그 과정에 가장 큰 역할을 한 사상가였다. 철학의 역할은 인간 이성의 대단히 제한된 힘에 부합하는 것이어야 한다고 흄은 생각했다. 따라서 철학의 역할은 인식론과 인과관계에 국한되어야 하고, 개념의 의미와 외부 세계에 대한 우리의 이해에 집중해야 한다고 생각했다. 철학은 위로의 토대를 통째로 포기해야만 했다.

1759년에 쓴 이후로 죽을 때까지 계속 수정한 『자연 종교에 관한 대화 *Dialogues Concerning Natural Religion*』에서 흄은 다음과 같이 주장했다. 신은 인간이 부당하고 가혹한 삶 속에서 자신을 위로하기 위해 발명한 존재에 지나지 않으니, 그런 환상으로부터 위로를 얻는 것은 불가능하다. 삶이 왜 그 모양인지를 설명하려는 데에 힘을 쓰느니 삶을 즐기는 편이 훨씬 낫다. 그는 자연 그 자체도 위로가 되지 못한다고 생각했다.

종교 기관은 책자를 발간해서 그의 견해를 비난했다. 모든 기득권 성직자의 말처럼, 신은 자연의 질서와 아름다움으로 자신을 계시한다는 것이 요지였다. 시인 알렉산더 포프는 뉴턴의 물리학과 광학에서 발견된 물리 세계의 설계와 목적을 찬양했다. 흄은 자연에 어떤 설계가 존재할지도 모르지만, 그 설계는 인간의 의도와는 완전히 무관하다고 보았다. 자연 세계의 야만적인 경쟁에서는 신의 어떤 의도도 찾아낼 수 없었고, 그가 본 것은 오직 생의 힘이 쉼 없이 분출하는 모습뿐이었다. 죽음을 눈앞에 둔 시기에 흄은 불이 타오르듯이 강렬한 문단을 『자연종교에 관한 대화』에 추가했다.

눈먼 자연. 생기를 깨우는 어떤 거대한 원칙에 따라서 잉태되어, 분별력이나 부모의 보살핌도 없이, 자연의 허벅지에서 쏟아져나오는, 불구의 조산아들.

이 문장을 삽입한 1776년에 흄은 "치명적이고 치료힐 수 없는" "징질환"으로 죽어가고 있었다. 흄은 자리에 누워 죽어가면서도 원고를 고치는 자신의 모습이, 마치 콘스탄티노폴리스가 튀르키예인들에게 포위된 상황에서 "성령 발현에 관한 논쟁에 완전히 몰두하던" 그리스인들 같다고 한 친구에게 말했다. 그러나 습관은 습관이었고, 그 일로 지독한 병으로부터 주의를 돌릴 수 있다면 그것도 나쁘지 않았다.

제임스 보즈웰은 에든버러 시내의 세인트 앤드루 광장에 있는 그의 집을 방문했다가 "여위고 창백하고 상당히 소박해 보이며, 하얀 금속 단추가 달린 회색 옷을 입고 대충 만든 가발을 쓴" 그를 보았다. 보즈웰은 "죽음을 눈앞에 둔 그가 여전히 내세에 대한 불신을 고수하고 있는지" 알고 싶었다. 흄은 활기차게, 출생 이전의 "전생"을 상상할 때처럼 내세를 상상할 때도 전혀 불안하지 않다고 답했다. 만약 내세가 존재한다면, 신 앞에서 다른 사람 못지않게 자신을 잘 설명할 수 있을 것이라면서 말이다.

애덤 스미스도 오랜 친구의 쾌차를 바라는 마음으로 그의 집을 방문했다. 흄은 활기차고 방자한 태도로 얼른 죽기를 고대한다고 말했다. 그리고 오래 전에 아꼈던 루키아노스의 『죽은 자들의 대화*Dialogues of the Dead*』를 다시 읽고 있다면서, 죽은 이가 스틱스 강가에서 마지막으로 목숨을 부지해보려고 뱃사공 카론에게 늘어놓는 다양한 핑계들을 이야기해주었다. 흄이 생각하기에 자신이 댈 수 있는 핑계는 오직 하나, 작품을 수정할 수 있도록 시간을 좀더 달라는 것이었지만 카론이 그런 부탁을 들어줄 것 같지는 않다고 덧붙였다. 그는 스미스에게 물었다. 어쩌면 카론에게 인류가 맹신으로부터 벗어나는 모습을 볼 수 있도록 시간을 더 달라고 부탁해볼 수 있지 않겠는가? 그러나 카론의 답을 예상할 수 있었다. "그런 일은 앞으로 200년 동안은 일어나지 않을 것이니 당장 배에 오르게, 빈둥대기 좋아하는 게으른 사기꾼이여."

두 사람은 웃었다. 훗날 스미스는 흄의 죽음을 다룬 책에 이 일화를 소개해서 신자들의 거센 반발을 불러일으켰다. 그가 애처롭게 인정했듯이, 흄이 사망한 해인 1776년에『국부론*Wealth of Nations*』이 출간되었을 때보다 더 거센 반응이었다.

죽음을 앞둔 상황에서 흄이 보여준 평정심은 성직자들, 보즈웰, 그리고 흄의 친구인 새뮤얼 존슨에게 충격을 주었다. 존슨은 흄이 소크라테스를 흉내 내어 좋은 죽음을 연기하고 있을 뿐이라고 주장하면서, 그도 무대에서 내려오는 순간 다른 이들과 마찬가지로 겁에 질릴 것이라고 말했다. 존슨은 기독교 신앙의 위로 없이 죽음을 맞기는 불가능하다고 진심으로 믿었다. 그 자신은 죽음을 두려워했고, 죄 때문에 저주를 받고 지옥에 떨어지리라는 공포에 사로잡혀 있었다. 또한 영혼이 육신과 함께 사라지는 세속적인 죽음, 물질로 이루어진 육신이 그 출처인 흙으로 돌아가는 죽음을 생각하면서 공포에 몸서리쳤다.

존슨은 흄을 잘못 생각했다. 마지막 수개월간 흄의 곁을 지킨 사람들은 그가 평온함과 인내 속에서 고통을 견뎠으며, 그때까지 살아온 것처럼 마지막 순간에도 신앙의 위로에 기대지 않겠다는 그의 온화한 결의가 단 한 번도 흔들리지 않았다고 증언했다. 문제는 그가 좋은 죽음을 연기하는 것에 성공했는지가 아니라―그는 성공했다―어떻게 가능했는가이다. 그의 죽음은 죽음의 새로운 방식, 따라서 위로에 대한 새로운 사고방식이 세상에 등장하고 있음을 알리는 역사적인 지표이자 징후였다. 흄은 자신의 죽음을 앞두고 어떻게 평온을 얻을 수 있었는가?

그의 마지막 글인 "나의 생애"에 그 답이 있을지도 모른다. 그는 알

파벳 g와 y를 소용돌이처럼 독특하게 굴려 쓰는 정갈한 필체로 1776
년 4월 18일 하루 만에 글을 완성했다. 아우구스티누스나 루소의 글처
럼 자전적인 고백은 아니었다. 오히려 매우 가려 쓴 글이었다. 이를테
면 루소와의 씁쓸한 다툼 같은 일에 대해서는 일언반구도 없었다. "나
의 생애"는 자신의 성취를 자랑스럽게 긍정하는 이야기이자 자신의 눈
만이 아니라 후대의 눈을 의식한 일종의 검증의 이야기였다. 그는 길
앞에 놓인 장애물을 극복하고 작가로서의 명예를 추구하면서 의미와
형태를 갖추게 된, 흄이라는 세속적인 순례자의 삶을 기록했다. 여기
에는 그가 마주했던 난관들, 그중에서도 특히 『인간 본성에 관한 논
고』에 대한 최초의 반응이 담겨 있다. 출간된 책은 그가 아이러니를 담
아 표현했듯이, "열광적인 신자들의 투덜거림"을 단 한 차례도 일으키
지 못하고 "인쇄기에서 태어나자마자 죽음을 맞았다." 『인간 본성에 관
한 논고』가 실패한 후에는 내용을 이해하기 쉽게 개작한 『인간의 이해
력에 관한 탐구 An Enquiry Concerning Human Understanding』를 발표했지만, 그
역시 철저히 외면받았다. 이후에도 『영국의 역사 History of Englind』가 당파
성에 물든 정치적 반응에 시달리자 그는 낙담하여 글쓰기를 완전히 포
기하려고 했다. 『종교의 자연사』와 이 책이 일으킨 "심술궂고, 오만하
고, 상스러운" 반응만이 "다른 작품들에 대한 무관심에 약간의 위로를
주었다." 이제 와서 생각해보니 부정적인 반응은 그의 자양분이었다.
책의 판매량이 서서히 늘어감에 따라서 흄은 후원자와 부자들의 불확
실한 후원으로부터 독립할 수 있었다. 1760년대에 파리에서는 "정숙

한 여인들" 사이에서 명성을 얻기까지 했다. 그는 "훌륭한 다비드$^{le\ bon}$ ^{David}"로 알려졌으며, 부플레르 백작부인 같은 유명한 사교계 인사들도 그가 프랑스어를 말할 때 쓰는 스코틀랜드인 특유의 거센 발음에 마음을 빼앗겼다.

흄은 파리에서 보낸 화려한 생활을 흡족하게 돌아보았지만, 향수를 느끼지는 않았다. 그에게 더 중요한 것은 그가 1년에 1,000파운드는 족히 벌었다는 사실을 후세에 알리는 것이었다. 그는 30년의 고된 작업 끝에 얻은 "풍족함"과 "안락"에 자부심을 느꼈다. 누구든 자신의 야심에 충실했는지, 그리고 자신만의 길을 닦았는지를 보면, 그가 좋은 삶을 살았는지를 알 수 있다고 흄은 말했다. 이러한 삶의 태도는 죽음에 대한 그의 태도에도 짙게 스며들어 있었다. 젊은 시절 그는 뜨거운 열의를 품고 자살에 관한 글을 쓰면서, 종교적 권위에는 인간이 죽음을 선택하는 것을 부정할 권리가 없다고 주장했다. 삶과 마찬가지로 죽음도 우리가 목적에 따라서 결정할 때, 즉 죽음을 "소유할" 때에만 의미가 있었다. 흄은 자살을 다룬 그 글을 통해서 인간의 자유를 열정적으로 옹호했다. 그 글에는 흄 자신이 우울증을 겪으며 얻은, 살아야 할 이유를 더는 찾지 못하는 사람들에 대한 깊은 공감이 담겨 있었다.

흄은 죽음에 대해서도 똑같이 대담무쌍하고 실질적인 태도로 접근했다. 그의 병은 "치료가 불가능한" "죽을병"이었다. 그러나 흄은 여느 때처럼 즐겁게 책을 읽고 친구들과 좋은 시간을 보냈으며 결코 낙담하지 않았다. "현재의 나만큼 삶에 초연하기는 어려울 것"이라고 그는 썼다. 심지어 그는 자신에 관해서 과거시제로 쓰기까지 했다. "나는 존재한다. 아니, 존재했다. 그편이 지금 나에게 적합한 표현이다." 흄은 "스스로 쓴 이 추도사"에 약간의 허세가 담겨 있을 수도 있겠지만, 그래도 자신에 대한 주장이 사실임을 쉽게 확인할 수 있을 것이라며 "나의 생애"를 마쳤다.

흄이 이 고별사를 하루 만에 거의 수정하지 않고 단숨에 쓴 것을 보면, 남기고 싶은 말을 오래 전부터 생각했던 듯하다. 글을 마친 그는 신변을 정리했다. 그는 조카에게 재산을 물려주었고, 저작들이 새로운 판본으로 출간될 것이라고, 『자연 종교에 관한 대화』도 출간될 것이라고 확신했다. 그는 문서들을 태우고 하인들에게 급여를 지급하도록 지시했다. 그리고 친구들에게 작별을 고한 후에 평온하게 최후를 맞았다. 42년 전에 의사에게 썼으나 부치지 않은 편지는 태우지 않기로 결정했다. 부치지 않은 또다른 유명한 편지, 즉 불멸의 사랑에게 쓴 베토벤의 편지처럼, 흄도 지금의 자신이 되기까지 그가 치러야 했던 것들을 기억하기 위해서 그 편지를 간직했다. 편지를 통해서 흄은 스스로에게, 그리고 우리에게 그가 삶을 선택했으며 그 삶을 충실히 살았다는 것, 그리고 23세 때에는 괴로운 시절을 보냈으나 결국은 그때의 꿈을 이루었다는 것을 보여줄 수 있었다. 눈을 감는 순간 흄은 새로운 형태의 위로, 즉 생애를 바쳐서 써낸 자기실현의 이야기를 완성했다.

9

역사의 위로

콩도르세의 『인간 정신의 진보에 관한 역사적 개요』

1793년 7월 8일 파리 생-쉴피스 인근의 묘지기 거리에서 2명의 의사가 학생 시절에 묵었던 하숙집의 문을 두드렸다. 그들 곁에는 겁에 질린 중년 남자가 있었다. 두 사람은 하숙집 여주인인 베르네 부인에게 남자를 받아달라고 청했다. 베르네 부인은 남자가 도망자라는 것을 알아챘다. 프로방스 지방 샤토뇌프 출신의 마리 로즈 베르네는 자녀가 없는 과부였고, 의과 학생들을 상대로 하숙집을 운영하고 있었다. 옛 하숙인들이 남자의 거처를 마련해달라고 애원하자, 그녀가 물었다. "고결한 분인가요?" 두 사람은 그렇다고 대답했다. "들어오세요." 그녀가 말했다. 남자는 비용을 치르려고 했지만 그녀는 거절했고, 이후로도 숙박비를 받지 않았다. 남자는 그곳에서 9개월을 머물렀다. 그녀는 나중에야 그의 본명이 마리 장 앙투안 니콜라 드 카리타라는 것을 알게 되었다. 콩도르세 후작이라고 불리던 그는 국민공회 의원이자 왕립 과학 아카데미의 상임 서기, 수학자, 학자, 정치인 그리고 이제는 자코뱅파가 살생부에 올린 범죄자였다. 사유지는 이미 몰수당했고, 체포라도 되면 단두대에 오를 것이 분명했다. 그는 한때 온건 혁명파를 대표하는 지식인이었으나, 이제는 궁지에 몰린 50대 남자에 불과했다.

바스티유가 함락되고 흥분에 들떴던 1789년 여름부터 콩도르세와 귀족 출신인 아내 소피는 도시를 사로잡은 혁명의 열기 한가운데에 있었다. 콩도르세보다 20세 연하인 소피는 미모를 겸비한 여성이자 활기 넘치던 저택의 안주인이었다. 콩도르세는 프랑스에서 가장 유명한 수학자로서 최고의 과학 단체에서 상임 서기로 재직 중이었고, 볼테르의 막역한 친구였으며, 당시 벌어지던 모든 진보적 운동에 관해서 자신의 의견을 소논문으로 왕성하게 발표하는 논객이었다. 워낙에 말주변이 없고 부끄럼을 많이 타는 소심한 사람이었던 그는 사교계의 어느 부인으로부터 사람들 앞에서 입술을 깨물고 손톱을 뜯는다는 핀잔을 듣기도 했지만, 혁명은 그에게 재능을 펼칠 웅장한 무대를 펼쳐주었다.

혁명의 열기가 타오른 처음 몇 달간은 국민위병의 제복을 입은 콩도르세의 모습을 파리의 거리에서 볼 수 있을 정도였다. 칼 대신 우산을 차기는 했지만 말이다. 그를 포함하여 미적분학, 확률 이론, 정치경제학 등 새로운 학문으로 무장한 지식인들은 과학을 토대로 공화국을 건설하여 나태하고 무능한 구체제로부터 프랑스를 해방시킬 수 있으리라고 믿었다. 콩도르세는 왕정 내부에서 그들의 무능을 직접 목격했다. 튀르고와 네케르 같은 개혁 성향의 장관들 밑에서 고문 역할을 하면서, 빚더미에 오른 왕정의 공공 재정 문제를 해결하려고 애쓰던 장관들의 모습을 지켜본 것이다.

콩도르세와 소피가 살던 파리 외곽의 오퇴유 저택은 온건 혁명파가 빈번하게 드나드는 장소가 되었다. 개혁 성향의 귀족들과 『제3신분이란 무엇인가 *Qu'est-ce que le Tiers-État*』의 저자 에마뉘엘 시에예스 같은 새로운 인물들은 그곳에 모여 계획을 세우고 교류하면서, 급격히 전개되는 변화가 자신들의 통제 아래에 있다는 환상을 즐겼다. 콩도르세는 국가 교육 체계의 첫 계획안을 준비하는 위원회에 소속되어 있었다. 그와 시에예스에게 혁명은 모든 민중을 맹신과 무지로부터 해방시킬 기회였다. 콩도르세는 흑인의 벗 협회의 창립 회원으로서 프랑스 식민지에서 노예제를 불법화하는 법안의 초안을 작성했다. 또한 소피의 영향을 받아서 남성과 마찬가지로 여성도 동등한 시민권을 보장받아야 한다고 주장하는 소논문을 작성했다. 막상 1792년에 프랑스 헌법 초안을 작성할 때는 여성의 투표권 보장을 누락했지만 말이다. 혁명기에 콩도르세는 민주주의의 새로운 논리를 세우고자 했고, 다수결 투표를 할 때 연속 투표를 통해서 최선의 결과를 도출하는 방안을 확률 이론을 활용하여 고안하기도 했다. 그는 파리 전역에 새롭게 발간된 여러 신문들에 거의 매일 논설문을 기고했다. 천성적으로 그와 잘 맞았던 에마뉘엘 시에예스, 언론인 장-바티스트-앙투안 쉬아르 같은 이들은 혁명이 민중의 지배와 행정 권력을 조화시키고 권리선언을 통해서 새로운 정치체제를 확립함으로써 시민을 폭정으로부터 보호할 기회가 될 것이라고 믿었다.

애초에 콩도르세는 입헌군주제 설립을 지지했지만, 1791년에 가족과 함께 도피하던 국왕 루이 16세가 바렌에서 붙잡히자 그와 그의 아내는 토머스 페인 등 절친한 친구들의 의견대로 프랑스에서 왕조가 폐지되고 공화국이 수립되어야 한다는 신념을 가지게 되었다. 그는 귀족의 칭호와 성씨를 금지하는 법안까지도 지지했다. 그 법안에 따르면 그 자신도 콩도르세 후작에서 시민 카리타가 되어야 했다. 그뿐만 아니라 긴급한 혁명기에는 법치를 예외적으로 유예하는 것이 정당하다는 논조의 논설을 쓰기도 했다.

이러한 진보적 활동 때문에 콩도르세는 수많은 귀족 친구들을 잃었다. 포츠담과 상트 페테르부르크의 왕당파 과학계는 그의 명예회원 자격을 박탈했다. 그럼에도 불구하고 흔들림 없이 혁명 정치에 뛰어든 그는 처음에는 국민의회의 의원으로, 이후에는 국민공회의 의원으로 선출되었고 새롭게 쓰일 공화국 헌법 초안의 작성자로도 지명되었다. 국왕이 재판을 받게 된 1792년 12월에 그는 국왕의 대역죄 유죄 여부를 묻는 투표에 찬성표를 던지면서도, 혁명은 혁명의 적조차 사형해서는 안 된다고 주장하면서 국왕의 사형에는 반대표를 던졌다.

밖에서는 동맹국 군대가, 안에서는 내부 분열이 혁명을 위협하는 상황에서 그가 던진 반대표는 급진적인 자코뱅파가 그를 공격할 기회가 되었다. 자코뱅파는 투표를 통해서 그가 작성한 공화국 헌법 초안을 기각시켰고, 1793년 6월에 파리 민중이 국민공회에 들이닥치며 의원들을 겁박하자 의원들은 콩도르세가 속한 온건 성향의 지롱드파를 체포하도록 승인했다. 이 순간 콩도르세는 한발 물러나 침묵을 지킬 수도 있었다. 에마뉘엘 시에예스와 장-바티스트 쉬아르도 고개를 숙이고 있는 편을 택했다. 그런데 드높은 명성이 자신을 지켜줄 것이라는 착각에 빠져 있었는지, 같은 달 콩도르세는 자코뱅파가 작성한 새로운 헌법이 로베스피에르와 생쥐스트의 압제를 불러올 것이라는 내용으로 논설문을 기고했다. 자코뱅파는 가만히 있지 않았다. 그의 자택은 폐쇄되었고, 그는 도피하는 수밖에 없었다. 적들은 그가 해외로 망명을 떠났을 것이라고 생각했다.

그러나 콩도르세는 혁명이 한창인 파리의 중심부에 있는 베르네 부인의 하숙집에서 9개월간 은신하고 있었다. 프로방스 출신의 여주인과 그는 어울리지 않는 한 쌍이었지만, 이내 그녀와 가까워진 그는 베르네 부인을 자신의 "두 번째 어머니"라고 불렀다. 이런 표현은 헌신적인 아내의 의심을 덜어주기도 했고, 동시에 그의 유년 시절에 뿌리내린 모성의 위로에 대한 욕구를 드러내기도 했다. 군 장교였던 부친은 역사는 깊지만 그다지 대단하지는 않은 귀족 가문 출신으로, 그가 갓난아기이던 시절에 사망했다. 신앙심이 깊었던 그의 "첫 번째 어머니"는 하나뿐인 아들이 독실한 가톨릭교인이 되기를 바라는 마음에서 그가 8세가 될 때까지 순백색 여자아이 옷을 입혔다. 그러나 어머니의 노력은 무위로 돌아갔다. 콩도르세는 파리의 한 고등학교를 졸업할 무렵부터 종교를 통탄할 만한 맹신으로 여기는 무리와 어울리기 시작했다. 그는 청소년 시절부터 수학 천재로 인정받았고, 22세의 나이에는 미적분학을 주제로 첫 번째 논문을 발표했다. 데이비드 흄과 마찬가지로 콩도르세 역시 자신의 지적 능력 그리고 "인간 과학"의 혁명을 일으키겠다는 이상에 도취되어 있었다. 종교에 의지하지 않고 인간의 이성을 믿음으로써 그는 외로운 모친을 위로해주었던 신앙을 평생의 적으로 삼았다.

1793년 여름과 가을이 지나고 다시 황량한 겨울이 찾아오자 혁명기의 파리에 식량과 연료가 부족해졌다. 도망자 콩도르세는 베르너 부인과 또다른 2명의 하숙인과 함께 불가에 앉아 식사를 하고, 식사를 마친 후에는 방으로 돌아가 집필에 몰두했다. 콩도르세는 그의 동지인 국민공회 온건파 의원 30명이 그해 10월 혁명 광장에서 단두대형에 처해졌다는 소식을 듣고 눈물을 흘리며 베르네 부인의 방을 찾았다. 그녀는 콩도르세를 안아주었고, 그는 무력하게 눈물을 흘렸다. 베르네 부인은 그로부터 30년이 시난 후에 쓴 편지에서 그닐 콩도르세가 "나는 범법자입니다. 부인도 그렇게 될 것입니다"라고 속삭였다고 회상했다. 그리고 그를 위로하기 위해서 건넨 말도 기억하고 있었다. 베르네 부인은 로베스피에르와 공안위원회가 그를 범법자로 만들 수는 있지만, 누구도 그를 인류에서 축출할 수는 없다고 말해주었다.

콩도르세의 부인 소피는 틈이 날 때마다 소작농 여성으로 변장하고서 단두대를 에워싼 군중을 피해 남편을 방문했다. 그녀는 갈아입을 옷, 신문, 그리고 겨우 4세에 불과했던 딸 엘리자의 소식을 들고 오퇴유의 집에서부터 먼 길을 걸어왔다. 저택은 이미 몰수되었고, 범법자의 아내이자 귀족 여성인 그녀 역시 위험한 상황이었다. 돈은 한 푼도 없었다. 그녀는 얼마 전까지만 해도 귀족이었던 사람들의 소형 초상화를 그려 팔면서 생계를 유지했다. 소피는 남편에게 절망에 굴하지 말라고 말했다. 12월에 콩도르세는 쪽지를 보내 그녀를 안심시켰다. "내가 포기할까 봐 두려워하지 마시오. 나는 버틸 수 있소. 아무런 후회도 없소. 그들은 나에게 말하오. 내가 압제자가 될 수도 있고 희생자가 될 수도 있다고 말이오. 나는 역경을 택했고, 그들은 범죄를 택하게 될 것이오."

이 반항적인 체념이 소피에게는 안심을 주었을지 모르지만, 그는 힘든 상황을 간신히 버티는 중이었다. 겨울이 묘지기 거리를 덮치면서 식량과 연료가 점점 부족해졌다. 콩도르세는 난롯가에서 몸을 움츠리며 자신의 최후가 가까워졌다고 확신했다. 무엇보다도 딸을 영원히 보지 못할 것이라는 생각, 딸이 아버지를 기억하지 못할 것이라는 생각이 그를 가장 괴롭게 했다. 아내와 베르네 부인이 최선을 다하고 있었지만, 자신이 산 채로 매장되어 있다는 느낌을 떨치기가 어려웠다.

콩도르세는 혁명의 이상을 위해서 싸웠다. 자신처럼 공적인 정신을 가진 현명한 사람들이 과학과 이성을 천명하고, 그 지도 아래에 안팎이 모두 평화로운 공화국에서 민중이 안정과 번영을 향해 나아가리라고 믿었다. 그가 꿈꾸던 혁명은 1793년 무렵에 이미 민중 혁명에 패퇴했다. 민중 혁명은 굶주리고 복수심에 차 있었으며, 유럽의 군주들과 전쟁을 벌이고 내부의 적을 끊임없이, 필사적으로 색출했다. 이제 이 급진적인 혁명의 보안대와 밀고자들이 그의 창문 바로 아래에서 거리를 순찰하고 있었다. 그가 발각되는 것은 시간문제였다.

　낙담한 남편이 걱정된 아내는 그에게 1780년대 초반에 착수했다가 미루어둔 집필을 다시 시작해보는 것이 어떻겠느냐고 제안했다. 당시에 콩도르세는 인쇄술을 비롯한 신기술의 도움으로 급격하게 성장한 과학과 학문의 역사를 살펴보고, 인류를 폭정과 맹신으로부터 해방시키는 일에 학문이 어떤 역할을 맡을지를 주제로 방대한 역사서를 구상했다. 계몽의 서사이자 혁명의 이유를 설명하고 새로운 삶에 의미를 부여해줄 진보의 신화를 쓰고자 했던 것이다.

　철학과 과학이 프랑스 혁명의 불꽃을 일으켰다고 믿은 것은 콩도르세뿐만이 아니었다. 영국계 아일랜드인으로 위대한 보수당 의원이자 웅변가인 에드먼드 버크 역시 그렇게 믿었다. 그러나 『프랑스 혁명에 관한 성찰Reflections of the Revolution in France』에서 버크는 "궤변가, 경제학자, 계산하기 좋아하는 사람들"―콩도르세와 시에예스에게 완벽하게 맞아떨어지는 묘사였다―이 전통에 대한 존중심을 훼손하고 합리주의 정치학이라는 위험한 신념을 퍼뜨렸다고 주장했다. 버크의 한탄에서는 합리주의와 극단주의가 운명적인 혈육 관계로 묶여 있었다. 에마뉘엘 시에예스 같은 자들이 "진보를 이루기 위해서는 입법자들이 과거의 오류들을 자비 없이 파괴해야만 한다"라고 말하면서 유혈 사태를 정당화했다는 것이었다.

유럽의 동쪽 끝인 쾨니히베르크에서는 이마누엘 칸트가 동일한 주제로 "'인류는 지속적으로 발전하는가'라는 질문에 답하기 위한 새로운 시도"라는 글을 쓰고 있었다. 그는 프랑스 혁명이 "인류의 도덕적 기질"을 일깨워서, 전 세계 모든 곳에서 인류가 폭정을 전복하고 자유를 향해 나아가고자 하는 열망을 드러냈다고 주장했다. 일단 프랑스가 길을 닦으면 그의 조국 프로이센도 그 뒤를 따를 것이고, 결국 전 유럽에 자치 공화국이 수립될 것이었다. 그렇게 되면 평화가 뒤따를 것이 분명했다. 자치 민중이 충분히 합리적이라면, 자녀를 전쟁에 보내도록 투표하지는 않을 테니 말이다. 혁명은 "술에 취한 불한당들이 도자기 상점에서 서로를 향해 곤봉을 휘두르는" 것과 다르지 않은 국가들의 저급한 구경거리—여기에서 칸트는 데이비드 흄을 인용했다—로부터 인류를 구원할 것이다. 프랑스 혁명군이 유럽을 가로지르고 대륙 전체가 잇따른 전쟁을 치르다가 1815년에야 겨우 싸움을 멈추었을 때에도 칸트는 자신의 견해를 고수하면서 희망을 버리지 않았다. 그에게는 근거가 있었다. 혁명은 시민의 자유와 자치가 이룰 수 있는 꿈이라는 점을 단번에 보여주었기 때문이다. 그 사실은 절대 잊히지 않을 것이었다.

콩도르세도 그렇게 믿었다. 그러나 그 같은 희망을 이야기하려면, 그에 대한 당대의 가장 강력한 반론인 장 자크 루소의 『인간 불평등 기원론Discours sur l'Origine et les Fondements de l'Inégalité parmi les Hommes』과 맞붙어야 했다. 루소의 이 글은 혁명이 일어나기 30년 전에 쓰인 디스토피아적인 대안으로서, 역사를 진보의 과정으로 보지 않고 자연 상태에 존재했던 원시적 평등이 숙명적인 쇠락 과정을 거치면서 사유재산, 불평등, 폭정으로 뒤틀린 근대성으로 변했다고 해석한다.

> ……한 사람이 다른 사람의 조력을 이용할 기회를 거머쥔 순간부터, 한 사람이 두 사람분의 식량을 보유하는 것이 이득이 될 수 있음을 인지한 순간부터, 평등이 사라지고 사유재산이 도입되고 노동이 필요해졌으며, 자연이라는 광대한 숲은 인류의 땀으로 물길을 대야만 하는 기꺼운 평야로 변했다. 세계는 그곳에서 노예제와 불행이 싹트고 꽃을 피우다가 수확물을 내기 시작하는 것을 목격했다.

콩도르세는 루소를 반박하는 과정에서 1776년에 출판된 애덤 스미스의『국부론』에 의지했다. 이 책에는 루소에 대한 준엄한 비판이 담겨 있었다. 콩도르세가 스미스의 작품을 모를 리 없었다. 두 사람이 속한 지식인 모임은 깊은 친밀감을 공유했으며, 소피는 콩도르세 사후에 스미스의『도덕감정론』을 번역하기도 했다. 스미스는 루소의 이름을 언급하지는 않았다. 그러나 그는 어떤 철학자들이 자본주의의 부상이 필연적으로 불평등을 증가시키는 경향이 있다고 주장하지만, 근대 경제의 전례 없는 노동 생산성을 고려하지는 못했다고 지적했다. 근대의 불평등이 과거 원시 사회의 불평등보다 심할지도 모른다. 그러나 근대의 옷핀 공장이 예증하듯이 근대 경제는 높은 생산성을 통해서 절대적 빈곤의 수준을 크게 낮추었다. 스미스의 말에 따르면, 결과적으로는 영국의 평균적인 일당 노동자가 아프리카의 왕보다 훨씬 더 잘산다. 스미스는 노동 영역의 도덕 기능을 강조함으로써 상상 속에나 존재하는 평등주의 사회에 대한 루소의 향수를 단호하게 거부하고 근대 자본주의를 가장 강력하게 지지했다.

스미스가 자신이 말한 "상업 사회"의 도덕적 의미를 두고 루소와 대립했다면, 콩도르세에게 중요한 것은 혁명의 목적 그 자체였다. 루소의 역사관이야말로 특권을 증오할 정당성과 콩도르세 같은 명망 있는 변절자를 의심할 정당성을 자코뱅파에게 부여했다. 로베스피에르는 역사가 불평등과 폭정의 시대로 되돌아가지 않아야 한다는 것을 핑계로 공포정치를 정당화하고 혁명의 적들을 제거했다. 콩도르세의 글은 그와는 반대로, 역사가 그 치명적인 흐름에서 이미 벗어났다는 점을 입증해야 했다.

콩도르세는 방대한 역사서를 쓰겠다는 오랜 구상이 이제 불가능하다는 것을 잘 알고 있었다. 책도 없고, 서재도 없고, 무엇보다도 시간이 없었다. 대신 그는 이 시도에 『인간 정신의 진보에 관한 역사적 개요 *Esquisse d'un Tableau Historique des Progrès de l'Esprit Humain*』라는 제목을 붙이고, 자신의 천재적인 기억력을 유일한 길잡이로 삼아서 작업에 착수했다. 그는 열에 들떠 황급히 한 장 한 장을 써내려갔다. 적이 들이닥치기 전에 모든 것을 써야 했다. 그는 펜이 허락하는 가장 빠른 속도로 현재에서 미래를 향해 도주했다.

과거의 위대한 역사가들은 역사를 도덕적 서사시로 바꿀 필요를 느끼지 못했다. 데이비드 흄은 영국 역사를 자유의 승리로 바라보는 휘그당의 관습적인 해석을 거부했다. 에드워드 기번은 로마 역사를 맹신적인 종교의 폐해로 인해서 대제국이 붕괴하는 이야기로 만들었다. 그러나 너무나 절박했던 콩도르세는 흄처럼 회의적인 태도를 취하거나 기번처럼 역사가 잔인하게 후퇴하여 진보에 대한 희망이 사그라지기도 한다는 견해를 취할 수 없었다. 그의 작품은 단두대의 그림자 아래에서 빛나는 희망을 품고 써내려간, 자기 삶에 대한 변론이었다. 그가 솔직하게 인정했듯이 그는 이 작품으로 위로를 실천하고 역사를 도덕극으로서 쓰며 그의 목숨을 위협하는 혁명에 맞서서 그의 혁명을 옹호하고자 했다.

콩도르세는 인류가 "수 세기에 걸쳐……쉬지 않고 스스로를 거듭 갱신하면서" 진실과 행복을 향해 걸어왔다고 주장했다. 그는 혁명을 향한 자신의 열망이 헛되지 않음을 보여주고 싶었다. 그 바람을 위해서 콩도르세는 바로 그 열망이 계속될 수밖에 없는 역사관을 만들어냈다.

인간의 완전성은 실로 무한하다. 앞으로 이 완전성의 진보는 그것을 저지하려는 어떠한 권력에도 복종하지 않으며, 자연이 우리를 던져놓은 이 지구의 수명 외에는 어떤 한계도 가지지 않는다.

이러한 단언을 통해서 콩도르세는 자신은 살아서 그 모습을 보지 못할지라도, 그가 몸을 바쳐 싸운 혁명이 결국 승리할 것이라고 말하고 있었다.

> 우리는 자연이 지식의 진보, 자유의 진보, 미덕, 그리고 인간의 자
> 연권에 대한 존중과 굳게 결합해 있음을 증명할 것이다.

"우리는 증명할 것이다", "보여줄 것이다", "입증될 것이다" 등 약속의 수사가 꼬리에 꼬리를 물었고, 모든 문장이 그 앞에 나온 문장보다 더 뜨거웠다. 이는 역사가 그를 사면해주리라는 절박한 믿음을 보여준다. 그에게는 사면을 구할 것들이 많았다. 우정에는 금이 갔고 정치적으로는 타협했으며 그의 급진적인 입장은 공포정치를 불러들였다. 그는 역사가 이 모든 것을 용서해줄 것이라고 자신을 설득하고 있었다.

콩도르세가 보기에 인류는 9단계로 발전해왔다. 원시적인 수렵 채집부터 농경을 거쳐서 무역에 이르기까지 모든 단계들이 혁명이 예고하는 마지막 열 번째 단계를 준비해왔다. 매 단계의 진보를 이끈 것은 인간 이성의 지칠 줄 모르는 창의성이었다. 인간은 자연의 비밀을 발견했고, 결핍과 무지의 경계를 넓혔다. 폭군과 사제들이 지식의 발전과 자유의 확산을 저지한 탓에 때때로 진보가 정체될 때도 있었다. 그러나 이 혁명으로 그들의 힘은 사위어가고 있었다.

흄과 마찬가지로 콩도르세 역시 교회를 겨냥한 구절에서 가장 큰 적

개심을 쏟아냈다. 인류가 이곳 지상에서 구원을 찾지 못하는 이유는 사제 계급이 사람들의 정신을 지배하고 교회가 거짓말로 내세의 구원을 약속하기 때문이었다.

> 사제 계급은 교육을 통제하면서 사람들에게 몸을 휘감은 사슬을 참고 견디라고 가르쳤고, 그렇게 사슬과 자신을 동일시하게 된 사람들은 사슬을 끊을 마음조차 먹을 수 없게 되었다.

콩도르세는 이렇게 주장했다. 맹신에 현혹되어 눈이 머는 일을 그 누가 자의로 선택한다는 말인가? 신앙이 위로라면, 그것은 거짓 위로였다. 그러나 신앙이 거짓 희망을 주었다면, 그것 역시 역사의 진실이지 않을까? 베르네 부인의 집에서 열에 들떠 글을 쓰던 마지막 수개월 동안 콩도르세는 그런 생각 자체를 차단했다.

콩도르세는 인간의 정신을 지배하는 신앙의 힘이 다행히도 약해지고 있다고 열렬하게 믿었다. 인쇄술의 발명이 결정타였다. 인쇄술 덕분에 진실을 억누르거나 그 확산을 막는 일이 불가능해졌다. 한 번 떠오른 생각은 사라질 수 없기 때문에 진보는 돌이킬 수 없는 것이 되었다. 또한 인쇄술은 콩도르세가 "모든 탄압으로부터 독립된 법정"이라고 부른 사회, 즉 사람들이 자유롭게 의견을 개진함으로써 폭군의 권력과 성직자의 맹신을 견제할 수 있는 국제 시민사회를 탄생시켰다.

『인간 정신의 진보에 관한 역사적 개요』가 끝에 다다르자 콩도르세는 마음껏 상상을 펼쳤다. 칸트와 마찬가지로 그 역시 미래에는 온 인류가 공화국의 자유를 받아들이리라고 믿었다. 스미스와 마찬가지로 그 역시 근대 자본주의가 인류를 결핍과 굶주림으로부터 구해주리라고 믿었다. 베르네 부인의 전 하숙인이자 콩도르세를 위한 도피처를 마련한 의사 피넬, 카바니스와 마찬가지로 그 역시 육신이 물려받은 모든 질병을 의학이 끝내 정복하리라고 믿었다. 인간은 주어진 시간이 다하기 전에 죽지 않고 자연이 허락한 수명을 온전히 살 것이다. 혁명기 겨울의 궁핍함 속에서 콩도르세는 과학과 산업과 정치경제학이 모든 이들을 풍요롭게 할 미래를 꿈꾸었다. 지식으로 해방된 인류는 자유와 평화 속에 살고, 문명의 재앙인 전쟁은 소멸할 것이다. 현재에는 거부되는 모든 소망이 보장된 미래를 향해서 콩도르세는 한 마리 새처럼 곧장 날아올랐다.

원고의 마지막 몇 문단에 이르면 콩도르세가 몽상에서 깨어난 것처럼 보인다. 그는 베르네 부인과 함께한 시간이 "박해자가 추적할 수 없는 곳으로의 도피"였다고 끝을 맺었다. 자신이 살았던 곳은 "이성이 그를 위해서 창조한 이상향"이었다고 사무치게 말했다. 그곳은 고대 시인들―그는 호라티우스의 라틴어 시집을 간직하고 있었다―의 이상향이자 여정의 끝에 다다라 슬픔과 공포 너머에서 찾아낸 도피처, 볕이 잘 드는 풀밭이었다.

자신을 위협하는 현재로부터 벗어나 미래로 달아나고자 했던 사람이 그가 처음은 아니었지만―후대가 자신을 구원해줄 것이라고 믿은 것도 그가 처음은 아니었다―신의 섭리를 대신할 수 있는 현실의 역사를 상상하고, 흄이나 기번과는 달리 인간 이성의 힘이 역사를 변화시키는 원동력이라고 주장했던 사람은 그가 처음이었다.

콩도르세는 초연함, 넓은 시야, 원대한 역사적 전망을 통해서 정신을 고양하고자 했지만, 당시의 상황에서 그가 얻을 수 있는 것은 순간적인 기분 전환에 지나지 않았다. 1794년 겨울, 베르네 부인은 『인간 정신의 진보에 관한 역사적 개요』를 완성한 그가 얼마나 지치고 불안해졌는지 한눈에 알 수 있었다. 그는 지상으로 내려와 유폐된 자신의 현실과 다시 한번 마주해야 했다. 소피에게 보낸 편지에서 그는 이렇게 말했다. "나는 사랑과 우정에 기대서 겨우 삶을 붙잡고 있다오. 영광은 포기했소. 수백 년 이후를 꿈꾸면서 정작 현재를 살지 않는다니, 이 무슨 미친 짓이란 말이오."

1794년 1월, 오퇴유의 지역 공안위원회가 끝내 콩도르세의 전 재산을 몰수하자, 소피는 남은 물건이라도 지켜서 딸 엘리자에게 안전하게 물려줄 수 있도록 이혼을 결심했다. 콩도르세도 딸을 위한 이 결정에 동의했지만, 결국 삶과 자신을 이어주던 마지막 매듭이 이혼으로 잘린 셈이었다. 2월, 파리 공안위원회가 수배된 사람을 보호해주는 사람도 사형에 처하겠다고 공표하자, 그는 자신 때문에 베르네 부인의 목숨이 위태로워졌다며 스스로를 책망하기 시작했다. 3월 말, 낯선 사람이 베르네 부인의 집을 찾아와 방세를 물으면서 다른 하숙인들에 관해서 질문을 하고 돌아가자 콩도르세는 자신이 곧 체포될 것이라고 생각했다.

묘지기 거리에서 마지막 며칠 밤을 보내면서 그는 딸 엘리자에게 작별을 고하는 편지를 썼다. 편지에는 다시는 딸을 볼 수 없을 것이라는 두려움에 빠진 아버지의 다정함이 절절히 배어 있었다. 그는 딸에게 만약 어머니인 소피가 체포되면 그의 "두 번째 어머니"인 베르네 부인을 찾아가서 보호를 받으라고 썼다. 그리고 모든 시도들이 실패하면, 미국 대사 자격으로 프랑스에 머물다가 지금은 수천 킬로미터 떨어진 몬티셀로에 거주하고 있는 그의 친구 토머스 제퍼슨을 찾으라고 전했다. 그는 수학 방정식을 휘갈겨놓은 문서들을 태운 후에, 아내에게 안전하게 전달해달라는 부탁과 함께 『인간 정신의 진보에 관한 역사적 개요』의 원고를 한 하숙인에게 맡겼다.

1794년 3월 25일, 콩도르세는 평소처럼 옷을 입고 아침을 먹고는 베르네 부인에게 위층에서 자신의 코담뱃갑을 가져다달라고 부탁했다. 부인이 자리를 비운 사이에 그는 묘지기 거리로 나섰고 그 길로 하숙집에 영원히 작별을 고했다. 그는 파리 외곽에 있는 친구 아멜리와 장-바티스트 쉬아르 부부의 집까지 12킬로미터를 걸었다. 서로 20년 넘게 알고 지냈고, 혁명 초기에는 같은 편에 섰던 사이였다. 20대 시절에 그는 아멜리에게 자신의 불안정한 연애사를 털어놓았고, 이후로도 두 사람은 계속 친구로 지냈다. 적어도 그는 그렇게 생각했다. 그러나 오랜 친구들이 자신을 맞아줄 것이라는 그의 희망은 착각이었다. 그가 집 앞에 당도하자, 하인이 나오더니 두 사람은 파리에 있다며 그를 돌려보냈다. 밤이 저문 후에 다시 방문했을 때에도 그는 다시 한번 발걸음을 돌려야 했다. 그는 인근 채석장으로 들어가서 노숙한 후에 다음 날 아침 다시 집을 찾았다. 쉬아르는 그를 집으로 들였지만, 도피처를 제공하는 것은 너무 위험하다고 말했다. 콩도르세는 탈진한 상태로 문을 나서야 했고, 어디로 가야 할지 알 수 없었다. 그는 작은 여관에 들어가서 오믈렛을 주문했다. "달걀은 몇 개나 드릴까요?" "열두 개 부탁합니다." 그가 대답했다. 그 대답이 의심을 불러일으켰다. 불행히도 그 술집은 자코뱅파의 단골집이었고, 지역 공안위원회 회원들이 그에게 질문을 퍼붓기 시작했다. 콩도르세는 자신이 지붕을 얹는 기술자이며, 지금은 실직 상태라고 말했다. 그들은 그의 손을 뒤집어보고는 그가 거친 일을 해본 적 없다는 것을 알아챘다. 그들은 그의 주머니를 뒤져서 품질 좋은 시계와 라틴어로 된 작은 호라티우스 시집을 찾아냈다. 그들은 사흘 밤낮을 길에서 보낸 탓에 걸을 힘조차 없는 그를 손수레에 태워 감옥으로 보냈다. 다음 날 아침 그는 코피를 흘리며 얼굴을 바닥에 대고 쓰러져 죽은 채로 발견되었다. 사인은 뇌졸중 같았다. 노숙, 탈진, 치명적인 스트레스가 불러온 병이었다. 그는 빈민 묘지에 매장되었다.

그로부터 수개월 후, 공식 혁명화가인 자크-루이 다비드의 주도로 파리의 마르스 광장에서 개최된 종교 행사인 최고 존재의 제전La fête de l'Être Suprême에서, 당시에 누구도 자신을 막을 수 없을 것이라고 믿으며 위세를 떨치던 로베스피에르가 경멸과 악의로 가득 찬 추도사를 낭독했다. "생전에 문학가의 눈에는 중요한 수학자로, 수학자의 눈에는 문학가로 보였던 아카데미 회원 콩도르세는 모든 당파들로부터 멸시받은 겁 많은 음모자였습니다." 그로부터 2개월 뒤에는 로베스피에르 자신이 콩코르드 광장의 단두대에 올라야 했다.

베르네 부인, 소피, 엘리자는 모두 혁명에서 살아남았다. 1826년에 아멜리 쉬아르는 회고록을 출판해서, 그녀와 남편은 콩도르세를 돌려보내지 않았으며 그의 목숨을 앗아간 체포 전날 밤에는 그가 돌아와서 쉴 수 있도록 정원 뒤편의 문을 열어놓았다고 주장했다. 아멜리 쉬아르는 노년의 베르네 부인이 시퍼렇게 살아 있으며, 그녀와는 다르게 기억한다는 사실을 간과했다. 80대에 접어든 베르네 부인은 아멜리의 회고록을 읽고 분개해서 엘리자에게 편지를 썼다. 콩도르세가 하숙집에서 사라지자 다른 하숙인들에게 그의 목적지를 들은 부인은 체포되기 전에 그를 만날 수 있을지도 모른다는 희망을 품고 직접 그를 찾으러 나섰다. 그녀는 쉬아르 부부의 집을 한 바퀴 둘러보았고, 아멜리가 열어두었다고 말한 문도 살펴보았다. 그러나 문은 1미터 높이의 덤불에 막혀 있었다. 베르네 부인의 말이 맞는다면, 쉬아르 부부는 문을 열어둔 적이 없었다. 그들은 콩도르세를 쫓아낸 괴물이었고, 30년이 지나자 역사를 위조하려고 한 위선자들이었다. 베르네 부인이 쉬아르 부부의 말을 반박한 것은 자신의 삶에서 어쩌면 가장 고귀한 일이었을지도 모를 일을 옹호하려는 것이기도 했다. 그녀는 1793년 어느 새벽에 하숙집 문을 두드린 낯선 이에게 위로를 주지는 못했지만, 최소한 도피처를 제공할 용기를 냈다.

나폴레옹이 전쟁에서 패하고 왕정이 복구된 이후, 콩도르세와 동시대인이었던 에마뉘엘 시에예스와 화가 자크-루이 다비드는 결국 1817년에 함께 브뤼셀로 건너가서 망명 생활을 해야 했다. 다비드는 친구 시에예스의 초상화를 그렸다. 그림 속의 시에예스는 검은 배경을 뒤로 하고 의자에 앉아서 세상으로부터 한발 물러난 냉담한 시선으로 화가를 응시하고 있다. 이 그림은 망명과 패배의 쓸쓸함을 표현한 가장 훌륭한 작품들 가운데 하나이다. 시간이 지난 후에 파리로 돌아온 시에예스는 한 젊은이로부터 혁명기에 정확히 무엇을 했느냐는 질문을 받았다. 그는 간단히, "살아남았네"라고 답했다. 한때는 혁명이 새로운 세계를 열어젖히리라는 희망을 품었던 이가 무엇을 했느냐는 질문에 내놓을 수 있는 최선의 답이 살아남았다는 말이라니, 본인에게는 참으로 음울한 위로가 아닐 수 없었다.

소피는 1795년에 콩도르세의 『인간 정신의 진보에 관한 역사적 개요』를 출판했다. 그녀는 재혼하지 않은 채 마지막까지 당대의 두려움 없는 귀족으로 남아서 남편의 혁명적 이상에 헌신히다가 1820년대에 세상을 떠났다. 1840년대에는 딸 엘리자가 아버지가 남긴 글들을 모아 출판했다. 두 사람 덕분에, 그리고 19세기 전체의 정치와 열정을 드러낸 프랑스 혁명 덕분에 콩도르세는 결국 근대 진보주의 전통의 핵심이라고 할 수 있는 진보에 대한 희망을 예견한 순교자로서 칭송받게 되었다.

10

심장 없는 세계의 심장

카를 마르크스와 『공산당 선언』

1843년 여름 카를 마르크스와 예니 마르크스가 쾰른을 떠나 파리의 바누 거리에 위치한, 가구가 구비된 방으로 이사했을 때 두 사람은 그들이 마침내 유럽 혁명의 중심지에 당도했다고 믿었다. 그들은 프로이센에서 쫓겨났다. 두 사람은 자신이 속한 계급의 배신자가 되어 나라를 떠났고, 추방되었다는 사실을 받아들였다. 그들은 자유를 얻었다. 이제는 다른 이들의 자유를 위해서 살아갈 차례였다.

처음으로 파리에 온 두 사람은 들뜬 마음으로 프랑스 혁명의 비극적인 역사가 펼쳐진 거리를 걸었다. 콩도르세가 은신했던 집도 몇 걸음 되지 않는 거리에 있었다. 다비드의 최고 존재의 제전이 열렸던 마르스 광장으로 나들이를 갈 수도 있었다. 마리 앙투아네트와 자코뱅파의 생쥐스트가 처형되기 전에 구금되었던 콩시에르주리 형무소 주변을 산책할 수도 있었다. 도서관에는 볼테르, 루소, 콩도르세, 마라, 로베스피에르, 시에예스 등 혁명의 유산 전체가 서가에 꽂혀 있었고, 센 강 주변의 길거리 서점들에는 그들의 염가판 저서가 쌓여 있었다.

사랑하는 사람과 함께 세계 혁명의 고향에서 지낸다는 사실은 두 청년 혁명가에게 압도적인 흥분을 불러일으켰을 것이다. 두 사람이 서로 사랑한다는 사실에는 의심의 여지가 없었다. 그가 그녀에게 바친 시, 욕망과 순응이 담긴 그녀의 편지, 그리고 두 사람이 서로에게 헌신하며 남은 생을 함께했다는 사실이 그 증거이다. 함께 새로운 삶을 시작할 경제적 여유도 있었다. 결혼 전의 성이 폰 베스트팔렌인 예니는 귀족 가문에서 태어나 아버지의 유산을 물려받았고, 카를 역시 아버지의 유산에 더해 트리어에서 홀로 사는 어머니로부터 빌린 돈이 있었다. 게다가 카를은 독일의 기능공이자 언론인인 아르놀트 루게가 새롭게 창간한 급진적인 잡지 「독불연보*Deutsch-Französische Jahrbücher*」로부터 일자리까지 제안받은 참이었다.

파리의 카페와 술집에서 두 사람은 난생처음으로 남녀 노동자들을 만났다. 그들은 이상적 사회주의자, 기독교 사회주의자, 급진적 민주주의자들로 대부분 독일인이었다. 독일의 위대한 시인 하인리히 하이네가 그들을 받아주었다. 나중에 그는 육아 경험이 없는 부부를 도와 걸핏하면 보채는 첫딸 예니를 달래주기도 했다. 파리에 도착하고 1년이 지날 무렵 레장스 카페에서 두 사람은, 제분소를 운영하는 집안에서 태어난 젊은 독일인 프리드리히 엥겔스를 만났다. 앞으로 평생 가족이 될 사람이었다.

그들은 급진 노동자 정치라는 음모의 세계에 뛰어들었다. 경찰 끄나풀과 여행자, 모험가들이 카페를 가득 채우고 있었지만, 예니와 카를은 그 속에서 헌신적이고 투박한 기능공들 몇몇을 만날 수 있었다. 그들은 굉장히 인상적이었고, 더 나아가 낭만적인 면도 있었다. 수감 생활을 한 사람도 있었고, 신념 때문에 망명 생활을 한 사람도 있었다. 그들의 단단하고 강직한 성격과 고결함에 깊은 인상을 받은 마르크스는 그들의 "노동에 닳은" 얼굴을 응시하는 순간 처음으로 인간의 형제애라는 것을 믿게 되었다고 말했다.

모든 계파, 모든 소모임에 저마다 빛나는 미래에 대한 전망이 있었다. 카베를 따를 수도 있었고 라므네, 프루동, 바이틀링을 따를 수도 있었다. 어떤 사회주의여야 하는가? 이상주의? 기독교주의? 공산주의? 독일에서 온 젊은이는 온갖 선언문과 소논문을 읽었고 아주 사소한 잡문이라도 열정적으로 비판했다. 친구들은 창문을 깨려고 대포를 드는 꼴이라며 그를 놀렸다. 그동안 예니가 살림을 도맡았다. 그리고 그녀는 그제야 남편이 집을 자주 비우고 살림에는 무관심한 사람이라는 것을 알게 되었다.

열정적이고 거침없고 강인한 성격에 산발이 된 곱슬머리가 검은 후광처럼 보이며 훗날 자녀들이 무어인이라고 부를 만큼 얼굴빛이 까무잡잡한 이 덩치 큰 남편을 내조하는 것을 예니는 소명으로 여겼다. 동료 급진주의자들은 카를의 활력과 남성성, 그리고 바위 같은 냉정함에 깊은 인상을 받았다. 예니도 그런 점에 매력을 느꼈지만, 그녀는 무엇보다도 그의 신념과 희망을 공유했다. 그녀는 훗날 친구에게 보낸 편지에서 부부의 그런 특징을 가벼운 자기 조롱의 소재로 삼기도 했다. "그래, 우리는 삶의 저급한 책무에 더는 흥미를 느끼지 못하지." 그녀가 말한 책무는 요리, 바느질, 청소였다. "또 우리는 함께 즐거운 시간을 보내고, 많은 일을 하고, 중요한 것을 경험하고 싶어." 그런 후에 그녀는 그들이 경험하고자 하는 중요한 것을 쾌활하게 대문자로 썼다. "인류의 행복을 말이야."

수년 전에 종교를 비판하는 글을 썼던 마르크스는 파리에 도착한 후에 카베, 르루, 라므네를 따르는 이 지역의 공산주의자들이 "기독교는 공산주의이다"라고 말하는 것을 듣고는 깜짝 놀랐다. 책상 앞에 눌러앉아 썼던 첫 번째 글에서, 그는 새로운 청중의 이익을 위해서 종교 타파를 공유하고자 했는데, 그를 둘러싼 정치적 환상 역시 비판하게 된 셈이었다. 그가 루게에게 말했다. 담배 연기로 자욱한 카페에서 열정적으로 호명되는 공산주의는 "교조적인 추상 관념"일 뿐이다. 그런 이야기들은 대부분, 1796년 자코뱅파의 급진주의 혁명을 복원하고자 했으나 결국 실패로 끝난 바뵈프의 봉기, '민중의 사회 사건'으로부터 가져온 개념들을 조악하게 재활용한 것에 지나지 않았다. 바뵈프는 사유재산의 철폐를 주장했지만, 마르크스가 보기에 공산주의는 부자를 끌어내리고 재산을 몰수하겠다는 시기심 가득한 열망이 아니라 더 높은 곳을 바라보아야 했다. 혁명은 모든 인류의 잠재력을 최대한으로 실현하기 위해서 자본주의 사회의 새로운 풍요와 최신 과학, 기술 발전을 이용해야 한다. 이것이 예니와 마르크스가 강하게 공감한 이상주의의 시금석이었다. 마르크스에게는 모든 것을 아우르고 세계 역사를 관통하며 초월적이고 개혁적이며 뚜렷하게 붙잡을 수는 없지만 머릿속을 떠나지 않는 인간 해방이라는 커다란 목표가 있었다.

주변의 모든 사람들이 젊은 부부의 풋풋한 희망을 공유하지는 않았다. 이제 40대에 접어든 루게는 독일에서든 어디에서든 혁명이 가능할까 싶어 낙담하고 있었다. 마르크스는 거세게 반박했다. "인간의 자긍심과 자유의 감각"에 불을 지필 불꽃이 하나만 있다면 충분하다는 것이었다. 그는 루게에게 이렇게 썼다. 자유는 기독교와 함께 일단 "천국의 푸른 안개 속에 자리를 잡았다." 그러나 지금 할 일은 이곳 지상에서 "민주국가라는 인간의 가장 고결한 욕구를 충족할 공동체를 결성하는 것"이었다.

민주국가는 프랑스의 루이 필리프 정권보다 크고 높은 것이어야 했다. 물론 프랑스에는 의회, 법원, 헌법적 질서가 있었고, 부르주아 시민은 투표를 할 수 있었다. 그러나 노동자에게는 여전히 투표권이 없었고, 여성은 계급을 불문하고 투표할 수 없었다. 마르크스는 루게가 발간한 급진주의 신문의 첫 번째 기고문에서 "정치적 해방 그 자체가 인간 해방은 아니다"라고 썼다. 카를과 예니는 파리의 거리에서 잠을 자는 남자들, 비참한 상황에 빠진 성매매 여성들, 버려진 아이들과 마주쳤다. 권리와 사유재산을 위한 혁명의 손길에 닿지 못한 불행과 빈곤과 불평등의 모습이었다.

이 고통 앞에서 그들의 급진적인 본능은 더욱 강해졌다. 그러나 로베스피에르와 생쥐스트가 선택한 급진적인 노선은 결국 어떻게 되었는가? 로베스피에르는 혁명이 종교를 대신할 집단적 신념을 만들어내야 한다고 믿었지만, 마르크스는 그런 견해를 경멸했다. 혁명은 혁명에 대한 어떤 맹신도 재생산해서는 안 된다. 사회 질서가 투명하고 공정하다면 위로를 주는 환상이 무슨 필요가 있겠는가?

그러나 이는 자코뱅파만의 오류가 아니었다. 생쥐스트는 "혁명주의자는 로마인이 되어야 한다"라고 외쳤다. 젊은 마르크스가 보기에, 근대 사회의 방향을 거꾸로 돌려서 고대의 미덕을 향해 행진하는 것은 치명적인 실수였다. 금욕적인 공화주의의 미덕이 근대 부르주아 사회의 "경제적이고 산업적인 관계"에 적용될 리 만무했다. 자코뱅파는 그들의 혁명을 수호하기 위해서 공포정치로 돌아섰지만, 공포정치에는 아무런 의미도 없었다. 혁명—그리고 혁명에 필요한 폭력—은 역사적 조건이 갖추어졌을 때에만 정당화될 수 있었다.

마르크스는 파리의 카페와 술집에서 만난 급진주의자들도 똑같은 실수를 저지르고 있다고 생각했다. 그는 도덕적 이상주의를 경멸적으로 느끼기 시작했다. 도덕적 이상주의에는 극복해야 하는 장애물이 무엇인지에 대한 분석이 완전히 결여되어 있었다. 마르크스는 이상적 사회주의 대신에 역사철학에 근거한 과학적 사회주의를 주장했다. 콩도르세가 그 근거가 될 수 있었다. 비록 그의 『인간 정신의 진보에 관한 역사적 개요』가 실제로 개요에 불과했지만 말이다. 더욱 튼튼한 근거로는 스코틀랜드의 계몽주의 이론 역사들이 있었다. 스코틀랜드의 정치경제학자인 애덤 스미스와 애덤 퍼거슨은 자본주의가 가로질러온 발전 단계들을 이론화했다. 마르크스는 그들의 작업에 근거해서 역사의 동력을 파악할 수 있으리라고 믿고 그들의 연구들에 뛰어들었다. 그렇게 25세의 마르크스는 파리에서 프롤레타리아 해방을 이끌 과학을 만들어내는 일에 착수했다.

그러나 과학만으로는 충분하지 않았다. 혁명의 진정한 목표가 무엇인지를 명확히 밝힐 필요가 있었다. 단지 권력의 획득만이 목표일 수는 없었다. 진정한 혁명으로 지배자와 피지배자의 구분을 없애고 강압적인 통치를 위한 국가기구의 필요성 자체를 소멸시켜야 했다. 그리고 그 자리에 형제자매의 진정한 공동체를 탄생시켜야 했다. 마르크스의 목표는 정치 자체를 철폐하고, "사물의 관리"로 대체하는 것이었다. 만약 인간의 구분이 철폐된다면, 즉 지배자와 피지배자가 없고 계급이 없고 종교적, 국가적, 민족적 대립이 없다면, 정치가 무슨 필요가 있겠는가? 그때에는 지배가 아니라 모든 시민이 이롭게 활용할 수 있는 공공 기관의 유지, 관리만이 있을 것이다. 이는 정치를 넘어 미래에 복무하는 정치학이었다. 그는 동료 사회주의자들의 이상주의를 가혹하게 비판하면서도, 가장 급진적인 이상향에 삶을 바치고 있었다.

이 이상향은 본성—괴롭힘당하고, 외롭고, 억압당하고, 이기적이고, 시기심 많은—그대로의 인류가 혁명적인 변화를 통해서 변화할 수 있다는 믿음이 있어야만 가능했다. 만일 인류가 이전처럼 절망적으로 개인주의적이고 자기중심적이고 서로 분열되어 있다면, 왜 혁명에 신경을 쓰겠는가? 마르크스는 루소의『사회계약론*Du Contract Social ou Principes du Droit Politique*』한 구절을 공책에 옮겨 적었다.

> 감히 인민의 제도를 수립하고자 하는 사람은 이를테면 인간의 본성 자체를 변화시킬 자신이 있어야 한다. 그 자체로 완전하고 독립적인 개인을, 그에게 생명과 존재를 부여하는 커다란 전체의 일부로 바꿀 수 있다고 믿어야 한다.

그러나 인간 본성이 어떻게 바뀔 수 있는가? 마르크스는 파리에 온 지 얼마 되지 않아 전 교사이자 동료인 브루노 바우어의 저서『유대인 문제*Die Judenfrage*』를 비평해달라는 의뢰를 받았다. 그는 이 의뢰를 기회로 삼아서 유대인과 같은 특수한 정체성을 극복하고 혁명이 요구하는 존재, 즉 진정으로 자유로운 인간이 되는 방법을 탐구하기로 했다. 젊었던 그는 그것이 간단한 일이라고 생각했다. 만약 그 자신이 유대인적인 특성에서 해방될 수 있다면, 다른 사람들도 각자 붙잡고 있는 반동적인 정체성을 벗어던지지 못할 이유가 없었다.

그렇다면 대관절 유대인이라는 것은 무엇을 뜻하는가? 마르크스가 보기에 유대인의 특성은 상행위에 있었다. 유대인은 무역과 상업으로 생계를 유지했다. 그들의 신은 돈이었다. 그렇다면 돈이라는 체계가 철폐되고 자본주의가 소멸하고 사유재산이 대체되어도 유대인이 그대로 존재하는가? 답은 명백했다. 진정으로 자유로운 사회에서 유대인적 특성은 "생기 없는 신기루처럼" 사라질 것이다. 유대인적 특성을 비롯해서 인류를 가르고 나누는 온갖 구분들, 그리고 인민이 서로를 형제자매로 인식하는 일을 가로막는 모든 잘못된 경계들은 문제의 뿌리인 자본주의가 소멸하면 함께 사라질 것이다.

알렉시 드 토크빌의 『미국의 민주주의*De la Démocratie en Amérique*』가 막 출간된 참이었다. 토크빌의 책은 마르크스에게 "국가가 자유국가라고 하더라도 개인은 자유로운 인간이 아닐 수 있다"는 것을 가르쳐주었다. 만약 누군가가 여전히 종교적인 망상이라는 밧줄에 묶인 채 갇혀 있다면, 자유로이 선택한다고 한들 어떻게 자유로운 인간이 될 수 있겠는가? 공산주의적인 미래에서, 자유롭다는 말은 종교적인 환상과 그것이 제공하는 거짓 위로가 필요하지 않다는 뜻이었다.

마르크스는 다음과 같이 썼다. 1789년의 정치 혁명에서 "인간은 종교로부터 자유로워진 것이 아니라 종교의 자유를 얻었다. 사유재산으로부터 자유로워진 것이 아니라 사유재산의 자유를 얻었다." 프랑스 혁명으로 유대인을 비롯한 모든 종교인들에게 보장된 종교의 자유를 마르크스는 평생 적대시했다. 세상을 떠나기 6년 전인 1875년에 그는 종교적 자유를 지지하는 독일 사회주의 노동자당의 고타 강령을 거세게 비난했다. 그는 종교 자체를 철폐해야 한다고 생각했다.

그의 이상향은 불화의 극복, 즉 시민사회 내부에 존재하는 만인의 만인에 대한 투쟁, 인종과 인종, 종교와 종교, 국가와 국가의 전쟁을 극복하는 일에 전념했다. 몇몇 이들은 흥미로워하던 근대의 현상—근대 도시 내에서 사람들이 광적으로 경쟁하는 것—은 그에게 환멸을 일으켰다.

이 무슨 꼴인가! 다양한 인종으로 무한히 분열된 채 옹졸한 적대감, 사악한 양심, 야만적인 평범성을 버리지 못하고 서로 충돌하는 사회라니…….

유대인과 돈을 결부시킨 추한 생각을 제외하면, 공산주의 혁명이 유대인의 정체성이나 그밖의 모든 국가적, 종교적 정체성으로부터 인류를 해방시킬 수 있다고 마르크스가 믿었다는 점은 참으로 놀라운 일이다. 마르크스 본인은 유대교 신앙의 잔재를, 그 자신의 표현을 빌리자면 뱀 허물처럼 벗어버린 터였다.

종교적 정체성처럼 뿌리 깊은 것이 그지 뱀의 허물이라면, 그 허물 아래에는 인간의 어떤 근본적인 정체성이 자리하는가? 이 대목에서 젊은 혁명가는 루트비히 포이어바흐의 『기독교의 본질*Das Wesen des Christentums*』로부터, 인간 존재의 핵심은 인간이 "유적 존재Gattungswesen"라는 것에 있다는 개념을 받아들였다. 즉, 인류의 순수하고 속박되지 않은 전형으로서의 정체성이 인간의 핵심이었다. 사랑에 깊이 빠진 이 혈기왕성한 청년은 남녀가 벌거벗은 채 침대에서 함께 보내는 순간에 두 존재가 자신이 인간 종적인 존재임을 가장 깊이 느낄 수 있다고 보았다. 그와 예니는 함께 새로운 생명을 탄생시켰고―두 사람이 파리에 있는 동안 첫째 딸이 태어났다―이 경험으로 두 사람은 아리스토텔레스로 거슬러올라가는 철학이 무엇을 가르쳐주었는지를 확인했다. 인간의 본질적인 정체성은 호모 파베르homo faber, 즉 노동과 욕망을 통해서 가족, 환경, 문화, 거주지, 역사 등, 요컨대 세계를 창조하는 자였다. 인간 혁명의 궁극적인 목적은 모든 인간이 내면에서 느끼는 자유로운 창조성을 분출하는 것이었다.

이는 고귀한 혁명의 미래상이었다. 그러나 그 말대로라면, 어떤 종류의 혁명이든 간에 혁명을 믿는 노동자가 왜 그리도 적은가? 억압된 자들은 왜 자신의 불행을 보지 못하는가? 마르크스는 루소의 은유를 빌려온다. 인간은 발에 묶인 사슬을 제대로 보지 못한다. 그 사슬이 꽃장식으로 덮여 있기 때문이다. 1844년 초에 마르크스는 혁명의 과업은 "사슬을 덮고 있는 상상의 꽃을 뽑아버리는 것, 그러나 환상이나 위로 없이 그 사슬을 견뎌내기 위해서가 아니라 사슬을 벗어던지고 살아 있는 진짜 꽃을 손에 쥐는 것"이라고 썼다.

발에 묶인 사슬을 은폐하는 꽃은 "환상"과 "위로"이며, 그 꽃의 가장 큰 뿌리는 종교였다. 이것은 마르크스가 파리에 도착한 후에 두 번째로 쓴 중요한 작품에서 "종교 비판이 모든 비판의 필요조건"이라고 주장한 이유이기도 했다. 종교의 환상을 폭로하여 인간이 두 발과 정신에 묶인 사슬을 보지 못하는 이유를 이해시키려고 했던 것이다.

이때까지 마르크스는 단지 콩도르세와 흄으로부터 물려받은 전형적인 종교 비판을 되풀이했을 뿐이었다. 그의 비판이 종교적 위로를 단순한 맹신만이 아니라 인간 소망의 소외된 형태로 재해석했다는 점이 중요하다. 종교는 그저 인간의 억압 위에 드리워진 환상의 장막이 아니었다. 종교는 그저 정의롭지 못한 세계에 대한 "위로와 정당화의 보편적인 토대"가 아니었다. 종교는 "억압받는 피조물의 한숨, 심장 없는 세계의 심장, 영혼 없는 상태의 영혼"이었다. 그렇다. 종교는 "인민의 아편"이었다. 종교는 임금 노동, 출산, 고통, 죽음을 견디기 위한 진통제이자 "자기 자신을 미처 실현하지 못한 이들의……자의식이자 자긍심"이었으며, 초월과 구원 그리고 잃어버린 인간성을 회복하고자 하는 인간적 열망을 뒤틀리게 표현한 것이었다.

완전한 인간으로 살고 싶다는 열망은 현실 세계에서 실현될 수 없었고, 따라서 수천 년간 사람들은 그 열망을 천상의 왕국인 천국에 투사했다. 천상의 왕국에서는 모든 눈물이 마르고 모든 고통이 멈추리라. 마르크스는 종교적 환상을 경멸했지만, 그 환상이 표현하는 갈망까지 경멸하지는 않았다.

마르크스는 또한 신앙이 정의의 강력한 수사적 표현이라는 것을 깨달았다. 마르크스와 엥겔스는 1525년에 일어난 종교개혁과 농민 봉기야말로 독일이 혁명에 가장 가까이 다가갔던 순간이었다고 믿었는데, 당시에 마르틴 루터와 급진적인 토마스 뮌처는 성서를 이용해서 가난하고 소외된 자들을 대변하는 강력한 요구를 표명했다. 마르크스가 인정했듯이, 타락한 중세 교회에 개신교가 항거할 때 루터는 "외적인 종교성으로부터 인간을 해방시켰지만, 종교성을 인간 내면에 위치시켜서" 그 정신은 사슬로 구속하고 육신은 해방시켰다.

동시대의 급진주의자들 중에 마르크스만이 종교 비판이라는 렌즈로 경제학의 새로운 언어를 읽었다. 인간이 가장 진실한 갈망을 현실이 아니라 고통과 슬픔이 없는 내세에 투사하는 것처럼, 노동에서도 인간은 노동력을 팔 때 인간 종이 가진 창조적 정체성을 소외시킨다.

> 노동자가 힘들게 일하면 일할수록 노동자가 자신과 대립하게 만드는 이질적이고 객관적인 세계는 더욱 강력해지고, 노동자의 내면세계는 더욱 가난해지며, 그에게 속한 것은 갈수록 줄어든다. 종교도 마찬가지이다. 인간이 신에게 더 많이 바칠수록 내면에 남는 것은 줄어든다.

마르크스가 직접 만난 노동자들은 대부분 종교적 감정을 거의 가지고 있지 않았다. 그러니 종교로 그들의 굴복을 설명한 것은 아니었다. 그보다는 마르크스는 종교를 은유로 사용해서 노동자들이 왜 임금 노동 체제에 굴복하는지를 이해하고자 했다. 인간이 죽음과 고통의 수수께끼 속에서 자신을 위로하기 위해서 신을 발명해놓고는 신이 인간을 창조했다고 생각하는 것처럼, 자본주의 사회에서 노동자는 노동력으로 자본주의 세계를 창조해놓고는 그 세계가 자신이 통제할 수 없는,

낯설고 비인간적인 왕국이라고 믿었다.

공산주의적인 미래에는 "누구도 배타적인 활동 영역을 가지지 않고, 모두가 어떤 분야에서든 원하는 것을 성취할 수 있다." 마르크스는 "사냥꾼이나 어부나 소몰이꾼이나 비평가가 되지 않아도……아침에는 사냥을 하고, 오후에는 낚시를 하고, 저녁에는 소를 몰고, 저녁 식사 후에는 비평을 하는" 것이 가능하리라고 상상했다. 이는 인간이 세계의 창조자로서 창조적인 능력을 해방시켜서 진정한 본성을 회복하는 것을 목적으로 하는 일종의 인본주의였다. 그는 1844년의 글에서 공산주의 혁명이 "자기 자신을 복원하거나 자기 자신에게 돌아가는 일, 즉 인간의 자기소외를 폐기하는 일"을 목적으로 해야만 한다는 이해에 마침내 도달했다.

마르크스는 물속 깊이 들어갔던 사람이 수면 위로 부상할 때처럼 당당하게, 그가 평생 경험한 모든 것들을 다음과 같이 요약했다.

공산주의는 인간의 자기소외인 사유재산을 적극적으로 폐지하는 것이며, 따라서 인간을 통한, 그리고 인간을 위한 인간 본질의 진정한 전유專有이다. 공산주의는 인간을 사회적인, 즉 인간적 존재인 그 자신으로 완전하게 복원하는 것이다. 이 복원은 의식적이며, 지금까지의 발전이 가져온 모든 풍요 안에서 일어난다. 완전히 발전된 자연주의로서의 공산주의는 인본주의와 같고, 완전히 발전된 인본주의로서의 공산주의는 자연주의와 같다. 그것은 인간과 자연 사이에서, 또 인간과 인간 사이에서 벌어지는 갈등의 진정한 해소이며, 현실적 존재와 본질적 존재, 대상화와 자기 긍정, 자유와 필연, 개체와 종 사이에서 벌어지는 갈등의 참된 해소이다. 공산주의는 역사의 수수께끼의 해결책이며, 스스로 자신이 해결책임을 안다.

역사에 수수께끼가 있다면, 그것은 「욥기」와 「시편」이 수천 년간 답하고자 했던 바로 그 수수께끼, 왜 인간이 상상한 완벽한 신은 그의 세계에 불의를 허락했는가 하는 것이었다. 기독교는 신자들에게 이 역설을 받아들이고 내세에 있을 위로를 소망하며 살아가야 한다고 말했다. 마르크스 혁명의 신념은 이 기독교적 시각에 반발하는 것에 뿌리를 둔다. 기존 질서의 몰락을 예측하는 역사이론으로 무장한 마르크스는 위로의 역사가 끝났다고 진심으로 믿었다. 새로운 자유의 시대가 밝아오고 있었다.

마르크스는 혁명이 다가오고 있음을 의심하지 않았다. 슐레지엔의 직공들이 먼저 봉기했다. 라인란트의 양조업자들도 가만있지 않았다. 1845년 여름, 엥겔스를 따라 영국으로 간 마르크스는 맨체스터에 새롭게 등장한 산업 프롤레타리아를 두 눈으로 목격했다. 파리에는 혁명주의자 집단이 득실거렸다. 이탈리아와 스위스에서는 봉기가 일어나고 있었다. 심지어 마르크스의 적들도 그를 심각하게 여기기 시작했다. 프로이센의 구체제를 성토하는 논설로 상당한 악명을 얻은 그는 파리에서 쫓겨나고 말았다. 젊은 부부는 파리에서 철수한 후에 브뤼셀 남부의 교외 지역으로 도피해서 눈앞에 왔다고 믿은 혁명을 기다렸다.

때가 되었을 때, 마르크스는 준비되어 있었다. 1847년 12월, 영국 기능공들이 모여서 만든 소규모 집단인 의인동맹이 런던 소호의 레드 라이언 술집에서 회의를 소집했고, 마르크스와 엥겔스에게 강령을 써달라고 요청했다. 두 사람은 의인동맹의 이름을 공산주의자동맹으로 바꾸는 데에 도움을 주었다. 엥겔스가 호소문의 제목으로 "신앙 고백"이나, "혁명가를 위한 교리문답"을 제안하자 마르크스는 반대했다. 과학적 사회주의에 종교적인 언어가 들어올 자리는 없었다. 그것은 선언으로 불려야 했다.

『공산당 선언*Manifest der Kommunistischen Partei*』은 한달음에 쓰였다. 인쇄를 위해서 글씨체가 깔끔한 예니가 글을 옮겨 적었다. 유럽을 떠도는 공산주의의 유령에 관한 유명한 첫 문장은 소망을 빌어서 현실에 불러낸 것으로, 실제로 유럽의 공산주의자는 겨우 500명 남짓이었다. 그 이전에도 이후에도 세계로 퍼져나가는 자본주의의 힘에 대해서 그처럼 극적인 찬사를 써낸 이는 없었다. 그 이유를 이해하기는 어렵지 않다. 자본주의는 마르크스가 혐오하는 모든 것—이를테면 급진주의적 기능공들의 향수 어린 후진적 정치학(고대 공화정에 대한 낭만적인 회고를 뜻한다/옮긴이), 위로를 앞세운 종교의 신앙, 유럽 군주제의 사상적 혼란 등 프롤레타리아의 혁명적인 부상을 가로막는 모든 현실적인 장애물—을 일소하고 있었다.

고착되고 녹슬어버린 모든 관계들은 오래 전부터 존중되어온 관념이나 견해들과 함께 휩쓸려나가고, 새로 형성된 모든 것은 채 굳기 전에 이미 낡은 것이 된다. 단단한 것은 모두 공기 중으로 녹아들고, 신성한 것은 모두 모독된다. 그리하여 인간은 마침내 진정한 삶의 조건과 서로의 관계를 냉정한 눈으로 바라볼 수밖에 없게 된다.

역사가 순식간에 가속화하고 있었다. 역사의 방향은 순식간에 분명해졌다. 혁명은 환상의 가면을 벗기느라 더는 애쓸 필요가 없었다. 자본주의는 스스로 무덤을 파고, 스스로 묘지기를 세우고 있었다. 마르크스와 엥겔스가 맨체스터에서 보았던 공장과 공방에서 프롤레타리아 구성원들이 자본가들을 하나로 묶은 그 무자비한 논리로 단결하고 있었다. 공동의 이익을 깨달을 때 그들은 자리에서 일어나 사슬을 던져버릴 것이다.

런던의 출판사가 독일에서 『공산당 선언』을 인쇄하자 예니와 카를은 몇 주일 동안 계속되는 격렬한 봉기에 참여하기 위해서 황급히 파리로 돌아왔고 그 봉기가 진정한 혁명으로 발전하기를 바랐다. 그리고 얼마 지나지 않아 마르크스는 독일에서도 혁명이 코앞에 왔음을 직감하고 독일인 망명자들과 함께 쾰른으로 향했다. 그리고 그해 내내 혁명의 소용돌이 속에서 「신 라인 신문*Neue Rheinische Zeitung*」을 편집했다. 예니도 아이들을 데리고 그를 따라갔다. 그녀는 이 여행 중에 친구에게 보낸 편지에 "예니, 시민이자 방랑자"라고 서명했다.

1848년 당시에 『공산당 선언』을 읽은 사람은 많지 않았지만, 그 글은 바리케이드 뒤에 섰던 그 세대 전체의 희망, 환상, 분노라는 막연한 수사학에 역사적 필연성이라는 훌륭한 틀을 제공했다. 마르크스는 생애 처음으로 수백만 명의 정서를 특히 독일에서 성공적으로 표현한 것처럼 보인다. 예를 들면 작센 왕국의 궁정 음악가이자 왕립 지휘자였던 리하르트 바그너는 드레스덴의 기능공 모임들에 자주 드나들었고 혁명가들과 운명을 같이했다. 바그너가 실제로 마르크스의 어떤 글을 읽었는지는 불분명하지만, 1849년에 발표한 그의 산문 『예술과 혁명*Die Kunst und die Revolution*』은 마르크스와 똑같은 분석, 똑같은 이상향을 전달하고 있다. 기독교를 비판하고, 임금 노동과 소외와 상업을 비난하고, 위대한 인간적 혁명을 통해서 노동자와 예술가가 노예 상태로부터 해방되고 예술이 유독한 상업으로부터 자유로워지는 새로운 시대를 노래한 것이다.

마르크스와 바그너 두 사람에게 허락된 도취의 순간은 그다지 길지 않았다. 1848년 6월의 파리 노동자 봉기는 진압되었고, 그해 말까지 파리, 빈, 베를린은 구시대 지배 계층의 수중으로 되돌아갔다. 공산주의자동맹은 해체되었고, 혁명의 물결은 빠져나갔다. 우스꽝스러운 루이 나폴레옹 보나파르트가 권좌에 오르는 것을 보면서 마르크스가 말했듯이, 전 유럽에서 프랑스 혁명의 역사가 처음에는 비극으로, 그 다음에는 희극으로 반복되고 있었다. 저항의 마지막 경련은 드레스덴에서 일어났다. 1849년 5월 드레스덴의 어느 종탑에서 리하르트 바그너는 프로이센 군대가 도시에 진입하여 봉기를 진압하는 모습을 지켜보았다. 바그너는 그날 밤의 소리들을 영원히 잊지 못했다. 짚으로 속을 채운 매트리스 뒤에서 한 교사와 함께 웅크리고 있는 동안 구슬프게 울리던 종소리, 벽돌로 만든 벽을 향해서 프로이센 군대가 발사하는 날카로운 총소리가 고막을 파고들었다. 마르크스처럼 바그너 역시 혁명에 바친 열정의 대가를 망명으로 치러야 했다. 1849년에 바그너는 스위스에서, 마르크스 가족은 런던에서 근근이 살았다.

마르크스와 달리 바그너는 죽기 전에 명예를 회복했다. 바이로이트에서 4부작 오페라 「니벨룽의 반지」가 공연되자 그의 천재성은 숭배의 대상이 되었다. 정치적 혁명의 장소에서 바그너는 한때 종교가 도맡았던 구원과 위로라는 위대한 임무를 오페라와 음악에 부여함으로써 후대에 예술 혁명을 제시했다.

마르크스는 1850년대에서 1860년대까지 계속 부상하는 자본주의를 바라보면서 영원히 오지 않을 혁명을 기다렸다. 그는 예니와 함께 「뉴욕 데일리 트리뷴*New-York Daily Tribune*」에 기고하면서 생계를 유지했다. 많은 이들이 그의 글을 읽었다. 특히, 혁명에 대한 희망이 부서진 후에 미국으로 이주한 독일인 망명자들이 열심히 읽었다. 「뉴욕 데일리 트리뷴」은 공화주의를 지지했으며 노예제에 반대했는데, 마르크스는 이 두 가지 대의를 열렬히 옹호했으며, 1861년 에이브러햄 링컨이 대통령에 당선되었을 때 그를 "노동 계급의 한결같은 아들"이라고 부르면서 축하의 편지를 썼다. 멀리 떨어진 곳에 있는 기자 마르크스에게 전하는, "유럽 노동자들의 선한 소망"에 대한 링컨의 정중한 감사 편지를 받기도 했다.

유럽 혁명을 바랐던 마르크스의 희망은 1871년 파리 코뮌을 통해서 짧은 순간 되살아났다가 코뮌의 패퇴로 금세 꺾이고 말았다. 마르크스 부부는 말년에 사랑하는 자녀를 먼저 떠나보내기도 하고 믿었던 동지들의 배신과 변절을 겪기도 했지만, 엥겔스의 후한 친절과 파리에서 품었던 희망의 기억으로 버티면서 그 모든 불운을 참아냈다. 1859년에 마르크스는 『자본론 *Das Kapital*』 제1권을 출간함으로써 1840년대에 파리에서 세웠던 저술 계획을 한 걸음 완성했다. 그러나 그는 이 걸작을 끝내 완성하지 못했다. 사후에 그가 남긴 기록을 엥겔스가 정리해서 『자본론』의 다음 권들을 마무리했다.

『공산당 선언』의 새로운 판이 나올 때마다 엥겔스와 마르크스는 서문을 새로 쓰며 자신들이 젊은 시절 품었던 희망을 재확인했고, 자신들의 신념이 이제 "시베리아부터 캘리포니아까지" 모든 곳에서 노동자의 복음이 되었다고 말했다. 그들은 주로 독일 노동자 계급에게 희망을 걸었지만, 독일 노동운동이 비스마르크의 자본주의적 질서 속에 결국 편입되는 것을 보면서 또 한 번 당혹감을 느꼈다.

마르크스는 암으로 죽어가는 예니와 함께 파리를 다시 방문했다. 두 사람은 카페에 앉아 커피를 마시며, 여전히 중세 같던 1840년대 파리의 폐허 위에 조르주-외젠 오스만이 개조한 파리의 정경을 놀라운 마음으로 둘러보았다. 예니는 마지막으로 파리를 방문하고 수개월 후에 세상을 떠났고, 외롭게 남은 그가 기댈 곳은 스토아적 인내뿐이었다. 글쓰기도, 유럽 공산주의 운동의 수장으로서 의심의 여지가 없던 명성도, 도래할 혁명에 대한 신념도, 상실의 고통으로부터 그를 지켜주지 못했다. 그는 딸에게 토로했다. "정신적 고통의 유일한 해독제는 신체적 고통뿐이구나." 마르크스는 1883년에 사망했다. 런던의 하이게이트 공동묘지에 마련된 그의 무덤 앞에서 엥겔스는 그를 유럽 혁명의 아버지이자 다윈에 버금가는 사회과학의 창시자라고 평했다. 오직 12명의 조문객만이 그의 연설을 들었다.

청년 마르크스가 1840년대 파리에서 표명한 이상주의적 희망과 관련하여 후대의 마르크스주의자들이 저지른 일은 마르크스의 잘못이 아니다. 사실 베벨, 카우츠키, 레닌, 스탈린 등 정통 마르크스주의를 만들어낸 권력자들은 그 희망이 무엇이었는지 정확히 알지도 못했다. 그가 파리에서 쓴 노트들은 엥겔스와 마르크스의 유가족이 간직했는데—다른 글들은 "쥐들이 갉아서 먹었다"—1930년대가 되어서야 정식으로 출판될 수 있었다. 새로운 세대가 오염된 소비에트 마르크스주의 속에 묻혀 있던 인본주의자로서의 마르크스를 발견한 것은 1960년대에 들어서였다.

마르크스가 예니와 함께 파리에 머물면서 정성껏 쌓아올린 미래상은 170여 년이 지난 오늘날에도 온전하게 서 있는 단 하나의 이상향, 즉 세계 자본주의를 뛰어넘어 인간적인 세계를 체계적으로 구상하려고 했던 유일한 시도로 남아 있다. 이 상상의 세계에서는 발전된 경제의 풍요를 모든 사람들이 똑같이 공유하고, 오염과 환경 파괴가 없고, 노동자와 사주社主의 구분이 없고, 계급이나 인종이나 국가 간 대립이 없다. 이 상상의 세계에는 정치가 없고, 진실에 대한 불화와 견해 충돌이 없으며, 선에 대한 관점의 대립과 충돌도 존재하지 않는다. 우리는 우리 자신을 통치하고, 모든 지배로부터 자유롭다. 과학의 발달로 수명이 연장되고 질병이 정복된다. 우리는 자연적인 수명을 다하고 죽는다. 1794년에 콩도르세가 약속하고 그후에 마르크스가 믿은 것처럼, 우리는 과학과 지식을 통해서 비참한 운명으로부터 해방된다.

마르크스의 이상향은 위로 자체가 필요 없는 세계이다. 삶을 있는 그대로 바라볼 수 있고, 논쟁할 필요나 이유도 없으며, 현실 그 자체로 충분히 위로가 된다. 마르크스의 사상에 영향을 주었던 헤겔이 말했듯이, 이성적인 것은 현실적이고, 현실적인 것은 이성적이다. 물론 그런 세계에도 좌절과 놀라움과 실망을 안겨주는 일이 있겠지만, 우리가 정의로운 세계에 살고 있다면 우리에게 주어신 것이 우리에게 합낭한 것임을 인정할 수 있다. 따라서 우리는 인간으로서 주어진 존재와 운명을 거부하지 않고 죽음과도 화해한다.

바로 이것이 파리에서 젊은 부부가 품었던 믿음이다. 그들은 서양 종교의 유산 전체에 도전했기 때문에 이 믿음이 그들의 꿈에서 가장 중요했다. 그들의 이상은 노동자들에게 영감을 주었고, 노동자들은 이를 위해서 이후 170여 년간 목숨을 걸고 투쟁했다. 그 투쟁은 종교를 초월하여 종교가 전하는 위로 대신에 이곳 지상에 정의를 실현하려고 했던 가장 끈질긴 시도였다. 그 이상향을 비판하는 사람은 늘 그 실현 가능성에 초점을 맞추었다. 그보다는 위로 너머의 세계가 과연 바람직한 세계인지를 묻는 편이 더 나을 것이다.

11

전쟁과 위로

에이브러햄 링컨의 두 번째 취임 연설

1865년 3월 어느 날 아침, 에이브러햄 링컨은 국회의사당 계단에 서서 취임 선서를 마치고 두 번째 임기의 취임 연설을 시작했다. 국기 아래에 모인 군중―비를 맞고 걸어와 이제 구름 사이로 내려오는 햇살을 받고 서 있는 흑백의 군인들, 남자와 여자들―은 링컨이 연설을 통해서 북부 연방군의 승리를 축하하리라고 기대하고 있었다. 그들은 몇 주일 전에 최후의 승리를 거두었고, 어깨에서 전쟁의 무게를 덜었다고 느꼈다. 그러나 링컨은 그저 이렇게 말했다. "우리 군대의 진격은……저 자신만큼이나 일반 국민도 잘 알고 있듯이 모두에게 상당히 만족스럽고 고무적이었습니다." 군중이 승리의 경축을 기대했다면, 링컨은 그 바람에 부응하지 못했다. 남부 연합군이 리치먼드에 포위되어 마지막 항전을 하고 있으니 적군을 응징하자는 명령이 떨어지기를 군중이 바랐다면, 링컨은 그 기대를 채워주지 못했다. 또한 군중이 긴 연설을 바랐다면, 그는 그 기대마저 충족시켜주지 못했다. 7분 남짓 이어진 짧은 연설에는 극적인 요소가 전혀 없었고, 청중은 당황하고 어리둥절해 했다.

대신에 링컨은 애초에 왜 전쟁이 일어났는지, 왜 남부와 북부에 똑같이 그런 재앙이 덮쳤는지를 설명했다. 그는 역사와 신의 섭리를 향해 질문을 던졌다. 그는 이 문제를 오래 숙고해왔고, 이제 오랫동안 생각에 담았던 것을 사람들에게 말할 때라고 판단했다.

———

그로부터 4년 전 링컨이 첫 임기를 시작할 때 미연방은 변곡점을 맞은 상황이었다. 집결한 군대는 개전을 준비하고 있었다. 당시 링컨은 국회의사당 앞에 모인 군중에게 감정적으로 호소하면서 연설을 맺었다.

연설을 마치기 싫습니다. 우리는 적이 아니라 친구입니다. 우리는 적이 되어서는 안 됩니다. 감정이 격해질 수는 있지만, 그로 인해서 우리의 우애가 깨져서는 안 됩니다.

친구와 적 모두 링컨을 외면했다. 얼마 지나지 않아 섬터 요새가 공격을 받았고, 이후 4년간 상상도 못했던 유혈 사태와 대량 학살이 이어졌다. 남자들은 서로의 목에 총검을 겨누며 죽어갔다. 북부 연방군

편에서 싸운 자유 흑인들은 필로 요새에서 대량으로 학살당했다. 앤 티텀 운하는 피로 물들었다. 게티즈버그 들판은 시체로 어지럽혀졌다. 시신 수습을 위해서 투입된 부대는 죽은 병사의 외투 안에서 총탄에 맞아 구멍이 뚫린 성서를 발견했다. 그중에는 주인을 대신해서 징집된 흑인 병사들도 있었다.

링컨은 국민의 고통을 함께 느끼는 대통령이었다. 링컨은 연대를 방문했다. 그리고 군인들과 대화했다. 그는 군인들의 앳된 얼굴, 쾌활하고 순수한 얼굴, 인근에서 벌어진 전투에서 생환한 후에 눈빛이 죽어버린 얼굴을 가슴속에 간직했다. 링컨은 전쟁의 소음, 피, 공포가 소년들을 미치게 만든다는 것을 알았다. 수감된 탈영병의 어머니가 아들의 용서를 구하는 편지가 매주 그에게 도착했다. 탈영병을 사형하라는 그의 명령 하나하나가 상처를 남겼다. 때로는 그도 좌절감을 느꼈다.

생각이 짧아서 탈영한 병사를 총살해야 하는가? 탈영하도록 부추긴 교활한 선동가는 머리털 하나도 건드릴 수 없는데 말이다.

링컨은 탈영병 일부를 사형에 처하고, 일부는 살려두었다. 모든 결정은 오직 그의 몫이었다. 그는 미네소타 주에서 39명의 다코타 병사들을 사형에 처했다. 북부 연방군을 상대로 전쟁을 벌였기 때문이었다. 처형과 감형을 통해서 그는 죽음의 권력과 삶의 권력을 모두 행사했다. 그 결정은 확실한 효과를 가져왔다. 그러나 위로를 주려는 노력은 효과가 거의 없었다. 링컨은 매주 고아와 과부에게 편지를 썼고, 그럴 때마다 언어의 힘이 한계에 부딪히는 것을 느꼈다.

견디기 힘든 상실감에 빠져 있을 귀하에게 저의 위로가 얼마나 무력하고 무용할지 통감합니다. 다만 고인이 목숨을 바쳐 구하고자 한 공화국의 사의 표명이 혹 위로가 될까 하여 이렇게 편지를 적습니다.

전장에서 부하 장군들이 보내온 전보가 밤낮을 가리지 않고 도착했다. 몇몇 전보는 내용이 도중에 끊겨서 읽는 사람을 미치게 했고, 몇몇 전보는 절망적인 소식을 전했다. 그가 전보를 읽을 때쯤이면 상황이 이미 변했을 터였다. 집무실의 지도 위로 손가락을 짚으며 전황을 쫓는 동안, 링컨은 할 수 있는 일을 다 해보아도 펼쳐지는 인간의 어리석음을 무기력하게 그려볼 수 있었다. 그는 게티즈버그 전투가 끝났을 때 로버트 E. 리 장군이 탈출하도록 내버려둔 조지 미드 장군을 책망하기도 했다. 그는 끓어오르는 화를 참으면서 차가운 어조로 편지를 썼다.

친애하는 장군, 나는 리 장군의 탈출이 얼마나 심각한 일인지 장군이 제대로 인지하고 있다는 것을 믿지 못하겠소. 리는 장군의 손안에 있는 것이나 마찬가지였고, 그를 처리했다면 최근의 승리들에 더하여 이 전쟁을 끝낼 수 있었을 것이오. 일이 이렇게 되었으니 전쟁이 무기한으로 이어질 것이오.

링컨은 서서히 깨달았다. 전쟁을 치러야 한다면 온 힘을 다해 싸워야 했다. 링컨은 버지니아 주의 리치먼드 앞에 병사들을 집결시킨 율리시스 그랜트 장군이 더욱 강력하게 적의 목을 조르도록 독려했다.

불도그처럼 단단히 붙잡아 최대한 세게 물어뜯으시오.

리 장군이 버지니아 주의 애퍼매톡스에서 항복하기 며칠 전, 아군의 긴장이 풀릴 기미가 보이자 링컨은 그랜트 장군에게 전갈을 보냈다.

셰리든 장군이 말했소. "그곳을 압박하면, 리도 항복할 것입니다." 그곳을 압박하시오.

4년간의 살육으로 링컨은 무자비한 사람이 되었다. 부드러웠던 몽상은 전부 사라졌다. "우리는 적이 아니라 친구입니다. 우리는 적이 되어서는 안 됩니다." 한때는 이렇게 간청했지만, 이제 그런 일은 없었다. 흐르는 피와 공포가 그를 경직시켰다. 더 이상의 논의는 없었다. 휴전이나 평화를 얻겠다고 결실 없는 방법을 모색하는 일도 없을 것이다. 오직 완전하고 철저한 승리만이 만족을 줄 것이다.

이 "격렬한 시련"은 그의 나라를 비정한 곳으로 만든 만큼이나 그 역시 비정한 늙은이로 만들었다. 이제 링컨은 형제간에 벌어진 이 야만적인 전쟁을 훨씬 큰 관점에서 보기 시작했다. 끔찍하기 짝이 없는 거대한 참상은 충격적이었다. 이 일을 어떻게 이해해야 하는가? 링컨은 이 하강하는 나선 운동이 정치에서부터 어떻게 시작되었는지를 이해할수 있었고, 소중한 모든 것들이 위태로워진다는 사실을 알면서도 고결한 사람들이 어떻게 인간 본성의 선한 천사를 잊을 수 있었는지를 이해했다.

피가 뜨거워지고 쏟아진다. 생각이 오래된 방식에서 벗어나 혼란으로 흘러간다. 기만이 자라 번성한다. 신뢰가 사라지고 의심이만연한다. 누구나 자신이 먼저 살해되지 않으려면 이웃을 죽여야한다고 느낀다. 복수와 앙갚음이 뒤따른다.

이 하강하는 나선이 정직한 인간들마저 소용돌이 속으로 끌어들인다면, 구덩이에서 기어올라와 빠져나가는 방법이 있기는 한가? 어떤이들은 역사가 상승 곡선을 그리며, 그 자체에 진보하는 힘과 추진력이 있다고 생각하는지도 모른다. 역사가 인간의 희망을 떠받치는 방향으로 나아간다고 믿었던 이들, 이를테면 카를 마르크스나 콩도르세 후작에게 허락된 위로가 링컨에게는 허락되지 않았다. 링컨은 사건이 나아가는 방향이 우연, 운, 인간의 천재성과 오류에 달려 있으며, 어느 하나 예측과 예견이 불가능하다는 것을 그들보다 더욱 잘 알고 있었다. 그렇다고 링컨이 운명론자는 아니었다. 그에게는 자기 시대의 시련을 모국의 역사라는 틀 안에 놓고 바라볼 수 있는 강력한 역사적 상상력이 있었다. 그가 보기에 이 끔찍한 참극은 "87년"의 미국 역사 중 가장 심각한 위기였다. 그는 남북전쟁이야말로 운명을 좌우하는 방향타이며, 그 움직임에 따라서 "국민의, 국민에 의한, 국민을 위한 정부"의 성패가 결정된다는 것을 알았다. 남북전쟁 동안 링컨은 "노예에게 자유를 줄 때 자유인의 자유가 보장될" 수 있고, 그렇게 할 때 "지상에서 품는 최고의 희망"을 지킬 수 있음을 깨닫기 시작했다. 그는 역사가 그러한 진실을 드러내주기를 바랐지만, 전쟁의 마지막 수개월에 이를 때까지도 그렇게 되리라고 결코 확신할 수가 없었다.

링컨은 역사가 그와 나라에 사명을 부여했다고 믿었다. 그러나 상황이 어떻게 진행되고 있는지 알 길이 없거나 눈앞에 뻔히 보이는 어리석음을 멈추게 할 수도 없는 상황에서 전보만을 기다리는 경험은 무기력하기만 했고, 그는 역사의 방향을 통제하는 데에 대통령조차 할 수 있는 일이 거의 없다는 것을 뼈저리게 느꼈다.

솔직히 말해서 내가 사건을 통제한 것이 아니라 사건이 나를 통제했습니다. 3년간의 싸움이 끝난 지금 국가가 처한 상황은 그 어떤 정당이나 개인이 의도하거나 기대했던 것과 다릅니다. 오직 신의 뜻이겠지요.

링컨은 어깨에 담요를 두른 채 전장과 연결된 전신선에서 틱틱 소리가 울려퍼지는 방에 앉아 심부름꾼 소년이 최신 소식을 듣고 오기를 밤마다 기다렸고, 결국에는 이 모든 것의 높은 뜻을 헤아리기 위해서 종교의 언어에 손을 뻗을 수밖에 없었다. 링컨처럼 일요일마다 주일학교에 참석했던 세대에게 그것은 신의 섭리를 탐구한다는 뜻이었다.

모든 교회, 모든 모임, 모든 엄숙한 연설에서는 보통, 젊은이가 신성한 대의를 위해서 목숨을 바쳤다는 말로 전사자의 어머니를 위로했다. 북부 연방군의 행진가가 된, 줄리아 워드 하우가 만든 "공화국 전투 찬가"에는 "그가 목숨 바쳐 사람들을 성스럽게 했으니, 이제 우리가 사람들을 해방시키고 죽게 하소서"라는 인상적인 구절이 있었다. 처음 그 노래를 들었을 때 링컨은 눈물을 훔쳤지만, 이제는 신이 휘두른 끔찍한 검에 얼마나 많은 생명들이 스러져갔는지를 전부 목격한 후였다. 모두가 신이 자기편이라고 믿었다. 그러나 그는 묻기 시작했다. 어떻게 그 믿음이 옳을 수 있는가?

링컨도 잘 알고 있었듯이, 모든 전선에 포진한 회색 외투 차림이 남부 연합군들 역시 똑같은 신앙을 믿고 있었다. 테네시 주 출신의 한 여성이 링컨을 찾아와서 북부 연방군에게 붙잡힌 남부 연합군 아들을 풀어달라고 간청한 적이 있었다. 그녀는 아들이 신심이 깊은 아이라고 말했다. 그 말이 링컨을 자극했다.

제 생각에, 정부가 타인의 얼굴에 흐른 땀으로 호의호식하도록 충분히 돕지 않는다는 이유로 그 정부에 저항하고 맞서 싸우게 떠미는 종교는 사람들을 천국으로 이끄는 종교가 아닙니다.

신이 노예제 존속에 찬성할 리는 없지만, 그렇다고 해도 과연 신이 해방의 편이라고 확신할 수 있는가? 링컨은 이 질문을 오래도록 숙고했다. 1862년 북부 연방군이 제2차 불런 전투에서 패배하고 리 장군이 워싱턴으로 진군하여 전운이 어두워졌을 때, 링컨은 자리에 앉아 다른 사람에게는 보여주지 않을 한 문단짜리 글을 썼다.

신의 뜻이 승리하리라. 거대한 갈등 속에서 양측은 저마다 신의 뜻에 따라 행동한다고 주장한다. 둘 다 그럴지는 모르나, 한쪽은 틀린 것이 분명하다. 신은 동일한 사안에 대해서 동시에 찬성하고 반대할 수 없으니. 작금의 내전에서 신의 목적은 어느 한쪽의 목적과는 다를 것이다. 그러나 인간의 행위는 그 자체로 신의 목적을 달성하는 최선의 방법이다. 이 분쟁은 신의 뜻이며, 이 분쟁이 아직 끝날 때가 되지 않은 것도 신의 뜻이다―나는 이것이 아마도 진실일 것이라고 말할 준비가 되었다. 이제는 적이 된 양쪽의 마음에 신이 조용히 힘을 가하기만 했어도 그분은 인간의 분쟁 없이 연방을 구하거나 파괴할 수 있었다. 그러나 분쟁은 시작되었다. 이미 시작되었으니 그분은 어느 날 어느 한편에 최후의 승리를 줄 수 있다. 그러나 분쟁은 계속되고 있다.

내전의 양측이 신은 자기편이라고 믿는 와중에 링컨의 이 말은 인상적이다. 그러한 위로를 거부하고 있기 때문이다. 링컨은 시카고의 지지자들에게 이런 편지를 써 보냈다. "나의 가장 솔직한 바람은 이 문제에 관해서 신의 섭리가 무엇인지를 아는 것입니다. 그 뜻을 알 수 있다면, 나는 그 일을 할 것입니다." 다만 그는 이렇게 덧붙였다. "지금은 기적의 시간이 아닙니다."

대통령이 마주한 문제는 단지 신의 의도를 아는 것뿐만이 아니었다. 그는 애초에 신과 관계를 맺는 것 자체가 어렵다는 것을 깨달았다.

1863년 8월에 한 편지에서 링컨은 셰익스피어의 희곡에 관한 의견을 묻는 질문에 답하면서, 자신은 햄릿을 사랑하지만 클로디어스 왕의 독백인 "나의 지위가 나의 죄로다"를 햄릿의 "죽느냐, 사느냐"보다 더 좋아한다고 밝혔다. 그 독백에서 클로디어스 왕은 회한에 사로잡혀 이렇게 토로한다.

기도를 드릴 수도 없다.
마음은 간절하지만
강한 의지를 그보다 강한 죄의식이 꺾는구나.
또한 두 가지 일에 매인 사람처럼,
어느 쪽을 먼저 할지 망설이다가
둘 다 놓치는구나.

도덕적 책임감이 강했던 링컨은 대통령으로서 탈영병을 처형하거나 어린 소년을 전투에 투입시킨 일에 따른 결과를 머릿속에서 쉽사리 떨쳐내지 못했고 그 어느 때보다도 격하게 기도를 하고 싶다고 느꼈지만, 그보다 더 강한 죄책감이 그 충동을 압도했다.

시대는 그의 신념을 한계까지 시험했고, 그 혼자서는 신념이 실패하는 것 이외에 다른 것을 볼 수가 없었다. 그는 워싱턴 D.C.의 장로교 목사들에게 이렇게 고백했다.

내가 더 독실한 사람이면 좋겠다고 간절히 바랍니다. 힘이 들 때면 신이 나의 유일한 희망이라고 말하고 싶은 절박한 심정을 느낍니다. 내가 의지할 것은 그뿐이기 때문입니다.

기도를 할 수 없거나 혹은 기도를 해도 위로를 얻지 못할 때면, 그는 조국에 전쟁이 들이닥친 것은 신의 섭리에 따른 일이며 자신의 힘으로는 신의 섭리를 알 수 없다는 생각에 매달렸다. 바로 이것이 그가 두 번째 취임 연설에서 선택한 주제였다.

늘 그렇듯이 그의 목적은 정치적이었다. 링컨의 취임사는 일부 청중이 예상한 종교적인 설교도 아니었고, 사적인 종말론으로 향하는 개인적인 탈선도 아니었다. 링컨의 두 번째 취임사는 마침내 평화가 찾아오고 양측이 다시 하나가 된 순간에 발표하고자 오래 전부터 숙고한 내용이었고, 다 함께 살아갈 다음 단계에 대해서 미국 국민을 준비시키기 위한 정치적인 주장이었다.

이것이 가능하려면 공통의 이해가 있어야 했다. 결코 공유할 수 없는 이상을 위해서 싸운 양측이지만, 그런 와중에도 양측 모두가 공유했던 환상을 통해서 남과 북이 타협하고 하나가 되어야 했다. 자리에서 일어나 연설을 시작할 때 링컨은 여전히 목숨을 걸고 전투를 벌이고 있는 남부 연합군과 리치먼드로 진군하고 있는 북부 연방군 모두에게 말을 건넨 것이었다. 그의 목표는 양측이 재결합할 언어를 찾는 것이었다. 처음에는 공통의 슬픔, 다음에는 공통의 회한, 그리고 마지막에는 화해를 통해서 양측은 다시 결합할 수 있었다.

청중이 증오와 분노에 빠져 양측 모두 전쟁을 원하지 않았다는 사실을 망각하지 않도록 링컨은 다음과 같이 강조했다.

모두가 전쟁을 두려워했고 모두가 전쟁을 피하고자 노력했습니다.

링컨이 말했디. "양측 모두 전쟁을 비난했습니다. 그러나 그중 한쪽은 이 나라를 존속시키느니 차라리 전쟁을 하기로 했고, 다른 한쪽은 가만히 앉아 죽느니 전쟁을 받아들이기로 했습니다." 이 대목에서 북부의 군중은 박수를 보냈고, 청중 사이에 있던 흑인들은 "축복하소서"라고 외쳤다. 청중은 누가 먼저 살육을 시작했는지를 잊어버리거나 과도한 자비를 베풀지 않는 링컨의 모습에 흡족해했다.

링컨은 청중이 비탄과 환멸에 빠져서 그 사실을 잊지 않도록, 노예제가 "어느 정도" 전쟁의 명분이었음을 상기시켰다. "어느 정도"라는 표현에는 인간이 그 이유를 알지 못한 채 전투를 벌이고 목숨을 잃을 수 있다는 어두운 진실이 담겨 있었다. 링컨은 이 전쟁이 아무런 명분이 없는 싸움은 아니었음을 청중이 알아주기를 바랐다. 이 전쟁은 해방을 위한 싸움이었다. 그 점이 전쟁에서 아들을 잃은 이들에게 그가 줄 수 있는 유일한 위로였으리라.

그는 전쟁이 발발한 가장 큰 원인을 남부의 노예제로 규정할 수도 있었고, 그렇게 해서 도덕적 비난의 모든 무게를 한쪽에 전가할 수도 있었다. 그러나 링컨은 전쟁의 이유를 "미국의 노예제", 즉 남부와 북부를 포함한 국가 전체가 받아들여야 할 원죄─링컨은 "잘못"이라고 표현했다─라고 언급하며 결정적인 도덕적 전환을 만들어냈다.

그것으로는 부족했는지 링컨은 북부의 청중에게 남부의 적군 또한 "같은 성서를 읽고, 같은 신에게 기도한다"라고 상기시켰다. 남부 연합군 소속인 아들을 살려달라고 간청하는 테네시 주 출신 여성에게, 노예제를 정당화하기 위해서 신앙을 이용한다면 진정으로 종교적이라고 볼 수 없다고 답한 것이 불과 2년 전이었다. 이제 링컨은 완전히 다른 말을 하고 있었다. 타인의 이마에 흐르는 땀으로 빵을 뜯어내기 위해서 감히 정의로운 신에게 도움을 요청하는 것은 이상한 일이라고 그도 인정했다. 다만 이 대목에서 링컨은 「마태오의 복음서」 7장 1절을 인용했다. "우리가 비판받지 않으려면 남을 비판해서도 안 됩니다." 노예제는 철저하게 잘못된 일이었지만, 그것은 이 연설의 논점이 아니었다. 링컨의 논점은 내전의 한쪽에서 신이 자기편이라고 믿는다는 이유로 다른 쪽을 비난할 권리가 없다는 것이었다.

링컨은 위로와 용서와 화해의 관계를 본능적으로 이해했다. 그는 그 관계를 정치적인 방식으로 이해했다. 위로와 용서와 화해는 두 번째 임기를 시작하는 그에게 주어진 과제였다. 북부가 남부의 전쟁 책임을 용서하고, 남부가 패배를 받아들이고, 양측이 서로 잃어버린 것을 인정하여 결국 화해하게 만드는 것이 그의 과제였다.

이 정치적 과제를 달성하기 위해서 링컨은 미국의 노예제를 남부와 북부 양쪽 모두에 책임이 있는 원죄로 묘사했다. 또한 남북은 이 전쟁이 그들의 죄를 심판하기 위해서 신이 내린 정의로운 처벌이었음을 깨달아야 했다.

신은 북부와 남부 어느 쪽에게든 잘못을 저지르는 사람에게 마땅히 돌아갈 화(禍)로서 이 끔찍한 전쟁을 주셨습니다.

이 전쟁은 어느 한쪽의 승리나 어느 한쪽의 비극적인 패배가 아니라 미국 전체의 재앙이자 남북 모두가 가진 원죄의 대가였다. 이 점을 이해하지 못한다면 화해는 불가능했고, 그가 게티즈버그에서 외쳤던 "자유의 새로운 탄생"은 상호 비난과 증오의 기반으로 전락할 수밖에 없었다.

링컨 앞에 모인 청중은 정의롭고 자비로운 신이 어떻게 양측 모두에게 전쟁—셔먼 장군의 초토화 작전, 윌더니스 대학살, 앤티텀의 살육, 그밖에도 피와 눈물을 흘리게 만든 수많은 사건들—을 겪게 할 수 있을까 의아해했고, 링컨도 그 사실을 잘 알고 있었다. 그 또한 마음 깊은 곳에서 똑같은 회의와 의문을 품고 있었다. 그러나 링컨은 자신의 주장을 연설의 쓸쓸한 결말까지 밀고 나갔다. 아직 전쟁에서 승리한 것은 아니었지만, 그는 전쟁이 속히 끝나기를 바랐다.

> 그러나 만일 굴레에 매인 자의 보상 없는 노고를 통해서 250년 동안 축적된 부가 남김없이 빠져나갈 때까지, 그리고 채찍으로 뽑아낸 핏방울 하나하나를 칼로 뽑아낸 다른 핏방울로 모두 갚을 때까지 전쟁을 지속하는 것이 신의 뜻이라고 할지라도, 우리는 3,000년 전의 말씀대로 여전히 "주의 법은 참되어 옳지 않은 것이 없다"고 말해야 합니다.

링컨은 여기에서 「시편」 19편 9절을 인용하며 주장에 성서의 권위를 부여했다. "하늘은 하느님의 영광을 속삭이고 창공은 그 훌륭한 솜씨를 일러줍니다"라는 구절로 시작하는 「시편」 19편으로 그만큼이나 까다로운 도덕적 과업을 떠안아야 했던 적이 없었다. 「시편」으로 그 무엇보다도 어려운 생각을 이끌어내야 했기 때문이다. 바로, 노예제와 노예제를 끝내려는 전쟁이 모두 신의 뜻이었다는 생각을 말이다. 그것이 어떻게 가능한가?

연설이 마무리에 이르자 모든 문장이 "그럼에도"라는 단어로 시작했다. "그럼에도 불구하고 우리는 말해야 합니다." 그는 큰 슬픔에 빠져서 신앙이 흔들리던 청중 모두가 그의 의도를 분명히 알아듣도록 이 단어를 힘주어 발음했다. 그럼에도 불구하고 우리는 믿어야 한다. 비록 전투가 계속되고 250년간 이어진 노예제의 범죄를 피와 칼로 충분히 되갚을 수 없다고 할지라도, 우리는 정의로운 신을 계속 믿어야 한다. 그럼에도 불구하고 우리가 계속해서 믿어야 하는 까닭은—비록 신께서 그렇게 말씀하신 것은 아니지만—그렇게 믿지 않으면 전쟁은 무의미한 것이 되고 그 모든 죽음이 쓸모없는 죽음이 되기 때문이다. "그럼에도"라는 단 하나의 단어가 링컨이 표명하는 신념의 무게를 오롯이 지탱하고 있었다.

링컨이 인용한 「시편」 19편은 연설의 방향을 트는 돌쩌귀 역할을 한다. 이 전쟁이 신의 심판이며 그의 심판은 전적으로 옳고 정의롭다는 말은 곧 전쟁의 궁극적인 의미가 남부와 북부 양쪽 사람들이 이해할 수 있는 범위를 넘어선다는 선언이었다. 승자는 승리를 신의 보상으로 해석할 수 없고, 마찬가지로 패자는 패배를 신이 내린 벌로 해석할 수 없다. 링컨은 자비와 관용의 정치가 들어설 자리를 만들기 위해서 그렇게 말했다. 어느 편도 신이 불같은 시련을 내린 의도를 정확히 알 수 없다면, 승자에게는 복수의 칼을 들 권리가 없고 패자에게는 명예로운 패배를 통해서 존엄성을 지키게 해달라고 요구할 권리가 있다. 달리 말하자면, 전쟁의 궁극적인 의미에 대한 겸손한 태도에서 자비를 위한 자리가 탄생할 수 있었다. 링컨은 다음과 같이 연설을 이어갔다. 이 전쟁의 궁극적인 의미가 우리의 시야 너머에 있다면, 지금 이곳에서 우리가 수행할 책무는 명확하다. 그 책무는 양측의 종교적, 도덕적 전통에 따른 것으로, 링컨의 표현을 빌리자면 "누구에게도 원한을 품지 않고서, 모두에게 자비심을 품고서, 그리고 신이 우리에게 깨우쳐주신 정의를 굳게 믿고서 이 나라의 상처에 붕대를 감고, 싸움터에서 쓰러진 사람, 그리고 그의 아내와 아이를 보살피는 것"이었다.

취임 연설에 이어 백악관에서 열린 축하연에서는 군중 속에 있던 해방노예이자 노예제 폐지론자인 프레더릭 더글러스가 링컨의 고귀한 노력에 축하의 마음을 전했다. 링컨은 이 연설이 자신의 다른 연설들보다 더욱 오래 기억될 것이라고 말했다. 이 말을 들은 어떤 사람이 그래도 그다지 큰 인기를 얻을 것 같지는 않다고 말하자, 링컨이 그에 동의하며 말했다. "사람들은 그들의 목적과 신의 목적 사이에 차이가 있음이 드러나는 것을 좋아하지 않지요." 링컨의 목적은 둘 사이에 차이가 있음을 드러내는 것이었고, 겸허함과 의심의 자리를 열어젖힘으로써 화해의 정치가 들어설 공간을 만드는 것이었다.

그의 뜻은 이루어지지 않았다. 링컨의 암살자 역시 취임식 군중 속에서 연설을 듣고 있었다. 그로부터 41일 후에 링컨은 암살되었다. 자비로운 재건을 향한 링컨의 희망은 산산이 부서졌다. 자유를 바라는 흑인과 여성의 희망은 배신당했다. 그리고 150년이 지난 오늘날까지도 남북전쟁이 국가에 입힌 상처는 치료되지 않았다.

이데올로기적인 오만에 빠져서 신이나 정의가 반드시 우리 편은 아니라는 사실을 잊은 채 "누구에게도 품지 않아야 할 원한"을 오히려 모두에게 품은 오늘날의 우리에게는 링컨이 필요하다. 링컨이 끝이 보인다고 생각했던 남북전쟁이 여전히 이어지고 있다고 사람들은 말한다. 틀린 말은 아닐 것이다. 링컨이 미국의 흑인들에게 다가오고 있다고 믿었던 자유는 여전히 그들 손에 완전히 들어가지 못했다. 그의 과업은 완수되지 못했고, 그의 두 번째 취임 연설은 생각에 잠긴 채 워싱턴 D.C.를 굽어보는 그의 동상 옆에서 이제 위로가 아닌 책망처럼 새겨져 있다.

링컨을 성인聖人으로 기억하기는 쉬워도 그로부터 교훈을 배우기는 쉽지 않다. 그러나 그의 교훈에 귀를 기울이지 않는다면 그의 말에서부터 위로를 끌어낼 수 없다. 링컨이 싸운 문제는 우리가 싸우고 있는 문제와 정확히 일치한다. 바로, 민주주의의 토대로서 우리가 힘겹게 이룬 사회적 예의를 위협하면서 주기적으로 범람하는 정치적인 악의가 그것이다. 링컨의 싸움에서 빛을 발한 무기는 그 자신이 물려받은 최고의 전통—이 경우에는 복음서와 「시편」—으로부터 통찰과 넓은 시야를 얻고자 한 불굴의 끈기였다. 그 무기는 우리에게도 도움이 될 수 있다. 링컨은 신앙에 발을 단단히 딛고 있지는 않지만, 성서의 전통은 복수와 심판보다는 자비와 용서에 호소한다는 것을 이해했다. 그 전통은 우리에게도 말을 걸 수 있다. 여기에는 어떤 위로가 있는가? 지금과 같은 수사학, 어리석음, 거짓에 갇혀 사는 것이 우리의 운명이 아니라는 위로이다. 우리는 링컨으로, 「마태오의 복음서」로, 「시편」으로, 또는 그것이 무엇이든 우리에게 가르침을 준 깊은 지혜로 거슬러올라갈 수 있으며, 그렇게 해서 다시 한번 우리가 누구이고 지금 어디에 있으며 무엇을 받아들이고 무엇을 거부해야 하는지를 배울 수 있다. 링컨과는 달리 그 전통을 실천하지 않거나 그로부터 의미를 끌어내지 않는다면, 그리고 링컨과는 달리 계속해서 그 전통에 따라 살기를 포기한다면, 우리의 소중한 전통들은 기념물에 새겨진 피상적이고 공허한 말로 전락하고 말 것이다.

12

죽은 아이를 그리며

구스타프 말러의 "죽은 아이를 그리는 노래"

1804년 빈, 23세의 피아니스트 도로테아 폰 에르트만의 삶에 비극이 찾아왔다. 불과 3세였던 외아들이 갑작스러운 병으로 눈을 감은 것이다. 도로테아는 깊은 절망에 빠졌다. 사람들이 찾아와 그녀를 위로했지만 헛수고였다. 부유한 집안에서 태어난 도로테아는 2년 전 갓난아기와 함께 남편을 따라 빈에 정착했다. 그녀는 사교 모임들을 돌며 피아노를 연주했고, 루트비히 판 베토벤과도 친한 사이가 되었다. 도로테아가 비탄에 빠졌다는 소식을 들은 베토벤은 그녀의 집을 찾아가 피아노 앞에 앉았다. 펠릭스 멘델스존의 훗날의 기록에 따르면, 베토벤은 음악의 언어로 대화를 나누자고 말했다고 한다. 베토벤은 1시간 동안 즉흥적으로 피아노를 연주했고, 도로테아는 처음으로 눈물을 흘렸다. 연주를 마치고 자리에서 일어난 베토벤은 도로테아의 손을 꼭 잡은 후에 한마디 말도 남기지 않고 집을 떠났다. 얼마 지나지 않아 도로테아는 어느 편지에 그 음악에 대한 감정을 밝혔다.

누가 이 음악을 설명할 수 있을까요! 나는 나의 가여운 아이가 빛의 세계에 들어가는 것을 축하하는 천사의 합창을 분명히 들었습니다.

슬픔에 빠진 사람들을 지난 수천 년간 위로한 것은 합창곡, 찬송가, 오라토리오, 미사곡 같은 종교음악이었다. 그런데 완전히 세속적인 음악, 즉 한 남자의 즉흥 피아노 연주가 종교음악과 종교의식이 맡았던 역할을 훌륭히 수행한 것이었다. 두 음악가는 종교적인 말이나 성서 대신에 음악의 언어를 믿었고, 그 언어를 통해서 빛의 세계를 창조했다. 19세기에 멘델스존과 낭만주의 작곡가들은 음악이 세속적인 세계에서 새롭게 맡은 역할을 이야기할 때 이 일화를 인용했다. 베토벤 이후의 음악가들은 천국의 약속이 사라진 세계에서 베토벤이 음악에 부여한 야심에 부응해야 했다.

이 같은 음악의 변화는 이미 오래 전부터 진행되고 있었다. 헨델의 "메시아"—높이 치솟는 곡조에 예언자 이사야의 말 "위로하여라, 나의 백성을 위로하여라"로 시작하는 음악—는 기독교적인 위로의 메시지를 취한 음악이었지만, 1744년에 초연된 장소는 교회가 아니라 은퇴한 음악가와 가수를 위한 자선 공연이 열린 더블린 음악당이었다. 모차르트의 "레퀴엠"은 1791년에 작곡되었으나 그가 사망하면서 미완성으로 남았는데, 그의 사후에 홀로된 아내를 위해서 열린 자선 공연장에서 초연되었다. 베토벤 이후 베르디와 브람스가 세속적인 슬픔에 소리를 입혀서 작곡한 "레퀴엠" 역시 음악당에서 연주되었다. 브람스의 "레퀴엠"이 애도한 대상은 세상을 떠난 어머니였다. 베르디의 "레퀴엠"은 친구이자 작가인 알레산드로 만초니의 죽음에 바치는 곡이었다. 독실한 가톨릭교인이었던 드보르자크는 종교적인 편이었지만, 1876년에 작곡한 "스타바트 마테르Stabat mater"는 그의 죽은 두 아이를 애도하는 곡이었다. 바그너의 "파르지팔Parsifal"은 전통적인 종교 형식을 완전히 무시하고 고통과 구원에 대한 기독교적인 이야기를 근대적인 형식으로 변형한 작품으로, 종교적인 장소가 아닌 바이로이트 음악제에서 공연되었다. "파르지팔"은 바그너를 존경하고 추앙하던 프리드리히 니체에게 혐오감을 불러일으켰다. 니체는 분개하면서 바그너가 기독교적인 위로의 언어를 차용했고, 인간의 고통 앞에서 기독교의 "노예도덕"과 원한 가득한 체념에 굴복했다고 주장했다. 니체는 유일하게 존중할 만한 위로가 있다면 그것은 어떤 위로도 가능하지 않다는 믿음이라고 말하기도 했다.

음악과 위로의 관계에 관한 이 논쟁을 이어받아서 새롭게 변형시킨 인물이 있었다. 체코 모라바 지방의 작은 마을 이흘라바에서 여관을 운영하던 어느 유대인의 아들이었다. 부친은 폭군에 성미가 불같았고, 절름발이인 모친은 늘 임신한 상태로 남편의 폭력에 시달려야 했다.

그는 15세가 되던 해에 불행한 가정생활에서 탈출해 새로운 미래를 꿈꾸며 빈의 음악학교에 입학했다. 시골 출신에 가난하고 강압적인 유대인 집안에서 자란 그는 제국의 수도에 도착한 이후로 외부자로서 품고 있던 모든 야망을 음악에 쏟아부었다. 구스타프 말러는 탈출에 대한 내면의 갈망에 선조들로부터 물려받은 강렬한 음악적 야망을 더했다.

말러는 신의 죽음이 확인된 시대를 살아가는 사람들에게 음악이 반드시 의미를 제공해야 한다는 바그너의 신념을 공유했다. 두 사람은 모두 초월적이고 숭고한 경험을 제공하는 음악의 형식을 발전시키고자 했다. 말러는 자신을 우러러보는 어느 여성 친구에게 "음악은 항상 갈망을 담아내야 한다"라고 말했다. 그 갈망이란 "이 세계의 물질 너머에 대한 갈망"이었다. 바그너와 마찬가지로 말러는 자신의 음악이 읍으로 거슬러올라가는 오래된 질문에 감히 답할 수 있기를 바랐다. 그는 어느 편지에 이렇게 썼다.

우리는 무엇을 위해서 사는가? 왜 고통을 받는가? 이 모든 것이 그저 하나의 거대하고 무시무시한 농담일 뿐인가? 우리가 계속 살아가기 위해서는 이 질문에 답해야만 하네.

말러는 형이상학적 위로에 대한 이러한 갈망을 기괴한 사실주의와 결합했고, 그렇게 해서 불행했던 유년 시절로부터 끄집어낸 기억의 날카로운 파편들에 생명력을 부여한 음악을 작곡했다. 당시 말러의 교향곡 제1번을 들은 빈의 청중들은 산들바람처럼 경쾌하게 흔들리는 동요—"프레르 자크^{Frère Jacques}"—가 마을 악단의 시끄러운 호른 소리에 산산이 부서지는 것을 듣고는 당황을 금치 못했다. 이후 청중은 그 대목을 말러가 유년기에 경험했던 한 장면—동생의 시신을 실은 관이 아버지가 운영하던 여관 밖으로 나오고, 여관 안에서는 수시로 비정하고 요란한 소음이 울려 퍼진다—을 재현한 것으로 이해했다. 말러의 형제자매들 중에 8명이 갓난아기 시절에 세상을 떠났다. 말러를 숭배했던 막냇동생 에른스트도 1875년 봄에 병을 얻었다. 말러는 에른스트의 침대맡에 앉아서 동생이 잠시라도 고통을 잊을 수 있도록 이야기를 지어내 들려주었다. 에른스트가 죽자 말러는 이흘라바를 떠났다. 그후 아버지의 장례식에서 카디시^{kaddish}(사망한 근친을 위해서 드리는 유대교의 기도/옮긴이)를 암송하기 위해서 단 한 번 이흘라바에 왔을 뿐, 다시는 고향을 찾지 않았다. 말러는 대여섯 살 무렵에 겪은 원초적인 장면을 기억하고 있었다. 아버지의 고함과 어머니의 눈물로부터 도망치기 위해서 가족이 운영하던 여관을 뛰쳐나오는 길에 빈의 민요 "사랑스러운 아우구스틴"을 연주하는 어느 오르간 연주자와 마주친 것이다. 말러는 1910년 8월에 지크문트 프로이트를 만나서 레이던 운하를 거닐며 함께 산책을 하다가 이 장면을 설명했다. 결혼 생활에 위기를 맞은 그가 조언을 얻기 위해서 프로이트를 방문한 것이었다. 말러는 유년의 그 장면을 떠올리면, 작곡을 할 때 왜 고양된 슬픔의 악절을 갑작스러운 불협화음과 거칠고 경박한 음으로 끊을 수밖에 없는지를 이해하게 된다고 프로이트에게 말했다. 마치 유년 시절에 마주친 오르간 연주자나 마을 악단이 그의 연주회장에 들이닥치는 것을 막을 수 없는 것 같았다. 그 때문에 빈의 청중은 그의 음악을 좋아하지 않는다고 그는 프로이트에게 말했다. 그러나 훗날의 청중은 정확히 그 특징 때문에 그의 음악이 새롭다고 느꼈다. 저 깊은 곳에 존재하는 사적이고 자전적인 충동과 웅장하고 개혁적이며 종교에 근원을 둔 야망, 이 둘의 결합이 말러 음악의 특징이었다.

예를 들면 1890년대 말에 쓰인 교향곡 제2번은 말러가 반복적으로 겪는 정신적 좌절과 회복의 과정을 재현하고 있다. 규모는 웅장하지만, 그 효과는 친밀하고 개인적이다. 이러한 효과를 내기 위해서 말러는 극적인 오케스트라가 사람의 쓸쓸하고 강렬한 목소리를 보조하는 교향악 형식을 고안했다. 가사와 음악을 조합한 것이다. 말러는 직접 메조소프라노의 가사를 써서 그 자신과 자신의 소명에 대한 믿음을 지키기 위한 끝없는 투쟁을 표현했다.

오, 믿으라!
당신이 헛되이 태어나지 않았음을!
그저 고통받으며 살기 위해서 태어나지 않았음을!

영혼의 가장 깊은 투쟁을 표현하는 과정에서 말러는 환희, 경외, 위안을 주고자 하는 고대 전례음악의 야심을 변형하여, 내면세계에서 개인적인 드라마를 경험하며 살아가는 청중에게 새로운 음악을 선보이는 일에 전념했다.

그의 음악에 종교에서 발원한 야심이 담겨 있을 수는 있지만, 실제적인 종교 교리나 천국을 바라보는 기독교적 해석에 대한 그의 관점은 역설적이고 냉소적이었다. 그는 결국 유대인이었다. 유대인은 오랫동안 빈의 문화계에서 요직에 오를 수 없었기 때문에 그는 자신의 유대인 혈통을 무시할 수가 없었다. 빈 오페라 감독 자리를 지키기 위해서 말러는 가톨릭으로 개종했지만, 그것은 경력을 위한 개종이었을 뿐 마음 깊은 곳에서 이루어진 개종은 아니었다. 그가 유대인으로서 느끼는 소외와 배제의 감정은 영원히 사라지지 않았다.

말러의 작품에서 기독교의 천국이 가장 분명하게 표현된 곡은 1901년 여름에 케른텐 호숫가에서 창조성이 걷잡을 수 없이 분출하는 무아지경에 빠져 작곡한 교향곡 제4번이었다. 독일 바이마르에서 괴테와 밀접하게 교류한 클레멘스 브렌타노와 아힘 폰 아르님은 1809년에 『어린이의 이상한 뿔피리Des Knaben Wunderhorn』를 편찬했고 이 민중시 선집에 "천상의 삶"이라는 동요가 있었는데, 말러는 교향곡 제4번 마지막 악장에서 이 노래에 음악을 입혔다. "천상의 삶"은 브뤼헐의 그림에서 직접 나온 듯한 천국의 모습을 그리는데, 천상의 성인들이 구원받은 영혼들을 대접하기 위해서 어린 양을 도축하는, 유쾌함과 의외의 잔인함이 교차하는 이야기를 순진하고 순수한 시골 어린아이의 눈을 통해서 노래하는 곡이다.

요한이 어린 양을 끌어내고

도살자 헤롯이 양을 기다리네.

우리는 얌전하고 순결하고 사랑스러운 어린 양을 죽음으로 이끄네.

성 루가가 두 번 생각하지 않고 단숨에 소를 잡네.

천국의 곳간에서는 포도주가 공짜

천사들이 빵을 굽네.

  말러는 열심히 동물을 도축하는 성인들과 풍요로운 농촌이 병치된 이 장면의 부조화를 희극적이고 다정한 음악으로 표현했다. 이 음악은 끝을 향해 저무는 고요한 여름 오후에 시골 소년이 꿈꾸는 이 목가적인 천국이 다른 시간에 존재하며 현재의 범위 밖에 있는 가상의 인공물이라는 명징한 시각을 전하면서 마무리된다.

  아르님과 브렌타노의 시골 소년이 상상하는 천국은 지금 닿을 수 없는 곳에 있으며, 인간이 이곳 지상에서 바랄 수 있는 유일한 천국은 여름 오후의 짧은 순간일 뿐이라면, 오랫동안 천국을 믿으면서 위로를 얻어온 동시대 사람들—말러의 청중들—은 죽음과 상실을 어떻게 받아들여야 하는가?

  종교음악과 종교미술은 위로의 수사학에서 마테르 돌로로사^{mater} dolorosa(슬픔의 성모)에게 특권적인 위치를 제공해왔다. 반면 슬픔에 빠진 아버지나 형제는 묘사되는 경우가 많지 않는데, 말러는 바로 이 주제에 마음을 기울였다. 1901년부터 1904년까지 말러는 남성 성악과 오케스트라를 위한 음악 5곡을 작곡했다. 그로부터 70년 전에 2명의 자녀를 성홍열로 잃은 젊은 독일인 교수 프리드리히 뤼케르트가 깊은 슬픔에 빠져서 쓴 시를 토대로 한 음악이었다. 당시 말러의 약혼녀였던 알마는 그저 그가 그러한 주제에 쉽게 매혹될 수밖에 없는 운명이라고 생각했다. 그러나 무엇보다도 그 주제는 말러 자신이 너무나 잘 알고 있는 분야였다.

이 난해한 소재를 음악의 형식으로 옮기는 과정에서 말러는 독일 가곡의 전통을 능숙하게 차용하여 가사에 음악의 색조를 부여했고, 그렇게 해서 언어만으로는 전달하기 힘든 격렬한 감정을 담아냈다. 이 작업에 뤼케르트의 시가 특히나 적합했다. 뤼케르트의 시는 시인의 슬픔을 시로 절절하게 표현한 것이었기 때문이다. 말러는 뤼케르트의 수백 편의 시 중에서 단 5편을 골라 서사적으로 배열하여, 아이를 잃은 아버지가 느낄 것이라고 생각한 불신, 거친 슬픔, 후회, 그리고 수용의 감정을 전달하려고 했다. 그중에서 네 번째 노래는 불신으로 시작한다.

자주 생각하지, 아이들은 그저 외출했을 뿐이라고
지금은 집으로 돌아오고 있다고
날도 좋으니, 걱정하지 말자고
아이들은 그저 긴 산책을 떠났을 뿐이라고

말러가 거친 감정을 음악으로 표현한 마지막 노래에 이르면, 슬픔에

빠진 아버지는 이제 아이들을 되찾을 수 없다는 사실을 깨닫고 죄책감
에 괴로워한다.

이 날씨에, 이 폭풍에
아이들을 내보내지 말았어야 했는데
아이들이 내일 죽으면 어쩌나
항상 불안했는데
이제 불안이 의미가 없구나
이 날씨에, 이 폭풍에……

이 마지막 노래는 격앙된 감정으로 시작하지만, 종지부에 이르면서
평온해진다. 말러는 침묵 속으로 흘러드는 마지막 악절들을 통해서,
부모가 결국 아이들은 평화롭게 지낸다고 믿음으로써 슬픔을 내려놓
는 감정적 수용의 상태를 전달한다.

아이들은 어머니의 집에서
쉬는 것처럼
폭풍 없는 곳에서 평온하게
신의 손길에 따뜻이 보호받네
아이들은 쉬리라, 아이들은 쉬리라
어머니의 집에 있는 것처럼

뤼케르트의 시에도, 그 시를 개작한 말러의 가사에도 아이들이 기독교적 천국에서 안전하다는 암시를 찾아볼 수 없다. 음악이 있을 뿐이다. 누군가가 말했듯이, 머리를 쓰다듬는 어머니의 손길처럼 부드럽게 사위어가는 멜로디가 있을 뿐이다.

미국의 철학자 마사 누스바움은 마지막 곡인 "죽은 아이를 그리는 노래"를 완전히 다르게 듣는다. 누스바움은 이 노래가 "평안의 잠이 아니라 무無의 잠"을 전달한다고 썼다. 그 음악은 "그 어떤 사랑과 회복의 노력도 불가능하다는 깨달음"을 전한다는 것이다. 그녀는 말러가 "마음의 세계가 죽어버렸다는 것"을 말하고자 한다고 주장한다.

누스바움은 마지막 악절에 담긴 따뜻함과 다정함을 듣지 못한 듯하다. 그 음악이 죽음의 정적을 환기하는 것은 사실이다. 그러나 예술이 믿을 만한 위안을 주려면, 위로가 **필요한** 그 현실을 전달해야 한다. 이 곡은 앞선 4편의 곡을 통해서 불신, 죄책감, 슬픔이라는 강렬한 감정들을 전달했고, 마지막 곡의 마지막 악절에서는 위로를 전달할 권리를 획득한다. 어떤 작품이든 진실한 위로를 담아내려면 지금 무엇을 전달하는지를 알아야 한다. 이 음악은 그것이 분명하기 때문에 죽음의 관념이 평화와 잠의 이미지로 변형되는 과정을 청자가 수긍할 수 있는 것이다.

말러는 분명 자신의 음악이 무엇을 말하는지를 잘 알고 있었다. 작품에 자전적인 충동을 담아도 부끄러워하지 않던 그는 친구에게 말했다. "나는 오직 경험할 때만 음악을 만들고, 음악을 만들 때만 경험한

다네." 말러는 "죽은 아이를 그리는 노래"에서 형제들의 관이 이흘라바의 여관을 빠져나가는 모습을 지켜보던 기억을 떠올리며 고통스러운 경험을 곡에 담아냈다. 그 기억이 너무나도 생생했기 때문에 말러는 그 노래가 누군가를 위로할 수 있을지를 의심했다. 친구에게 그 노래를 참고 들을 수 있는 사람이 있을지 모르겠다고 애처로이 털어놓을 정도였다. 그는 다만 슬펐던 기억들의 진실성을 음악으로 표현했음을 알 뿐이었다.

"죽은 아이를 그리는 노래"는 예술적 혁신이 되었다. 대단히 개인적인 방식으로 말의 힘과 오케스트라의 힘을 조합해서 교향악적 가곡이라는 형식을 창조하여 대중의 마음을 울렸기 때문이다. 예술적 성공을 이룬 것을 넘어, 말러 자신도 이 작품을 통해서 고통스러운 기억과 화해할 수 있었다. 그러나 불행하게도 평화는 오래가지 못했다.

"죽은 아이를 그리는 노래"의 첫 번째 곡을 작곡했을 때 그는 41세의 미혼자였다. 1904년에 마지막 곡을 썼을 때 그에게는 그로부터 3년 전에 알마와 결혼해 낳았으며 어머니의 이름을 딴 사랑하는 딸 마리아가 있었다.

그로부터 3년이 지난 1907년, 그는 빈 오페라 감독직에서 사임했다. 오페라하우스 감독으로서 직업 세계의 아귀다툼에 지치기도 했고, 작곡가로서 쉽 없는 완벽주의에 소진된 상태이기도 했다. 이때 말러에게 삶을 평생 바꾸어놓을 고통이 찾아온다. 한여름에 그의 딸이 뤼케르트의 자녀를 덮쳤던 성홍열에 걸려 쓰러진 것이다. 어린 마리아의 투병은 길고 지독했다. 말러는 딸의 방문 앞을 서성이다가 딸이 죽을 듯이 컥컥대는 소리에 자리를 떠나고는 했다. 알마는 아이가 숨을 쉴 수 있도록 딸의 기관 절개술을 보조하다가 보람도 없이 딸이 세상을 떠나자, 집 근처에 있는 호숫가를 달리며 오열했다. 딸의 죽음은 두 사람의 마음과 결혼 생활에 회복할 수 없는 치명상을 입혔다.

말러는 이흘라바 시절부터 친구였던 빈의 음악학 교수 귀도 아들러에게 딸을 잃자 "이런 노래를 더는 만들 수가 없다"고 고백했다.

말러는 25년 전에 형제자매들을 잃은 슬픔을 작곡으로 견뎌냈고 그가 만든 음악에 많은 이들이 위로받았지만, 그런 음악조차 딸의 죽음 앞에서는 침묵을 지켰다. 딸의 죽음은 음악이 쉬이 이겨낼 수 있는 것이 아니었다.

마리아의 죽음 이후로 곡을 쓰고, 오케스트라를 지휘하고, 연주곡목을 짜는 일이 그에게 슬픔 속에서 숨 돌릴 틈이 되어주었다. 그러나 딸의 죽음은 그의 음악을 변화시켰다. 딸이 죽은 이후에 쓴 음악에도 행복이 담겨 있었지만, 그 저변에는 기쁨이 결국 잔혹하게 부서져서 사라질 수 있다는 슬픈 자각이 늘 깔려 있었다. 말러는 다시는 딸의 죽음에 대해서 언급하지 않았지만, 그로 인한 슬픔은 1907년에 작곡한 교향곡 제6번의 사색적인 아다지오와 1908년에 작곡한 "대지의 노래"의 마지막 악장인 "고별" 등에 꾸준히 표현되었다. 말러는 삶에 대한 회한과 작별 인사가 담긴 중국의 시를 마지막 노래에 사용했다. 가사에는 다음과 같은 내용이 포함되어 있다.

모든 동경이 꿈으로 빠져들고
지친 사람들은 집으로 돌아가네
잊힌 행복과 젊음을
잠 속에서 찾으려고
새들은 나뭇가지에 조용히 앉아 있고
세상은 잠으로 빠져드네

"죽은 아이를 그리는 노래"의 마지막 곡과 같이, 이 곡에서도 말러는 마지막 가사에 담긴 잊을 수 없는 비애감을 전달하기 위해서 지극히 가볍고 여린 선율을 작곡했다.

나는 어디로 가는가? 나는 산으로 들어가네
내 고독한 마음의 평화를 찾아
집으로, 내가 쉴 곳으로 간다네!
다시는 외국을 떠돌지 않으리
내 마음은 잔잔하며 그때를 기다리네!
사랑하는 세상 어디에나
봄이 되어 꽃이 피고 초록이 자라네!
어느 곳에서나 저 먼 곳까지 밝고 푸르게 빛나네!
영원히……영원히……

"고별"의 종지에 이르러 가수가 "영원히, 영원히" 하고 읊조릴 때, 음악은 청자를 고통과 회한의 세계에서 살포시 들어 올려, 가물거리듯이 서서히 침묵으로 빠져드는 소리의 세계로 데려간다. "죽은 아이를 그리는 노래"나 교향곡 제9번의 마지막 악절에서처럼, 말러는 마치 음악이 줄 수 있는 위로가 끝나는 지점을 표시하듯이, 이제부터는 청자가 스스로 의미를 찾으며 살아가야 하는 지점을 표시하듯이, 청자와 음악을 머나먼 침묵의 경계로 데려간다.

오늘날의 위안은 현대의 어휘에서 설 자리를 거의 잃었다. 음악은 위로 이외에도 할 일이 많으며, 공감을 말하는 새로운 일상어가 종교의 자리를 대체했다. 상실과 슬픔은 이제 회복이 가능한 질병으로 이해된다. 말러가 빈에서 살던 시기에 시작된 정신의학의 발달은 한때 의학의 승리로 불리기도 했다.

1910년 8월 레이던에서 말러는 프로이트에게 조언을 구했다. 이것은 감정의 언어를 다루는 대가 2명의 만남이었다. 한 사람은 상담 치료라는 새롭게 부상하는 언어에 형식을 부여했다. 그 분야는 과학을 자처했고, 종교적 위로를 적대시했으며, 감정을 말로 표현하면 비통함, 신경증, 불안, 슬픔을 치유할 수 있다고 믿었다. 다른 한 사람은 베토벤과 바그너로부터 이어진 언어의 대가로, 아내의 외도에 괴로워하며 절망에 빠져 있었고 열 번째 교향곡을 완성하지 못한 채 악보 위에 「시편」에 나오는 가장 쓸쓸한 구절인 "나의 하느님, 어찌하여 나를 버리십니까"라고 휘갈겨 쓰고 있었다.

모라바 출신 유대인들이었던 두 사람은 점심을 먹고 운하의 끝과 끝을 오가며 4시간을 걸었다. 한 사람은 마음에 관한 새로운 과학을 통해서 확신과 안도를 느끼기를 바랐고, 다른 한 사람은 의학계의 신뢰를 얻고자 주변부에서 고군분투하는 이 새로운 분야의 명성이 유명인사와의 만남을 통해서 높아지기를 바랐다.

물론 말러가 소파에 누워서 치료를 받은 것은 아니었으니 그 만남이 진지한 정신분석이었다고 할 수는 없다. 어쩌면 말러는 마음이 치료되면 그의 예술을 추동하는 긴장감이 사라질까 봐 두려워했을지도 모른다. 그러나 여하간에 시간이 촉박했다. 말러는 심장 이상을 진단받았고, 자신이 죽어가고 있다고 믿었다. 그는 분명 절박했다. 프로이트는 알마가 떠나지 않을 것이라며 그를 안심시켰다. 그가 어머니에게 고착된 것처럼, 그녀도 아버지에게 고착되어 있다는 것이었다. 말러는 위로를 얻고 안심하며 작업에 복귀했고, 프로이트는 말러가 정신분석의 기초 언어를 빠르게 파악하고, 이흘라바의 원초적 장면으로 되돌아가야 한다는 조언을 쉽게 받아들인 것에 깊은 인상을 받았다.

말러는 아내의 외도를 받아들이고 다시 작곡에 뛰어들었다. 이번에는 뉴욕에서 열정을 불태웠다. 그러나 그는 교향곡 제10번을 끝내 완성하지 못했다. 심장 질환이 악화하는 바람에 1911년에 결국 빈으로 돌아와 세상을 떠난 것이다. 말러는 그린칭 묘지에 누워 있는 딸 마리아의 곁에 묻히기로 결정했다. 그가 죽고 며칠이 지난 후에 프로이트는 말러의 집을 방문해 치료비를 청구했다. 누군가는 냉담하고 천박한 행동이라고 생각할지도 모르지만, 프로이트는 치료비 지급을 통해서 레이던에서의 만남이 엄연한 상담 치료였으며 다른 사람들도 그렇게 받아들여야 한다고 주장한 셈이었다.

오랜 시간이 지난 후에 프로이트는 자신이 말러의 신경증이라는 건축물 밑으로 간신히 터널을 팠을 뿐이었음을 인정했다. 말러의 슬픔과 기억, 희망으로 지어진 그 건축물은 그의 음악이 만들어지던 곳이었다. 프로이트가 판 터널은 건물의 심장부에 다다르지 못했고, 당연히 말러의 작품이 건네주는 거대한 위로의 원천에도 이르지 못했다. 말러의 음악을 듣는 사람은 어느 순간 갑자기, 자신의 감정을 이해하는 사람, 이 외로움과 절망, 슬픔을 이해하는 사람이 있다는 것을 느끼게 된다. 그리고 그 고양감은 잠시 후에 침묵으로 바뀐다.

정신분석이라는 새로운 과학은 치료를 통한 자기 인식으로 종교의 거짓 위로를 대체할 수 있다고 약속했지만, 그 새로운 신앙의 창시자조차도 그 한계를 인정해야만 했다. 1920년, 전후戰後에 들이닥친 스페인 독감으로 딸이 사망하자 슬픔에 빠진 프로이트는 한 친구에게 딸의 죽음이 그를 무력하고 고독한 상태에 빠뜨렸다고 고백했다. 정신분석의 언어는 그가 받은 타격을 이해할 수 있게 해주었지만, 그 고통을 견딜 수 있게 해주지는 못했다.

신을 가장 철저하게 불신하는 나로서는 비난할 대상도 없고, 원
망을 털어놓을 장소도 없네.……[그러나] 저 깊은 곳으로 내려가면
자기애에 회복하지 못할 손상을 입었다는 것을 느낄 수 있네.

———

도로테아 폰 에르트만, 프리드리히 뤼케르트, 구스타프 말러와 알마
말러, 그리고 지크문트 프로이트를 괴롭혔던 죽음은 이제 드문 일이
되었다. 말러가 죽고 30년이 지났을 무렵 병원에서는 설파제와 페니
실린을 사용하기 시작했고, 그들에게서 아이들을 앗아가고 그들의 삶
을 폐허로 만든 성홍열은 간단한 처치로 치료할 수 있는 감염병이 되
었다. 그럼에도 불구하고 여전히 아이들은 죽으며, 현대 의학이 손쓰
지 못하는 죽음은 더 무감하고 잔인하게 다가온다. 위로가 사라지고
의학의 기적만을 믿는 상황에서, 위로에 대한 탐색은 잔혹한 실망으로
끝나고는 한다.

프로이트의 대화 치료는 한때 과학의 신망을 등에 업고서 마치 광신
적 교단처럼 활발하게 조직화되며 승승장구했다. 그리고 이제는 불행
을 치료하기 위해서 시장에 출시되어 함께 경쟁하는 또다른 수많은 치
료법에 밀려서 진지한 고려 대상에서 제외되었다.

애도하는 마음을 치료의 대상으로 보고 슬픔을 질병으로 대하는 시
대에, 위로의 원천으로서의 음악은 나날이 중요해지고 있다. 비탄과
절망의 순간에는 말로는 표현할 수 없고 음악을 통해서만 표현할 수

있는 것이 존재한다. 음악학자들은 이를 음악의 "유동적 지향성"이라고 부른다. 즉, 음악은 무엇인가를 다루지만, 그것을 정확히 무엇이라고 고정시키려는 것에는 저항한다는 의미이다. 음악은 청자로 하여금 그 암시적인 의미를 직접 완성하게 하고, 그 과정에서 우리는 자신의 감정을 이해하게 되었다고 느낀다. 바로 이 느낌이 위로 경험의 핵심 요소이다.

음악의 효과는 우리가 준비되어 있을 때만 밀려온다. 괴로움이 극에 달한 첫 순간에는 음악을 들을 생각조차 하지 않는다. 고통에 빠진 사람에게는 아름다움이든 소리든 간에 그 무엇에도 신경을 쓸 여유가 없다. 음악의 손길은 수년이 지난 후에야 오기도 한다. 공연장에 앉아서 연주자의 연주를 듣다가 문득 휩쓸리는 것이다. 기억이 돌아온다. 견디지 못할 정도는 아니지만, 여전히 강렬한 그 기억에 어두운 공연장에 앉아서 옆 사람이 보지 못하도록 몰래 눈물을 훔친다. 그리고 위로가 시작될 수 있도록 마음을 풀어놓은 음악에 고마움을 느낀다. 수년, 혹은 수십 년이 지나 찾아오기도 하는 음악의 지연된 효과는 위로가 평생에 걸친 과정일 수 있음을 가르쳐준다.

슬픔과 후회가 서서히 위안으로 바뀌는 이 과정에 죽은 자들도 역할을 수행한다. 그들은 밤새 우리 곁에 머문다. 마치 할 수만 있다면 우리를 위로해주고 싶다는 듯이.

내가 아는 한 연주자는 오래 전 비극적인 사고로 딸을 잃었다. 딸이 8세일 때 그는 딸을 데리고 연주회에 가고는 했다. 딸은 그의 곁에서 완전히 집중한 얼굴로 박자에 맞추어 발을 구르고는 했다. 딸은 그가 가진 재능을 물려받은 것처럼 보였고, 그래서 부녀 사이는 더 특별했다. 딸의 죽음을 어떻게 견디느냐고 묻자 그는 쉬지 않고 일한다고 답했다. 달리 할 수 있는 일이 없었다고. 딸이 세상을 떠나고 수십 년이 지난 지금은 어떨까? "나는 딸아이가 고통을 피했다고 생각해요. 딸의 삶은 완성된 삶이었어요. 충만한 삶이었죠. 딸은 그런 삶을 살았어요. 불필요한 것들은 피할 수 있었죠."

여러 해가 흐른 후에 그는 8세의 딸이 너무 일찍 삶을 끝냈다고 슬퍼하는 대신, 딸이 충만한 삶을 살았으며 더 나아가 자신이 겪는 커다란 슬픔을 겪지 않게 되었다고 생각할 수 있게 되었다.

그는 연주에 몰두함으로써 삶을 다시 시작할 수 있었다. 내가 어떤 음악이 그에게 위로를 주었느냐고 묻자, 그는 너무나 많아서 하나를 꼽기 어렵다고 했다. 그러다가 결국 리하르트 슈트라우스의 "장미의 기사" 중에 마지막 삼중주를 골랐다. 비애감이 솟아오르는 가운데 마르샬린은 자신의 노쇠, 사랑하는 이의 죽음, 젊은 경쟁자의 승리를 받아들인다. 나의 연주자 친구는 "죽은 아이를 그리는 노래"를 언급하지 않았다. 어쩌면 위로가 되기에는 상황이 지나치게 비슷해서인지도 모른다. 그는 생각 끝에 한마디를 덧붙였다. 자신은 딸을 한순간도 잊어본 적이 없으며, 그것을 하나의 승리로 여긴다고. 그는 심지어 지금까지도 매일 밤 장막 뒤에 서서 무대로 나가기를 기다릴 때, 딸이 자신과 함께한다고 말했다. 다른 사람 눈에는 보이지 않지만 딸의 영혼이 그의 바로 곁에서, 조명이 비치는 무대로 나아가는 그의 모습을 조용히 지켜본다고.

13

소명에 대하여

막스 베버와『프로테스탄트 윤리와 자본주의 정신』

1903년 6월, 혼자 여행 중이던 39세의 독일인 교수는 네덜란드의 미술 작품을 그 어느 곳보다 풍부하게 소장한 덴하흐의 마우리츠하위스 미술관을 방문했다. 그는 5년 전에 연구와 교수직을 포기하게 만든 우울증에서 회복하는 중이었다. 작품들을 둘러보던 그는 1650년대 즈음 완성된, 렘브란트의 "사울과 다윗"에 사로잡혔다. 그림은 「사무엘상」 19장 9-10절에 묘사된 순간을 그리고 있었다.

사울이 궁에서 창을 들고 앉아 있을 때 야훼에게서 온 악령이 그에게 내렸으므로 다윗이 그 앞에서 수금을 탔다. 그때, 사울이 창으로 다윗을 벽에 박으려고 했으나 다윗이 왕의 창을 피하는 바람에 창이 벽에 꽂혔다. 다윗은 도망쳐 나왔다.

이 장면을 나타낸 렘브란트의 그림에서 사울의 얼굴은 오른쪽만 드러나 있고 나머지 절반은 두꺼운 커튼에 가려져 있다. 커튼 너머로 검게 칠해진 어둠이 사울의 상태를 암시한다. 사울은 흐르는 눈물을 닦고 있다. 다윗은 사울 왕을 바라보지 않고 수금의 현을 보면서 악기를 연주한다. 왕은 괴롭고 쓸쓸하게 다른 곳을 응시한다. 다윗을 강렬히 질투한 사울은 분노를 다스릴 요량으로 다윗에게 수금을 연주하라고 지시했지만, 오히려 다윗의 연주에 미칠 지경이다. 음악의 위로가 그에게 닿지 않는다. 사울은 창을 쥔다. 수금은 곧 침묵에 빠질 것이다. 우리는 폭발이 일어나기 몇 초 전을 보고 있다. 그 순간이 오면 창이 벽을 세게 때릴 것이다.

막스 베버는 이 작품이 인쇄된 엽서를 골라 부인 마리아네에게 보냈는데, 엽서가 이 작품을 충분히 담고 있지는 않다고 적었다.

사울 왕의 한쪽 눈―사울은 얼굴의 절반을 숨긴 채 눈물을 흘리고 있소―은 그가 추락하고 있는 자신의 상황을 수금 연주를 들으며 잊고 싶어한다는 것을 말해주지만, 그와 동시에 그 바람이 이루어지지 않고 있다는 것도 거의 무서울 정도로 분명하게 말해주고 있소.

베버는 1650년대 당시 렘브란트의 상황을 안다면 작품이 훨씬 더 감동적일 것이라고 마리아네에게 말했다. 렘브란트는 부인 사스키아가 죽은 후에는 재산과 그림을 모두 처분하고 파산 상태에서 아들 그리고 충직한 하녀이자 연인인 헨드리크여와 함께 다가오는 노년을 기다리며 고독하게 살았다.

마리아네는 이 엽서를 간직했다가 베버가 죽은 후에 남편의 전기를 쓰며 이 일화를 언급했다. 그 그림이 그의 마음속 어둠에 한 줄기 빛을 던져준 것 같았다. 베버의 엽서는 그가 이제 외부의 일에 반응하기 시작했으며 세상과 적어도 조금은 연결된 것 같다고 말하고 있었다. 베버는 노화, 실패, 고독을 마주하고서도 여전히 그림을 그리는 예술가의 용기에 공감할 수 있었다. 베버는 자신을 어루만지는 수금 연주에 눈물을 흘리면서도 창을 던지려는 손을 멈출 수가 없는 왕의 고통스러운 분열을 이해할 수 있었다. 베버는 마리아네에게, 끔찍한 우울증이 어떤 것인지를 렘브란트가 가차 없이 묘사했다고 말했다. 우울증이란 위안을 바라지만 그 위안이 너무 먼 곳에 있다고 생각하는 상태, 수금 연주를 듣지만 그 아름다움을 느낄 수는 없는 상태, 후회의 눈물과 파괴적인 분노를 동시에 느끼는 상태였다.

마리아네도, 막스 자신도 그가 마우리츠하위스에서 렘브란트의 작품을 볼 때 자신과 동일시했던 다른 잠재적인 측면에 관해서는 언급하지 않았다. 다윗은 물론 사울의 아들이 아니었다. 사울의 아들은 다윗의 영혼의 단짝인 요나단이었다. 그러나 다윗과 사울이나 사울의 가족들 사이에는 부자 관계 같은 면이 있었을 것이고, 렘브란트의 긴장감 가득한 이미지에 숨어 있던 그 이면은 아버지와 싸운 후에 트라우마로부터 회복하던 베버에게 고통스러운 반향을 일으켰을 것이다. 1898년, 아버지와 다투고 수년이 지나자 베버는 아버지가 자신의 집에 방문하지 못하도록 했고, 그래서 어머니 홀로 그를 찾고는 했다. 그러다가 아버지가 말을 듣지 않고 그를 방문했고, 아들은 당연히 그를 돌려보냈다. 아버지는 분노를 느끼며 아들의 집을 떠났고, 몇 주일 후에 혼자서 돌연 숨을 거두었다. 베버는 자신을 영원히 용서하지 못했다.

마리아네에게 보낸 엽서에서 베버는 사울의 번민에 공감을 드러냈다. 어쩌면 처음으로, 아들의 집에서 쫓겨난 아버지의 분노에 공감했는지도 모른다. 그것이 한 가지 가능성이다. 또다른 가능성은 베버가 자신을 다윗과 동일시했다는 것이다. "사울은 수천을 치셨고, 다윗은 수만을 치셨다네!"라고 노래하는 궁정 여인들의 악의에 찬 조롱을 들은 사울은 질투심에 사로잡혀서 살인적인 분노를 느끼지 않았던가? 베버의 아버지도 성공한 아들, 아내의 사랑을 독차지하며 자신의 자리를 빼앗아간 아들을 질투하지 않았던가? 그러나 그 아들은 아버지와의 싸움에서 어떤 승리도 거두지 못했다. 젊은 시절 베버는 그의 세대에서 가장 뛰어난 학자였고 천재적이고 부지런한 일꾼으로 세계 최고의 대학에서 탄탄한 성공 가도를 달렸지만, 아버지의 죽음 이후로는 완전히 무너지고 말았다. 이후 5년 동안, 그는 견디기 힘든 고통을 떠안은 채 쉼 없이 떠도는 방랑자의 삶을 살았다. 렘브란트와의 조우를 통해서, 그리고 아내에게 보낸 엽서를 통해서 그는 병의 근원을 슬쩍 드러냈고, 아내는 이를 회복의 초기 징후로 받아들였다.

베버가 앓은 병의 한 가지 특이 증상은 일을 할 수 없다는 것이었다. 다윗의 수금 연주와 같은 창조적인 활동은 잔인하게도 그의 손을 떠나버렸다. 베버는 읽을 수도, 강의를 준비할 수도, 준비한 강의를 전달할 수도 없다고 어머니에게 말했다. 그의 병에 놀란 어머니는 그가 내면의 폭풍을 다스릴 의지나 힘이 없다고 생각했다. 베버는 어머니에게 자신을 설명하려고 애썼다.

말을 하지 못하는 것은 온전히 신체적인 증상입니다. 신경쇠약에 걸렸고, 준비한 강의록을 보아도 무슨 말인지 알 수가 없습니다.

베버는 훗날 그가 정치가의 길을 갈 것이라고 예상하는 사람이 있을 정도로 극적인 전달력을 갖춘 뛰어난 강연자였다. 그러나 이제는 말을 분명하지 않게 얼버무렸고, 다른 사람들과 함께 있거나 소음이 들려오는 것도 견디기 힘들어했다. 만성적인 불면증에 시달리고 너무나 병약해진 탓에, 마리아네의 말에 따르면 크리스마스트리에 장식을 매달 수도 없었다. 이후 수년간 요양소를 전전했지만, 악마가 그의 곁에 머물지 못하도록 하는 방법은 여행뿐이었다. 베버는 이탈리아, 스페인, 포르투갈, 네덜란드를 여행했다. 방랑 생활은 역설적으로 아버지의 삶을 반복하는 것처럼 보였다. 아버지는 적어도 아들이 보기에는 방종한 아마추어 예술가였다. 그런데 직업윤리가 솟아나던 샘이 일순 말라버리자, 사랑하기도 하고 경멸하기도 했던 아버지를 자신이 흉내 내고 있는 것 같았다.

덴하흐를 여행한 이후로 베버는 서서히 회복하기 시작했다. 다시 읽고 연구할 수 있게 되자 그때부터는 투명하리만치 솔직한 자전적인 주제, 즉 사라져버린 충동의 근원을 연구하는 일에 집중하기 시작했다. 그의 충동은 어디에서 오는가? 젊은 교수 시절의 그에게 일은 삶의 목적이었다. 그랬던 일이 지금은 왜 이리 괴로운가?

자서전이나 "개인적인 회고록"의 형식으로 이 문제에 대해서 직접 써보는 것은 고려 대상이 아니었다. 베버는 빌헬름 시대(빌헬름 2세가 재위했던 1890-1918년 시기로, 근현대 국가로서 독일이 사회적, 정치적, 문화적으로 상당히 발전했다/옮긴이) 후기 독일에 만연했던 남성적인 규범을 호전적으로 추종했다. 그는 자신의 이야기를 고백하는 것을 미숙한 행위로, 더 나쁘게는 여성적인 행위로 치부했다. 당시 승승장구하던 학문적 경쟁자 베르너 좀바르트가 직접적이고 자전적인, 즉 "개인적인" 책을 쓸까 하는데 어떻게 생각하느냐고 묻자, 베버는 상당히 의미 있는 답을 내놓기도 했다.

개인적인 책을 쓰고자 하는군. 나는 독특한 개성이란……오직 의도하지 않았을 때, 책과 객관성 뒤에 물러나 있을 때에만 표현된다고 확신하네. 모든 대가(大家)가 그들의 작품 뒤에 물러나 있었던 것처럼 말일세. 개인적인 글을 쓰고자 하는 사람은……거의 항상 전형성에 매몰되기 마련이네.

1903년에서 1905년 사이에 건강이 빠르게 호전되자 베버는 루터가 옮긴 독일어판 성서와 더불어서 프로테스탄트 혁명의 지적 건축가였던 벤저민 프랭클린, 리처드 백스터, 장 칼뱅, 존 녹스의 저작들을 읽기 시작했다. 사랑하는 어머니는 독실한 프로테스탄트 신자였고, 그도 신앙은 없지만 프로테스탄트 윤리가 자신에게 깊은 영향을 미쳤음을 잘 알고 있었다. 스스로를 벌하는 것 같은 그의 금욕주의도 그것에서 유래했다. 프로테스탄트 윤리는 그가 깨뜨려야 할 주문과도 같았다. 7년간의 침묵 끝에 내놓은 학술적 산문을 통해서 베버는 자신의 영혼 깊은 곳을 탐구하고 영혼의 묵은 때를 씻어냈다. 그의 저작들 중에서 가장 영향력 있는 글이 탄생한 것이다.

1905년에 출간된 『프로테스탄트 윤리와 자본주의 정신*Die protestantische Ethik und der 'Geist' des Kapitalismus*』은 서양의 자본주의가 다른 세계들을 상대로 헤게모니를 유지하게 만든 그 독특한 합리성과 탐욕스러운 에너지를 배양하는 과정에 프로테스탄트 정신이 어떤 역할을 했는지를 탐구하여 거센 논쟁을 일으켰고, 그 논쟁은 오늘날까지 이어지고 있다. 그러나 그 중요성과 무관하게 논쟁은 그의 관심사가 아니었다. 베버의 시선은 마르틴 루터가 「잠언」 22장 29절을 번역할 때 일 혹은 직업이라는 의미를 가리키기 위해서 사용한 베루프*Beruf*, 즉 소명이라는 단어에 집중되어 있었다. "소명에 능숙한 사람은 임금을 섬긴다. 어찌 여느 사람을 섬기랴."

루터는 노동을 에덴 동산으로부터 추방된 아담에게 내려진 저주로 묘사하는 「창세기」 대신에 「잠언」을 인용하면서 노동과 존엄성 또는 노동과 자부심의 관계를 강조했다. 베루프는 "부르다"라는 뜻의 동사 루펜rufen에서 나온 단어이다. 루터는 이 단어를 사용하여 노동에 대한 프로테스탄트적 해석을 저주에서 소명으로 전환시켰다. 루터의 관점에 따르면 인간은 신의 부름에 따라서 천직을 얻으며, 힘과 능력을 다해서 자신이 신의 은총에 걸맞은 존재임을 입증한다. 노동에 관한 이와 같은 해석은 아담의 저주를 철폐했을 뿐만 아니라 망명지였던 이 세계 자체를 인간이 스스로 집을 짓고 내세의 구원을 얻는 장소로 전환시켰다. 베버는 자신이 이해하는 프로테스탄트 윤리를 다음과 같이 요약했다.

오직 소명이라는 프로테스탄트 윤리 안에서만 세계는 피조물로서의 그 모든 결함에도 불구하고 고유한 종교적 의미를 가질 수 있으며, 인간은 그러한 세계에서 절대적이고 초월적인 신의 의지에 따라 합리적으로 행동함으로써 자신의 의무를 다할 수 있다.

영국의 시인 존 밀턴은 아담과 이브가 에덴 동산의 밖으로 나가는 장면을 추방이나 수치스러운 일이 아니라 온전히 새로운 세계를 가지게 된 것으로 그렸다. 베버가 보기에 밀턴의 이 해석은 프로테스탄트 신앙의 핵심인 희망을 표현한 것이었다.

두 사람은 고개를 돌리고 낙원의 동쪽을 바라본다.

지금까지 행복했던 그들의 자리,

그 위에 화염의 칼이 휘둘리고 문에는

무서운 얼굴과 불의 무기가 가득하다

눈물이 저절로 흘렀으나 곧 닦는다.

세계가 모두 저들 앞에 있었다, 이곳에서

다시 안식처를 찾기 위하여

섭리를 길잡이로 삼는다. 그들은

서로 손잡고 천천히 방랑의 걸음으로

에덴을 떠나 쓸쓸히 그들의 길을 간다.

밀턴의 마지막 구절은 세계를 변화시켜서 우리의 집으로 만드는 것이 인간의 소명이자 우리에게 주어진 지상의 운명이라는 차분한 확신을 표현하고 있다. 그러나 베버에게 프로테스탄트적인 소명은 불안과 모호함이 가득한 것으로 느껴졌다. 신자는 신을 기쁘게 할 소명을 찾았다는 것을 어떻게 확신할 수 있는가?

이 부분이 베버의 마음 상태를 드러낸다. 그가 끌린 것은 밀턴의 희망에 찬 답도, 루터의 독실한 신앙도 아니었다. 베버는 이 질문으로부터 나올 수 있는 모든 프로테스탄트적인 대답들 가운데 가장 비타협적인 장 칼뱅의 답에 끌렸다. 예정된 운명에 관한 칼뱅의 교리에 따르면, 인간은 그들의 직업이 신이 보기에 가치 있으리라는 아무런 보장도 없이 이곳 낮은 곳에서 노동해야 했다. 진정한 칼뱅주의자의 입장에서는 자신의 소명에 관해서 확실히 알 수 있는 사람은—어느 교회의 신앙 공동체에 속해 있든, 목사든 목사가 아니든 간에—아무도 없는데, 신의 선택이나 구원을 확신할 수 없기 때문이다. 베버의 마음을 흔든 것은 칼뱅주의의 관점에 담긴 "거대한 내적 고독의 감정"이었다. 그 자신도 그런 고독을 느끼고 있었다.

베버는 늘 가장 엄하고 냉담한 신에게 끌렸다. 「욥기」의 신이 대표적이다. 욥이 회오리바람 속의 목소리에게 이유를 설명해달라고 하자, 신은 욥에게 답해줄 가치가 없다고 여기는데, 베버에 따르면 그 점이 "가장 중요하다."

만일 신이 정말 「욥기」의 묘사대로라면, 직업이 신의 부름이라고 확신할 수 없었다. 베버는 진실하게 산다는 것은 어떤 위로도 없이 산다는 뜻이라고 믿었다. 그가 세계에 대한 "환멸"을 말할 때 의도한 바도 그것이다. 베버가 말한 "자본주의적 우주"에 산다는 것은 그 우주 안에서 자신의 일이 신을 기쁘게 하리라는 믿음 없이 산다는 뜻이었다. 일이 삶에 의미를 부여한다는 생각은 다만 사라져가는 신앙에 대한 향수를 불러일으키는 잔존물로서 기억과 문화에 남아 있었다. 베버는 다음과 같이 썼다. "의무로서의 직업이라는 관념은 오래된 종교의 유령으로 우리 삶에 계속된다." 신앙이 일을 뒷받침하지 않는다면, 남는 것은 아무런 목적도 없는 냉혹한 책무였다.

『프로테스탄트 윤리와 자본주의 정신』을 대단히 비판적인 어조로 마무리하면서, 베버는 현대인에 대한 니체의 구절—"영혼이 없는 전문가, 심장이 없는 감각주의자, 이 무가치한 자들은 인간성의 완전히 새로운 차원에 도달한 것처럼 군다"—을 인용하며 자신의 등에 경멸의 채찍질을 가했다.

그러나 여기에는 역설이 존재했다. 베버는 고통스러운 자각을 통해서 암담한 결론을 이끌어내면서도 학자로서의 만족과 독서의 기쁨, 그리고 자신뿐 아니라 그의 시대를 이해하게 되었다는 도취감을 발견했다. 프로테스탄트 문헌을 헌신적으로 연구한 끝에 한 줄기 빛을 발견함으로써 베버는 우울증의 손아귀에서 빠져나와 위태로운 평정의 상태로 돌아갈 길을 찾기 시작했다.

아직 교수직으로 돌아갈 정도는 아니었다. 실제로 베버는 그후 15년간 교수직에 복귀하지 않았다. 그러나 다른 학자들과 논쟁을 하는 과정에서 자신이 그들보다 지적으로 우월하며, 구태의연한 독일 학계와는 달리 자신은 학문의 길로 나아갈 운명이라고 확신하게 되었다. 교수들의 지식은 전공 분야에 국한된 반면, 베버는 여러 분과들—사회학, 경제학, 종교학—을 아우르는 뛰어난 사상가로서 근대 자본주의 환멸과 영적 공허함을 역사상 처음으로 명료하게 밝히고 있었다.

새롭게 발견한 확신 덕분에 독일 전역에서 수많은 학생들이 그의 강의를 듣기 위해서 모여들었다. 당대의 남성적이고 민족주의적인 문화가 그의 확신을 지지한 덕분도 있었다. 베버의 부인은 저명한 페미니스트였지만, 그는 남성성이라는 어두운 요새를 벗어나려고 하지 않았다. 제1차 세계대전이 가까워지자 베버는 프로이트가 잠시 그러했던 것처럼 민족주의 열기에 휩쓸려서 조국이 내세우는 명분이 옳으며 그의 조국은 원하지 않는 전쟁에 휘말렸을 뿐이라고 믿었다. 다른 동시대인들처럼 국수주의자였던 그는 프랑스와 영국의 식민지에서 온 흑인과 아시아인 병사들이 서부 전선에서 전투하는 모습을 보고는 독일이 열등한 인종의 공격을 받고 있다며 혐오에 찬 글을 쓰기도 했다. 지금 와서 돌이켜보면, 베버의 자신감은 시대를 벗어나지 못한 백인 유럽 남성의 인종적 우월감, 민족적 국수주의, 유해한 남성성의 혼합으로부터 비롯된 것이었다.

그러나 1918년 11월, 이 세계관은 독일의 패전과 함께 무너져내렸다. 그가 말러, 프로이트, 니체와 공유했던 문명 전체가 붕괴된 것이다.

베버가 살던 뮌헨에는 바이에른 평의회 공화국이 수립되었다. 황제는 몸을 피해서 망명을 떠났다. 도시의 거리에는 소집이 해제된 병사들이 가득했고, 그중에는 아돌프 히틀러도 있었다. 좌파 정치세력과 우파 정치세력이 도로를 막고 거리에서 싸움을 벌이기 시작했다. 돈의 가치는 폭락했다. 독일은 프랑스군, 미국군, 영국군의 점령하에 있었고, 베를린의 중앙정부는 유명무실했다. 베버는 이제 보에티우스와 로마 원로들이 제국의 종말을 살았던 것처럼, 자신이 알던 세계의 종말을 살고 있었다.

그런데 좌절감과 내면의 망명지로 물러난 로마인이나 대부분의 동시대인들과 달리, 베버는 자신의 때가 왔다고 느꼈다. 산산이 조각난 세계에서 오히려 그는 억압으로부터 해방되는 것 같았다. 아내의 오랜 친구인 엘제 폰 리히토펜과 내연 관계를 맺은 덕분에 길었던 불능의 시기를 끝내고 열정을 불태우기 시작했고, 마리아네는 두 사람의 관계를 참고 받아들였다. 50대에 접어든 베버는 난투를 벌이던 바이마르 정치계에 뛰어들어서, 새롭게 제정된 바이마르 헌법이 대통령에게 더 큰 권력을 부여하도록 싸웠고 베르사유 궁전에서 열리는 파리 강화 회담에 파견할 독일 대표단 구성에 관여했고 무엇보다도 겁을 먹고 갈 곳을 잃은 학생들을 대상으로 강의를 했다. 낯설고 두려운 세계에서 나아갈 방향을 모색하던 학생들이 베버의 조언을 듣고자 전국에서 몰려들었다. 그는 더 이상 단순한 학자가 아니었다. 그는 예언자와 선각자 역할에서 자신의 소명을 찾았다.

1917년 11월, 독일이 아직 패전하지는 않았지만 러시아 민중이 2월 혁명과 10월 혁명을 일으켜 분노를 토해내던 그 시기에 베버는 뮌헨 대학교의 자유주의 좌파 학생들을 대상으로 "소명으로서의 정신적, 지적 활동"에 대해서 강연해달라는 요청을 받았다. 베버는 학생들에게, 이제 막 경력을 시작한 청년이라면 현실을 직시할 필요가 있다고 말했다. 학계에서 성공을 좌우하는 것은 지적 능력이 아니라 운, 우연, 인맥에 가까웠다. 지금까지 베버는 그 문제에 대해서 학생들에게 경고할 때마다 이렇게 말했다. "나의 대답은 항상 똑같습니다. 나는 오직 나의 '직업'을 위해서 삽니다." 그러나 그러한 소명 의식도 학계를 지배하는 계급과 인맥에 대한 환멸을 가라앉히지는 못했다.

젊고 야심찬 학자라면 누구나 세계에 대한 이해 방식을 뒤바꾸어놓을 혁신을 갈망하겠지만, 과학이 존재론적 진실을 밝힐 수 있다는 바로 그 생각은 그야말로 환상이었다.

자연과학계에서 나올 수 있는 옷자란 아이들(특별히 의미 있는 개념들/옮긴이)을 제외하면, 천문학이나 생물학, 물리학이나 화학의 지식이 세계의 의미에 관해서 가르쳐줄 수 있다고 생각하는 사람이 누가 있다는 말입니까?

베버는 『프로테스탄트 윤리와 자본주의 정신』을 쓰던 시기에는 종교적 위로가 쇠락한 것을 애도했지만, 이제는 어떤 형태로든 위로가 가능하다는 생각에 반발하여 싸우고 있었다. 근대 과학이 우주의 목적론적인 그림을 제시해줄 수 있다는 생각이 특히 그 대상이었다. 베버는 학생들에게 자신이 이제 레프 톨스토이의 말에 동의한다고 말했다. "문명화된 이들에게 삶과 죽음은 모든 의미를 잃었습니다." 나이 든 농부는 아무런 불평 없이 주어진 수명에 만족하며 세상을 떠날 수 있었지만, 진보라는 동화에 현혹된 근대인은 만족을 모른 채 삶이 무한정 향상될 수 있다고 믿게 되었다. 그런 의미에서 근대인은 "삶을 충분히" 누렸다고는 결코 느낄 수 없고, 자신이 거둔 성취에 만족하면서 눈을 감지도 못한다. 베버는 학생들에게 과학적 가설이 확증될 것이라는 그 어떤 희망도 버려야 한다고 경고했다. 최종적인 증거가 발견되기까지는 수천 년이 걸릴 것이다. 이 사실을 스토아적인 태도로 받아들일 수 있는 사람만이 과학계에서 참된 소명을 찾을 수 있었다. 베버는 학생들을 향해서, 지식의 진보는 가능하지만 그곳에 위로의 힘은 없다고, 그러나 이에 절망하기보다는 설사 그들의 연구가 인간에게 항구적인 이익을 가져다준다고 해도 살아서 그 모습을 보지 못할 수도 있다는 점을 받아들이고 겸허한 태도로 학문의 역할을 수행해야만 한다고 말했다.

연단에 올라서, 겁에 질린 채로 눈앞에 닥친 재난과 패배를 이해하고자 애쓰는 독일의 청년 세대를 앞에 두고 강연을 하는 베버는 자신의 침울한 예언에 도취된 것처럼 보였다. 한때 깊은 우울에 빠져서 어머니에게 강의가 얼마나 큰 고통인지 믿어달라고 간청하며 은둔했던 그가 이제는 강당을 연설로 가득 채우고, 그 무엇보다도 즉물주의, 즉 사실 그대로의 사실주의와 겸허함을 찬양하는 최소한의 통찰을 전하고 있었다.

베버는 이처럼 암담한 시대를 사는 우리가 「이사야」 21장에 등장하는, 바빌론의 붕괴를 무력하게 지켜보며 신과 우상이 산산이 무너지는 모습을 바라보던 파수꾼과 다르지 않다고 말했다. 그러나 우리는 "신과 멀어진 시대"에 살고 있기 때문에 신의 구원을 기다릴 수 없다고 주장했다. 우리는 내면의 "악마들"과 씨름하며 시대의 요구나 다름없는 자신의 소명을 찾아야 한다.

1917년 11월 강연에서 베버가 제시한 이 메시지는 1919년 1월 23일

같은 대학교에서 "직업으로서의 정치"를 주제로 강연할 때에 더 깊은 반향을 불러일으켰다. 이날의 대규모 청중도 대부분 자유주의 좌파 학생들이었다.

베버가 말했다. 한편으로는 조르주 클레망소와 로이드 조지 같은 승전국 지도자들이 베르사유에서 승리에 취한 채 독일이 대가를 치러야 한다고 무자비하게 확신하고, 다른 한편으로는 독일의 보수 정치인들이 독일은 등 뒤에서 칼을 맞았다고 확신한다. 뮌헨과 베를린 거리에서는 스파르타쿠스 동맹과 볼셰비키 당원들이 장군과 자본가들을 응징하기만 하면 빛나는 미래가 도래할 것이라고 약속한다. 그가 강연을 하는 동안에도 정치적 갈등은 피비린내 나는 대단원을 향해서 돌진하고 있었다. 며칠 후에는 극우 민병대 무리가 카를 리프크네히트(독일의 공산주의자/옮긴이)를 처형하고 로자 룩셈부르크(폴란드 출신의 마르크스주의자/옮긴이)의 시신을 베를린 운하에 던지는 일이 발생했다.

도처에서 확신의 윤리가 광란으로 치닫고 있다고 베버는 말했다. 이 이질 결과를 누구도 신경 쓰지 않고, 그에 뒤따를 도덕적 대가도 외면한 채 자기도취에 빠져 있다. 그가 물었다. 책임의 윤리는, 냉철한 중용은, 세계를 있는 그대로 볼 줄 아는 능력은 대체 어디에 있는가?

베버는 학생들에게 "어떤 유형의 인간이어야 역사의 수레바퀴를 움직여도 좋은지"를 반드시 물어야 한다고 말했다. 그런 소명은 "열정과 책임감 그리고 균형 감각"을 갖춘 사람을 요구한다. 이때의 열정은 "아무것도 낳지 못하는 흥분"이나 "지적으로 흥미로운 낭만주의"와는 대비된다. 그런 사람은 "현실의 영향을 거부하지 않으면서도 내면의 평온과 침착함을 유지하는 능력"을 드러내야 한다. 베버는 카리스마에 매혹되어 있었지만, 카리스마는 있으나 터무니없는 말로 무질서를 일으키는 히틀러 같은 이들을 경멸했다. 혼란에 빠진 뮌헨의 거리나 맥줏집에서는 그런 자들이 그런 능력을 갈고닦고 있었다. 그가 존경하는 카리스마 있는 정치인—여기에서 베버는 자신을 이상화한다—이란 한편의 현실 감각, 그리고 다른 한편의 연극이나 공연과도 같은 극적인 정치 감각 사이에서 균형을 잡을 줄 아는 사람이었다. 이를 위해서는 대중의 환호에 도취하지 않을 어느 정도의 "거리"가 필요했다. 그가 정치에 과도하게 흥미를 느낀 이유는 정치가 권력에 대한 욕망, 선동이 주는 허영심, 자기도취 같은 유혹에 둘러싸여 있었기 때문이다. 베버는 그런 유혹을 너무나 잘 이해하고 있었다.

붕괴해가는 세계에서 정치적 소명이란 공포에 질린 사람들을 책임지고 미래로 인도하는 것이었다. 미래를 위한 투쟁에 산상수훈(「마태오의 복음서」 5-7장에 실린 예수의 가르침/옮긴이)을 읊는 것은 『공산당 선언』을 안내자로 삼는 것보다 나을 것이 없었다. 기독교 윤리만이 우리의 유일한 안내자라면 강한 악에 저항할 용기를 절대로 얻지 못하며, 반대로 공산주의의 화려한 미래와 그에 대한 신념이 우리의 안내자라면 이데올로기의 덫에 걸려 악과 결탁하게 된다고 그는 경고했다.

베버는 젊은 청중에게 구원에 대한 모든 갈망을 제쳐두어야 한다고 말했다. 신앙이나 이데올로기에는 닻을 견고하게 내릴 곳이 없으며,

맹신, 권력을 향한 욕망, 폭력적인 해결 같은 유혹과 괴로운 선택만이 존재한다. 연설의 끝에 다다르자 베버는 냉철한 성숙함과 확고한 결의를 갖추고 정치를 하려는 이들에게 최고의 찬사를 보냈다.

성숙한 인간─실제의 나이가 많고 적은 것은 문제가 되지 않습니다─이 행위에 따른 결과 앞에서 영혼을 다해 책임감을 느끼고, 책임의 윤리와 조화를 이루며 행동하면서 "나는 이곳에 서 있고, 다른 선택은 할 수 없다"라고 말하는 단계에 이를 때 나는 가슴이 벅차오를 정도로 감동합니다.

생애 마지막 연설들 중의 하나에서 베버는 마르틴 루터가 1521년에 보름스 의회에서 한 말을 인용하며 프로테스탄트적인 소명의 이상理想으로 돌아갔다. 그러나 이 소명은 신앙의 위로나 신의 선택에 대한 확신과는 아무런 관계가 없었다.

강연을 마치면서 베버는 10년쯤 시난 후에 학생들이 삶에서 무엇을 이루었는지를 알고 싶으니 다시 만나면 좋겠다고 하면서도, 한편으로는 "반동의 시대"가 열리고 "차가운 어둠이 지배하는 극야"가 다가오는 것이 두렵다고 말했다. 이 말은 대개 예언으로 받아들여질 뿐, 베버가 자신의 절망을 표현한 것은 아니었다. 그는 전혀 절망하지 않았다. 오히려 연단에 선 예언자라는 소명을 발견하고 고양감을 느낀 상태였다. 다음과 같은 말로 강연을 맺은 것도 그러한 고양감 때문이었다.

"사람들이 이 세계에서 불가능한 것을 성취하고자 거듭 시도하지 않았다면, 지금 가능한 것들은 결코 성취되지 못했을 것입니다." 암흑의 시대를 사는 청년들에게 베버가 제시한 것은 희망의 위로였다. 정치적 책임을 어깨에 질 준비가 된 사람은 위로를 얻을 자격이 있었다.

인상적인 표현으로 극야를 호명하고는 무대에서 걸어 내려올 때 베버는 도취감에 젖어 있었을 것이다. 강연을 마친 베버는 연인인 엘제 폰 리흐토펜과 함께 "탄호이저" 공연에 참석했고, 이후 카를스루에로 가는 열차 안에서 사랑의 기쁨을 나눴다. 그는 뮌헨에서 다시 교수직을 맡았고, 『종교 사회학 선집*Gesammelten Aufsätzen zur Religionssoziologie*』에 포함될 글과 『경제와 사회*Wirtschaft und Gesellschaft*』에 수록할 논문들을 정리했다. 베버의 저작들은 20세기 사회과학을 연구할 때 반드시 거쳐야 할 출발점이 되었다. 1920년 6월, 그가 56세에 스페인 독감으로 사망했을 때 부인 마리아네와 엘제 모두 그의 임종을 지켰다. 20세기 사상가들 중에 그보다 더 신의 죽음에 극심한 내면의 혼란을 겪고, 신앙의 위로가 사라진 것에 상실감을 느끼고, 사람들이 신의 은총을 확신하지 못해도 직업에서 의미를 찾을 수 있도록 세속적인 소명의 방식을 상상하는 일에 치열하게 몰두한 사람은 없었다. 베버가 그 자신과 자신의 글을 읽는 모든 사람들에게 지운 짐은 우선 각자 자신을 떠받쳐줄 목적과 희망을 스스로 찾아야 한다는 것이었다. 데이비드 흄도 그렇게 자신의 소명을 찾았지만, 베버에게는 내면적이고 개인적인 정당성만으로 충분하지 않았다. 다른 어떤 사상가들보다도 베버를 읽을 때 우리는 이렇게 질문하게 된다. 소명으로 이끌 이가 오직 자기 자신뿐이라면, 우리는 어떻게 소명을 확신할 수 있는가? 적어도 1919년에는 암흑의 시대 그 자체가 그에게 답이 되었다. 다음 세대가 증오 속으로 도피하거나 망상으로 달아나지 않고 책임을 떠안을 수 있도록 용기를 일깨우라고 시대가 베버에게 소명을 부여했던 것이다.

14

증언의 위로

안나 아흐마토바, 프리모 레비, 미클로시 러드노티

1938년 레닌그라드. 추위를 막으려고 온몸을 싸맨 여성들이 네바 강변의 아르세날나야 제방 위에 위치한 크레스티 교도소 앞에 긴 줄을 이루고 서 있다. 여성들은 교도소 문이 열리기를 매일 기다리지만, 그런 일은 거의 없다. 길게는 18개월을 기다린 사람도 있었다. 그들은 이렇게 기다리는 사람이 여전히 그곳에 수감되어 있는지, 아니면 그냥 사라져버렸는지조차 알지 못한다. 줄은 점점 길어진다. 지금은 니콜라이 예조프의 공포정치가 한창이다. 매일 밤 누군가가 체포된다. 줄을 선 여성들은 대체로 말이 없다. 누구도 믿을 수 없다는 것을 알기 때문이다. 얼어붙은 채로 무기력하게 기다릴 뿐이다. 그러나 이날, 2명의 여성이 말을 주고받는다. 한 사람이 먼저 속삭인다. "이 장면을 묘사할 수 있겠어요?" 다른 사람이 답한다. "할 수 있어요." 그러자 먼저 말을 건 여자의 얼굴에 "미소 비슷한 무엇인가"가 스친다.

질문을 한 여자는 상대가 누군지도 모른 채 순전히 우연하게 그 순간의 현실을 망각으로부터 구해줄 증인을 찾은 셈이었다. 시인 안나 아흐마토바는 체포된 아들 레프 구밀료프를 보기 위해서 크레스티 교도소 앞에 서 있었다. 그녀는 49세였고, 가난한 과부였으며, 출판 금지 처분을 받았고, 광휘를 잃고 쇠락한 셰레메티예보 궁전을 개조해서 만든 공동주택에서 살고 있었다.

아흐마토바는 스탈린 치하에서 굴라크(소비에트 연합의 강제 노동 수용소/옮긴이)에 끌려가거나 쓸려나가듯이 지상에서 사라진 수백만 명의 희생자들을 기리면서 20년에 걸쳐 연작시『레퀴엠Rekviem』을 썼고, 도입부에 그날의 기억을 놓았다.

당신에게 엿들은 소박한 단어들로 이 넓은 수의를 짰습니다
어디에서나 영원히 그리고 언제나
나는 단 하나도 잊지 않을 것입니다

『레퀴엠』은 아흐마토바가 1930년대 러시아의 교도소의 벽 앞에서 밤을 지새운 모든 여성들 그리고 그 안에 갇혀서 심문, 고문, 실종, 혹은 뒤통수에 총알이 박히기를 기다리는 이들을 대신하여 세운 기념비였다. 그녀는 만약 기억 속에 기념비를 세울 자리가 있다면, 다른 이들과 함께 문이 열리기를 기다리던 크레스티 교도소 앞, 바로 그곳이어야

한다고 선언한 것이다.

교도소 앞에 줄을 섰다가 말을 건넨 그 여성이 레닌그라드 포위전에서 생존했는지, 혹은 도움을 주려고 기다리던 남자를 만났는지 우리는 알 수 없다. 그녀의 미소만을 알고 있을 뿐 그녀의 운명에 관해서는 전혀 알지 못한다. 그러나 1940년대까지 원고 상태로 떠돌다가 1960년대에 마침내 출간된 시 덕분에, 자신의 경험이 망각으로부터 구조되기를 그녀가 바라고 있었음을 알 수 있다. 그녀의 미소와 그 미소를 본 여성의 천재성 덕분에 시가 쓰였고, 그 시를 읽은 모두에게는 망각하지 않을 의무가 부여되었다.

　　이제 나는 절대 문제를 풀 수 없을 것이다

　　누가 짐승이고 누가 인간인지

　　그리고 사형이 집행되기까지

　　내가 얼마나 기다려야 하는지

서방에서 『레퀴엠』을 가장 먼저 읽은 독자는 이사야 벌린이었다. 벌린은 제1차 세계대전이 발발하기 전후에, 아직 출판 금지 처분을 받지 않았던 젊은 아흐마토바가 차르스코예 셀로에서 쓴 작품들을 읽었다. 1945년 가을, 영국의 관료 자격으로 레닌그라드를 방문한 벌린은 그녀가 아직 생존해 있다는 사실을 알고 세레메티예보 궁전의 휑한 방을 방문했다. 벌린은 그녀가 20여 년 만에 만난 최초의 서양 방문자였다.

아흐마토바는 아무것도 덧대지 않은 목소리로 그에게 『레퀴엠』의 원고를 읽어주었다.

고요한 돈 강이 고요히 흐르고
노란 달이 나의 집으로 들어오네.
모자를 비스듬히 쓰고 들어와
그림자를 만나네, 노란 달.
이 여자는 건강하지 않아,
이 여자는 완전히 혼자야.
남편은 무덤에, 아들은 감옥에 있어요,
부디 나를 위해서 기도해주세요.

모여드는 어둠 속에서 그녀는 벌린에게 시를 읽어주다가, 어느 지점에서 읽기를 멈추고 조용히 말했다. "아뇨, 할 수 없습니다. 좋지 않아요. 당신은 인간 사회에서 왔습니다. 하지만 이곳은 둘로 나뉘어 있어요. 인간 그리고……." 그녀는 긴 침묵에 빠져들었다. 두 사람은 앞이 거의 보이지 않는 어둠 속에서 잠시 함께 앉아 있었고, 최근에 석방된 그녀의 아들 레프 구밀료프가 돌아왔고, 셋은 함께 차가운 감자 요리를 먹었다. 이후 벌린이 회고하기를, 그녀는 "자기연민의 아주 작은 기미도 없이, 마치 망명 중인 공주처럼 자신감 있고 불행하고 비할 데 없이 침착하고 평온한 목소리로, 때로는 감동적이고 웅변적으로 말했다." 마침내 전쟁이 끝나서 아들이 집으로 돌아오고 『레퀴엠』의 여러 연작 시들이 완성되었을 때, 그녀는 자신이 사람들의 고통에 목소리를 주었음을 깨달았다. 그것은 그녀가 선택하지 않은 소명이었고, 그 소명을 따르다 보니 차르 제정기에 크렘린 탑 아래 모여서 헛되이 남편의 석방을 요구하며 울부짖고 분노하던 여성들의 절망을 느끼게 되었다. 그러나 그것은 그녀가 이미 따를 준비가 되어 있던 소명이었다. 그녀가 자랑스럽게 말했듯이, 그녀는 망명이나 피난을 선택하지 않았고 공포로부터 고개를 돌리지 않았다. 그녀는 증인으로서 책무를 다했다.

1944년 여름 아우슈비츠. 뜨거운 일요일 오후, 각각 이탈리아 북부와 알자스 지방의 스트라스부르에서 온 20대의 젊은 남성 2명이 수프 냄비를 막사로 가져가기 위해서 수용소를 가로질러 주방으로 걸어가고 있다. 두 사람은 6개월 전에 수용소에 왔고, 이곳이 돌아가는 규칙을 잘 알고 있다. 이곳에서는 아무도 믿을 수 없었기 때문에 두 사람은 서로를 믿지 않는다. 그러나 장은 수프 일을 함께할 사람으로 프리모를 택했다. 이 일을 하는 동안에는 잠시나마 다리 뻗을 시간을 얻을 수 있다. 고되고 비인간적인 노동이 계속되는 수용소의 지옥 같은 일상에서 이 시간은 짧은 은총과도 같다. 소각로에서는 쉬지 않고 연기가 피어오른다.

수용소는 다양한 언어가 웅성거리는 곳이다. 헝가리어와 이디시어가 가장 많지만, 두 사람은 프랑스어와 독일어로 대화한다. 프랑스인인 장이 이탈리아어를 배우고 싶다고 말하자, 프리모는 고등학생 시절에 암기한 단테의「지옥」제26곡을 몇 구절 암송하기 시작하고 스스로도 놀란다. 제26곡은 헤라클레스의 기둥 앞에 당도한 그리스의 영웅 오디세우스가 지친 선원들을 다그치며 앞으로 더 나아가야 한다고, 문 너머에 펼쳐진 광대한 바다로 항해해야 한다고 말하는 장면을 묘사한다. 이 이탈리아인의 기억 속에 시가 떠오르는 동안, 장은 한 구절 한 구절을 어떻게 번역하는 것이 가장 좋을지 골몰하기 시작한다. "광대한 바다"는 mare aperto일까? 친위대 소속 감독관이 자전거를 타고 지나간다. 두 사람은 모자를 벗고 부동자세를 취하다가 감독관이 지나가자 하던 일을 계속한다. 오디세우스가 광대한 바다를 향해 "출발하는" 장면에서 단테가 쓴 misi mi를 프랑스어 je me mis로 번역해야 하는지를 두고 그들은 논쟁한다. 그러다가 두 사람은 점점 그들이 말하는 글에 자유의 약속이 담겨 있다는 것을 깨닫는다. 프리모는 오디세우스가 선원들을 향해서 헤라클레스의 기둥 너머로, 알려진 세계 밖으로 나아가자고 독려하는 핵심 구절을 기억해낸다.

그대들의 혈통을 생각하라
그대들은 짐승처럼 살기 위해서 태어난 것이 아니라
덕과 지혜를 따르기 위해서 태어났으니

어두운 기억 속에서 떠오른 이 구절이 태어나서 처음 듣는 것처럼, 마치 강력한 나팔 소리나 신의 음성처럼 들린다. 주방이 가까워지고 있다. 장은 그 구절을 한 번 더 읊어주고 뒷부분도 말해달라고 간청한다. 프리모는 결말을 떠올리려고 애쓴다. 그는 눈을 감아보기도 하고 손가락을 물어뜯기도 하지만 소용이 없다. 어느덧 요리사들이 독일어와 헝가리어로 "수프"와 "양배추"를 외치고, 두 사람 뒤로는 다른 막사에서 온 사람들이 자기 차례를 놓치지 않으려고 소리를 지른다.

프리모 레비는 이 장면을 회고하면서 결국 시의 결말 부분이 떠올랐는지를 말하지 않는다. 중요한 것은 그 글이 2명의 재소자들에게 그들이 짐승으로 태어나지 않았음을 알려주었으며, 인간답게 살 수 있는 다른 세계가 철조망 너머에 있음을 상기시켜주었다는 점이다.

레비가 불현듯이 고양감을 느낀 것은 분명 그 때문이었을 것이다. 그러나 우리는 우리대로 단테의 이야기가 어떻게 끝났는지를 기억해야 한다. 오디세우스와 그의 선원들은 헤라클레스의 기둥을 지나 광대한 바다로 항해해 나아갔다. 거친 여정이 암흑 속에서 이어졌다. 별빛도, 달빛도 보이지 않는 곳에서 섬 하나가 멀리 희미하게 모습을 드러낸 순간, 폭풍이 들이닥쳐서 배가 뒤집혀 침몰했고 모두 익사했다. 단테가 쓴 오디세우스 이야기의 마지막은 다음과 같다.

마침내 바다가 우리 위로 덮쳐 왔소.

1944년 10월 헝가리. 들판에서 일하던 농장 인부들이 줄지어 걸어가는 사람들을 보고 일을 멈춘다. 대부분 유대인 출신의 헝가리인들로 이루어진 노역 부대로, 세르비아의 구리 광산에서 일하다가 헝가리 시골 지역을 가로질러서 돌아가는 중이다. 작업복이 누더기가 된 지 오래라 행렬은 마치 갈색과 회색 몸뚱이의 강물 같다. 일부는 비틀거리거나 넘어지고, 일부는 넘어진 동료를 일으켜서 끌고 간다. 독일 친위대의 지휘를 받는 제복 차림의 경비병들도 대부분 헝가리인인데, 이들이 이리저리 오가며 사람들을 감시한다. 농장의 인부들은 사람들이 진창에 쓰러지는 모습을 보고 총성을 듣는다. 행렬은 그렇게 서서히 지평선 너머로 사라진다.

재소자 하나가 행렬을 따라 비틀비틀 걸으면서 단어를 조합하고, 문장을 만들고, 그 문장을 기억 속에 집어넣는다. 그들은 며칠째 행군 중이다. 멀리에서 러시아군이 다가오는 소리가 천둥같이 들려온다. 전쟁은 곧 끝날 것이다. 그들은 살아서 집으로 돌아가 가족을 만날 것이다. 밤이 되고 지친 사람들이 벽돌 공장 구내의 맨땅에 누워 잠든 사이에, 그는 작은 공책을 꺼내서 정갈한 글씨로 꼼꼼하게 일곱 줄을 적는다. 그 글을 통해서 지나가는 행렬을 지켜보던 농장 인부들이 생명력을 얻는다. 그는 간결한 아이러니를 담아서 시에 "그림엽서"라는 제목을 붙인다.

9킬로미터 밖, 불타는 도시

건초 더미, 농가, 농장의 장막

들판 끝에서는 농부들이 말없이

몸에 나쁜지 알면서도 파이프를 피운다.

이곳, 작은 양치기 소녀의 발자국이

어지럽게 찍힌 호수에서 헝클어진 양들이

초라한 모습으로 물을 마신다.

하이데나우 수용소에 있을 때 그는 철조망으로 다가온 세르비아인 마을 사람과 흥정을 벌여 마지막 남은 담배를 내주고 공책을 받았다. 고향으로 행군하는 길에 그는 아내 파니를 다시 만나리라는 희망을 품고 꾸준히 글을 쓴다. 그가 그녀에 관해서 썼다. "당신의 평온함은 「시편」의 무게 같고 확실함 같지." 비틀대며 걷는 동안 그는 그녀를 꿈꾸고 베란다와 자두 잼을 꿈꾸고 나뭇잎 사이로 햇살이 비치는 늦여름 정원의 고요함을 꿈꾼다.

그는 구리 광산에서 수개월간의 고된 노동을 버텨냈고, 경비병이 행군을 명령했을 때 이 여정의 목적지가 고향이라고 생각했을 것이다. 그러나 며칠이 지나자 진실을 깨닫기 시작한다. 1944년 10월 7일에서 8일로 넘어가던 날 밤, 헝가리 국경에서 멀지 않은 세르비아의 어느 벽돌 공장에서 친위대 소속 경비병들이 재소자들에게 주머니에 있는 귀중품을 모두 비우고 바닥에 누울 것을 명령한다. 그리고 기관총으로 포로들 절반을 사살한다. 부다페스트 카바레의 바이올린 연주자가 무릎을 꿇고 쓰러지고, 그가 바이올린 연주자를 도우려는 사이에 경비병이 연주자의 목을 총으로 쏜다. 그도 연주자 옆에 쓰러져서 꼼짝하지 않고 죽은 척을 한다. 그는 경비병이 그의 머리 위에서 독일어로 말하는 소리를 듣는다. 친위대와 헝가리인 부역자들은 행군을 재개하라고 생존자들을 떠민다. 그들은 목적지가 고향이 아니라 독일의 노동 수용소라는 것을 깨닫는다. 10월 24일이 되자 그들은 헝가리의 절반을 지난다. 밤이 되고 그는 또다른 "그림엽서"를 쓴다.

소들 입에서 피 섞인 침이 흐른다.
우리는 다 피오줌을 싸고 있다.
악취를 풍기는, 미친 분대가 삼삼오오 서 있다.
흉측한 죽음이 머리 위로 날아가고 있다.

이제 그들은 독일 제국의 국경을 향해서 북동쪽으로 행군한다. 경비병의 명령에 따라서 그들은 버려진 활주로에 천막을 친다. 다른 사람들이 누워 잠든 동안 그는 낮에 길에서 주운, 뒷면에 어유漁油 광고가 인쇄된 판지를 꺼내 또다시 "그림엽서"를 쓴다. 이번에는 며칠 전에 마주친 죽음을 묘사한다.

나는 그의 곁으로 넘어지고 그의 시신은 뒤집힌 채 쓰러졌다.

팽팽한 현처럼 이미 굳은 채

목에 총을 맞고서. "너도 저렇게 끝날 거야."

나는 속으로 속삭인다, "가만히 누워 있어, 움직이지 말고.

이제 인내가 죽음 속에 꽃을 피운다." 그리고 들리는 소리

이놈 아직 살아 있어Der springt noch auf, 위에서, 아주 가까이에서

진흙과 피가 뒤섞여 나의 눈 위에서 마르고 있었다.

　그는 이 일곱 줄을 공책에 옮겨 적고 1944년 10월 31일이라고 날짜를 기록한다. 이것이 마지막 기록이다. 행렬에서 살아남아 독일에서 돌아온 한 사람은 훗날, 그를 마지막으로 보았을 때 그가 비행장 활주로에 홀로 앉아 낡은 장화를 가만히 내려다보고 있었다고 말했다.

　11월 8일, 헝가리인 경비들이 시인을 포함하여 더는 걷지 못하는 재소자들을 수레 2대에 가득 싣고 독일과 헝가리 국경의 인근 마을에 위치한 지역 병원으로 데려갔다. 병원은 죽어가는 사람들을 돌려보냈다. 헝가리인 경비 4명이 마을 외곽의 숲으로 수레를 밀고 갔고, 그들은 그곳에서 재소자들의 머리에 총을 발사한 후 얕은 무덤 속에 시신들을 밀어넣었다.

　1946년 8월, 시인의 아내 파니는 시신이 발굴되었으며, 남편이 생전에 마지막으로 목격된 마을에서부터 그다지 멀지 않은 곳에서 그의 유류품이 발견되었다는 소식을 들었다. 유류품은 지역 유대인 공동체의 지도자였던 어느 푸주한에게 전달되었다고 했다. 푸줏간으로 찾아간

그녀는 갈색 종이 꾸러미를 건네받았다. 꾸러미 안에는 남편과 그녀의 사진이 들어 있는 지갑, 남편의 보험증, 남편 어머니의 젊은 시절 사진, 그리고 공책이 들어 있었다. 공책 안쪽에는 공책을 습득한 사람에게 전하는 메시지, 즉 이 공책에 헝가리어 시를 적었다는 글이 헝가리어, 영어, 프랑스어, 독일어, 세르비아-크로아티아어 등 5개 언어로 쓰여 있었다. 공책을 넘기자 그가 차분하고 흔들림 없는 글씨로 쓴 "그림엽서"가 나왔다.

파니는 남편의 유해를 되찾지 못했고 제대로 된 장례를 치르지도 못했지만, 미클로시 러드노티가 헝가리와 유럽의 위대한 시인으로 인정받는 것을 살아서 볼 수 있었다. 그것은 그의 마지막 시구에 대한 답이기도 했다. "그러나 말해다오, 작품은 살아남았는가?" 오늘날 헝가리의 학교에서는 그의 시를 가르친다. 또한 그의 증언은 강제 노동을 한 동료들의 고통이 잊히지 않게 해주었다. 아흐마토바와 레비처럼 그의 증언 행위도 옳고 그름을 분명히 하는 일종의 판결이었으나 그들의 조국은 여전히 그 판결을 받아들이기를 꺼린다. 러드노티의 작품은 헝가리의 정전正傳 반열에 올랐지만, 그를 살해한 경비병 역시 헝가리인이었다는 불편한 사실은 그대로 남아 있다.

2000년대 초반, 파니가 80세를 훌쩍 넘겼을 무렵 시인의 전기 작가가 그녀에게 물었다. 긴 시간이 흐른 현재에는 남편을 잃은 고통이 누그러졌는가. 그녀는 고개를 저었다. 그러자 전기 작가는 에밀리 디킨슨의 시를 아느냐고 물었다.

그들은 말한다 "시간이 달래준다"라고,

시간은 달래주지 못한다.

실제의 고통은 강해진다,

나이가 들면 힘줄이 솟듯이.

시간은 고난을 시험할 뿐,

치료하지는 않는다.

그것이 참이면, 이것도 참이지

병은 애초에 없었다.

파니는 다시 고개를 끄덕였다. 그렇다, 그녀는 시를 알고 있었다.

————

나처럼 종전 후 10년 사이에 태어난 사람들에게 이 인물들—그리고 20세기의 두 폭군을 겪은 다른 증인들—은 도덕적 판단의 시금석이 되었다. 우리는 그들을 기준으로 삼아서 우리의 부모가 지나왔고 지금의 세계를 낳은 역사를 이해했다. 콩도르세의 진보적인 신념이나 마르크스의 혁명에 대한 믿음에서 위로를 얻을 가능성이 모두 좌절되던 시기였다. 적어도 나에게는 그러했다.

고통을 버텨낸 이 생존자들은 한때 성인에게 부여되었던 권위를 부여받았다. 물론 그들은 성인으로 추대되기를 바라지 않았다. 그럼에도 불구하고 나는 그렇게 생각할 수밖에 없다. 그들이 성인의 도덕적 권위를 몸소 실천했기 때문이다. 성인처럼 그들도 믿음을 위한 고통을 받았다. 그러나 그 믿음은 천국이나 구원에 대한 것이 아니었다. 지옥은 존재하며 그들에게는 그 사실을 기록할 의무가 있다는 단호한 확신이었다.

그들의 증언은 예술의 가치를 입증했을 뿐만 아니라, 그들이 전통에 충실히 따랐음을 확인해주었다. 그 전통은 이를테면 단테로까지 거슬러올라갈 수 있다. 600년 전에 망명 생활을 하며 단테가 품었던 용기는 아흐마토바와 레비에게 귀감이 되었다. 시를 쓰는 일은 수 세기에 걸쳐 이어지면서 그 모든 인간적인 일들을 의미 있게 만드는 증인의 공동체에 그들이 속해 있다고 주장하는 것과 같았고, 만일 그렇다면 바로 그러한 공동체가 미래로 이어지기를 그들은 소망했다.

나는 지금 위로라고 말하고 있지만, 그들에게 위로는 정치적인 희망이었다. 그들은 미래에 벌어질 중대한 정치적인 전투, 다시 말해서 그들이 겪은 참상에 훗날 조국과 민족이 어떤 의미를 부여할지를 둘러싼 전투에서 승리하기를 바랐다. 그들은 희생자들이 기억되기를, 그리고 절대 권력을 휘둘렀던 박해자들에게는 오명이 씌워지기를 바랐다.

자신이 기록한 고통을 역사가 잊지 않으리라는 열정적인 믿음은 단지 그들에게만 위안이 되는 생각은 아니었다. 그들의 모범적인 용기 덕분에 독자 역시 역사가 의미를 부여받을 수 있다고 믿게 된다. 그들은 고난에서 시를 쥐어짰냈다. 그들은 박해받는 이들의 기억을 보존했다. 그들은 공포의 한복판에서 글쓰기를 통해, 명료한 정신을 통해 신념을 지켰다.

그들의 정신적 위대함, 기억하고자 하는 결단력이 우리에게 위로가
되는 것은 고통을 가한 자들이 그들과 다른 종의 존재가 아니었기 때
문이다. 그들의 증언을 한쪽 접시에 놓음으로써 우리는 반대편에 놓인
공포의 무게를 상쇄할 수 있다고 믿게 된다. 이를테면 교도소 밖에 있
던 한 여성의 영웅적인 기억으로 교도소 안에서 벌어지던 일 그리고 그
런 일을 허락한 거대한 압제를 만회할 수 있다는 듯이 말이다. 우리 세
대의 사고방식, 적어도 나의 사고방식에서는 죄를 사해주고자 하는 욕
망이 숨겨져 있었던 것이다. 그리고 그들의 위대한 용기를 기림으로써
우리는 그들의 위대함을 우리의 것인 양 전유할 수 있었다.

그들이 성인인 또다른 이유는 그들이 우리, 즉 그들 이후에 올 세대
를 믿었기 때문이다. 자신의 글이 살아남아 독자를 만나고 글에 담긴
진실이 독자의 마음에 전달될 것이라는 확신이 없었다면, 그들은 당연
히 굴복했을 것이다. 한 걸음 더 나아가서, 성인들이 그러했듯이 그들
도 우리의 믿음이 산을 옮길 수 있기를, 우리가 그들의 진실을 마음에
간직해서 그런 끔찍한 일이 영원히 사라질 수 있기를 바랐다.

우리가 그들의 위로였다. 그들이 죽음의 행렬에 관한 시를 쓸 때, 수
용소에서 시를 기억해낼 때, 추위 속에서 밤을 지새운 이들을 하나하
나 떠올릴 때, 그들은 뒤를 이은 우리 세대가 그들의 진실을 헛되이 하
지 않으리라는 희망으로 버틴 것이다. 그들은 우리가 그들을 기억하리
라는 생각에 위로를 얻었다.

그러나 우리가 그러했을까?

이제 홀로코스트와 스탈린 공포정치의 마지막 생존자들이 세상을 떠나고 있다. 그들이 견뎌낸 것들이 이제는 그들의 기억에서 역사라는 경합의 장으로 넘어가고 있다. 그리고 그 일이 일어났다는 사실을 믿을지 말지의 문제로 받아들이는 사람이 점점 늘어나고 있다. 스탈린의 살인자들을 위해서 일한 사람의 아들이자 이 시대의 러시아를 통치하는 자는 스탈린 시대의 향수를 정권의 공식 이데올로기로 삼았다. 그는 소비에트 제국의 붕괴가 20세기에 일어난 가장 큰 재앙이라고 말했다. 가련한 아흐마토바. 후손들이 얼마나 신의 없는 자들인지 모른 채 세상을 떠난 것이 그나마 다행인지도 모른다.

그렇게 믿음을 저버린 후손들—홀로코스트 부정론자들과 반유대주의자, 인종 차별주의자, 혐오를 팔고 다니는 사람 등—은 이 성인들의 믿음이 옳다는 확신에 흠집을 내어 의문을 품게 한다. 우리 세대, 그들의 진실한 증언을 교육받으며 어른이 된 사람들은 이제 수치심마저 들 정도이다. 우리는 의도하지 않게, 우리의 성인들이 목격한 것과 몸소 겪은 고통이 의심의 대상으로 전락한 또다른 현실이 만들어지는 과정의 증인이 되었다.

그들이 지키고자 한 의미가 이런 전투에서 승리했다면, 한때는 큰 지지를 받았던 구호—절대 다시는—가 오늘날 이토록 공허하게 울리지는 않을 것이다. 새로운 인종 학살이 되풀이되지는 않았을 것이다. 이 죄악은 단순히 역사와의 단절이 아니다. 이 죄악은 무력을 통해서 적이 없는 세계를 강제로 만들려는 끈질긴 역사적 유혹의 재현이다. 스탈린과 히틀러는 그런 이상향의 호소력을 잘 알고 있었고, 이를 이용해서 20세기에 수백만 명의 추종자들을 끌어들였다. 그 악마적인 이상향은 21세기와 그후에도 영원히 정치가와 대중을 유혹할 것이다.

이 성인들 가운데 그 누구도 후손이 어떤 자들인지 살아서 보지 못한 것처럼, 우리 가운데 그 누구도 우리 시대의 이야기가 어떤 결말을 맞이할지 살아서 보지 못할 것이다. 역사가 아무런 위로도 주지 못하는 까닭은, 역사에는 끝이 없으며 역사의 의미가 제아무리 영웅적이고 용기 있는 증인들이 있을지라도 하나로 결정되지 않기 때문이다. 그러나 역사가 위로를 줄 수 없을지는 몰라도, 그 대신 우리에게 의무를 남긴다. 그들이 우리를 믿었으므로, 우리는 신의를 지키면서 그들에게 물려받은 진실을 지켜내야 한다.

말년에 이르러 프리모 레비는 비할 데 없이 빼어난 회고록 『가라앉은 자와 구조된 자 I Sommersi e i Salvati』에 증인이 된다는 것에 관해서 썼다. 책은 영국의 시인 콜리지의 글에서 가져온 제사題辭로 시작한다.

그때부터, 불확실한 시각에,
그 고통은 돌아온다.
그리고 나의 끔찍한 이야기가 전해질 때까지
내 안의 이 심장은 불타리라.

레비는 살아생전에 다른 홀로코스트 생존자들이 세상을 떠나는 모습을, 그리고 홀로코스트가 살아 있는 기억에서 역사적 사실로, 더 괴롭게도 하나의 신화로 천천히 변해가는 모습을 목도했다. 레비는 이러한 망각과 고의적인 왜곡에 맞서 싸우는 일에 온 힘을 다했다. 그는 무지하거나 스스로를 기만하는 독일인 독자들의 편지에 답장했다. 또한 학교에 가서 어린아이들이 작은 목소리로 왜 탈출하지 못했느냐고 묻는 말을 인내하며 들었다. 한 소년은 탈출이 불가능했다는 사실을 믿지 못했다. 그래서 레비는 철조망과 감시 초소가 표시된 수용소의 지도를 직접 그려주었다. 그럼에도 불구하고 아이는 이해하지 못했다. "이렇게 탈출했어야죠." 소년은 화살표와 선들을 힘차게 그리면서 레비에게 방법을 알려주려고 했다. 그밖에도 여러 곳에서 레비는 한 사람의 증인으로서, 행복하게 사는 이들이 쉽게 품는 환상, 즉 악의 존재에 대한 불신과 싸워야만 했다.

레비는 모든 홀로코스트 생존자를 영웅으로 만드는 도덕적 키치를 경멸했다. 그는 그렇지 않은 경우를 잘 알고 있었다. 그는 "회색 지대", 다시 말해서 그가 살았던 모호한 타협의 세계를 기록했다. 레비는 과학자로서 기술이 있었기 때문에 소각로로 끌려가지 않을 수 있었다. 심지어 그는 아우슈비츠에서 보낸 세월이 그 어느 때보다도 강렬하게 살아 있음을 느낀 시간이었다고 인정했다. 그는 살아남은 것을 수치스러운 특혜라고 느꼈다. 심지어는 최고의 인간이 익사하고 최악의 인간이 구조되었다고 확신하기에 이르렀다. 그는 1945년 1월 석방되는 날에 느낀 수치심과 싸워야 했다. 말을 타고 철조망을 넘어 수용소로 들어온 러시아 병사들은 낡은 줄무늬 죄수복을 입은 채 더러운 눈 속에서 죽어가는 비참한 사람들을 맞닥뜨렸다. 레비는 그를 구하러 온 병사들 눈에서 깊은 당혹감을 보았다. 마치 이 수감자들이 그들과 똑같은 인간이라고 인정하고 싶지 않은 듯한 눈빛이었다.

레비는 증인으로서 부여된 책임을 한시도 잊지 않았고, 의도하지 않게 떠안게 된 그 역할에 대해서 끝없이 질문을 던졌다. 언제인가 동료 수감자로부터 그가 살아남은 것은 증인의 역할을 하라는 신의 섭리라는 말을 들었던 기억을 레비는 씁쓸하게 떠올렸다. "끔찍한 의견이었다. 그 말은 외부로 노출된 신경을 건드린 듯이 고통스러웠고, 내가 앞서 말한 의심에 불을 지폈다. 나는 어쩌면 다른 사람의 자리에, 다른 사람의 목숨값으로 살아 있는 것인지도 몰랐다."

1988년, 노년에 받은 전립선 수술과 노모, 장모를 모두 돌보아야 하는 부담으로 지치고 우울감에 빠진 레비는 거의 평생을 살아온 토리노 소재 아파트의 내부 계단에서 몸을 던지고 말았다. 그가 삶을 포기했다는 사실과 증인의 역할이 그에게 살아갈 이유가 더는 되지 못했다는 사실에 많은 독자들이 크게 낙담했다. 당시 한 독자는 이렇게 썼다.

누구도 [그의 자살을] 믿고 싶어하지 않는다. 그를 위해서가 아니라 우리를 위해서일 것이다. 프리모 레비는 우리를 위해서 등불을 들어주었다. 최악의 시간과 최악의 장소에서 그렇게 한 유일한 사람이었다.⋯⋯우리가 자긍심을 되찾을 수 있도록 도우려는 듯이 말이다. 만일 그가 스스로 등불을 내려놓았다면, 그가 더는 우리를 믿지 않는다고 말하려던 것은 아니었을까?

그는 이미 수많은 짐을 져왔다. 그에게 더 무거운 짐을 져야 한다고 요구할 수는 없을 것이다.

15

은총 밖에서
알베르 카뮈의 『페스트』

1942년 1월 북아프리카의 도시 오랑에서, 청소년기부터 결핵을 앓았던 28세의 기자 겸 작가가 피를 토하기 시작했다. 그의 아내 프랑신이 그를 데리고 의사인 코엔 박사에게 서둘러 달려갔다. 의사는 그의 폐에 구멍을 내고는 니트로겐을 주사해서 폐 허탈을 일으켰다. 당시에는 그런 처치로 병든 기관이 회복될 시간을 벌 수 있다고 믿었다. 그는 집으로 돌아와 중얼거렸다. "다 끝이라고 생각했다." 코엔 박사는 병을 치료하려면 오랑의 습한 기후를 벗어나 산 공기를 마시며 쉬어야 한다고 말했다. 프랑신의 한 친척이 프랑스 중부의 외딴 마을을 추천했다. 8개월이 지나서야 부부는 그곳에 갈 수 있었다. 부부는 8월 비바레 지역의 고지대에 위치한 르 파넬리에라는 작은 마을에 짐을 풀었다. 산맥과 소나무 숲이 사방으로 펼쳐져 있었다. 친절한 여성이 부부에게 식사와 방을 내어주었다.

10월에 병세가 호전되자 프랑신은 남편이 마저 요양을 하는 동안 다시 교사 일을 하기 위해서 오랑으로 돌아갔다. 그러다가 11월 7일, 영국군과 미국군이 북아프리카에 상륙했고, 나흘 후에는 독일군이 프랑스 전역을 점령했다. 그는 고향으로 돌아갈 여정을 예약해둔 상태였지만, 이제는 길이 막히고 말았다. 작가는 가족과 떨어진 채 지중해의 태양도, 물도, 빛도 없는, 독일이 점령한 낯선 지역의 외딴 마을에 혼자 남겨졌다.

이곳에서 알베르 카뮈는 홀로 병마와 싸우며 『페스트』를 쓰기 시작했다. 그는 이미 『이방인 *L'Étranger*』과 『시지프 신화 *Le Mythe de Sisyphe*』를 출간했는데, 두 초기작의 주제―고독한 망명 생활, 세계를 이해하려는 인간의 욕구와 "세계의 불합리한 침묵"의 괴리―는 문학적인 추상개념이 더는 아니었다. 두 개념은 그의 현실이 되었다. 공책에 적었듯이 그는 "자신의 개인적인 통일성"을 유지하기 위해서 투쟁했다. 그는 삶에 의미를 주었던 어머니와 아내라는 두 연결고리와 단절된 채 처음으로 은유가 아닌 진정한 망명자의 삶을 살고 있었다. 그는 기침을 하고 입안에서 피 맛이 느껴질 때마다 자신의 생명이 사위어가는 느낌을 받았다. 절망을 표현할 언어를 찾으면서 그는 공책에 이렇게 적었다.

세상을 밝히고 견딜 만하게 해주는 것은 우리가 세상과 연결되어 있다는 느낌, 더 구체적으로는 우리가 다른 사람과 연결되어 있다는 느낌이다.……그러나 어떤 날에는……그들 대다수가 우리에게 등을 돌렸다는 것을 알게 되고……우리가 사랑 또는 우정이라고 부르는 모든 것들이 얼마나 불확실하고 우연한지 상상하게 된다. 그럴 때 세계는 암흑 속에 빠지고, 우리는 인간의 다정함 덕분에 잠시 피했던 맹추위 속으로 되돌아간다.

출판인 가스통 갈리마르가 제안한 일자리를 수락하여 1942년 11월부터 1943년 9월까지 파리에 머무를 때, 이 젊은 작가는 자신이 구할 수 있는 단 하나의 위로를 찾고 있었다. 그를 완전히 짓누르고 말 듯한 경험에 의미를 부여하는 것이었다.

작가가 종이에 글을 쓰면서 자신을 위로하는 과정도 신비에 싸여 있지만, 작가가 자신의 괴로움을 표현할 은유를 찾는 일은 더욱 신비롭다. 전염병에 관한 생각이 어떻게 카뮈를 사로잡았는지를 밝혀내기는 어렵다. 카뮈는 1941년 알제리에서 티푸스 유행에 관한 기록을 남긴 적이 있었다. 그는 앙토냉 아르토가 1930년대에 연극에 관해서 쓴 산문을 참조하여, 공책에 "해방자 페스트"라는 기이한 구절을 적어두었다. 전염병이 어떻게 해방자라는 말인가? 어쩌면 전염병과의 싸움이 무질서한 삶에 목적을 주기 때문인지도 몰랐다.

카뮈는 독일의 점령을 일종의 전염병으로, 모든 사람을 고립과 의심의 상태로 몰아넣는 도덕적 감염으로 보았다. 그는 공책에 이렇게 기록했다.

티푸스 같은 전염병이 창궐하는 경우를 상상해보자. 그런 일은 실제로 일어나며, 이전에도 일어난 적이 있다. 어떤 면에서는 충분히 일어날 수 있는 일이다. 자, 그러면 모든 것이 뒤바뀌고, 당신이 있는 곳은 사막이 된다.

그는 사막에서 탄생한 작품들, 특히 전염병을 신이 불손한 인간에게 내린 벌이라고 본 『구약 성서』의 예언서들을 읽었다. 그는 「레위기」 26장 25절을 적었다. "너희에게 복수의 칼을 보내어 계약을 어긴 것을 보복하리라. 너희가 성 안으로 피해 들어가면 나는 너희 가운데 염병을 보내리라. 그리하여 너희는 결국 원수들의 손에 넘어가고 말리라."

자신과 마찬가지로, 정의로운 신의 질서를 따르는 세계에 어찌 역병이 닥칠 수 있는지 당혹감이 담긴 『구약 성서』의 예언서들을 읽으면서, 그는 무시무시한 신정론을 이해할 것 같다고 생각했다. "인간은 신에 비견할 힘을 가지고 있었다"라고 그는 썼다. "그리고 신은 인간을 두려워해 그를 복종시키고자 했다." 그러나 만약 오래 과거부터 전염병이 인간의 교만에 대한 형벌로 이해되었다면, 지금 닥친 전염병은 무엇인가? 점령과 패전이라는 재앙을 어떻게 이해해야 하는가? 유럽이 어떻게 그 같은 잔인함과 폭력을 자행할 수 있다는 말인가? 그를 둘러싼 모든 사람들, 즉 부역자들, 저항 언론, 그리고 낙담한 프랑스인들까지도 프랑스가 1940년의 패전을 겪어 마땅하다는 결론에 이르고 있었다. 신의 무자비한 분노에 의미를 부여하고자 했던 유대인 예언자의 질문이, 이제 역사의 분노에 의미를 부여하려는 질문으로 바뀌어 모두를 짓누르고 있었다.

카뮈는 책을 읽으면서 방향 감각을 키우기 시작했다. 그는 각주에 나타난 단서를 쫓고, 고등학생 시절과 알제(알제리의 수도/옮긴이)에서의 대학생 시절에 읽은 글들을 떠올렸다. 1720년 마르세유 대역병에 관한 글, 보카치오가 쓴 『데카메론*Decameron*』의 배경이 된 피렌체의 전염병, 유대인 박해로 이어진 스페인 전염병, 그리고 불과 20년 전 중국에서 발생한 전염병을 다룬 최근의 언론 기사들까지. 그리고 그는 1722년에 출간된 대니얼 디포의 『전염병 연대기*A Journal of the Plague Year*』에서 『페스트』의 제사로 사용할 문장을 발견했다.

한 종류의 감옥살이를 다른 종류의 감옥살이로 재현하는 것은 실제로 존재하는 무엇인가를 존재하지 않는 다른 것으로 재현하는 것과 같이 합리적이다.

카뮈는 이중의 구속 상태—병과 독일의 점령—에 놓여 있었고, 그가 택할 수 있는 유일한 해법은 자신의 상황을 글로 써서 "한 구속을 통해서 다른 구속을 표현하는 것"이었다. 그는 멜빌의 『모비 딕*Moby Dick*』을 펼쳤다. 단 하나의 은유를 중심으로 주변 이야기들이 총체적으로 전개되고 있었다. 그는 미친 듯이 책을 읽었고, 더는 책을 읽을 수 없을 때에는 르 파넬리에 인근의 언덕길을 산책하면서 가파른 고원의 목초지에서 풀잎이 흔들리는 것을 바라보았다. 그리고 자신이 머물던 어두운 농장에 돌아와서 이렇게 썼다. "숲 가장자리를 따라서 늘 낯선 바람이 분다. 인간의 흥미로운 이상, 즉 자연의 품 안에 자신의 거처를 만드는 것." 북아프리카의 고향에서 카뮈는 바다를 헤엄치며 자연과 완전히 합일됨을 느끼고는 했다. 그러나 이제는 머나먼 타향에서 비 내리는 들판을 홀로 걷고 있었다.

　허구에 생명력을 부여하기 위해서 그는 오랑의 기억―좁은 골목의 냄새, 덧문에 내려앉은 햇살, 카페에서 대화하는 소리, 사막에서 나체로 일광욕을 하던 경험, 레모네이드를 마실 때 목에서 느껴지는 톡 쏘는 탄산―을 활용했다. 그는 아무런 희망도 없는 향수로 빠져들지 않도록 주의해야 했고, 가족의 기억―불같은 성격의 할머니가 그에게 사주었던 몸보다 큰 우비, 재봉사 숙모가 탁자 위에 단추를 늘어놓고 수를 세던 일, 알제의 어머니 방에서 느껴지던 암담한 빈곤―에 삼켜지지 않도록 조심해야 했다. 그는 서서히 형태를 잡아가는 책 속에 그런 기억들을 하나하나 집어넣었다.

　　그것은 분명 망명의 느낌이었다. 우리를 떠나지 않는 공허감, 과거에 귀를 기울이거나 혹은 반대로 시간의 흐름을 재촉하고자 하려는 비이성적인 갈망, 불꽃처럼 날아와 박히는 기억의 날카로운 촉들.

소설 초반에 전염병이 오랑을 덮치는 장면에서, 카뮈는 아내가 떠나고 독일의 점령이 시작됨에 따라 삶이 지속적이고 안전하다는 환상에서 깨어나 고통스럽기만 했던 경험들을 활용했다.

며칠 전만 해도 어머니와 아이, 연인, 부부는 승강장에서 작별하면서 그들이 며칠 혹은 길어야 몇 주일 있으면 다시 만날 것이라고 확신하며 몇 마디 사소한 이야기만을 나누었다. 그들은 가까운 미래를 철석같이 믿는 우리 인간의 맹신에 속아넘어갔고, 이 작별로 인해 일상에서 멀어지리라고는 거의 생각하지 못했다. 이 모든 사람들이 최소한의 경고도 받지 못한 채 대책 없이 떨어져서 서로를 볼 수도, 소식을 주고받을 수도 없게 되었다.

카뮈는 현재의 상황이 자신에게만 한정된다고 생각하는 함정에 빠지지 않고, 타인도 함께 운명을 공유하고 있다는 것을 이해하기 시작했다. 기흉 주사를 맞기 위해 삭막한 산업 도시 생테티엔으로 가는 열차 안에서 그는 전에 없던 호기심을 품고 다른 승객들을 관찰했다. 특히, 수선한 자국이 남아 있는 반짝이는 옷차림에, 닳은 옷가방을 들고 있는 어느 늙은 소작농 부부가 눈에 띄었다. "아내의 얼굴은 양피지처럼 주름졌고, 남편의 부드러운 얼굴은 또렷한 두 눈과 하얀 수염으로 빛이 났다." 그는 고독한 자기도취에서 순간의 연민으로, 이방인들과의 아직은 설익은 연대聯帶로 이행하고 있었다.

북아프리카에서 카뮈는 놀라운 재능을 바탕으로 삶에서 한 걸음 물러난 채 부조리에 관한 글을 썼다. 이제 그는 부조리를 살고 있었다. 그는 희망도, 서사도, 탈출의 전망도 없는 시대를 사는 느낌을 포착할 방법을 찾았다고 생각했다. 오랑에서 취할 수 있었던, 전투에 참여하지 않은 자의 방관적인 태도를 그는 서서히 폐기했다. 방관자로 남는 것은 불가능했다.

카뮈는 이제 자신에 대해서가 아니라, 인간이 처한 상황에 대해서—인간이 어떻게 집과 안식처를 짓고 우정과 사랑의 관계를 키워나가는지, 그리고 그 모든 것들이 어떻게 아무런 경고도 없이 순식간에 찢겨나갈 수 있는지—말하고 싶었다. 1942년 11월 카뮈는 공책에 써내려갔다.

그들은 불가해한 세계의 중심에서 사적이고 전적으로 인간적인 우주를 끈기 있게 건설했고, 애정과 습관을 오가며 나날들을 함께했다. 그리고 이제 의심의 여지없이, 세계와 격리되는 것만으로는 충분하지 않았다. 전염병이 돌자 그들은 또한 일상의 소박한 창조 행위와도 격리되었다. 전염병은 그들의 의식을 눈멀게 한 후에 그들의 심장까지 찢어버렸다.

카뮈는 허구의 대화를 쓰려다가 한 걸음 물러나서, 그의 예술이 실현하고자 애쓰는 관념을 분명히 하려는 듯이 이렇게 표현했다.

나는 전염병을 통해서 우리 모두가 겪고 있는 질식 상태를, 우리가 숨 쉬고 있는 위협과 망명의 공기를 표현하고 싶다. 동시에, 나는 그 해석을 일반적인 존재의 개념으로까지 연장하고 싶다.

카뮈의 주변으로, 숨 막히는 점령의 무게를 향한 저항이 표면 위로 올라오기 시작했다. 1943년 겨울과 봄, 그는 산속 휴양지에서 기차를 타고 리옹으로 향했다. 파리에 있는 출판인 가스통 갈리마르의 주선으로 카뮈는 파스칼 피아, 프랑시스 퐁주, 르네 레노, 루이 아라공을 만났다. 그들은 「합류*Confluences*」나 「남부의 수첩*Les Cahiers du Sud*」 같은 지하 언론을 통해서 문학적인 저항을 시작하고 있었다. 카뮈가 그제야 알게 된 사실이지만 이들은 이미 사보타주 운동을 조직하고 철로를 파괴하고 영국 항공기가 투하한 군수품을 야간에 회수하는 등의 작전을 전개 중이었다. 이 무렵 카뮈는 쾌활한 도미니크교 수사이자 이미 레지스탕스 활동에 적극적으로 가담하고 있던 레몽-레오폴드 브뤼크베르제와 가까워졌고, 저항운동을 옹호하는 최초의 글 "독일 친구에게 보내는 편지"를 쓰기도 했다.

이 작품은 10대 소년이 포함된 12명의 프랑스인 수감자들이 독일인 교정신부와 함께 트럭을 타고 사형 집행 장소로 이동하는 내용으로, 브뤼크베르제에게 들었음직한 이야기가 바탕이 되었다. 수감자들과 함께 트럭 짐칸에 앉아 이동하던 신부는 어느 소년과 가까워지고 그를 위로하려고 한다. 카뮈는 그들의 대화를 상상했다.

"나는 아무 짓도 안 했어요." 소년이 말한다. 그래, 신부가 말한다. 그러나 그것은 문제가 아니다. "이제 죽을 준비를 해야 한단다." "왜 아무도 이해하지 못하는 거죠?" 소년이 말한다. "나는 네 친구란다. 그러니 내가 이해할 수도 있어. 그러나 늦었단다. 내가 너의 곁에 있으마. 그러니 하느님도 네 곁에 계실 거야. 곧 알게 되겠지. 어렵지 않을 거야."

그러다가 신부가 잠깐 등을 돌리고 병사들은 트럭을 운전하느라 정신이 팔린 사이, 소년은 짐칸을 덮은 천막 틈으로 밖으로 빠져나가서 들판으로 달아난다. 그 모습을 본 것은 신부뿐이다. 신부는 즉시 운전석 쪽을 두드려 트럭을 세운다. 병사들이 다시 소년을 끌고 온다. 여정은 재개된다. 신부가 소년의 종부성사를 거행한다. 사형이 집행된다.

카뮈는 프랑스인 신부 누구도 그렇게 행동하지 않을 것이라고 썼다. 겁에 질린 소년을 위로한 후에 그를 붙잡아 확실한 죽음으로 데려가다니. 카뮈는 가상의 독일인 친구에 편지를 보내며 그런 비정함이 그들을 적으로 만든다고 주장했다.

거짓 위로에 대한 분노가 이 글에서 처음 표현된 것은 아니었다. 카뮈는 이미 그 주제에 관해서 쓴 적이 있었다. 『이방인』에서 뫼르소가 죽음을 기다리는 동안 그를 위로하려고 신부가 방문하는데, 뫼르소는 그에게 분노에 찬 외침을 돌려준다. "독일 친구에게 보내는 편지"에는 점령군에 대한 저항에 적극적으로 가담하고자 하는 강한 의지가 그의 분노에 새롭게 더해졌다.

카뮈가 르 파넬리에 있는 동안 점령기의 조용한 억압을 표현하기 위해서 쓰기 시작한 책은 이제 악에 맞서 저항하는 책이 되었다. 전염병 전문의로 등장하는 베르나르 리외는 그 지역의 의사를 본뜬 인물로, 주인공이자 화자로서 조금씩 이야기의 중심에 놓이게 되었다.

『페스트』가 리외의 저항이자 카뮈의 저항에 관한 이야기가 되면서, 저항운동에 관한 카뮈의 관점은 1942년과 1943년의 절망적인 현실로부터 영향을 받기 시작했다. 디데이(연합군이 노르망디 상륙을 시작한 1944년 6월 6일/옮긴이)까지는 아직 1년이 더 남아 있었다. 당시 레지스탕스에 가담한 이들은 희망보다는 절망 속에서 저항운동에 참여했다. 그 점은 카뮈에게 영감을 주었고, 나아가 그를 매혹시켰다. 그 자신도 치료법이 없는 질병과 싸우는 중이었다. 인간은 어떻게 승리가 불가능하다는 것을 알면서도 저항하는가? 전염병에 맞서 리외가 투쟁하는 과정을 통해서 카뮈는 이 문제를 중심적으로 탐구했다. 소설에서 리외는 페스트 환자를 치료하지 못한다. 그가 할 수 있는 일은 죽어가는 사람을 위로하는 것뿐이다. 무력감이 점점 커져 그를 망가뜨리고, 리외는 친구인 타루와 대화하는 중에 모든 노력을 무위로 돌리는 질병의 창조자, 신에게 질문을 던지기 시작한다.

"결국⋯⋯." 의사는 말을 잇다가, 다시 망설이면서, 타루를 가만히 바라보았다. "당신 같은 사람은 이런 일을 이해할 수 있을 겁니다. 그러나 세계의 질서는 죽음에 의해서 만들어지는 것이니, 어쩌면 신의 입장에서는 우리가 신을 믿지 않고, 신이 침묵하고 있는 하늘을 향해 눈길을 돌리지 않고, 그저 있는 힘을 다해 죽음과 싸우는 편이 낫지 않겠습니까?"

타루가 고개를 끄덕였다.

"네, 그러나 승리는 오래가지 않을 겁니다. 그게 다예요."

리외의 표정이 어두워졌다.

"네, 알아요. 그러나 그것이 투쟁을 포기할 이유는 못 됩니다."

"맞습니다. 포기할 이유는 아닙니다. 다만, 이 페스트가 당신에게 어떤 의미인지는 알 것 같군요."

"네. 끝나지 않는 패배입니다."

저항을 "끝나지 않는 패배"와의 부조리한 조우로 보는 관점은 『시지프 신화』에도 등장하는 주제였지만, 젊은 시절 카뮈가 초기작에서 그 주제를 다룬 방식은 ㅡ서 손가락을 움직여 암울하고 심각한 생각들을 표현한 것에 지나지 않았다. 그러나 1943년 봄 르 파넬리에에서, 비록 그 답에 희망이 없을지라도 인간이 운명에 저항해야 하는 이유를 묻는 이 질문은 이제 삶과 죽음의 문제가 되었다.

카뮈가 잘 알고 있던 것처럼, 그의 동시대인들은 대부분 조류를 거스르지 않았다. 리옹이나 생테티엔으로 향할 때 혹은 파리에서 발간된 신문을 읽을 때, 카뮈는 수많은 동시대인들이 점령을 인정하고 현실에 순응하는 모습을 볼 수 있었다. 그 또한 적극적이지는 않더라도 유의미한 수준으로 현실에 순응했다. 1943년 갈리마르 출판사에서 『시지프 신화』를 출간하는 과정에서, 카프카에 관한 장章을 빼자는 제안을 수용한 것이다. 독일의 검열기구가 유대인의 생각을 다룬 어떤 글도 허용하지 않기 때문이었다. 훗날 지하출판을 통해 카프카를 다룬 장을 포함한 온전한 판본을 출간하기는 했지만, 1943년에 독일 검열기구가 일부를 삭제한 책을 출간하도록 허용함으로써 카뮈는 프리모 레비가 "회색 지대"라고 부른 지역으로 들어간 셈이었다.

그가 골몰했던 도덕적 질문들 가운데 핵심적인 질문은 왜 어떤 사람들은 저항하기를 택하고, 또 어떤 사람들은 점령군을 지원하거나 부추기거나 혹은 그에 관해서 변명하는가 하는 것이었다. 소설이 형태를 갖추고 등장인물들이 스스로를 창조해가기 시작하면서 카뮈는 중대한 결정을 내렸다. 그는 등장인물의 선택을 판단하거나 비난하지 않기로 했고, 등장인물이 주변에서 발견할 수 있는 도덕적인 모호함을 표현하도록 내버려두기로 했다. 예를 들어 랑베르라는 인물은 카뮈 자신을 부분적으로 반영하는데, 그는 처음에는 본능에 따라서 고향인 알제리로 도망가려고 했다. 그러나 탈출이 불가능해진 랑베르는 그곳에 남아 "보건위생대"에 가담하여 전염병과 싸운다. 어떤 인물은 방관자로 남기도 하고, 어떤 인물은 전염병이 퍼진 상황으로부터 금전적 이익을 취하기도 한다. 코타르라는 인물은 암시장에 진출해서 타인의 불행으로부터 돈을 짜낸다. 그런 선택들에 대한 작가의 거리감은 쉽게 만들어진 것이 아니었다. 이 소설이 그저 당대의 시대 상황을 표현한 저항 문학이나 소논문에 그치지 않은 것은 바로 카뮈의 화자가 주변에 대한 판단과 비난을 거부했기 때문이었다.

그러나 페스트를 대하는 여러 인물들의 태도 중에 작가가 판단을 보류한 채 지나치지 않은 경우가 있었다. "독일 친구에게 보내는 편지"에서 독일인 신부의 위로가 그에게 반감을 불러일으킨 것처럼,『페스트』에서는 파늘루 신부가 리외 의사의 주요 적대자로 자리 잡기 시작한다. 카뮈의 글에서 죽어가는 도시를 향해서 참회하고 위로를 구하라는 내용으로 설교하는 인물은 파늘루이다.

> 인간 고통의 가장 어두운 핵심에 있는 고요하고 작은 불꽃이……
> 해방에 이르는 어둑한 길을 밝혀줍니다. 그 불꽃은 두려움과 탄
> 식이 가득한 검은 골짜기를 여지없이 거룩한 침묵과 온갖 생명의
> 원천으로 바꾸어놓는 신의 의지를 드러냅니다. 친구들이여, 이것
> 이 내가 오늘 여러분에게 전하고자 하는 커다란 위로입니다. 그러
> 니 신의 집을 떠날 때 여러분은 분노의 말씀뿐 아니라 마음을 위
> 로하는 메시지도 가져가게 될 것입니다.

소설 속의 화자는 자제심을 유지하며 파늘루의 설교를 건조하게 전하지만, 다음 장면이 되면 종교적 위로를 바라보는 카뮈의 마음이 드러난다. 고통 속에 몸부림치고 비명을 지르며 죽어가는 어느 아이의

침대 곁에서 파늘루와 리외가 함께 밤을 보낸다. 마침내 아이의 고통이 끝나자 리외는 분노를 참지 못하고 병원을 박차고 나온다. 그는 파늘루에게 외친다.

"아! 어떻게 보아도 저 아이는 결백했습니다. 신부님도 나처럼 잘 알겠지요."

파늘루가 눈에 띄게 몸을 떨며 답한다.

"어쩌면 우리는 우리가 이해할 수 없는 것들을 사랑해야만 할지도 모릅니다."

이에 리외가 답한다.

"아닙니다, 신부님. 저는 사랑을 달리 생각합니다. 그리고 내가 죽는 날까지, 나는 아이들을 고통 속에 빠뜨리는 그런 사랑의 계획은 모두 거부할 것입니다."

나중에 파늘루는 두 번째 설교를 한다. 그는 아이의 죽음으로 자신이 벽에 부딪혔음을, 그리스도의 구원의 약속을 받아들이든지 혹은 그것을 완전히 거부하든지 중에 선택해야 했음을 인정한다. 파늘루는 결

정을 내린다. 그는 신앙을 버릴 수 없다. 그러나 그의 신앙도 고통을
겪으면서 약해졌다.

"형제들이여, 우리 모두에게 시험의 시간이 왔습니다. 우리는 모
든 것을 믿거나 모든 것을 부정해야 합니다."

아이의 죽음 이후 파늘루는 "우리는 우리를 결합해주는 것을 위해서
함께 일하고 있지요. 신성모독을 넘어서, 기도를 넘어서요"라고 말하
고, 리외도 반박하지 않는다. 이 장면에서 두 남자는 지친 채로 아이의
죽음에 동요하고 있다. 카뮈는 동시대인들과 그 자신에게, 악과 고통
앞에서 종교를 믿는 진영과 진보와 과학을 믿는 진영이 벌이는 오랜
다툼, 그리고 위로를 주려는 자와 그에 반발하는 자 사이의 오랜 다툼
은 중요하지 않다고 말하는 것처럼 보인다. 두 믿음은 모두 추상적이
며, 삶이 돌변해서 무자비하고 부당해질 때 두 진영은 그저 침묵에 빠
져들 수밖에 없다. 죽음과 악 앞에서 카뮈에게 가장 중요한 문제는 누
가 옳은지가 아니라, 누가 고통을 위무하는지였다.
　소설에서 가장 감동적인 인물은 가장 말이 적은 사람이다. 리외의
노모는 리외의 친구인 타루가 괴롭게 죽어가는 동안, 몇 시간이 지나
도록 말없이 앉아 그를 보살핀다.

그녀는 손을 무릎 위에 포개놓고 있었다. 어두운 방 안에서 그녀

는 한 조각의 그림자로밖에 보이지 않았다.……그녀가 침대 위로
몸을 숙여 침대보를 매만지고, 몸을 일으켜 땀에 엉킨 그의 머리
위에 잠깐 손을 얹었다.

알제에 거주한 카뮈의 어머니는 태어날 때부터 청력이 온전하지 못
했고 문맹이자 가난한 과부였다. 어머니는 재봉사와 청소부로 일하며
생계를 이어갔다. 그런 어머니에게서 카뮈는 가장 강력한 위로는 말
없는 위로일 수 있음을 배웠다. 과연 말이 지나치게 많은 순간들이 있
다. 그저 침대맡에 앉아 누군가의 손을 잡아주는 것, 그들에게 물을 가
져다주고 옷을 갈아입히고 배설물을 치워주고 고통이 줄어들도록 돕
는 것―그것이 유일하게 중요한 위로였다.

1943년 9월, 카뮈가 갈리마르 출판사에 사무실을 얻고 지하신문 「콩
바Combat」 일을 맡으며 르 파넬리에 생활을 정리하고 떠났을 때, 『페스
트』 원고는 절반 정도 완성된 상태였다. 다시 한번 역사의 바람이 불어
닥치는 바람에 소설을 완성하기가 더 힘들어졌다. 디데이가 되고 기쁘
면서도 두려운 파리 해방이 이어진 것이다. 1944년 8월, 카뮈는 「콩바」
의 편집 방향을 결정하는 역할을 맡았다. 그는 이제 30세였고 사르트
르와 보부아르를 처음 만났으며 배우 마리아 카자레스와 사랑에 빠졌
다. 카뮈는 잘생긴 제3자이자 파리의 모든 사람들이 만나고 싶어하던
사람이었고, 그의 일생에서 가장 혼란스러운 시기였던 정치 참여기에
도 집필 작업과 알제리 혈통 덕에 늘 한발 떨어져 있을 수 있었다. 카뮈

는 이제 「콩바」에 실은 그의 논설이 파리의 지식인 계층을 판가름하는 시금석이 될 정도로 명성을 얻었으니, 1942년에 가난과 질병과 고립 속에서 쓰기 시작했던 원고를 마무리할 시점이라고 생각했다.

원고 집필이 그를 구해주었다. 원고를 마무리하는 동안에는 갈수록 고조되는 주변의 소란에서 물러나 있을 수 있었고, 집필 작업으로 당시 사교계 지식인들과의 거리를 조율할 수 있었다. 카뮈는 리외 의사를 통해서, 전시 부역자들에게 복수의 열망을 쏟아내려는 악의에 대한 자신의 환멸을 표현할 수 있었다. 이전 세대인 막스 베버와 마찬가지로, 카뮈는 해방 이후 지식인 친구들이 쉽게 내뱉는 독선적인 확신의 윤리를 경멸했다. 이 시대에 진정으로 필요한 냉철한 책임의 윤리는 어디에 있는가? 카뮈는 『페스트』를 마무리하면서, 리외가 도시의 군중 속을 걸으며 말하는 장면을 삽입했다. "아들을 잃은 어머니나 친구를 묻은 사람에게 휴전이 있을 수 없듯이, 리외는 앞으로 자신이 평화를 얻을 수 없을 것이라고 느꼈다." 이유도 알 수 없이 갑자기 전염병이 진정되자 군중은 이를 축하하지만, 리외는 그의 시대 그리고 우리를 향해서 경고한다.

환희에 찬 군중은 알지 못하지만 그는 책을 통해서 배울 수 있었다. 페스트 균은 절대 완전히 죽거나 사라지지 않는다. 그것은 가구나 서랍 속에 몇 년이고 잠복해 있을 수 있다. 침실에서, 창고에서, 커다란 상자와 책장에서 때를 기다리다가, 그날이 오면 사

322

람들에게 파멸과 깨달음을 주기 위해 쥐들을 깨워 행복한 도시에서 죽도록 내보낼 것이다.

1947년에 마침내 『페스트』가 출간되었다. 1944년과 1945년에 카뮈가 생-제르맹-드-프레에 입성할 때 그를 환영했던 시몬 드 보부아르, 장-폴 사르트르, 롤랑 바르트 등 프랑스의 지식인들은 이 알제리 청년의 책이 발표되자, 카뮈가 전염병을 "자연적인 바이러스"로 보는 우를 범했으며 그러기보다는 그 상황을 역사의 한순간에 "위치시켜서" 프랑스를 몰락하게 한 부패한 계급과 정당을 비판했어야 한다고 평가했다. 카뮈는 그 길을 거부했다. 그는 책의 메시지가 어느 특정 시기와 결부되어 있지 않다고 믿었다.

『페스트』를 출간한 지 10년 만에 노벨상이 찾아왔다, 카뮈는 이 명예가 자신과 글쓰기에 재앙이 될 것이라고 느꼈다. 역설적이게도 그는 예술가로서 가장 생산적이고 창조적이고 쓸 것이 넘쳤던 시기가 1942년과 1943년 사이의 겨울이었다는 것을 예민하게 지각하고 있었다. 돈 한 푼 없이 홀로 망명 생활을 하던 그가 가장 깊은 곳에서부터 글을 써야 한다는 욕구를 느껴서 『페스트』를 쓰지 않았던가. 생애 말에 그는 창조성의 원천—아무것도 가지지 못했지만 주체할 수 없을 만큼 행복했던 시절, 알제의 노동자 계급이 사는 작은 집에서 말 없는 어머니와 보낸 유년 시절—으로 돌아가기 위해서 애썼다. 그리고 1960년 1월 4일, 파리의 외곽 지역인 상스 인근에서 교통사고를 당해 현장에서 사망했을 때에도 그는 자신의 창조력이 소진되었다고 말하는 비평가들을 침묵시키고자 했던『최초의 인간*Le Primier Homme*』의 첫 160쪽을 몸에 지니고 있었다.

———————

2020년, 현시대를 맞아 우리는 전 세계 모든 책장에 꽂혀 있는『페스트』를 처음으로 혹은 다시금 꺼내 읽는다. 그리고 허구의 소설 작품이 우리의 상황과 환상으로의 도피를 이리도 분명하게 예견했다는 사실에 충격을 받는다. 지도자들의 기만, 그간의 번영 속에서 외면했던 운명과 행운의 불평등, "지금 이 상황에 우리는 하나"라는 입에 발린 말들, 그러나 그보다 훨씬 비참한 현실. 전염병의 전 세계적 유행은 우리가 평등하게 취약하다는 사실을 일깨워주었지만, 카뮈에 따르면 "그 누구도 그런 평등을 원하지 않았다."

카뮈를 다시 읽으면서 우리는 리외처럼 우리를 보호하기 위해서 목숨을 걸고 싸우는 이들에게 마음을 열었다. 카뮈라면 뉴욕, 밀라노, 파리, 런던, 바르셀로나의 아파트 주민들이 정해진 시각에 창가에 모여서, 그 순간에도 방역 장비를 착용하고 누군가의 어머니, 아버지, 아들, 딸을 살리고자 마을 곳곳의 병원에서 분투하는 완벽히 낯선 이들을 응원하기 위해 창 너머로 박수를 보내는 모습을 보고도 놀라지 않았을 것이다.

전염병은 아무 의미가 없으며 그저 부조리하다는 카뮈의 주장을 받아들이는 일은 어쩌면 생각보다 어려울지도 모른다. 그런 생각은 우리가 무심결에 품는 착각, 즉 우상향하는 진보의 환상과 그 헛된 위안에 의심을 품게 했다. 우리를 덮친 이 바이러스는 우리를 1918–1920년으로, 1720년 마르세유로, 1665년 런던으로 던져놓은 것처럼 보인다. 시간은 앞으로 나아가는 대신, 우리가 뒤에 내버려둔 채 다시는 마주치지 않을 것이라고 믿었던 과거를 향해 달려가고 있다. 깨달음은 거기에서 그치지 않았다. 사망자 통계는 병원, 병상, 인공호흡기가 어떤 공공 보건 위협에도 대처할 만큼 충분히 많다는 우리의 믿음이 실은 착각이었음을 드러냈다. 또한 카뮈가 우리에게 경고한 대로, 노인과 가난한 이들을 위한 사회보장제도 역시 충격적일 만큼 취약하다는 사실도 보여주었다.

2020년 겨울, 봄, 여름, 그리고 가을, 일순간 세계가 상실과 불운의 힘에 이끌려 암흑과 침묵 속으로 곤두박질치는 것처럼 보였을 때, 우리는 카뮈를 다시 읽으면서 그다지 유쾌하지 못한 깨달음을 얻었다. 우리는 예상한 것보다 역사 앞에 훨씬 무력했고, 상상한 것보다 질병에 훨씬 무력했다. 빠르게 나아가던 우리 사회가 교착 상태에 빠지자, 우리는 모든 세속적 신념에 겸허히 의문을 품기 시작했다.

우리가 발견한 것―그리고 카뮈가 예견했던 것―은 우리가 서로에게 의존하고 있으며, 서로를 필요로 한다는 것이었다. 그외에는 아무런 위안도 있을 수 없다. 우리에게 타인을 도울 능력만 있다면 서로를 죽게 내버려두지 않으리라는 확신, 전 세계의 돌봄 노동자, 의사, 자원

봉사자들의 헌신을 통해서 강화되는 확신, 그 외에 다른 믿음은 있을 수 없다.

카뮈의 소설 끝에서 리외는 지옥 같은 시기에 배운 것을 반추한다.

세상의 악은 늘 무지에서 비롯되며, 무지한 선의는 악의만큼이나 큰 해를 끼칠 수 있다. 전체적으로 인간은 악하기보다는 선하다.

전염병의 범유행이 이를 어떻게 드러내는가? 그러나 카뮈는 인간이 선하다고 주장했다. 설사 증명할 수 없을지라도, 인간이 선하다는 이 믿음이 모든 희망의 단초이기 때문이다. 이 구절은 프리모 레비의 삶이 우리에게 던진 질문을 떠올리게 한다. 대부분의 사람이 잔혹하고 비겁할 때, 레비와 같은 소수의 인간의 미덕이 우리에게 위로를 줄 수 있는가? 리외는 그러기를 바랐고, 카뮈도 그러했다. 그러나 카뮈가 우리에게 허락하는 위로는 그것이 전부이다.

1945년에 전쟁이 끝났을 때, 카뮈는 공책에 "나의 작업의 의미"라는 제목을 붙인 구절을 썼다.

너무나 많은 이들이 은총 밖에서 살아간다. 은총 없이 어떻게 살 수 있을까? 우리는 이 문제에 몰두하여 기독교가 한 번도 이루지 못한 일을 해야만 한다. 바로 저주받은 자들을 살피는 것이다.

그가 세상을 떠나기 전 1959년의 인터뷰에서 카뮈는 기자의 적대적인 질문에 전투적으로 대답했다.

은총 밖에서 사는 이들에게 관심을 기울여야 한다는 말 때문에 내가 왜 사과해야 하는지 모르겠습니다. 그런 사람들이 대다수인 지금이야말로 그들에게 관심을 가지기 알맞은 때입니다.

우리는 천사가 아니며, 우리는 축복받지 않았다고 카뮈는 말하고 있다. 전염병이 들이닥쳐서 우리가 확실하다고 믿는 것들을 무참히 꺾는 일을 막을 방도는 없다. 카뮈는 그것이 "은총 밖에서 산다"는 의미라고 말한 것이다. 즉, 절대적인 확신이나 마지막 위로 너머에서, 그리고 인류가 역사의 의미를 이해할 수 있다는 믿음 너머에서 산다는 뜻이다. 그러나 카뮈는 거기에서 멈추지 않았다. 은총 밖에서 산다는 것은 희망 없이, 본받을 만한 사례 없이 산다는 것이 아니다. 좋은 사례는 늘 존재한다. 그리고 그가 보여주려고 했던 사례는 아주 현실적이고 구체적이었다. 바로 낯선 이의 침대맡에 앉아서 그가 홀로 죽지 않도록 밤새 곁을 지키며 말없이 보살피는 늙은 여성의 모습이다.

16

진실하게 사는 법
바츨라프 하벨의 『올가에게 보내는 편지』

극작가, 에세이스트, 저항운동가, 정치범, 그리고 조국의 대통령이었던 그는 꽤 오래 전에 사망했고 그의 삶은 많은 이들의 기억에서 멀어졌다. 이제 그는 다시 올 수 없는 과거에 속한 존재, 베를린 장벽이 무너지고 넬슨 만델라가 자유의 몸이 된 영웅적인 전환기에 속한 사람이 되었다. 그 시절 우리는 역사가 이전과는 다른 방식으로 전개되리라고 감히 생각했다. 오늘날 바츨라프 하벨은 조국을 자유로 이끌기 3년 전인 1986년의 어느 인터뷰에서 한 말을 통해서 주로 기억된다. 기자가 그의 삶을 이끈 원동력이 무엇이냐고 묻자 그가 대답했다.

희망과 낙관주의는 분명히 다릅니다. 희망은 일이 잘 풀릴 것이라는 믿음이 아니라, 결과야 어떻든 합당하다는 확신입니다.

이 발언에서 용기를 얻은 많은 사람들, 누가 보아도 가망 없는 명분을 지켜나가는 이들이 종종 연설에서 그의 말을 인용했고, 그로 인해서 하벨의 대답은 맥락과는 분리되어 나름의 생명력과 형태를 갖추게 되었다. 그가 걸어온 삶의 궤적이 그의 말에 권위를 부여했다. 하벨은 30년에 걸친 실패와 수감 생활, 자기 의심을 이겨내고 대의를 포기하지 않은 끝에 그 자신도 예상하지 못했던 대통령 자리에 올랐다.

따뜻한 회상에 젖어 있을 때에는 만델라나 하벨 같은 이들이 결국에는 승리하리라는 믿음을 항상 품고 있었을 것이라고 생각하기 쉽다. 그러나 만델라와 하벨이 살았던 시대에는 희망이 영영 사라진 것처럼 보였다. 그들이 품은 굳은 확신은 절망에 대한 가장 인간적인 승리로서 이해되어야 한다.

희망에 관한 하벨의 이 발언은 공산주의 체코슬로바키아의 변화 가능성을 두고 체코의 대문호 밀란 쿤데라와 벌인 1986년의 신랄한 논쟁을 다소 염두에 둔 것이었다. 쿤데라의 소설 『참을 수 없는 존재의 가벼움L'Insoutenable Légèreté de l'Être』은 1968년 이후 프라하의 도덕적 분위기를 영원히 바뀔 수 없는 것으로 묘사했다. 당시 30대였던 하벨은 소비에트군 탱크가 조국을 점령한 후에 체포된 정치범 수감자들의 석방을 요구하며 탄원서에 서명을 받고 있었다. 쿤데라의 소설에 등장하는 한 인물은 탄원서로는 누구도 석방시킬 수 없다며 서명은 헛수고라고 말한다. 거의 20년이 지난 시점에도 쿤데라의 입장, 혹은 적어도 그 소설 속 인물의 입장은 여전히 쓰라린 상처가 되었다. 하벨은 탄원서가 차이를 만들 수 있으며, 감옥에 갇힌 사람에게는 특히 그렇다고 주장했다. 아무런 희망이 없어도 누군가가 자신의 석방을 위해서 노력하고 있음을 아는 것만으로도 살아남을 힘이 생긴다. 쿤데라가 그것을 어찌 알겠는가? 그는 1975년 이래로 안전한 파리에 거주했고, 그동안 하벨은 프라하에 머물면서 저항운동을 대변하며 정부에 맞서 싸우다가 수감 생활을 했다. 더 나쁜 것은 쿤데라가 그런 태도를 취하고 신념을 포기함으로써 정치 자체를 시간 낭비로 보는 운명론에 굴복했다는 점이었다. 마르크스주의 지식인으로서 한때는 자신이 역사의 운전석에 있다고 믿었던 쿤데라였지만, 이제는 역사가 "우리를 파괴하고 속이고 오용하고 기껏해야 조롱할 수 있는 영리한 신학이다"라고 쓰며, 소설을 통해서 염세적인 체념을 퍼뜨리고 있었다.

하벨은 쿤데라처럼 거리감을 둘 여유가 없었다. 그는 기자에게 말했다. "[역사는] 다른 곳에서 일어나는 일이 아닙니다. 역사는 이곳에서 일어납니다. 우리는 모두 역사를 만드는 데에 기여하고 있습니다." 쿤데라는 소설을 통해서, 기자는 인터뷰를 통해서, 반체제 운동가는 탄원서를 통해서 역사에 기여한다. 우리 모두가 역사를 만든다면, 각자의 미약한 힘을 통해서 그 행로를 변화시킬 수 있다. 하벨은 정권에 굴복하기를 끈질기게 거부하고 오랜 시간 수감되는 길을 택했다. 인터뷰를 하고 3년 후에 공산주의 정권은 패배해 달아났고, 하벨은 25만 명의 군중이 모인 바츨라프 광장 발코니에 섰다. 그로서는 역사가 결국 자신의 편에서 끝을 맺었다고 느낄 법한 상황이었다. 그러나 그는 지난 경험으로 큰 도취감을 느낄 수가 없었다. 그는 저항에 헌신한 삶을 통해서 역사는 인류가 스스로 만들어가지만, 그럼에도 불구하고 인류의 의도나 심지어는 희망대로 이루어지지 않는다는 것을 배웠다.

그가 얻은 믿음이 그렇다면, 그는 어떻게 계속 희망을 품을 수 있었는가?

하벨도 끊임없이 자문했다. 공산주의 정권에 저항하다가 보리 교도소에 수감된 지 3년째이던 1982년 여름만큼 그 질문에 골몰한 적은 없었다. 하벨은 교도소에서 어떻게 시간을 보냈는지에 대해서 굳이 말하지 않았으나 40년간 중산층 지식인으로 굳은 살이 박인 적이 없었던 그에게 수감 생활은 거친 깨달음의 시간이 되었을 것이다. 그는 이전에도 종종 구금되었지만, 교도소에서 노역에 동원된 것은 1977년이 처음이었다. 헤르주마니체 교도소에서 고철장 업무를 배정받은 그는 아세틸렌 토치 사용법을 배우며 할당량을 채우기 위해서 고군분투했다. 또다른 시간에는 난방도 되지 않고 기름때로 뒤덮인 기계고에서 전선을 해체해야 했다. 교도관은 수감자들 중에서 가장 유명한 그를 괴롭히기 위해서 "구멍"으로 들여보내 다른 수감자가 자살하지 않도록 설득하는 일을 시켰다. 그러다가 보리 교도소로 이감된 하벨은 정액으로 얼룩진 이불보를 세탁실의 세탁기에 넣는 일을 맡았다.

다른 수감자들—대체로 경범죄자들이었다—은 보통 그를 혼자 내버려두었다. 그러나 숨이 막힐 정도로 밀집된 공동생활은 하벨의 정신을 고갈시켰다. 살아남기 위해서 그는 말없이 조심스럽게, 자유로운 유일한 장소인 머릿속으로 들어가 문을 잠갔다. 그는 외부의 삶을 꿈꾸었다. 어린 시절의 냄새—그가 키우던 개가 탁한 강물을 헤엄치고 나와서 물을 털 때 나던 냄새, 20대 시절에 일한 프라하 국립극장 뒤편에서 나던 연극 의상의 건조한 냄새, 교도소 벽 너머에서 풍겨오는 교외 지역의 건초 냄새—가 그를 떠나지 않았다. 그는 토요일 밤을 기다리며 살았다. 그 시간이 되면 조용한 침상에서 아내 올가에게 보낼 4장짜리 편지를 쓸 수 있었다.

1982년 5월의 어느 밤이었다. 하벨은 다른 수감자들과 함께 야간 기상예보 방송을 시청했다. 기상청 소속의 한 여성이 예보를 전하고 있었다. 그런데 예보 도중에 소리가 끊겼고, 그녀는 무엇인가가 잘못되었다는 것은 알지만 대처할 방법은 모른 채로 우두커니 서 있었다. 하벨은 올가에게 보내는 편지에 이렇게 썼다.

정해진 순서가 틀어지자 한순간 끔찍하게 당황한, 불행한 여성이 혼란에 빠진 채 우리 앞에 서 있었다오. 그녀는 말을 멈추고 우리 쪽을 절망스럽게 바라보다가 화면 밖 어디인가로 눈을 돌렸지만, 그곳에서 아무런 도움도 얻을 수 없었소. 그녀는 가까스로 눈물을 참고 있었소. 그녀는 수백만 명의 눈앞에 절망적일 만큼 혼자 남겨진 채 낯설고 예상하지 못한, 해결 불가능한 상황에 던져져서, 자신이 무엇보다도 수치심 속에서 허우적대고 있다는 것을 헛되이 몸짓으로 전달하고 있었소(예를 들면 어깨를 으쓱하고 미소를 지으면서 말이오). 인간의 무력함이 그대로 드러나는 원초적인 벌거벗음의 상태로 그곳에 서 있었던 거요.

하벨은 그 순간에 공감할 수 있었다. "적나라한" 순간이었다. 대사를 잊고 시청자 앞에 벌거벗은 채 굳어버린 끔찍한 순간이었다. 가면이 떨어져 나가고, 그 아래 떨고 있는 인간이 드러나는 순간이었다. 다른 수감자들은 정부의 충성스러운 하인—당시 체코에서는 기상청조차도 의무적으로 당의 정치 노선에 아부하는 말을 해야 했다—이 치욕을 당하는 모습에 짓궂은 기쁨을 느끼며 휘파람을 불거나 야유를 보냈겠지만, 하벨은 마음 가득 연민을 느꼈고 터무니없게도 손을 뻗어 그녀의 머리칼을 쓰다듬어주고 싶었다.

그 장면이 자기 존재의 핵심을 건드렸다고 하벨은 올가에게 말했다. 미친 이야기 같지만, 그는 자신이 이 생면부지의 타인이 겪는, 소리 없는 고통을 비롯한 "모든 것"에 책임감을 느낀다고 썼다. 왜 그녀에게 책임감을 느꼈는가? 그녀의 적나라한 굴욕에서 자신의 모습을 보았기 때문이었다. 그는 "책임"이 삶의 닻이 되어야 한다는 것을 다시 한번 깨달았다.

당시에 하벨은 동생 이반이 보내준 프랑스 철학자 에마뉘엘 레비나스의 논문 "무정체성"을 읽고 있었다. 레비나스 역시 수감된 적이 있었다. 프랑스군 병사였던 그는 1940년에 포로가 되어 독일의 포로수용소로 보내졌고, 그곳에서 5년간 삼림 개간 작업을 했다. 리투아니아계 유대인이었던 레비나스가 죽음의 수용소를 벗어날 수 있었던 것은 오직 독일인들이 그를 제네바 협약을 통해서 보호받는 전쟁포로로 인정했기 때문이었다. 레비나스는 자신의 수감 생활을『구약 성서』에 나오는 고대의 의미의 예속으로 이해했다. 그는「시편」119편을 인용했다. "땅 위에서 나그네인 이 몸에게 당신의 계명을 숨기지 마소서." 한 글에서 그는 이렇게 말했다. "이집트 땅의 이방인(나그네)이자 노예라는 조건이 그를 이웃과 가까워지게 했다. 이방인이라는 동일한 조건 속에서 인간은 타인을 갈구했다. 누구도 고향에 있지 못했다. 이 예속의 기억이 인류애를 탄생시킨다." 하벨은 깨달음의 충격을 받으며 이 글을 읽었다. 그리고 레비나스의 글을 옮겨 적었다.

> 책임은 정체성을 형성하지만, 정체성이 책임을 만드는 것은 아니다. 그보다, 우리에게 정체성이 있는 것은 우리에게 책임이 있기 때문이다.

레비나스의 말을 통해서 하벨은 방송에 출연한 기상학자를 보고 느낀 갑작스러운 연민을 이해할 수 있었다. 그들은 동류였다. 하벨은 자신의 고유한 존재에 따라서 그녀에 대한 책임이 있었다. 하벨은 프라하에서 밤늦게 전차를 탈 때마다 차장이나 다른 승객들이 보지 않더라도 수금함에 동전을 꼭 넣고는 했는데, 그렇게 행동한 이유도 다르지 않았다. 자신 때문이 아니라, 그가 책임이 있다고 느끼는 절대적인 행동 기준으로서 작동하는 감시의 눈길을 느꼈던 것이다.

그러나 그를 지켜보는 존재는 신이 아니라고 하벨은 올가에게 말했다. 그는 레비나스의 글에서 받은 영향을 숙고한 수많은 편지들 중에 하나에서, "어디에서든 나의 곁에 있는 이 친밀한 존재는 때로는 양심이고, 때로는 희망이고, 때로는 자유이고, 때로는 세계의 신비"라고 썼다. 무엇이 되었든 그것은 숭배하기에는 너무나 친밀했고, 하벨은 독실한 기독교인이 아니었다. 그렇지만 종교는 그가 가장 내밀한 갈망에 관해서 사고할 때 흔히 활용하는 은유였다. 그는 "지속적으로 항상" 심판을 마주하고 있다고 느꼈다. "한 번 일어난 일은 없던 셈 칠 수 없다. 모든 것이 존속한다.……나 또한 그곳에 남아 있다. 시간의 종말까지, 그저 내가 나 자신이도록 저주받은 채로."

반정부 인사로서 감내한 모든 희생이 헛되었다고 번민하던 사람이 갑자기 낯선 이의 고난에 동요되어 눈물을 흘리고 그녀를 비롯한 다른 이들에게 책임감을 느꼈다. 이 모든 일이 일순간 존재의 목적을 일깨워주었고, 하벨은 희망과 개인적인 구원을 감지했다.

이 깨달음에 뒤이어 다른 내밀한 감정들이 수면 위로 올라왔다. 하벨은 자신이 올가에게 완전히 의존하고 있다는 사실을 마주했다. 그녀와 형제 이반만이 외부 세계와 연결된 유일한 창구였다. 그녀야말로 분기마다 그를 방문하는 유일한 사람이었고, 그에게 얼그레이 찻잎, 담배, 면도 로션, 그가 어울리던 반정부 인사와 연극인들의 소식과 소문을 전해주는 사람이었다.

"자처럼 곧은" 노동자 계급 여성—그녀가 그의 첫사랑이었다. 하벨은 1950년대 후반 프라하에서 그녀를 만났다. 극장 안내원으로 일하던 그녀는 견습 무대 담당자였던 그보다 3세 연상이었다. 똑똑하고 말 많고 우유부단한 중산층 청년에게 그녀의 흔들림 없는 성격은 거부할 수 없는 매력이었다. 그의 어머니는 그녀를 무서워하며 싫어했는데, 두 젊은 연인은 그에 저항하듯이 결혼 도장을 찍었다. 수감 당시 두 사람은 이미 20년이 넘는 시간을 함께한 상태였다. 다른 사람들에 대한 그녀의 솔직하고 날카로운 평가는 그에게도 일종의 기준점이 되었다. 그녀는 그의 첫 번째 독자였고 가장 열정적인 비평가였으며 뮤즈였다. 그러나 그가 구금되던 즈음에는 오랫동안 이어진 그의 외도로 결혼 생활이 누더기가 되어 있었다.

경찰에 체포되던 순간, 그는 올가가 아니라 함께 정권에 저항하던 친구의 전처, 안나 코후토바와 함께 있었다. 하벨은 안나와의 관계를 올가에게 숨기지 않았지만, 그가 수감되었을 때 올가의 인내심은 바닥을 드러낸 상태였다. 당연히 그녀는 그에게 자주 편지하지 않았다. 하벨은 요구 사항만 잔뜩 적힌 편지를 보내고는 했다. 이 치약 말고 저 치약으로, 이 차 말고 저 차로. 어떤 편지에서는 안나에게 친근한 안부의 말을 전해달라고 부탁하기도 했다. 수감 초기 두 사람의 면회는 두 사람 중에 누구도 감정을 털어놓지 않아서 긴장감이 가득했고, 감시 중인 간수들 때문에 더욱 그러했다. 그녀는 그를 벌할 수 있는 유일한 방법을 택했다. 그녀는 그가 제발 대답을 해달라며 간청하는 것을 내버려두면서 차갑게 입을 닫았다. 교도소는 그가 얼마나 유약한 존재인지, 그녀가 얼마나 필요한 존재인지 가르쳐주었다. 하벨은 그녀가 자신의 반석이라고, 자신의 유일한 확신이라고 말하기 시작했다. 그녀는 그를 결코 버리지 않았지만, 그렇다고 그의 죄책감을 이용하지 않은 것도 아니었다. 그는 어쩔 줄 몰라했다. 그러나 도덕적 원칙을 준수함으로써 권위를 얻은 사람에게는 자신이 어떤 사람이 되어야 하는지를 상기시켜주는 여자와 함께하는 것 외에는 다른 선택지가 없었다.

도덕적 권위는 도덕적 권위이고, 사랑과 욕망은 그와는 다르다. 하벨의 편지는 떼놓을 수 없는 두 사람의 유대를 기록한 것치고는 차가운 내용이었지만, 그래도 그 유대는 서로에 대한 아낌없는 애정에 근거했다. 한 친구가 올가에게 보내는 편지가 왜 그리도 냉담한지, 위로하고 안심시키는 말과 사랑의 말이 왜 그렇게 적은지 그에게 묻자, 하벨은 편지가 교도소의 검열을 통과해야 하기 때문이라고 답했다. 게다가 그와 올가는 "서로에게 자신의 감정을 잘 드러내지" 않았다. "이유는 각자 달랐지만, 우리는 둘 다 과묵한 편이었지. 그녀는 자존심 때문에, 나는 수치심 때문에."

하벨은 올가에게 용서를 구했고, 동시에 자기 자신도 용서해야만 했다. 1977년 1월부터 5월까지 난생처음으로 루지네 교도소에 수감되어, 반정부 단체의 대변인 직책을 맡은 죄에 따른 재판을 기다리던 기억이 그를 사로잡고 있었다. 그는 어느 영리한 조사관에게 신문을 받았다. 하벨의 씁쓸한 회고에 따르면, 조사관은 그의 약점을 모조리 공략했다. 하벨은 영민함과 지적 우월감을 뽐내고 싶어하는 중산층 남자였다. 조사관은 이를 이용해서 하벨에게 형량을 줄여주는 대신 반정부운동의 대변인 자리에서 물러나겠다는 합의를 이끌어냈다. 겁에 질려혼란에 빠져 있던 것은 용서할 수 있었다. 그러나 정말 용서할 수 없었던 것은 그가 조사관보다 한 수 위라고 착각했다는 점이었다. 그는 그합의가 프라하의 반정부 단체들의 눈앞에서 스스로 명예를 더럽힌 일이었다는 사실을 뒤늦게야 깨달았다. 석방되었을 때 친구들은 그를 이해해주었지만, 그는 생애 가장 어두운 시기를 보냈다. "말 없는 절망과자기 비하, 수치심과 내면의 굴욕, 비난과 답이 없는 질문들로 몇 주일, 몇 개월, 몇 년을 보냈소." 두 사람이 주고받은 모든 편지들 중에 아마도 가장 내밀했을 그 대목에서, 하벨은 자신이 느끼는 절망의 깊이를어렴풋이나마 알고 있는 사람은 오직 올가뿐이라고 고백했다.

그의 외도와는 달리, 너무나도 인간적인 이 실수는 저항운동의 대변인으로서 치명적이게도 하벨의 도덕적 권위를 실추시켰다. 그 직책을수행하는 데에 도덕적 권위의 무게감만큼 중요한 것은 없었다. 형기가거의 끝나가고 있었다. 아물지 않은 상처에서 계속해서 흘러나오는 이수치심을 지혈하지 못한다면, 출감 이후에 지도자 역할을 이어갈 수없었다. 레비나스를 통해서 그리고 기상학자를 보고 흘린 연민의 눈물을 통해서 하벨은 타인을 위한 헌신의 근원을 재발견할 수 있었다. 이제는 신념에 따라 행동하지 못했던 자신의 치명적인 실패를 용서해야만 했다.

"진실하게 살기" 위해서는 거짓 위로를 거부해야 했다. 스스로를 용서하려면 하벨은 존재의 가장 깊은 곳으로 내려가, 루지네 교도소 조사실에서 마주한 자신의 약점과 실패에 책임을 져야 했다. 올가에게 보내는 편지들 중에 가장 중요한 대목에서 그는 이렇게 썼다.

> 성공 뒤에 숨는 것은 어렵지 않소. 그러나 실패에 책임을 지는 것, 누구도 그 무엇도 탓할 수 없는 진정한 자신의 실패를 조건 없이 인정하고 그에 따라 치러야 할 대가를 기꺼이―아무도 눈치채지 못하더라도 세속적인 이해타산은 전혀 고려하지 않고, 또 선의의 조언도 전혀 고려하지 않고―받아들이는 것은 끔찍하게 어려운 일이오! 그러나 그런 책임을 통해서만―바라건대, 나의 경험이 말해준 대로―나의 일의 지배권을 되찾을 수 있고, 나의 존재라는 불확실한 것을 이끄는 신비한 힘에 관해서 그리고 그 초월적인 의미에 관해서 근본적으로 새로운 통찰을 얻을 수 있을 것이오.

실패를 받아들인다는 것은 그 책임을 져야 하는 사람이 이미 지나간 과거의 자신이라는 식으로 속이지 않겠다는 의미였고, 그 사람이 언제나 그 자신이었으며, 앞으로도 영원히 자신이리라고 인정하는 일이었다. 실패한 자신을 인정하기 위해서는 수치심을 털어내려고 더는 애쓰지 말아야 했다. "진실하게 살기" 위해서는 그렇게 해야 했다.

그것은 또한 앞으로는 자신의 미덕을 당연하게 여겨서는 안 된다는 뜻이었다. 그 대신 자신이 얼마나 유약한 사람인지 깨달아야만 했다. 하벨은 루지네 교도소 조사실에서 벌어진 일이 "1은 늘 1이라고 의심하지 않고 믿어버린 부주의했던 순간"에 일어났다고 말했다. 그는 과거의 자신을 절대 믿지 않기로 했다. 그의 삶은 더는 운명이 아니라 위험한 선택으로 가득한 미래로 뻗은 미로가 되었다. 그곳에서 저지르는 실수나 잘못된 선택은 모두 궁극적인 배신으로 이어질 위험이 있었다.

1982년 여름, 프라하에서 하벨과 가깝게 지내던 사람들은 다들 그의 편지들을 읽었다. 한 사람이 이 편지들을 지하출판의 형식으로 발간하면 좋겠다는 아이디어를 냈다. 『올가에게 보내는 편지*Dopisy Olze*』라는 제목으로, 하벨은 올가의 고해신부로서의 역할을 인정했다. 한 철학자 친구가 서문을 쓰면서 하벨을 보에티우스와 연결시켰다. 하벨의 편지는 당대의 『철학의 위안』으로 소개되었다. 두 글의 유사성과 차이점을 짚어보아도 좋을 것이다. 두 사람 모두 여성에게서 위로를 찾았다. 보에티우스는 필로소피아 부인에게서, 하벨은 그가 한때 배신했던 실존 인물에게서. 보에티우스에는 죽음과 화해하기 위해서 위로를 구했고, 하벨은 용서를 통해서 위로를 구했다.

희망에 관한 하벨의 발언과 "진실하게 살기"라는 그의 금언이 그만한 권위를 가지는 것은 그 말을 하기까지 그가 성실하게 자신을 고찰해왔기 때문이다. 그는 조사관 앞에서 나약해졌던 순간을 그 어떤 변명으로도 정당화할 수 없음을 받아들이고 감옥을 나섰다. 그는 스스로를 용서했고, 그 때문에 자유를 얻을 자격이 있다고 믿었다.

1983년 초에 석방된 이후로도 "진실하게 살기"는 여전히 어려운 일이었다. 도저히 교정할 수 없는 기질이 있었다. 그는 안나와의 내연 관계를 이어갔고, 그후에는 또다른 여성을 만났다. 올가도 다른 남성을 만나기 시작했다. 그러나 하벨은 영원히 올가를 떠나지 않았다. 그녀는 마지막까지 그의 반석이었고 절친한 친구이자 심판관이었다.

출소한 지 7년 만에 하벨은 대통령이 되었다. 처음에는 역사를 만들어나갈 기회를 얻었다는 생각에, 세계 각국이 자신의 특별한 삶에 보내온 관심에 들떠 지냈다. 워싱턴과 런던, 파리와 베를린 등 전 세계에서 그에게 수많은 상과 명예학위들을 수여했다. 그러나 한쪽에는 늘 거리를 두고 관객처럼 그 모습을 바라보는 자아가 있었다. 하벨은 자신의 삶을 쾌활하게 희화화했다. "어리숙한 아무개 씨가, 모두가 불가능하다고 하는데도 벽에다 머리를 박고 또 박더니, 결국 벽을 무너뜨리고 왕이 되어서는 13년 동안 통치하고 통치하고 또 통치했다."

하벨의 삶은 사람들에게 희망을 주는 대표적인 이야기가 되었고, 하벨도 그 점을 자신의 오랜 임기에 대한 핑계로 삼았던 것 같다. 그러나 그의 가장 가까운 친구들조차 그가 왜 그렇게 오랫동안 대통령직을 내려놓지 않는지 의아해했다. 집무실에서 보내는 시간은 십자가의 길이나 마찬가지였다. 그는 그 오르막을 터덜터덜 걸었다. 그의 재임 기간에 나라는 둘로 쪼개졌다. 하벨은 바츨라프 클라우스 총리에게 농락당하고는 했다. 하벨은 감동적인 연설을 통해서 부패와 이기주의와 영적인 공허를 주의하라고 국민에게 경고했으나 사람들은 무시했다. 1996년에 올가가 암으로 사망했다. 곧 그는 훨씬 어린 여배우와 재혼했고, 사람들은 그를 조롱했다. 그래도 그는 흔들리지 않았다. 그 여배우의 사랑이 그의 목숨을 구했다. 언제인가 그가 위험한 상황에 처했을 때 의료진을 불러 치료받게 만든 사람이 그녀였다. 이제 자신도 작은 행복을 누릴 자격이 있지 않은가?

비판이 쏟아졌지만, 하벨은 프라하 성을 떠나지 않았다. 하벨은 권력을 행사할 때 "우리가 정말로 존재한다는 것을, 부정할 수 없는 자신만의 정체성이 있다는 것을, 우리가 하는 모든 말과 행동이 세계에 뚜렷한 흔적을 남긴다는 것을" 확인할 수 있다고 말했다. 그와 동시에 권력은 그에게서 진정한 자아를 빼앗아갔다. 그의 연설은 방어적이고 형식적으로 변해갔고, 그의 동료들은 그에게 더는 진실을 말하지 않았다. 진정한 자신이 될 시간도 없었고, 심지어 혼자 있을 시간도 없었다. "진실하게 살기"가 정말 그에게 참된 삶을 판가름하는 기준이었다면, 권력의 황혼기에 접어들어 자주 만성적인 우울을 느끼게 된 그는 자신이 거짓되게 살고 있지 않은지를 점점 더 자주 의심했을 것이다.

2003년에 마침내 대통령직에서 물러난 하벨은 워싱턴을 방문해서 개선 행진을 즐겼다. 미국은 그에게 국회 도서관 내에 사무실을 내주었고, 워싱턴 D.C.의 조지타운에 집도 마련해주었다. 위대하고 훌륭한 인물들이 그를 만나려고 매들린 올브라이트(빌 클린턴 행정부 시절에 UN 주재 미국 대사와 국무장관을 연이어 역임한 인물/옮긴이)의 집을 방문했고, 그는 독특한 영어를 구사하며 세계 정세에 관해서 방문자들과 토론했다. 미국 대통령은 하벨을 백악관에 초대했고, 그는 그 모든 환영을 즐겼다. 생면부지의 타인이 그를 이미 고인이 된 누군가와 혼동했던 기이한 순간에도 마찬가지였다. 미국 국회의사당의 엘리베이터에서 한 청년이 그에게 그가 늘 자신의 우상이었다며 말을 걸어왔다. 하벨이 감사를 표하자, 청년은 그가 정말 『참을 수 없는 존재의 가벼움』의 작가가 맞는지 물었다. 하벨은 자신의 가장 주요한 적대자로 오인받은 그 일이 "참으로 쿤데라적인 상황"이라고 생각했다.

하벨의 유머와 자기 폄하는 말년에 이르도록 계속되었다. 결국에는 점점 혼자 보내는 시간이 늘어났다. 그는 올가와 함께 살았던 흐라데체크의 시골집에 머물면서 홀로 묵상에 잠긴 채 자신이 대중으로부터, 정치로부터, 사람들로부터, 심지어는 새 아내와 자기 자신으로부터 멀어지고 있다고 생각했다.

하벨은 자신이 왜 집 안을 어슬렁거리면서 정리하고 있는지, 왜 "모든 것을 반듯하게 정리하고, 무엇도 식탁 위에 어질러져 있거나 비뚤어져 있도록 내버려두지 않는지"를 자문했다. 잘 먹지도 않으면서 왜 끊임없이 냉장고를 채우는가? 마치 항상 누군가의 방문을 기다리는 것 같았다. 그러나 누가 그를 찾는다는 말인가? 아름다운 여성? 구원자? 오래된 친구? 사실 이제는 그 누구도 보고 싶지 않았다.

하벨은 이유를 안다고 생각했다. "나는 계속 최후의 판결에 대비하고 있다. 어떤 것도 숨길 수 없고, 살펴야 할 것은 모조리 살피고, 물론 무엇이 제자리에 놓여 있지 않은지를 전부 알아차리는 최종 법정의 판결을."

하벨은 최후의 판결을 내릴 판사가 아무리 사소한 것도 알아챌 수 있다고 생각했다. 판사도 자신처럼 까다로운 사람일 테니까. 그러나 그는 왜 그런 판결을 신경 쓰는가? 그의 "존재가 표면에 물결을 일으켰고" 또 저항운동가로서, 재소자로서, 대통령으로서 남긴 작은 물결이 세상을 변화시킨 탓이었다. 그러니 그의 삶은 판결을 받고 평가되고 저울 위에서 무게가 달릴 수밖에 없었다. 그는 혼자 그곳에 머무르며 끝을 기다리는 "그저 한 다발의 신경"일 뿐이었다. 6년 후에 그 시간이 찾아왔을 때, 그는 시골집에 있었다. 한 간호사만이 그의 임종을 지켰다. 그의 모든 결점에도 불구하고 역사를 만든 이들 가운데 그만큼 열렬하게 자기 탐구에 몰두한 사람은 많지 않았다. 교도소에서 내면을 탐구하는 방법을 익힌 외향적인 인간으로서, 그는 최선을 다해 진실하게 사는 방법을 찾았고 다른 이들도 그럴 수 있도록 영감을 주었다. 마지막 순간 그는 판사의 판결을 기다리면서도, 오래 전부터 자신의 손으로 심판하지 않은 죄는 남아 있지 않음을 알았을 것이다. 바로 그 앞에 약간의 위로가 있었을지 모른다.

17

좋은 죽음

시슬리 손더스와 호스피스 운동

거의 30년이 지난 지금 어머니의 마지막 순간을 떠올리면, 주로 소리가 기억난다. 병실 바깥 리놀륨 복도에 끌리는 신발 소리, 검사 장치에서 나는 삑삑 소리와 틱틱 소리, 멀리서 들려오는 라디오 소리, 어머니가 뒤척이며 내뱉는 거친 호흡 소리. 동생은 병상 머리맡에 서서 어머니의 어깨를 마사지하고, 나는 어머니 옆에 앉아서 어머니의 손을 놓지 않으려고 했다. 그렇게 얼마나 시간이 지났는지 기억나지 않는다. 젊은 아시아계 의사가 초록색 수술복을 입고 들어와 침대 발치에서 차트를 넘기며 우리 모습을 살핀 후에 혹시 진통제가 더 필요한지 물었다. 그때 어머니의 숨이 멈추었다. 어머니는 몸을 말고 옆으로 누워 있었다. 어머니에게는 더 이상 아무것도 필요하지 않았다. 의사는 생각에 잠겨 고개를 흔들었고, 간호사들이 들어와서 우리를 밖으로 내보냈다. 그리고 다시는 어머니를 보지 못했다.

아버지는 퀘벡의 작은 마을에서 말년을 보내던 러시아계 조부모님을 뵈러 갔다가 갑자기 심장마비를 겪고 40분 거리에 있는 병원의 중환자실로 이송되었다. 당시 토론토에 살던 동생이 늦지 않게 병원에 도착해서 아버지를 면회했다. 그러나 면회 시간이 끝난 후에는 수많은 링거와 검사 장치에 연결된 채 황망함과 두려움을 느끼고 있는 아버지를 홀로 두고 나와야 했다. 아버지는 그날 밤 세상을 떠났다. 나는 대서양 건너편에 있었고, 제시간에 그곳에 도착할 수 없었다.

병원에서 맞은 두 죽음은 나에게 오랫동안 잊히지 않을 슬픔을 남겼다. 부모님이 좋은 죽음, 즉 마지막으로 우리가 함께 대화를 나눌 수 있는 죽음을 맞을 수 있었을 것이다. 그러나 그럴 시간도, 장소도 없었다. 병실이나 중환자실은 위로를 위한 장소가 아니었다. 그런 장소가 없을 때 죽음은 산 자들에게 깊은 상처를 남긴다.

———————

20세기 중반 대서양 양안에서 의사, 간호사, 환자들은 우리가 죽음을 맞는 방식을 변화시키고자 했다. 그러기 위해서는 의료 행위에서 의사가 하는 역할을 다르게 생각하고 삶의 마지막 순간 우리를 기다리는 것들을 다르게 이해해야 했다. 나의 부모님을 치료한 의사들을 포함하여 대다수의 의사들에게 죽음은 실패를 의미했다. 환자가 죽어갈 때, 처치가 더는 불가능할 때, 희망은 사라지고 의사는 뒷일을 간호사들에게 맡길 수밖에 없었다. 그러나 새로운 세대의 의사와 간호사는 더 이상의 치료가 불가능할 때조차 희망이 아직 남아 있다는 것을 이해하기 시작했다. 치료의 희망은 없어도, 삶과 화해하고 소원해진 자녀들과 재회하고 오래된 마음의 상처를 치료하고 신변을 정리하고 모든 것이 잘 마무리되었다는 마음으로 세상을 떠날 수 있다는 희망이 있었다. 죽어간다고 해서 희망이 끝난 것은 아니었다. 죽음의 그림자 속에서도 성취하고 해결할 수 있는 일이 있다. 그런 통찰 속에 위로의 가능성이 있고, 실제로 그런 일을 가능하게 하는 제도가 수립될 수 있다.

많은 사람들이 이런 변화에 공헌했지만, 영국의 의사 시슬리 손더스만큼 중요한 역할을 한 사람은 없다. 중세의 오래된 제도인 호스피스를 재발견한 손더스는 불치병 환자를 위한 통증 치료 분야와 죽어가는 환자를 따뜻하게 돌보는 간병 분야의 발전들을 새로운 제도에 결합하여, 죽어가는 이들이 죽음과 화해하고 최대한 평온하게 죽음을 맞을 수 있는 20세기판 호스피스 제도를 만들어냈다. 그녀는 간병, 심리학, 통증 관리, 치료 요법 등을 솜씨 좋게 연결하여 세속적인 영역에서 위로의 새로운 형식이 탄생하는 데에 이바지했다. 미국의 엘리자베스 퀴블러-로스(인간의 죽음에 대한 연구로 평생을 보낸 정신의학자/옮긴이)와 마찬가지로, 손더스는 우리 대부분이 죽음의 전망과 마주하면 처음에는 그 사실에 저항하고 그런 후에 부정하지만, 결국에는 대부분 운명과 화해하는 단계에 이른다고 믿었다. 퀴블러-로스와 손더스는 여기에 죽음의 공포에서 벗어날 희망이 있다고 믿었다. 두 사람은 이 책에 소개된 두 가지 전통에 각각 의지했지만―손더스는 「욥기」와 「시편」과 카뮈에, 퀴블러-로스는 프로이트와 융과 그 제자들에―두 사람 모두 최종적으로는 당시 대부분의 남성 의료인들이 외면하던 것에 관심을 기울였다. 바로, 죽어가는 환자들의 이야기였다. 두 사람은 죽음의 고통이 그저 통증과 공포만으로 이루어진 것이 아님을 발견했다. 들어줄 사람이 없고 심지어 진실을 말할 수 없다는 느낌 또한 때로는 절망적이고 때로는 화가 나는 일이었다. 죽어가는 이들이 삶에 관해서 이야기하고 삶의 의미를 찾고 자신과 타인들을 용서하고 그 모든 것이 곧 끝난다는 사실을 받아들일 수 있도록 해야 했다. 이 문제를 의료 행위의 중심에 놓기 위해서 손더스는 1960년대 병원에 뿌리 깊이 박혀 있던, 성별에 기반한 노동 분업과 맞서야 했다. 당시 병원에서는 치료와 처치 영역은 대체로 남성 의사가, 통증 완화를 위한 약물 치료는 대체로 여성 간호사들이, 그리고 위안은 사제들이 맡고 있었다. 손더스는 이 역할 구분을 무너뜨리고 이를 모두 결합한 완화 치료 분야를 수립함으로써 위로가 정성스러운 간병이나 통증 치료처럼 의료 행위의 중요한 일부가 되는 데에 큰 역할을 했다. 그녀가 크게 기여한 완화 치료 운동 덕분에 이제는 전 세계 대부분의 국가에서 호스피스 제도가 운영되고, 수많은 병원이 완화 치료를 시행한다.

―――――――

시슬리 손더스는 제2차 세계대전이 한창이던 시기에 런던에서 의료 경력을 시작했다. 그녀는 간호사 교육을 받았지만, 종전 후에 자신이 평생을 바칠 일은 죽어가는 사람을 돌보는 일이라는 것을 깨닫기 시작했다. 우연한 계기였다. 런던 성 토머스 병원에서 의료 사회복지사로 근무하던 1948년 1월의 어느 날 아침, 손더스는 소호의 어느 하숙집 여주인으로부터 전화를 받았다. 그녀가 돌보다가 최근에 퇴원한 환자가 쓰러졌다는 소식이었다. 하숙집으로 달려갔을 때 데이비드 타스마는 구급차에 실리고 있었다. 그는 자신이 죽어가고 있느냐고 물었다. 누구도 그에게 진실을 말해주지 않았던 것이다. 그녀는 그렇다고, 그가 대장암 말기라고 말해주었다. 그는 그녀에게 자신을 찾아와달라고 부탁했다. "내가 달리 무엇을 할 수 있을까?" 당시 그녀는 그렇게 생각했다고 한다.

손더스는 그후 2개월 동안 거의 매일 저녁, 발 디딜 틈도 없는 런던 병원의 일반 병실로 그를 찾아가서 접시 소리, 운반차 소리, 침대 양편의 신음으로 소란한 와중에도 그가 속삭이며 전하는 말을 들었다. 그는 폴란드계 유대인이었고, 이제 겨우 40세였다. 그는 전쟁 전에 런던으로 왔고 덴마크 거리에 있는 코셔 식당(유대교의 음식에 대한 율법을 따르는 식당/옮긴이)에서 웨이터로 일했다. 그는 전쟁 동안 모든 가족을 잃었고, 침대 옆에 앉은 이 30세의 중산층 여성을 제외하고는 철저히 혼자서 죽음을 맞이하고 있었다. 그는 자신이 살아본 적도 없이 죽는 것 같다고, 훗날 그녀가 전한 말에 따르면, "수영장에 잔물결 하나 일으키지 못하고" 죽는 느낌이라고 고백했다. 그녀의 면회는 그가 누군가에게 그나마 어떤 의미를 남겼다는 유일한 증거였다.

고작 커튼 한 장으로 다른 환자들과 분리된 소란스러운 병실에서 그녀는 죽어가는 환자들이 머물 더 나은 장소가 반드시 있을 것이라고 타스마에게 말하기 시작했다. 그녀는 환자들이 더 좋은 통증 치료를 받고 사생활을 보장받고 가족들을 만나고 또 신변을 정리할 수 있도록 도움을 받을 수 있는 곳을 그리면서 아직은 설익은 생각들을 말했다. 그는 밝은 목소리로, 그녀를 자신의 생명보험금 수령자로 지정하면 그런 장소를 만들 수 있을 것이라고 말했다. 그녀가 만류했지만, 그는 굽히지 않았다. 그는 랍비의 손자이지만, 조상들의 신앙은 그가 붙잡을 기둥이 되어주지 못했다고 말했다. 열렬한 복음주의 기독교인이었던 그녀는 그가 개종하기를 바랐다. 그는 그녀를 너무 좋아해서 "당신을 좋아한다는 이유로 단지 개종만 하지는" 않겠다고 답했다.

쇠약해진 그는 손더스에게 "위로가 되는 말"을 해달라고 했고, 그녀는 「시편」 23편 "주는 나의 목자"를 암송했다. 그는 계속해달라고 했고, 그녀는 「시편」 95편 "어서 와 허리 굽혀 경배드리자"와 「시편」 121편 "이 산 저 산 쳐다본다, 도움이 어디에서 오는가"를 이어서 암송했다. 그는 계속해달라고 부탁했다. 그러나 그녀가 가방에서 성서를 꺼내 읽기 시작하자, 고개를 저으며 "당신의 머리와 마음속에 있는 것을 듣고 싶다"라고 말했다. 2월 25일, 그녀가 면회를 갔을 때 타스마는 혼수상태에 빠졌다. 그녀는 작별 인사를 한 후에 버스를 타고 집으로 돌아왔다. 그리고 다음 날 병원에 전화를 걸었을 때, 자신이 떠나고 1시간 후에 그가 사망했다는 소식을 들었다. 그녀는 그가 마지막으로 본 사람이었다.

손더스는 데이비드 타스마와 함께한 그때에 평생의 업이 시작되었다고 기억했다. 그가 죽은 후에 손더스는 사회복지사 일을 그만두고 간호사가 되고자 했다. 그러나 한 의사가 그녀에게 의사가 되라면서 "대부분의 의사는 죽어가는 환자를 버려두지만" 그녀라면 그러지 않을 것이라고 말했다. 또한 통증 조절에 관해서도 배울 것이 많다고 덧붙였다. 손더스는 학교로 돌아가서 의사 자격을 취득한 후에 런던의 가톨릭 호스피스 병원에서 의사로 일하기 시작했다. 그 병원은 중세로 거슬러올라가는 온정적인 간병의 전통을 실천하는 곳이었지만, 그녀의 말에 따르면 근대에 이루어진 통증 조절 분야의 발전에 대해서는 "전적으로 무지했다." 손더스는 통증 관리를 전공으로 삼았다. 당시 환자는 실제로 통증을 겪어야만 진통제를 처방받을 수 있었다. 마치 통증으로 의약품을 "얻어야" 하는 것 같았다. 그녀는 적은 양의 약물을 주기적으로 처방해서 통증을 사전에 예방하고, 가능하면 통증을 완전히 없애는 치료법을 활용했다. 그녀는 이렇게 해도 약물 의존증이 발생하지 않는다는 것을 증명했다. 더 중요한 것은 환자가 통증 없이 의식을 차리고 있다면, 죽음과 화해할 시간이 생긴다는 점이었다. 그녀는 암 환자들에게 통증 조절이 삶을 마지막으로 정리하는 과정에 반드시 필요한 전제 조건임을 깨달았다.

1960년 여름, 그녀는 삶을 변화시킨 두 번째 사람을 만났다. 안토니

미흐니에비치라는 또다른 폴란드계 환자였다. 고등교육을 받은 귀족계급 출신의 기술자였던 그는 뼈암을 앓고 있었다. 나이는 58세로 그녀보다 15세 연상이었다. 6개월 동안 그들은 점점 더 서로에게 많은 것을 털어놓는 사이가 되었다. 그의 병이 치료가 불가능하다는 말을 전해준 것도 그녀였다. 그는 고개를 돌리거나 절망을 드러내는 대신, 그녀를 지그시 바라보며 그 말을 전하는 것이 힘들지 않았느냐고 물었고, 그녀는 정말 힘들었다고 답했다.

나중에 그녀가 회상하기를, 미흐니에비치가 사랑한다고 말하는 순간 그녀의 "세계는 아무런 경고 없이 갑자기 헝클어졌다." 의사와 환자의 연애는 직업 규범의 모든 면을 침해하는 일이었다. 그러나 가톨릭 병원의 간호사들은 그녀를 보호하며 두 사람의 관계가 발전할 수 있도록 도왔다. 그녀는 매일 저녁 그를 면회했고, 오직 커튼만이 그들과 다른 환자들을 분리해주는 6인실에 함께 앉아서 얼마 남지 않은 시간 속에 열렬한 대화를 나누었다. 그는 그녀의 손에 입을 맞추었고, 그녀는 손으로 그의 얼굴을 감쌌다. 그는 그녀의 눈길을 감탄하며 바라보았다. 그 눈길은 데이비드 타스마와의 경험에서 그녀에게 남은 한 가지였다. 그가 그녀에게 말했다. "내가 줄 수 있는 것은 슬픔밖에 없어요." 그녀가 속삭였다. "당신 같은 사람은 없었어요."

그는 독실한 가톨릭교인이었고, 그녀는 복음주의 개신교인이었다. 그가 순식간에 체중이 줄면서 이전보다 긴 혼수상태를 겪던 마지막 몇 주일 동안 신앙이 그들을 지탱해주었다. 그는 8월의 어느 날 저녁 그녀가 막 다른 환자를 살펴보러 간 사이에 사망했다. 다음 날 그녀가 회진을 돌며 병실에 왔을 때 그의 침대는 비어 있었고, 그녀는 꼼짝도 못한 채 문가에 서 있었다.

손더스는 한 남자가 죽어가는 시간을 함께했으며, 그와 깊고 영원한 사랑에 빠졌다. 그들이 함께한 몇 주일의 시간이 그녀의 "사랑의 죽음"(바그너의 오페라 "트리스탄과 이졸데" 제3막 중의 하나/옮긴이)이었다. 두 사람이 함께한 시간은 시간이 얼마 남지 않았을 때 할 수 있는 일에 관한 그녀의 생각을 바꾸어놓았다. "시간은 길이의 문제가 아니에요." 훗날 그녀는 인터뷰에서 말했다. "시간은 깊이의 문제예요." 죽어가는 환자가 시간이 얼마 남지 않았다고 말할 때 그녀는 함께할 사람만 있다면 시간은 항상 충분하다고 답했다.

안토니가 죽은 후 손더스는 그의 꿈을 꾸며 괴로워했고, 내세에 그와 만날 상상을 하며 비통한 마음을 글로 썼다. 동시에 그녀는 삶에서 지적으로 가장 풍성한 시기에 접어들어, 훗날 그 모든 작업의 기반이 될 다양한 생각과 경험을 축적했다. 그녀는 열정적으로 책을 읽었다. 유대인 철학자 마르틴 부버의 작품들, 빅터 프랭클의 홀로코스트 회고록 『죽음의 수용소에서*Man's Search for Meaning*』, 쇠렌 키르케고르의 『고난의 복음*Lidelsernes Evangelium*』, 그리고 그동안 외면받았던 임종 환자들에 관한 1930년대 미국 의사들의 논문들도 읽었다. 또 그녀는 영적인 위로를 연구하기 위해서 프랑스의 종교적 신비주의자 테야르 드 샤르댕을 읽었고, 심리적 통찰을 얻기 위해서 영적이고 정신적인 괴로움의 감정가인 니체를 읽었으며, 카뮈의 『페스트』를 읽었다. 그녀는 예수회 사제와 의사가 죽어가는 아이를 살리려고 애쓰다가 실패한 후에, 신념은 각자 다르지만 두 사람 모두 산 자를 구하기 위한 동일한 싸움을 치르고 있다고 고백하는 장면에 주목했다. 그녀에게는 너무나 현실적인 장면이었다. 과거 전시 런던의 간호 병동에서 그녀는 척수수막염으로 죽어가던 아이의 비명을 들으며 긴 밤을 보낸 적이 있었다. 그녀는 그로부터 50년이 지났음에도 여전히 그 소리가 들린다고 회고했다.

드물게 간호사 출신 의사였던 그녀는 통증을 돌보지 않을 때 환자가 느끼는 수모와 불치병의 외로움을 잘 알고 있었고, 동시에 보온병이나 포근한 이불이 만드는 조용한 일상이 죽어가는 사람에게 얼마나 큰 차이를 만들어내는지도 잘 알고 있었다.

죽어가는 환자는 대체로 등을 조금 괴어주거나 옆으로 눕는 것을 더욱 좋아한다. 그저 움직일 수 없거나 도와달라고 말하지 못하기 때문에 등을 바닥에 대고 똑바로 누울 수밖에 없을 뿐이다. 머리가 떨어지지 않도록 베개도 잘 받쳐주어야 한다. 환자들은 보통 어둠을 겁내고 빛과 신선한 공기를 원한다. 그들은 산소를 강제로 마시는 데에서는 거의 편안함을 얻지 못하고 마스크도 싫어한다. 이불은 가벼워야만 한다. 이불을 벗어던지려고 뒤척이는 경우가 많다.

그녀는 세세한 것들을 있는 그대로 바라보며 연민을 드러냈다. 세부적인 것을 향한 이 겸허한 시선은 톨스토이의 명작 『이반 일리치의 죽음 *Smert' Ivána Ilyicha*』에도 등장한다. 죽어가는 판사가 고통스럽고 고독한 시간을 보내는 동안, 나이 든 하인이 곁에 앉아 발을 마사지해주며 그를 위로한다. 손더스도 발을 마사지하고 욕창을 치료하고 환자를 뒤집어주고 환자가 부끄러워할 수도 있는 부위에 카테터 감염이나 염증이 생기는 것을 방지해주었다. 손더스는 따뜻한 유머로 환자들을 대했다. 다른 병원에서 "지나치게 많이 씻겨주었다"고 속삭이며 몸을 너무 구석구석 씻기지 말아달라고 부탁하던 노인들에게도, 호스피스 병동에서 암으로 죽어가던 노년의 알코올 의존증 환자들에게도 말이다. 한 알코올 의존증 환자는 손더스가 눈치채지 못할 것이라고 생각해서 병동을 몰래 빠져나가서 술집에서 술을 마시고 밤에 침대로 돌아오고는 했다. 손더스는 그들이 죽는 모습을 지켜보면서 공연히 혼자 겁먹지 않는 법을 배웠다. 또한 그녀는 친지들에게 침대 옆에서 마치 환자가 없는 것처럼 이야기하지 말라고 당부했다. 의식이 없는 것처럼 보여도 환자들은 여전히 들을 수 있었다.

손더스는 위로와 진실의 골치 아픈 관계에 대해서 점차 실용적인 입장을 취했다. 데이비드와 안토니에게는 진실을 말해주었지만, 때로는 다정하게 얼버무리는 쪽을 택하기도 했다. 모든 환자들이 제각각이었다. 현실을 감내할 수 있는 정도가 사람마다 달랐다. "희망의 문은 천천히, 부드럽게 닫혀야 한다"라고 그녀는 썼다. 거짓 희망은 아무런 위로도 줄 수 없었다. 『페스트』 덕분에, 그리고 고집 센 무신론자나 불가지론자의 병상 옆에서 시간을 보낸 덕분에 그녀는 의학적인 희망이 사라진 시한부 환자에게 종교의 희망을 전도하는 것이 자신의 일이 아님을 받아들이게 되었다. 그녀가 설립한 호스피스 병동은 동일한 믿음이 아니라 죽어가는 사람들과 그들의 개인적인 욕구를 존중하는 "서로 다른 사람들의" 공동체였다.

또한 손더스는 자신을 비롯한 의사들의 두려움을 잘 알고 있었다. 그녀는 많은 의사들이 환자에게 진실을 말하지 못하는 이유가 그들 자신에게도 진실을 말할 능력이 없기 때문이라는 것을 이해했다. 그녀는 냉소적으로 말했다.

자기 자신을 기만하는 사람의 능력은 믿을 수 없을 정도이다. 만약 자기가 병에 걸리면, 아무리 쉽게 진단할 수 있는 증상도 전혀 알아채지 못한 채로 다가올 죽음을 맞을 것이다.

1960년대 중반 아버지와 안토니의 죽음 이후로 비탄에 빠져 지내던 손더스는 죽어가는 사람에 관한 핵심적인 통찰을 글로 써서 발표했다. 그들의 고통은 그저 육체적인 고통이 아니라고 그녀는 말했다. 그것은 사회적, 심리적, 형이상학적인 고통이었다. 마지막 나날을 보내는 환자들은 자녀를 걱정하고 재정 문제를 고심했다. 그들은 지난 삶을 괴롭게 돌아보았고 제대로 살았는지 알고 싶어했다. 그들은 간혹 아주 먼 과거까지 거슬러올라가서 그들이 한 일이나 하지 않은 일을 후회하며 죄책감에 사로잡혔다. 그들의 고통은 "총체적"이었다. 즉, 영혼의 고통과 육신의 고통이 결합된 압도적인 고통이었다. 늘 그러했듯이 손더스는 이 통찰의 공을 자신의 환자인 노동자 계급의 여성 힌슨 부인에게 돌렸다. 힌슨 부인에게 어디가 아프냐고 묻자, 부인이 답했다. "글쎄요, 선생님. 통증은 허리에서 시작되었는데, 이제는 나라는 사람 전부가 문제인 것 같네요."

"나라는 사람 전부가 문제"라면, 완화 치료는 통증 치료와 따뜻한 간병에 더불어 상담, 치료, 재정적 조언, 가족 문제를 모두 포괄해야 했다. 이 모든 것이 위로를 주었지만, 그중 듣는 것이 가장 중요했다. "나와 같이 깨어 있어라." 예수는 겟세마네 동산에서 기도하며 제자들에게 말했다. 그러나 제자들은 모두 잠들었고, 그에게 고난을 당하고 죽으라고 명한 신의 진리를 예수 홀로 직면해야 했다. "나와 같이 깨어 있어라"는 손더스가 위로의 의미를 설명할 때 사용하는 말이 되었다. 그 말은 죽어가는 이의 말을 들을 수 있도록 그와 함께 밤새 깨어 있어야 한다는 의미였다. 어느 죽어가는 남자가 말했듯이, 그들이 원하는 것은 "누군가가 마치 나를 이해하고자 애쓰듯이 지켜보는 것"이었다. 그녀는 열심히 귀를 기울였지만, 감상적인 사람은 아니었다. "타인이 겪는 고난을 우리가 해결해줄 수 없는 것처럼, 그들을 이해할 수도 없다." 그러나 적어도 함께 깨어 있을 수는 있었다.

시슬리 손더스는 자신이 무엇을 원하는지 정확히 아는 사람이었다.

1967년, 그녀는 특유의 자신감을 바탕으로 재원을 마련해서 런던에 60개의 병상을 갖춘 성 크리스토퍼 호스피스 병원을 설립했다. 이후 40년간 이곳은 선진 통증 요법에 대한 과학적 평가법을 개척하고, 완화 치료 분야의 의사와 간호사 수천 명을 훈련시켰으며, 인근에 거주하는 노동자 계급 환자와 가족들에게 말기 돌봄 서비스를 제공했다. 병원에는 재원을 기부한 데이비드 타스마를 기리는 스테인드글라스가 설치되었다. 전 세계의 의사들이 병원을 찾았는데, 그중에는 몬트리올에서 온 밸푸어 마운트도 있었다. 마운트는 손더스와 직원들이 병원에서 매일 조금씩 그 형태를 만들어가는 새로운 의료 분과에 "완화 치료"라는 이름을 붙였다.

손더스는 죽어가는 과정이 생애에서 가장 외로운 순간이라는 일반적인 믿음을 거부했다. 그 대신에, 그 과정은 우리 삶의 가장 공적이고 사회적인 순간이며 그 사회적이고 가족적이고 공적인 성격을 존중하기 위해서는 제도적 기반이 마련되어야 한다고 생각했다. 또 죽어가는 이들을 위로할 장소가 필요할 뿐만 아니라, 그들 역시 다른 이들을 위로해주고 싶어하며 위로를 주는 일이 위로를 받는 데에 필수적이라고 생각했다.

———

나는 1996년 어느 날 오후에 성 크리스토퍼 호스피스 병원에서 단 한 번 손더스를 만났다. 당시에 그녀는 60대 후반으로 키가 크고 어깨가

넓었고 흰 머리를 멋지게 파마했으며, 주름진 블라우스 위에 입은 튼튼한 트위드 재킷에는 브로치가 꽂혀 있었다. 손더스는 지난 세대의 영국 중상류층 억양으로 정확하고 날카롭게 말했고, 동네잔치나 교회 후원모임에서 흔히 볼 수 있는 지역 치안판사 같은 분위기를 풍겼으며, 누가 보아도 영국인처럼 보였다. 그녀는 나에게 위스키를 권하면서 자기 몫으로도 한 잔 가득 술을 따랐다. 그녀는 지적 호기심이 풍부한 열정적이고 지적인 사람이었고, 직접 부딪히며 많은 것을 배운 덕에 현실을 항상 기억하는 영국의 시골 여성 같은 면을 겸비한 사람이었다. 또한 타고나기를 낭만적인 사람이어서, 나에게 병원을 안내해줄 때에는 웃음과 소녀 같은 유쾌함이 복도를 가득 채웠다. 그녀는 자부심과 사랑을 담아 벽에 걸린 수많은 유화 작품들을 가리키면서, 그 그림들이 15년의 결혼 생활 끝에 1년 전 세상을 떠난 폴란드인 남편—"나의 세 번째 폴란드인이죠"—의 작품이라고 말했다.

손더스는 놀랍게도 완화 치료의 여러 분야—호스피스 환경, 병원, 가정에서 이루어지는 여러 종류의 치료들—를 한곳에 결합해냈다. 그녀도 당연히 자부심을 느끼고 있겠지만, 그 능력은 전 세계 수백만 명의 사람들에게 삶의 마지막 순간을 더욱더 견딜 만한 것으로 만들어주었다.

손더스는 논쟁적인 문제, 특히 안락사에 대해서 확고한 견해를 가지고 있었다. 삶이 더는 견딜 수 없는 것처럼 보일 때 이를 끝내는 선택을 "존엄사"라는 말로 표현해야 한다는 믿음이 점차 확산되면서 그녀가 평생을 바쳐 쌓아올린 모든 것이 위협받고 있었다. 손더스는 그런 죽음을 존엄사라고 부르는 것은 잘못되었다고 말했다. 의사가 독극물을 주입하는 것은 히포크라테스 선서를 위반하는 행위였고, 환자가 그것을 받아들이는 것은 자신이 곧 모멸적으로 생을 마감해도 된다는 착각에 굴복한다는 뜻이었다. 그녀의 일부인 간호사로서의 자아가 존엄사에 반발했다. 운동신경 질환을 앓는 환자들도 마지막 순간까지 존엄과 자아를 지킬 수 있었다. 손더스는 그 믿음에 평생 매달렸다. 무려 40여 년 전에 그녀는 이렇게 썼다. "우리는 생명의 즉각적인 폐기를 말해서는 안 된다. 고통은 백해무익하고, 환자의 삶에 더 이상 무엇인가를 행하거나 배울 바가 없다고 말하는 일은 우리의 몫이 아니다." 그녀에게 위로는 우리가 우리 몸의 주인이 아니며, 우리가 할 일은 우리의 권한 너머에 있는 삶의 더 큰 부분들과 평화를 이루는 것이라는 믿음에 기대고 있었다.

우리 모두 결국에는 자신의 죽음을 수용하는 단계에 이를 수 있을지, 그녀가 자연스러운 과정이라고 믿었던 평화와 화해의 순간에 이를 수 있을지는 각자의 차례가 되어야 답할 수 있는 문제이다. 그러나 시슬리 손더스는 우리의 죽음이 사랑하는 사람들에게 의미를 남기리라는 희망을 포기하지 않을 때에만 마지막 순간에 위로가 가능하다는 것을 이해했다. 우리는 죽는 순간 사랑하는 사람들을 위해서 죽을 수 있다고 그녀는 생각했다. 또한 마지막으로 함께 보내는 시간을 중요시하고 존중해주는 곳에서 평화롭게 세상을 떠날 때에만 그것이 가능하다는 것을 알았다.

말년에 이르러 손더스도 암에 걸렸다. 암은 서서히 퍼져나갔고, 그녀는 강인함과 씁쓸한 유머로 암을 견뎠다. 그녀에게는 진실을 숨기기가 어려웠다. 손더스는 엑스레이 결과를 보고 싶어했고, 스스로 인정했듯이 삶의 마지막 해에는 "암이 다른 곳에도 퍼졌기를" 바랐다. 질질 끄는 것이 "지겹다"고 느껴서였다. 그녀는 이번에는 환자로서 성 크리스토퍼 병원에서 마지막 수개월을 보냈다. 그곳에서 다른 사람들을 위해서 그녀가 완성한 완화 치료를 받다가 2005년 7월 14일, 87세에 세상을 떠났다. 그녀는 좋은 죽음에 필요한 모든 요소들을 파악하는 데에 50년의 세월을 바쳤다. 좋은 죽음에는 결국 통증의 완화, 조용하고 사색적인 환경, 사랑하는 사람의 존재, 살아온 생애를 숙고하고 고통의 끝을 예비할 시간이 필요하다. 나는 사람들이 그 모든 것을 누리도록 헌신한 그녀가 마지막 순간에 똑같이 누렸기를 소망한다.

나가며

30년 전 부모님 두 분이 3년 차이로 세상을 떠난 후 나는 오랫동안 절망에 빠져 지냈다. 두 분은 나의 삶의 무대가 시작되기 전부터 이미 나를 위한 관객이었다. 갑작스레 두 객석이 텅 비자 공연 자체가 의미 없는 것처럼 보였다. 나는 두 사람을 애도했지만 어쩔 수 없는 것들도 있었고, 그런 나에게 위로는 불가능했다.

　나는 아직도 내가 어떻게 삶의 방향을 되찾았는지를 모른다. 나는 다시 사랑에 빠졌고, 나를 이해해주고 용서해주는 사람, 온 마음으로 나를 사랑해주는 사람을 찾았다. 두 아이와 함께 시간을 보내고 아이들이 자라는 모습을 보고 또 아이들의 얼굴에서 부모님의 흔적을 발견하는 일이 두 분이 간직했던 희망을 되살리는 데에 도움이 되었다. 나는 다시 부모님 꿈을 꾸기 시작했다. 아버지가 파도치는 해변을 산책하다가 이따금 허리를 숙여 조개를 줍는 모습, 어머니가 새로 산 붉은 드레스를 입고 무릎을 매만지며 어떠냐고 묻는 모습이 꿈에 나왔다.

나는 동생과 함께 부모님에 관해서 이야기하기 시작했고, 동생은 나와는 완전히 다르게 부모님을 기억한다는 것을 알게 되었다. 그런 과정을 통해서 마치 앨범에 사진을 꽂아넣듯이, 지울 수 없는 나의 기억들이 자리를 잡기 시작했다. 이제 30년이 지났고, 시간이 많은 일을 해주었다. 이제는 예전만큼 고통스럽지 않으며, 나의 삶에 두 분이 언제나 함께하리라고 느낀다. 나의 방 창턱에는 내가 글을 쓰는 동안 볕을 쬐는 춤추는 말—적어도 나의 눈에는 그렇게 보인다—조각품이 하나 있다. 60여 년 전의 어느 여름날 아버지가 조지아 만에 있는 오두막에서 울퉁불퉁한 캐나다 가문비나무 뿌리를 깎아 만든 것이다. 그 녀석을 보면 아버지와 나 사이에 불쑥 찾아들고는 하던 슬픔과 분노가 마침내 눈 녹듯이 사라졌음을 깨닫는다. 이제 나는 그가 나의 아버지였고 내가 그의 아들이었던 것을 감사하게 여긴다. 마찬가지로, 세상을 떠나기 전 우리를 알아보지 못하고 이름을 기억하거나 말을 하지도 못하던 어머니의 기억에 시달리지도 않는다. 대신에 나는 잘 웃고 생명력과 희망이 항상 충만했으며 학교에서 돌아온 우리에게 저녁밥을 해주면서 주디 갈런드의 노래를 부르던 여성이자 지금 아내의 책상 위 벽에 걸려 있는 나의 8세 때 모습을 직접 그린 화가가 떠오른다. 그 그림을 보면 마치 내가 평생 그런 모습이었던 것 같다.

  나는 부모님의 죽음을 정리하면서 위로란 우리가 겪은 상실의 의미를 찾는 의식적인 작업인 동시에, 영혼의 깊은 곳에서 이루어지는 상당히 무의식적인 작업이기도 하다는 것을 알게 되었다. 그 과정을 통해서 우리는 희망을 되찾는다. 이 과정은 더없이 괴롭지만, 동시에 커다란 보상을 준다. 우리는 그로부터 벗어날 수가 없다. 죽음 혹은 상실과 실패를 정리하지 않고서는 희망을 품고 살 수 없다.

나의 실패의 일부는 개인적인 것이었고 다른 일부는 상당히 공적인 것이었다. 실패 이후에 찾아오는 회복의 과정은 자기 연민으로 시작되는데, 암울한 시간을 견디는 중에 삶에는 그보다 나쁜 일이 얼마든지 있다는 사실을 깨닫게 된다. 다음 단계에서는, 비록 최선으로는 충분하지 않다는 사실을 인정하는 일이 여전히 고통스럽지만, 그래도 최선을 다했다고 스스로 타이르게 된다. 그런 다음에는 모두 잊고 떨쳐버리려고 하지만 좀더 현명하고 겸손했더라면 하고 자책하는 날이 계속된다. 그러나 이 여정의 끝에서 우리는 하벨이 그러했던 것처럼 한때 나였던 사람을 책임져야 한다는 것을, 노력에 약간의 자부심을 느껴야 한다는 것을, 그리고 나의 몫의 실패에만 책임을 져야 한다는 것을 결국 깨닫는다. 이 느리고 간접적이고 거의 무의식적인 과정을 통해서 우리는 위로를 얻는다. 그리고 어쩌면 실패로 인해서 나 자신을 더욱 잘 알게 되었음에 감사하게 될지도 모른다.

실패가 위대한 스승이듯이, 나이가 드는 것도 그러하다. 나는 나이가 들면서 적어도 한 가지 거짓 위로를 벗어던질 수 있었다. 사랑하는 부모님, 계급, 인종, 교육, 시민권 등이 나에게 부여한 그 모든 혜택들 중에서도 내가 가장 내려놓을 수 없었던 특권은 내가 특별한 사람이라는 실존적인 인식이었다. 나는 인생을 자유롭게 보낼 수 있는 자유이용권을 손에 쥐고 있다고 생각했다. 물론 이는 터무니없는 생각이었지만, 또한 내가 무엇인가를 시도할 수 있게 해준 환상이기도 했다. 나이가 들고 실패를 겪으면서 대부분의 사람들은 이것이 사실이 아님을 알게 된다. 우리는 어떤 어리석고 불운한 일도 겪지 않는 특별한 나 자신이라는 환상을 걷어내고, 다른 사람들과 똑같이 착각과 자기기만, 육신이 물려받은 온갖 병폐의 먹잇감에 지나지 않는다는 것을 좋든 싫든 결국 받아들인다. 그리고 자유이용권을 반납해야 한다는 것을, 어떤 경우에도 열리지 않는 문이 있다는 것을 깨닫는다. 그렇게 자유이용권을 반납하는 순간, 추상적인 연대에 대한 지난날의 가벼운 저항이 매우 잘못된 것이었음을 깨닫는 순간, 그리고 모든 사람들과 공통의 운명에 묶여 있다는 것을 결국 뼈저리게 깨닫는 순간에 떠오르는 연대의 감각을 받아들이기까지는 제법 시간이 걸린다. 그러나 그런 깨달음은 나이를 드는 과정에서 피할 수 없는 요소로, 그 자체로 하나의 위로가 되어준다. 우리는 특별하지 않지만, 그래도 어딘가에 속해 있다. 이는 그다지 암담하거나 받아들이기 어려운 생각이 아니다. 어쩌면 이를 통해서 타인의 불운과 불행에 관심을 더욱 기울이게 될 수도 있고, 허영심과 어리석음을 경고해온 선조의 지혜를 더 생생하게 받아들이게 될 수도 있다.

물론 이 책을 쓰는 데에도 그런 경험이 작용했다. 이 책의 집필은 나의 상실을 정리하는 과정이었지만, 고난 속에서 희망에 이르는 길을 찾고자 한 위대한 저자들이 나의 곁을 지켜준 덕분에 가능했다. 그들은 몸소 보여준 모범을 통해서, 용기와 현명함을 통해서, 그리고 훗날 우리를 위로해줄 무엇인가를 반드시 남기겠다는 결의를 통해서 나에게 위로를 주었다. "작품은 살아남았는가?" 1944년에 눈앞에서 역사의 문이 닫히는 모습을 보면서 시인은 그렇게 물었다. 시는 살아남았고, 우리는 그 덕에 조금 더 나아졌다. 그들과 함께함으로써 나는 끊어지지 않는 연속성의 감각을, 때로는 인간 경험의 위대함에 대한 감각을 되찾을 수 있었다. 나는 그들의 모범을 통해서 고통과 상실을 마주할 때 우리가 결코 혼자가 아님을 배웠다. 우리에게는 언제나 우리보다 앞서 경험한 사람, 자신의 경험을 나누어줄 사람이 있다. 그 사실이 나에게 그러했듯이 여러분에게도 위로가 되기를 바란다.

나는 이 책에서 위로에 관한 고대의 세 가지 교리인 유대교, 기독교, 스토아 철학에 더해서, 마르크스를 혁명에 투신하게 한 진보의 이상이라는 근대의 네 번째 교리를 살펴보았다. 그러나 이 책은 기본적으로 사람에 관한 책이다. 결국 마지막에 우리를 위로하는 것은 교리가 아니라 사람, 즉 사람들의 모범, 특출함, 용기와 굳건함, 그리고 우리가 가장 필요로 할 때 사람들이 우리와 함께 있어준다는 사실이다. 암흑의 시대에 역사, 진보, 구원, 혹은 혁명에 관한 추상적인 신념은 우리에게 그다지 많은 위안을 주지 않는다. 그것은 교리일 뿐이다. 우리에게 필요한 것은 사람이다. 그 모든 것에도 불구하고 계속한다는 것의 의미, 멈추지 않고 나아간다는 것의 의미를 몸소 보여주는 사람이 필요하다.

그런 빛나는 사례라고 할 수 있는 사람에 관한 이야기로 끝을 맺으려고 한다. 나와 아내는 1998년 1월의 어느 화창한 날에 캘리포니아주 버클리에 있는 그의 자택에서 시인 체스와프 미워시를 만났다. 둘다 그의 시를 좋아한다는 점이 새롭게 연인이 된 우리 두 사람을 연결해주었다. 나는 1999년 결혼식에서 주전너에게 미워시의 시 "사후 낙원"을 암송했다. "당신의 이 사랑이 순간 모든 것을 변화시켰다"라는 마지막 행을 읽을 때 목이 메었는데, 그 구절이 나에게 그녀가 어떤 의미인지를 완벽하게 표현하고 있었기 때문이었다.

시인은 87세였다. 숱 많은 눈썹 아래 깊이 들어간 푸른 눈이 인상적인 키 작은 남자였다. 그에게는 나이를 믿을 수 없을 정도로 기민한 육체와 거부할 수 없는 매력이 있었다. 시인은 거의 40년간 버클리 대학교에서 교수로 재직하면서 그리즐리 피크 거리에 있는 집에 혼자 살았다. 그는 곧 고향인 폴란드의 크라쿠프로 돌아갈 예정이었기 때문에 집은 텅 빈 느낌을 주었다. 우리는 계단을 통해서 넓고 휑한 응접실로 내려갔고, 주전너는 시를 낭독해달라고 부탁했다. 시인은 우리가 건넨 책을 받아들고 몸을 굽힌 채 낮고 거칠지만 정확한 목소리로, 자신의 글을 읽는 즐거움을 만끽하면서 정중하게 시를 낭독했다. 낭독이 끝나고 주전너가 좀더 읽어줄 수 있느냐고 묻자 그의 눈이 기쁨으로 반짝였다. 시인의 목소리가 방을 채웠고, 삶의 경험에서 비롯된 권위가 단어 하나하나에서 우러나왔다. 그는 "캄포 데 피오리Campo de Fiori"와 "게토를 바라보는 가련한 기독교인" 같은 시를 통해서, 1943년 바르샤바에서 폴란드계 유대인이 학살당하는 모습을 안전하게, 그러나 무력하게 지켜보았던 경험을 말로 표현한 사람이었다. 1950년대에 공산주의 국가였던 폴란드 인민공화국에서는 진실하게 살 수 없어서 그는 망명을 선택했다. 처음에는 프랑스로, 그후에는 미국으로 이주했다. 그의 책 『붙잡힌 마음*Zniewolony umysl*』은 공산주의 체제의 정신적인 비참함을 낱낱이 분석한 최초의 작품이었다. 그는 망명 생활을 하면서 새로운 언어를 완벽하게 익혔고 1960년대부터 슬라브 문학과 폴란드 시를 가르친 선생님이었지만, 때로는 자유 폴란드를 다시는 보지 못할 것이라는 생각에 절망하고는 했다. 그는 정신질환을 앓는 아들이 자신에게 총을 겨눈 슬픔을 견뎌야 했던 한 사람의 아버지이기도 했다. 그는 1980년에 노벨 문학상을 수상했지만, 아내와 아들이 건강해질 수만 있다면 이 상도 내놓을 수 있다고 친구에게 고백한 예술가였다. 그는 80대에 사랑을 다시 찾은 남자이자 모국어라는 마르지 않는 샘과 견고히 연결된 덕분에 그 모든 고난에도 희망을 잃지 않은 남자였다. 그가 마침내 고향으로 돌아가려고 하고 있었다. 시인은 나와 주전너가 아주 잘 아는 시를 읽어주었다. 정원에서 샌프란시스코 만이 내다보이는 바로 그 집에서 쓴 시였다. 우리 두 사람에게 그 시는 위로를 받는다는 것, 상실과 화해한다는 것, 수치심과 후회를 감내한다는 것, 그 모든 것에도 불구하고 삶의 아름다움을 생생하게 느낀다는 것이 어떤 의미인지를 오래도록 변함없이 알려주었다. 시인이 그 시를 쓴 것은 1970년, 그가 잇따라 상실을 경험하기 전이었다. 이 사실은 위로가 단한 순간에만 음미할 수 있지만 평생에 걸쳐 끊임없이 되돌아온다는 것을 분명하게 말해준다. 그 짧은 순간을 포착한 이 시의 제목은 "선물"이다. 우리가 항상 합당한 자격을 갖춘 것은 아니지만, 그래도 위로는 늘 선물이다. 위로는 은총의 한 형태로서, 짧은 순간 덧없이 지나가더라도 우리의 삶을 살 가치가 있는 것으로 만들어준다.

행복한 하루였습니다.

안개가 일찍 걷혀서 정원을 돌보았습니다.

벌새가 인동덩굴 꽃 위를 이리저리 날아다녔지요.

나는 지상의 어떤 것도 소유하기를 바라지 않았습니다.

부러워할 만한 사람은 알지 못했습니다.

어떤 해를 당했든 나는 다 잊었습니다.

한때는 나도 똑같은 사람이었다는 생각이 부끄럽지 않습니다.

몸에서는 아무런 아픔도 느껴지지 않았습니다.

몸을 세우니, 푸른 바다와 배들이 보였습니다.

참고 문헌과 더 읽어볼 만한 것들

들어가며 : 사후 낙원

일반적인 주제로서의 위안에 대해서 우선 알랭 드 보통을 언급하고자 한다. 그는 *The Consolations of Philosophy* (London : Penguin, 2000), 정명진 역, 『철학의 위안 : 불안한 존재들을 위하여』(청미래, 2012)에서 보에티우스를 조명했고, 사람들에게 위안을 주는 대중적인 철학의 역할을 되살리고자 했다. 나는 문학의 형식을 빌려서 위로를 연구한 책인 Rivkah Zim, *The Consolations of Writing : Literary Strategies of Resistance from Boethius to Primo Levi* (Princeton, NJ : Princeton University Press, 2014)로부터 많은 것들을 배웠다. 죽음 앞에서 자신을 위로하는 방법에 관해서는 다음과 같은 책들이 있다. Andrew Stark, *The Consolations of Mortality : Making Sense of Death* (New Haven, CT : Yale University Press, 2016), 케빈 영의 훌륭한 편집서 Kevin Young, ed., *The Art of Losing : Poems of Grief and Healing* (New York : Bloomsbury, 2010), 그리고 위로의 시와 산문을 모아 펴낸 또 한 권의 아름다운 선집 P. J. Kavanagh, ed., *A Book of Consolations* (London : Harper Collins, 1992). 관찰자이자 마음이 따뜻한 의사로서 죽음에 관해 깊이 명상한 책으로는 다음을 보라. Atul Gawande, *Being Mortal : Medicine and What Matters in the End* (New York : Metropolitan, 2014), 김희정 역, 『어떻게 죽을 것인가 : 현대 의학이 놓치고 있는 삶의 마지막 순간』(부키, 2022). 죽음과 임종의 역사 그리고 그에 딸린 위로의 의식에 관해서는 다음의 책이 도움이 되었다. Thomas Laqueur, *The Work of the Dead : A*

Cultural History of Mortal Remains (Princeton, NJ : Princeton University Press, 2015).

제1장 회오리바람 속의 목소리 :「욥기」와「시편」

「욥기」의 인용문은 전부『킹 제임스 성서』에 따랐다. 제1장과 제2장에서는 번역가, 문학평론가, 해석가인 로버트 올터의 저작으로부터 큰 도움을 받았다. 특히「욥기」번역본에 대한 그의 서문을 참고했다. Robert Alter, ed., *The Hebrew Bible*, vol. 3 (New York : Norton, 2019), 457–65. 「욥기」에 관한 철저한 연구서로는 다음을 보라. Alasdair MacIntyre and Paul Ricoeur, Paul Ricoeur's "On Consolation," in *The Religious Significance of Atheism* (New York : Columbia University Press, 1968). 또한 다음의 글도 큰 도움이 되었다. Moshe Halbertal, "Job, the Mourner," in *The Book of Job : Aesthetics, Ethics, Hermeneutics,* ed. Leora Batnitzky and Ilana Pardes (Amsterdam : De Gruyter, 2014).

「시편」에 대한 나의 해석은 다음에 수록된 로버트 알터의 서문과 시편 번역에 의지한 것이다. Robert Alter, *The Hebrew Bible,* vol. 3 (New York : Norton, 2019), 3–27. 또한 다음 책도 참조했다. Walter Brueggemann and William H. Bellinger Jr., *Psalms (New Cambridge Bible Commentary)* (Cambridge University Press, 2014). 「시편」에 대한 다음의 훌륭한 해석들 역시 도움이 되었다. Dietrich Bonhoeffer, *Psalms : The Prayer Book of the Bible* (Minneapolis : Augsburg Fortress Publishers, 1970) ; Thomas Merton, *Praying the Psalms* (St. Cloud, MN : The Order of St. Benedict, 1955).

제2장 메시아를 기다리며 : 바울로의 서신들

물론 바울로의 생애와 가르침의 기본적인 출처는 바울로의 서신들과「사도행전」이다. 모든 인용문은『신국제성서』에 포함된 출처들에서 왔다. 그뿐만 아니라 현대 바울로 학파, 특히 N. T. Wright, *Paul : A Biography* (London : Harper One, 2018), 박규태 역,『바울 평전』(비아토르, 2020)도 큰 도움이 되었다. 또한 다음의 책들을 참조했다. E. P. Sanders, *Paul : A Very Short Introduction* (Oxford University Press, 1991), 전경훈 역,『사도 바오로 : 그리스도교의 설계자』(뿌리와이파리, 2016) ; James D. G. Dunn, ed., *The Cambridge Companion to St Paul* (Cambridge University Press, 2011). 성서의 형성과 그 역사에 관해서는 다음의

책들을 추천한다. John Barton, *A History of the Bible : The Book and Its Faiths* (London : Allen Lane, 2019) ; Paula Fredriksen, *Paul : The Pagans' Apostle* (New Haven, CT : Yale University Press, 2017), 정동현 역, 『바울, 이교도의 사도』(학영, 2022).

제3장 키케로의 눈물 : 딸을 보내고 쓴 편지

Susan Treggiari, *Terentia, Tullia and Publilia : The Women of Cicero's Family* (New York : Routledge, 2007)에는 키케로 가문의 여성에 관해서 우리가 알고 있는 모든 것들이 집약되어 있다. 키케로의 인용문은 그가 친구 아티쿠스에게 보낸 편지에서 가져왔다. Marcus Tullius Cicero, *Letters to Atticus* (Complete), trans. E. O. Winstedt, 3 vols. (repr., Washington, DC : Library of Alexandria, n.d.). 다음의 책들도 활용했다. Cicero, *Tusculan Disputations : Treatises on the Nature of the Gods and On the Commonwealth* (Berlin : Tredition Classics, 2006), 김남우역, 『투스쿨룸 대화』(아카넷, 2022) ; Cicero, *On Duties*, ed. M. T. Griffin and E. M. Atkins (Cambridge University Press, 1991), 허승일 역, 『키케로의 의무론 : 그의 아들에게 보낸 편지』(서광사, 2006). 키케로의 전기와 관련해서는 다음의 책들을 활용했다. Anthony Everitt, *Cicero : The Life and Times of Rome's Greatest Politician* (London : Random House, 2001), 김복미 역, 『로마의 전설 키케로』(서해문집, 2003) ; Kathryn Tempest, *Cicero : Politics and Persuasion in Ancient Rome* (London : Bloomsbury, 2013).

위안이라는 장르에 대한 추가적인 문헌들로는 다음을 참고하라. Plutarch, *In Consolation to his Wife,* trans. Robin Waterfield (London : Penguin Great Ideas, 1992) ; Lucius Annaeus Seneca, "Of Consolation to Helvia," and "Of Consolation to Polybius," in *Consolations from a Stoic,* trans. Aubrey Stewart (London : Enhanced Media, 2017).

제4장 이민족에 맞서 : 마르쿠스 아우렐리우스의 『명상록』

『명상록』의 모든 인용문은 다음의 책에서 왔다. Marcus Aurelius, *Meditations, with Selected Correspondence* (New York : Oxford World Classics, 2011). 아우렐리우스의 생애에 관해서는 다음을 보라. Frank McLynn, *Marcus Aurelius : A Life* (New York : Perseus, 2010), 조윤정 역, 『철인 황제 마르쿠스 아우렐리

우스』(다른세상, 2011) ; Marcel van Ackeren, ed., *A Companion to Marcus Aurelius* (London : Wiley Blackwell, 2012) ; Pierre Hadot, *The Inner Citadel : The Meditations of Marcus Aurelius,* trans. Michael Chase (Cambridge, MA : Harvard University Press, 2001). 특히, 다음의 책을 추천하고 싶다. R. B. Rutherford, *The Meditations of Marcus Aurelius : A Study* (Oxford University Press, 1989).

어린 아우렐리우스에 관해서 마르쿠스 코르넬리우스 프론토와의 편지에 의존했다. Marcus Cornelius Fronto, *Correspondence,* ed. and trans., C. R. Haines, 2 vols. (London : Heinemann, 1919). 마르쿠스 아우렐리우스에 관한 사후 평가에 대해서는 다음을 보라. C. Suetonius Tranquillus, *The Lives of the Twelve Caesars,* trans. Alexander Thomson, rev. T. Forrester (London : George Bell and Son, 1909), 조윤정 역, 『열두 명의 카이사르 : 고대 로마 역사가가 쓴 황제 이야기』(다른세상, 2009) ; Tacitus, *The Annals of Imperial Rome,* trans. Michael Grant (London : Penguin, 1956 ; repr. 1996), 박광순 역, 『타키투스의 연대기』(범우, 2005). 이민족에 대해서는 다음을 참조했다. Peter Heather, *Empires and Barbarians : The Fall of Rome and the Birth of Europe* (Oxford University Press, 2009).

제5장 철학의 위안 : 보에티우스와 단테

『철학의 위안』의 인용문들은 다음의 책에서 왔다. Boethius, *The Consolation of Philosophy,* trans. Victor Watts (London : Penguin, 1969, 1999), 박문재 역, 『철학의 위안』(현대지성, 2018). 보에티우스의 『신학 논고*Opuscula Sacra*』의 인용문들은 다음의 책에서 왔다. Boethius, *The Theological Tractates,* trans. H. F. Stewart and E. K. Rand (London : William Heinemann, 1918), https://www.ccel.org/ccel/boethius/tracts.pdf.

테오도리크의 통치와 로마 제국의 황혼에 관해서는 다음의 책을 참조했다. Jonathan J. Arnold, *Theoderic and the Roman Imperial Restoration* (Cambridge University Press, 2014) ; Peter Heather, *Empires and Barbarians : The Fall of Rome and the Birth of Europe* (Oxford University Press, 2010) ; James J. O'Donnell, *The Ruins of the Roman Empire : A New History* (New York : Harper Collins, 2008 ; ebook n.d.). 나는 다음의 문헌을 대단히 즐겁게 읽었다. 테오도리크 통치기의 종교적, 정치적 분위기를 멋지게 재현했기 때문이다. Judith Herrin,

Ravenna : Capital of Empire, Crucible of Europe (Princeton, NJ : Princeton University Press, 2020).

다음도 참고하라. James J. O'Donnell, *Cassiodorus* (University of California Press, 1979) ; Thomas Hodgkin, *The Letters of Cassiodorus* (London, 1886) ; Procopius, *History of the Wars*, transl. H. B. Dewing, vol. 3 of 7 (London : Heinemann, 1919), https://www.gutenberg.org/files/20298/20298-h/20298-h.htm.

테오도리크 궁정의 분위기에 관해서는 문서와 구전들을 모아놓은 익명의 선집인 다음 책을 보라. Bill Thayer, "The History of King Theodoric," *Anonymus Valesianus,* http://penelope.uchicago.edu/Thayer/E/Roman/Texts/Excerpta_Valesiana/2*.html.

보에티우스의 지적 관심사와 철학에 관해서는 다음을 보라. Henry Chadwick, *Boethius : The Consolations of Music, Logic, Theology, and Philosophy* (Oxford University Press, 1981) ; Margaret Gibson, ed., *Boethius : His Life, Thought and Influence* (Oxford University Press, 1981) ; John Magee, "Boethius," in *The Cambridge History of Philosophy in Late Antiquity,* ed. Lloyd P. Gerson (Cambridge University Press, 2010), chap. 43 ; Kevin Uhalde, "Justice and Equality," in *The Oxford Handbook of Late Antiquity,* ed. Scott Fitzgerald Johnson (Oxford University Press, 2012) ; John Moorhead, *Theoderic in Italy* (Oxford, UK : Clarendon Press, 1992).

보에티우스에 대한 에드워드 기번의 평에 대해서는 다음을 참고하라. Edward Gibbon, *History of the Decline and Fall of the Roman Empire,* vol. 2, chap. 39 (London : 1776, 1781), 송은주 역, 『로마제국 쇠망사』(전 6권, 민음사, 2010).

단테와 보에티우스의 관계에 대해서는 다음을 참고하라. Angelo Gualtieri, "Lady Philosophy in Boethius and Dante," *Comparative Literature* 23, no. 2 (Spring 1971) : 141–50. 보에티우스에 관한 단테의 시는 다음 책에서 인용했다. Dante Alighieri, *The Divine Comedy,* trans. Steve Ellis (London : Vintage, 2019), *Paradiso,* canto 10, lines 127–29, 김운찬 역, 『신곡 : 천국』(열린책들, 2009). 또한 다음을 보라. Barbara Reynolds, *Dante : The Poet, the Thinker, the Man* (London : Bloomsbury Academic, 2006) ; Zygmunt G. Barański and Simon Gilson, eds., *The Cambridge Companion to Dante's 'Commedia,'* (Cambridge University Press, 2019) ; Winthrop Wetherbee, "The Consolation and Medieval

Literature," in *The Cambridge Companion to Boethius,* ed. John Marenbon (Cambridge University Press, 2009), 279–302. 다음의 미출간된 박사 학위 논문도 특별한 도움이 되었다. Victoria Goddard, "Poetry and Philosophy in Boethius and Dante" (PhD diss., University of Toronto, 2011).

제6장 시간의 회화 : 엘 그레코의 "오르가스 백작의 매장"

산토 토메의 그림과 교회당은 산토 토메 교회의 웹사이트(www.santotome.org/el-greco)에서 볼 수 있다.

나는 다음의 책들을 활용했다. Fernando Marias, *El Greco : Life and Work― A New History* (London : Thames and Hudson, 2013) ; Rebecca Long, ed., *El Greco : Ambition and Defiance* (New Haven, CT : Yale University Press, 2020) ; David Davies, ed., *El Greco* (London : National Gallery Company, 2003). 마지막에 소개한 데이비드 데이비스의 책은 뉴욕 메트로폴리탄 박물관과 런던 국립미술관이 공동 개최한 동명의 전시회와 함께 출판되었다. 전시회는 2003년 뉴욕과 2004년 런던에서 개최되었다. 스페인 제국의 상황에 관해서는 다음의 고전적인 연구를 보라. J. H. Elliott, *Imperial Spain, 1469–1716* (London : Penguin, 2002), 김원중 역, 『스페인 제국사 1469―1716』(까치, 2000).

나는 "오르가스 백작의 매장"에 대해 두 권의 자세한 연구서를 참조했다. Sarah Schroth, "Burial of the Count of Orgaz," in *Studies in the History of Art,* vol. 11, ed. Jonathan Brown, *Figures of Thought : El Greco as Interpreter of History, Tradition, and Ideas* (Washington, DC : National Gallery of Art, 1982), 1–17, II, VI ; Franz Philipp, "El Greco's Entombment of the Count of Orgaz and Spanish Medieval Tomb Art," *Journal of the Warburg and Courtauld Institutes* 44 (1981) : 76–89.

제7장 신체의 지혜 : 미셸 드 몽테뉴의 마지막 글

인용한 몽테뉴의 글은 모두 1586년과 1588년 사이에 쓴 『수상록』 제3권의 글 세 편, "기분 전환에 관하여", "인상학에 관하여", "경험에 관하여"에서 왔다. Michel de Montaigne, *The Complete Works,* trans. Donald Frame (New York : Everyman's Library, Alfred A. Knopf, 2003), 심민화, 최권행 역, 『에세』(전 3권, 민음사, 2022). 몽테뉴의 생애에 대해서는 다음을 보라. Philippe

Desan, *Montaigne : A Life,* trans. Steven Rendall and Lisa Neal (Princeton, NJ : Princeton University Press, 2017) ; Donald Frame, *Montaigne : A Biography* (New York : Harcourt Brace, 1965) ; Sarah Bakewell, *How to Live, Or, A Life of Montaigne in One Question and Twenty Attempts at an Answer* (New York : Other Press, 2011), 김유신 역, 『어떻게 살 것인가 : 삶의 철학자 몽테뉴에게 인생을 묻다』(책읽는수요일, 2012). 몽테뉴의 서재 장식에 대해서는 다음을 보라. George Hoffmann, "Montaigne's Nudes : The Lost Tower Paintings Rediscovered," *Yale French Studies* 110 (2006) : 122–33. 마지막으로, 그와 마리 드 구르네의 관계에 대해서는 다음을 보라. Maryanne Cline Horowitz, "Marie de Gournay, Editor of the Essais of Michel de Montaigne : A Case-Study in Mentor-Protégée Friendship," *Sixteenth Century Journal* 17, no. 3 (Fall 1986) : 271–84.

제8장 보내지 않은 편지 : 데이비드 흄의 "나의 생애"

이 장은 나의 이전 글에 기초한다. Michael Ignatieff, "Metaphysics and the Market : Hume and Boswell," in *The Needs of Strangers* (London : Chatto and Windus, 1984). 흄의 초기 생애에 대해서 다음의 책을 참고했다. E. C. Mossner, *The Life of David Hume* (Oxford, UK : Oxford University Press, 1954, 1980). 흄의 발송하지 않은 편지는 다음의 책에 있다. J. Y. T. Greig, ed., *The Letters of David Hume,* vol. 1 (Oxford, UK : Oxford University Press, 2011). 흄의 "나의 생애"로부터 인용한 모든 글은 다음의 책에서 가져왔다. Iain Gordon Brown, ed., *Hume's My Own Life,* facsimile edition (Edinburgh : The Royal Society of Edinburgh, 2014).

흄의 『인간의 이해력에 관한 탐구』, 『인간이란 무엇인가』, 『종교의 자연사』, 『자연종교에 관한 대화』 등에서 인용한 모든 글은 다음의 책들에서 왔다. David Hume, *Enquiries Concerning Human Understanding and Concerning the Principles of Morals,* 3rd ed., ed. L. A. Selby-Bigge and P. H. Nidditch (Oxford : Clarendon Press, 1975), 김혜숙 역, 『인간의 이해력에 관한 탐구』(지만지, 2012) ; David Hume, *A Treatise of Human Nature,* 2nd ed., ed. L. A. Selby-Bigge and P. H. Nidditch (Oxford : Clarendon Press, 1978), 김성숙 역, 『인간이란 무엇인가 : 오성, 정념, 도덕 본성론』(동서문화사, 2016) ; David Hume, *The Natural History of Religion,* ed. A. Wayne Colver, 이태하 역, 『종교의 자연사』

(아카넷, 2004) and *Dialogues Concerning Natural Religion,* ed. John Vladimir Price (in one volume, Oxford : Clarendon Press, 1976), 이태하 역, 『자연종교에 관한 대화』(나남, 2008) ; David Hume, *Political Writings,* ed. Stuart Warner and D. W. Livingston (Indianopolis : Hackett, 1994). 루키아노스에 관한 그의 언급으로는 다음을 보라. Lucian, "Dialogues of the Dead," in *Lucian,* vol. 7, trans. M. D. Macleod (Cambridge : Loeb Classical Library, Harvard University Press, 1961). 흄의 죽음에 관한 애덤 스미스의 편지는 다음 글에서 볼 수 있다. Dennis C. Rasmussen, ed., "Letter from Adam Smith to William Strahan," November 9, 1776, in *Adam Smith and the Death of David Hume : The Letter to Strahan and Related Texts* (New York : Rowman and Littlefield, 2018). 또한 다음을 보라. James A. Harris, *Hume : An Intellectual Biography* (Cambridge University Press, 2015) ; Dennis C. Rasmussen, *The Infidel and the Professor : David Hume, Adam Smith, and the Friendship That Shaped Modern Thought* (Princeton, NJ : Princeton University Press, 2017), 조미현 역, 『무신론자와 교수 : 데이비드 흄과 애덤 스미스, 상반된 두 거장의 남다른 우정』(에코리브르, 2018).

제9장 역사의 위로 : 콩도르세의 『인간 정신의 진보에 관한 역사적 개요』

콩도르세의 『인간 정신의 진보에 관한 역사적 개요』에서 인용한 모든 문장은 다음 책에서 왔다. Steven Lukes and Nadia Urbinati, ed., *Condorcet : Political Writings* (Cambridge University Press, 2012). 나는 다음의 책도 참고했다. Elisabeth Badinter and Robert Badinter, *Condorcet : Un intellectual en politique* (Paris : Fayard, 1988). 하숙집 주인의 편지를 포함하여 1794년 그의 은거와 도피에 관한 중요한 문서들은 다음 책에서 볼 수 있다. Jean François Eugène Robinet, *Condorcet : Sa Vie, Son Œuvre, 1743–1794* (1893, repr., Geneva : Slatkine Reprints, 1968). 콩도르세의 생애를 연구한 키스 마이클 베이커의 책은 다음과 같다. Keith Michael Baker, *Condorcet : From Natural Philosophy to Social Mathematics* (Chicago : University of Chicago Press, 1982) ; "On Condorcet's 'Sketch,'" *Daedalus* 133, no. 3 (Summer 2004) : 56–64. 콩도르세와 스코틀랜드 계몽주의와 관계 그리고 그의 정치적, 경제적 사상에 대해서는 다음을 보라. Emma Rothschild, *Economic Sentiments : Adam Smith, Condorcet, and the Enlightenment* (Cambridge, MA : Harvard University Press, 2001). '무자비한 합

리주의 이데올로그'라는 희화화된 모습으로부터 콩도르세를 구하기 위한 노력에 대해서는 다음을 보라. Emma Rothschild, "Condorcet and the Conflict of Values," *The Historical Journal 39*, no. 3 (September 1996) : 677–701. 다비드가 그린 시에예스의 초상화는 하버드 미술관에 있다. Jacques-Louis David, *Emmanuel Joseph Sieyès (1748–1836)*, 1817, oil on canvas, 97.8 × 74 cm, Harvard Art Museums/Fogg Museum, bequest of Grenville L. Winthrop, https://hvrd.art/o/299809.

제10장 심장 없는 세계의 심장 : 카를 마르크스와 『공산당 선언』

마르크스의 모든 인용문은 다음 책에서 왔다. Karl Marx, *Early Writings*, trans. Rodney Livingstone and Gregor Benton, intro. Lucio Colletti (London : Penguin, 1975). 마르크스의 전기에 대해서는 다음 책을 활용했다. Isaiah Berlin, *Karl Marx : His Life and Environment*, 4th ed., intro. Alan Ryan (Oxford University Press, 1978), 안규남 역, 『칼 마르크스 : 그의 생애와 시대』(미다스북스, 2012). 다음의 책에서도 큰 도움을 받았다. Gareth Stedman Jones, *Karl Marx : Greatness and Illusion* (London : Harvard University Press, 2016), 홍기빈 역, 『카를 마르크스 : 위대함과 환상 사이』(아르테, 2018). 또한 다음의 책에서도 도움을 받았다. Shlomo Avineri, *Karl Marx : Philosophy and Revolution* (New Haven, CT : Yale University Press, 2019). 마르크스와 종교에 관해서는 다음을 보라. Alasdair MacIntyre, *Marxism and Christianity* (London : Duckworth, 1968) ; David McLellan, *Marxism and Religion* (New York : Harper and Row, 1987). 마르크스와 링컨에 관해서는 다음을 보라. Robin Blackburn, *An Unfinished Revolution : Karl Marx and Abraham Lincoln* (London : Verso, 2011).

제11장 전쟁과 위로 : 에이브러햄 링컨의 두 번째 취임 연설

링컨의 모든 인용문은 다음 책에서 참고했다. Abraham Lincoln, *Abraham Lincoln : Speeches and Writings*, vol. 2, 1859–1865, ed. Don E. Fehrenbacher (New York : Library of America, 1989). 또한 다음을 보라. Ronald C. White, *Lincoln's Greatest Speech : The Second Inaugural* (New York : Simon and Schuster, 2002). 나는 다음의 책들도 연구했다. Adam Gopnik, *Angels and Ages : A Short Book about Darwin, Lincoln, and Modern Life* (New York : Knopf,

2009) ; William Lee Miller, *Lincoln's Virtues : An Ethical Biography* (New York : Knopf, 2002) ; Jay Winik, *April 1865 : The Month That Saved America* (New York : Harper Collins, 2001) ; Doris Kearns Goodwin, *Team of Rivals : The Political Genius of Abraham Lincoln* (New York : Simon and Schuster, 2005), 이수연 역, 『권력의 조건』(아르테, 2013) ; Drew Gilpin Faust, *This Republic of Suffering : Death and the American Civil War* (New York : Knopf, 2008) ; Eric Foner, *The Fiery Trial : Abraham Lincoln and American Slavery* (New York : Norton, 2010) ; Ronald C. White Jr., *A. Lincoln : A Biography* (New York : Random House, 2009).

제12장 죽은 아이를 그리며 : 구스타프 말러의 "죽은 아이를 그리는 노래"
도로테아 폰 에르트만의 이야기는 다음 책에 있다. Maynard Solomon, "The Healing Power of Music," in *Late Beethoven : Music, Thought, Imagination* (Berkeley : University of California Press, 2003). 말러의 생애에 관해서는 공식 전기, 그중에서도 특히 2권을 이용했다. Henry-Louis de La Grange, *Gustav Mahler,* vol. 2, *Vienna : the Years of Challenge (1897–1904)* (Oxford University Press, 1995). 알마와 구스타프의 딸의 죽음에 관해서는 다음 책을 이용했다. Gustav Mahler, *Gustav Mahler : Letters to His Wife,* ed. Henry-Louis de La Grange and Günther Weiss, in collaboration with Knud Martner, rev. and trans. Antony Beaumont (London : Faber, 2004). 또한 다음의 책을 활용했다. Natalie Bauer-Lechner, *Recollections of Gustav Mahler,* trans. Dika Newlin, ed. Peter Franklin (London : Faber, 2013).

말러가 살던 빈의 당시 사회적 환경에 관해서는 다음 책에 의존했다. Leon Botstein, "Whose Gustav Mahler? Reception, Interpretation, and History," in *Mahler and His World,* ed. Karen Painter (Princeton, NJ : Princeton University Press, 2002), 1–54. "죽은 아이를 그리는 노래"에 관해서는 다음 책을 참고했다. Donald Mitchell, *Gustav Mahler : Songs and Symphonies of Life and Death* (London : Boydell Press, 1985) ; Donald Mitchell and Andrew Nicholson, eds., *The Mahler Companion* (Oxford University Press, 1999) ; Theodor W. Adorno, *Mahler : A Musical Physiognomy* (Chicago : University of Chicago Press, 1992), 이정하 역, 『말러 : 음악적 인상학』(책세상, 2004). "죽은 아이를 그리

는 노래"에 대한 연구서로는 다음을 보라. Randal Rushing, "Gustav Mahler's Kindertotenlieder : Subject and Textual Choices and Alterations of the Friedrich Rückert Poems, A Lecture Recital, Together with Three Recitals of Selected Works of F. Schubert, J. Offenbach, G. Finzi, and F. Mendelssohn," (PhD diss., University of North Texas, 2002). 레이턴에서 이루어진 프로이트와 말러의 만남에 대해서는 다음의 책에 있는 이야기를 이용했다. Ernest Jones, *The Life and Work of Sigmund Freud*, ed. Lionel Trilling and Steven Marcus (New York : Basic Books, 1961). 위로나 종교 그리고 그밖의 주제에 대한 프로이트의 태도는 다음 글에 있다. Sigmund Freud, "The Future of an Illusion," in *Sigmund Freud*, vol. 12, *Civilization, Society and Religion*, Penguin Freud Library (London : Penguin, 1975), 179–242. 음악의 심리학과 철학에 관해서는 다음 책에 의존했다. Elizabeth Helmuth Margulis, *The Psychology of Music : A Very Short Introduction* (Oxford University Press, 2019). 그리고 특히 다음 글에 의존했다. Martha C. Nussbaum, "Music and Emotion," chap. 5 in *Upheavals of Thought : The Intelligence of Emotions* (Cambridge University Press, 2001). 무엇보다도 다음의 음반이 도움이 되었다. Dame Janet Baker, mezzo-soprano, and Sir John Barbirolli, conductor, *Janet Baker Sings Mahler : Kintertotenlieder, 5 Rücketlieder, Lieder eines fahrenden Gesellen*, Great Recordings of the Century, EMI Classics, 1999 ; Bruno Walter, conductor, and Kathleen Ferrier, contralto, Vienna Philharmonic Orchestra, *Das Lied von der Erde*, Vienna, 1952.

제13장 소명에 대하여 : 막스 베버와 『프로테스탄트 윤리와 자본주의 정신』

렘브란트의 그림 "사울과 다윗"은 덴하흐 소재의 마우리츠하위스 미술관에서 볼 수 있다. Rembrandt van Rijn, *Saul and David*, c. 1651–54 and c. 1655–58, oil on canvas, 130 × 164.5 cm, Mauritshuis, The Hague, https://www.mauritshuis.nl/en/explore/the-collection/artworks/saul-and-david-621. 베버의 생애에 관해서는 다음 책에 의존했다. Joachim Radkau, *Max Weber : A Biography*, trans. Patrick Camiller (Cambridge, UK : Polity Press, 2009), chap. 18. 그리고 특히 그의 아내가 쓴 전기에 의존했다. Marianne Weber, *Max Weber : A Biography*, intro. Guenther Roth, trans. and ed., Harry Zohn (London : Transaction Publishers, 1988), chaps. 19–20, 조기준 역, 『막스 베버 : 세기의 전환기를 이끈 위대한 사

상가』(소이연, 2010). 1919년 뮌헨에 대해서는 토마스 베버의 작품들을 참고했고, 그중에서도 특히 다음을 참고했다. Thomas Weber, *Hitler's First War : Adolf Hitler, the Men of the List Regiment, and the First World War* (Oxford University Press, 2010). 베버의 사상의 전모에 관해서는 다음을 보라. Fritz Ringer, *Max Weber : An Intellectual Biography* (Chicago : University of Chicago Press, 2004) ; Arthur Mitzman, *The Iron Cage : An Historical Interpretation of Max Weber,* with a new introduction (London : Routledge, 1985, 2017) ; Terry Maley, *Democracy and the Political in Max Weber's Thought* (Toronto : University of Toronto, 2011). 베버의 인용문은 다음에서 가져왔다. Max Weber, *The Protestant Ethic and the "Spirit" of Capitalism and Other Writings,* ed. Peter Baehr and Gordon C. Wells (London : Penguin, 2002), 박문재 역, 『프로테스탄트 윤리와 자본주의 정신』(현대지성, 2018) ; Max Weber, *The Sociology of Religion,* trans. Ephraim Fischoff, intro. Talcott Parsons (1922 ; Boston : Beacon Press, 1964), 전성우 역, 『막스 베버 종교사회학 선집』(나남, 2008) ; Max Weber, *The Vocation Lectures : "Science as a Vocation" ; "Politics as a Vocation,"* ed. David Owen and Tracy B. Strong, trans. Rodney Livingstone (Indianapolis : Hackett, 2004), 전성우 역, 『직업으로서의 학문』(나남, 2017), 『직업으로서의 정치』(나남, 2019) ; Max Weber, *Political Writings,* ed. Peter Lassman and Ronald Speirs, Cambridge Texts in the History of Political Thought (Cambridge University Press, 1994).

제14장 증언의 위로 : 안나 아흐마토바, 프리모 레비, 미클로시 러드노티

안나 아흐마토바에 관해서는 다음의 책들에 의존했다. Anna Akhmatova, *The Complete Poems of Anna Akhmatova,* trans. Judith Hemschemeyer, ed. Roberta Reeder (Somerville, MA : Zephyr Press, 1992) ; Lydia Chukovskaya, *The Akhmatova Journals,* vol. 1, *1938–1941,* trans. Milena Michalski and Sylva Rubashova (London : Harvill, 1994) ; Nadezhda Mandelstam, *Hope Against Hope,* trans. Max Hayward (London : Penguin, 1971) ; Isaiah Berlin, *Personal Impressions : Twentieth–Century Portraits,* 3rd ed., ed. Henry Hardy (London : Pimlico, 2018). 그리고 베를린에서 아흐마토바를 만난 일에 관한 나 자신의 묘사는 다음의 나의 책에 있다. Michael Ignatieff, *Isaiah Berlin : A Life* (London : Chatto and Windus, 1998), 이화여대 통번역연구소 역, 『이사야 벌린』

(아산정책연구원, 2012).

미클로시 러드노티에 관해서는 다음을 보라. Miklós Radnóti, *The Complete Poetry in Hungarian and English,* trans. Gabor Barabas, foreword by Győző Ferencz (Jefferson, NC : McFarland, 2014). 또한 다음을 보라. Zsuzsanna Ozsváth, *In the Footsteps of Orpheus : The Life and Times of Miklós Radnóti* (Bloomington : Illinois University Press, 2000). 인용된 "그림엽서"와 관련해서는 다음 책에 있는 번역문을 이용했다. Miklós Radnóti, *Foamy Sky : The Major Poems of Miklós Radnóti, a Bilingual Edition,* trans. Zsuzsanna Ozsváth and Frederick Turner (Budapest : Corvina, 2014).

프리모 레비에 관해서는 다음 책에 의존했다. Primo Levi, *The Complete Works,* 3 vols., ed. Ann Goldstein (New York : Liveright, Norton, 2015). 특히, "오디세우스의 노래" 이야기가 나오는 이 책의 제1권인 *If This Is a Man,* trans. Stuart Woolf (originally published 1947), 이현경 역, 『이것이 인간인가 : 아우슈 비츠 생존 작가 프리모 레비의 기록』(돌베개, 2007)과 제3권인 *The Drowned and the Saved,* trans. Michael F. Moore (originally published 1986), 이소영 역, 『가라앉은 자와 구조된 자 : 아우슈비츠 생존 작가 프리모 레비가 인생 최후에 남긴 유서』(돌베개, 2014)를 참고했다. 아우슈비츠에 대한 레비의 생각과 대비되는 대단히 중요한 책으로는 다음을 보라. Jean Améry, *At the Mind's Limits : Contemplations by a Survivor on Auschwitz and Its Realities,* trans. Sidney Rosenfeld and Stella P. Rosenfeld (Bloomington : Indiana University Press, 1980). 레비의 생애에 관해서는 다음의 전기들을 이용했다. Myriam Anissimov, *Primo Levi : Tragedy of an Optimist,* trans. Steve Cox (Woodstock, NY : Overlook Press, 2000) ; Carole Angier, *The Double Bond : Primo Levi : A Biography* (London : Viking Penguin, 2002).

제15장 은총 밖에서 : 알베르 카뮈의 『페스트』

카뮈의 생애에 대해서는 다음을 보라. Herbert Lottman, *Albert Camus : A Biography* (New York : Doubleday, 1979), 한기찬 역, 『카뮈, 지상의 인간』(한 길사, 2007) ; Olivier Todd, *Albert Camus : A Life* (New York : Carroll and Graf, 2000). 또한 다음을 보라. Edward J. Hughes, ed., *The Cambridge Companion to Camus* (Cambridge University Press, 2007). 나는 특히 다음 책에 있는 카뮈에 관

한 글을 높이 평가한다. Tony Judt, *The Burden of Responsibility : Blum, Camus, Aron, and the French Twentieth Century* (Chicago : University of Chicago Press, 1998), 김상우 역, 『지식인의 책임 : 레옹 블룸, 알베르 카뮈, 레몽 아롱······지식인의 삶과 정치의 교차점』(오월의봄, 2012). 『페스트』의 집필 배경과 관련하여 나는 다음의 중요한 책에 의존했다. Albert Camus, *Carnets, 1942–51*, trans. Philip Thody (London : Hamish Hamilton, 1966), 김화영 역, 『작가수첩 2』(알베르 카뮈 전집 14, 책세상, 2002). 또한 다음의 책들도 참고했다. Albert Camus, *Lettres à un ami allemand* (Paris : Gallimard, 1948, 1972), 김화영 역, 『단두대에 대한 성찰, 독일 친구에게 보내는 편지』(알베르 카뮈 전집 16, 책세상, 2004) ; Albert Camus, *Camus à Combat : éditoriaux et articles d'Albert Camus, 1944–1947*, ed. Jacqueline Lévi-Valensi (Paris : Gallimard, 2002), 김화영 역, 『시사평론』(알베르 카뮈 전집 20, 책세상, 2009) ; Albert Camus, *Carnets, III, Mars 1951–Décembre 1959* (Paris : Gallimard, 1989), 김화영 역, 『작가수첩 3』(알베르 카뮈 전집 9, 책세상, 1998).

제16장 진실하게 사는 법 : 바츨라프 하벨의 『올가에게 보내는 편지』

하벨이 감옥에서 쓴 글의 모든 인용문은 다음 책에서 왔다. Václav Havel, *Letters to Olga*, trans. Paul Wilson (London : Faber and Faber, 1988). 나는 또한 하벨의 인터뷰와 글들을 모은 다음의 선집들도 이용했다. Václav Havel, *Disturbing the Peace : A Conversation with Karel Hvížďala*, trans. Paul Wilson (London : Faber and Faber, 1990) ; Václav Havel, *Summer Meditations on Politics, Morality and Civility in a Time of Transition*, trans. Paul Wilson (London : Faber and Faber, 1992) ; Václav Havel, *Václav Havel, Or Living in Truth*, ed. Jan Vladislav (London : Faber and Faber, 1987). 하벨이 감옥에서 읽은 에마뉘엘 레비나스의 글은 다음과 같다. Emmanuel Levinas, *Collected Philosophical Papers*, trans. Alphonso Lingis (Pittsburgh : Duquesne University Press, 1998). 또한 다음을 보라. Benjamin Ivry, "A Loving Levinas on War," *Forward*, February 10, 2010, https://forward.com/culture/125385/a-loving-levinas-on-war. 특히 다음의 전기가 큰 도움이 되었다. Michael Žantovský, *Havel : A Life* (London : Atlantic Books, 2014).

제17장 좋은 죽음 : 시슬리 손더스와 호스피스 운동

다음의 책이 필독서였다. David Clark, *Cicely Saunders : A Life and Legacy* (Oxford University Press, 2018) ; David Clark, ed., *Cicely Saunders : Selected Writing, 1958–2004* (Oxford University Press, 2006). 또한 시슬리 손더스의 1983 년 인터뷰를 추천한다. Dame Cicely Saunders, interview by Judith Chalmers, aired May 16, 1983, on Thames Television, YouTube video, 21:53, https://www.youtube.com/watch?v=KA3Uc3hBFoY.

나가며

체스와프 미워시의 모든 인용문은 다음 책에서 왔다. Czesław Miłosz, *New and Collected Poems, 1931–2000* (New York : Harper Collins, 2001). 그의 생애에 관해서는 다음을 보라. Andrzej Franaszek, *Miłosz : A Biography,* ed. and trans. Aleksandra Parker and Michael Parker (Cambridge, MA : Harvard University Press, 2019).

역자 후기

불교의 가르침에 따르자면, 인간의 삶은 태어남과 질병, 늙어감과 죽음으로 빼곡히 채워져 있다. 이 태어남과 죽음 사이에 우리가 의식하며 살아가는 삶이 고통의 연속이라면 인간의 삶은 얼마나 암울하고 절망적인가? 이는 주변 세계를 의식하고 의미를 찾는 존재라면 누구나 던질 수밖에 없는 근원적인 질문이다. 이 보편적인 물음에 대해서 우리 인간은 어떤 답을 찾아왔을까?

우리는 명시적으로 위안을 좇지 않는다. 위안은 항상 보이지 않는 곳에, 귀를 기울여야 간신히 들리는 곳에 있다. 간혹 굿을 하듯이 요란하게 위안을 구하는 경우도 있지만, 그런 성마른 추구에는 대개 거짓 위안이 답을 한다. 진정한 위안은 목소리가 작고, 행동이 조심스럽고, 늘 간접적이다. 그래서 보통 주목을 받지 못하고 쉽게 지나쳐버린다. 게다가 현대에 들어서는 정신의학이 적극적으로 나서서 원인을 진단하고 약을 판다. 어느덧 위안은 전문적인 의료 행위가 되었다.

또한 위안을 구하려면 약점과 상처를 드러내야 한다. 스스로 약자의 위치를 감내해야 한다. 아주 가까운 사람이 아니라면 좀처럼 내키지 않는 일이다. 모든 사람이 경제적 이익에 전념하는 시대에 위안은 더욱 위험한 행동이다. 어떤 결과가 돌아올지 알 수가 없다. 이 모든 이유로 오늘날 위안이 위축되고 사라지는 것은 놀라운 일이 아니다.

그러나 위안은 늘 우리 곁에 있었다. 예로부터 종교와 철학이 개인의 고난을 위로했고, 문학과 예술이 상처를 쓰다듬어주었으며, 역사와 학문이 희망의 길을 비추어주었다. 「욥기」와 「시편」으로 시작해서 죽음 앞에 이른 보에티우스의 철학과 단테의 사유, 흄과 콩도르세와 마르크스와 베버의 역사적, 사회적 전망, 아흐마토바와 프리모 레비의 시적인 증언, 잔잔한 호수에 잠기는 듯한 말러의 무無를 향한 음악 등 이 책에는 17가지의 굵직한 위안이 있다.

17편의 위안 이야기가 인간과 사회에 대한 예리한 통찰을 품고 있다. 예리한 만큼 아프지만, 그 말미는 따뜻하다. 대개 책 한 권에는 하나의 아픔과 하나의 깨달음이 담겨 있지만, 이 책을 번역하는 동안 나는 17번의 아픔과 17번의 위안을 느꼈다. 내 주변에는 자식을 잃은 아버지, 자폐아를 둔 어머니, 배신당해서 이혼한 여성, 절친한 친구를 잃은 남성, 남편을 먼저 보낸 아내가 있다. 문제는 살아가는 한 이러한 슬픔이 끊이지 않으리라는 것이다.

개인적인 슬픔에 더해 사회적인 고통이 종종 다가온다. 슬픈 일에는 절대 공감하지 않겠다고, 하루하루를 행복하게 살겠다고 이를 악물어도 사회적인 사건은 몇 년마다 공포를 몰고 나타난다. 이 불안하고 두려운 심리가 집단적이라면, 그 해결책도 집단적이어야 한다. 불행을 개인에게 맡겨두기에는 우리는 너무 나약하고 사회적이고 인간적인 동물이다. 개인적인 불행에는 개인적인 위로가 필요하지만, 사회적인 사건에는 그 성격에 맞게 사회적, 제도적, 공식적으로 아픔을 위로할 필요가 있다. 이를 외면한다는 것은 사회적, 정치적 방임이다. 안타깝게도 인류 역사에는 그런 사회, 그런 집단이 번번이 출현해서 더 큰 위로가 필요해지는 상황을 만들어냈다.

이 책을 번역하면서 가장 마음이 머물렀던 곳은 제14장이다. 아흐마토바가 목격한 비이성적인 상황은 스탈린이 만든 것이고, 프리모 레비가 경험한 처참한 상황은 히틀러가 만든 것이었다. 현대사에서 가장 많은 인명을 빼앗은 두 장본인. 그러나 원시 사회에서부터 인간은 늘 전쟁을 기웃거렸다. 정치적 필요나 경제적 필요로, 그러나 종교적, 도덕적 변명으로 위장한 채 전쟁을 일으켰다. 가장 큰 희생자는 여성과 어린아이였고, 여성은 전쟁의 목적 그 자체이기도 했다. 인류사를 보면 전쟁이 줄어들기는 했다지만, 이는 결정적인 위안이 되지 못한다. 멀리 우크라이나를 볼 것도 없이 핵무기 자체 보유라는 언급이 공영방송에서 흘러나오고 있지 않은가. 불안이 미래의 슬픔이라면, 정말 큰 위로를 준비해야 할 시대가 아닌지 걱정스럽다.

2023년 봄

김한영

인명 색인